NARRATIVA

TRE60

Fran Littlewood

GRACE ADAMS NE HA AVUTO ABBASTANZA

Romanzo

TRADUZIONE DI
FEDERICA GARLASCHELLI

tre60

Tre60 è un marchio di
TEA – Tascabili degli Editori Associati S.r.l., Milano
Gruppo editoriale Mauri Spagnol

Titolo originale
Amazing Grace Adams

Prima edizione Narrativa Tre60 agosto 2024

GRACE ADAMS NE HA AVUTO ABBASTANZA

A Si, Cassia, Ione e Lucia

Ero furibonda, poi mi sono svegliata e pioveva.
VIRGINIA WOOLF

Oggi

Grace ha caldo. Senz'altro è colpa del sole, che batte come un soffio di fiato bollente sul tetto della sua macchina, ma non solo. Di punto in bianco Grace ha anche l'impressione che dentro di lei sia divampato un incendio. Un lento rivolo di sudore le scorre tra i seni, disegnando una S che le scatena un prurito sulla pelle e le fa venire voglia di ficcarsi una mano sotto il colletto della camicia per asciugarlo. Ma si dà il caso che sia imbottigliata nel traffico, completamente accerchiata da altri veicoli, e poi c'è quel tizio sull'Audi con il finestrino abbassato alla stessa altezza del suo. La sta fissando come se Grace fosse esattamente la distrazione di cui lui ha bisogno in questo momento. *Fanculo*, pensa lei. *Fanculo, fanculo, fanculo.*

«Se vi sembra che oggi faccia caldo» – sta dicendo la donna alla radio – «sappiate che secondo l'ultimo rapporto del centro di studi sul clima Autonomy, questo è soltanto l'inizio...»

Grace fa rombare il motore per non sentire il resto e le cade l'occhio sull'orologio del cruscotto: le 12.23. Possibile? Controlla il cellulare sul sedile del passeggero. Merda. È in ritardo. In mega ritardo. Deve ritirare la torta a tema *Love Island*, quella che ha ordinato appositamente per l'occasione. La torta che non può permettersi, sulla quale però sta puntando tutto. Uno, due, tre, quattro... Comincia a contare usando la tecnica del corso di terapia cognitivo-comportamentale che non funziona mai – se la ricorda ancora vagamente dai pochi incontri cui ha partecipato online prima di mollare – dopodiché inspira a fondo dal naso. Adesso i jeans le si sono incollati alle cosce. Grace armeggia con le bocchette di ventilazione e pigia di nuovo rabbiosamente il pulsante dell'aria condizionata, pur sapendo benissimo che è fuori uso. Il calore generato dal tessuto sintetico scadente non fa che peggiorare la situazione, e Grace allarga le ginocchia più che può nella speranza che un po' d'aria inesistente le si infili tra le gambe.

Quando il telefono si mette a squillare sul sedile del passeggero, Grace sussulta. Lotte? Il pensiero che possa trattarsi di lei è istintivo. Ma mentre si sporge a controllare sa già che non è lei. Le prende un colpo nel trovarsi davanti una faccia con le guance cadenti e la fronte aggrottata, e le ci vuole un momento per riconoscere se stessa e capire che Cate sta cercando di chiamarla su FaceTime per l'ennesima volta. Grace si rannicchia contro la portiera dal lato di guida. Non vuole rispondere, e anche se è piuttosto certa di non poter essere vista – Lotte l'ha presa in giro centinaia di volte per questa fissazione – continua a temere che in qualche modo sua sorella la stia osservando. Grace sa benissimo qual è il motivo di quella telefonata: da un paio di settimane Cate le sta lasciando messaggi su messaggi che chissà come riescono a essere al tempo stesso comprensivi e accusatori. *Mamma mi ha chiamata per dire che sta cercando di contattarti, Grace. È preoccupata per te. Anche papà. È davvero ingiusto nei loro confronti... Senti, chiamami, voglio solo essere sicura che vada tutto bene. Cioè, non bene, ma insomma... Siamo tutti preoccupati, Grace...*

Dietro di lei un clacson comincia a strombazzare e Grace si gira sul sedile. Come se quel colpo di clacson fosse rivolto personalmente a lei. Il traffico è bloccato e la coda si estende a perdita d'occhio lungo la stretta strada che dai piedi di Muswell Hill arriva sino all'Emirates Stadium. Il genere di strada che sarebbe più appropriato in un paesino sonnacchioso, o in epoca medievale, e che invece è un caotico ingorgo di camioncini, autobus urbani, furgoni delle consegne e SUV. « Sul serio? » dice Grace nel vuoto della sua auto. «Sul serio, brutto stronzo? Me lo spieghi cosa pretendi che facciamo?»

Grace ha l'impressione che le portiere le si stiano stringendo addosso e sente odore di plastica bruciata. Com'è che continuano a essere inchiodati lì? La situazione le fa tornare in mente qualcosa: un libro, un programma televisivo, una sceneggiatura... Non se lo ricorda di preciso. Del resto ultimamente è già tanto se ricorda come si chiama. Si affloscia sul sedile e si sforza di pensare a tutte le cose che negli ultimi tempi ha dimenticato. Va da sé che non ci riesce. Potrebbe quasi ridere se non fosse così terrificante. È come se una parte del suo cervello avesse deciso di battere in ritirata mentre lei era distratta.

Il telefono riprende a squillare e qualcuno si è appoggiato contro il clacson con tutto il suo peso. L'uomo a bordo della macchina accanto la sta ancora fissando, l'abitacolo è soffocante... e adesso in questa trappola insieme a lei c'è qualcosa che ronza. Una grossa mosca nera, che sbatte contro i finestrini facendo frullare le ali. Grace si ritrova con la fronte imperlata di sudore e comincia a prendersi a schiaffi perché la mosca le si scaglia addosso, rimbalzando freneticamente di qua e di là.

All'improvviso dal lunotto posteriore dell'auto davanti a Grace compare una faccia. Una bambina la fissa senza sorridere con una bambola lercia in mano. Grace sente il ritmo singhiozzante di una canzone alla radio, il rumore intermittente di un martello pneumatico che giunge da un cantiere più avanti. E adesso la mosca le si è appoggiata sulla guancia, sul braccio, sui capelli, e il traffico è ancora fermo, e anziché scorrere a una velocità normale il tempo sembra procedere a balzelloni, e lei non può arrivare in ritardo, non oggi, è fuori discussione.

Basta. Quando è troppo è troppo.

I fumi densi che fuoriescono dai tubi di scappamento le riempiono la gola mentre lei scende dalla macchina, afferra il telefono e si caccia la carta di credito e una banconota da venti sterline nella tasca posteriore dei jeans. Non le serve altro. Non le va di portarsi dietro la borsa con questo caldo, la sua tenuta è già abbastanza inadeguata, considerato che con quei jeans così attillati le sembra di avere le gambe sul punto di sciogliersi. Grace sbatte la portiera, punta la chiave e – *sbam* – chiude la macchina. Si sta allontanando lungo le righe bianche al centro della strada quando sente qualcuno gridare dietro di sé.

« Ehi, bellezza! Bellezza, cosa credi di fare? »

Lei si ferma e si gira.

È l'uomo dell'Audi. Ha abbassato tutto il finestrino e sta alzando la voce per farsi sentire al di sopra dei clacson, che adesso si stanno scatenando. Grace si rende conto di quanto siano minacciose le pulsazioni dei motori, sa che il paesaggio sonoro atonale che la circonda è gonfio di rabbia, eppure avverte uno strano senso di distacco, come se ciò che sta accadendo intorno a lei non la riguardasse.

« Non starai davvero... » L'uomo adesso sta urlando e gesticola convulsamente, rivelando chiazze di sudore sotto le ascelle. « Torna in macchina! Non puoi lasciarla lì! »

Avvolta dal calore metallico che si leva dai veicoli bloccati alla sua destra e alla sua sinistra, Grace gli scocca un sorriso. Soltanto con la bocca, non con gli occhi.

« Arrangiati », mormora.

Quattro mesi prima

Northmere Park School
Londra N8 6TJ
nps@haringey.sch.uk

Gentile genitore o tutore di Lotte Adams Kerr,

abbiamo constatato che nel corso di questo quadrimestre la frequenza scolastica di Lotte è scesa sotto la soglia del settanta per cento e che molte delle sue assenze sono « ingiustificate ». Considerato che l'obiettivo di frequenza stabilito dall'Ente di vigilanza sulla qualità dell'insegnamento e illustrato nell'accordo scuola-genitori è nettamente superiore, la situazione è alquanto allarmante.

Essendo così numerose, le assenze di Lotte avranno senz'altro gravi ripercussioni sul suo apprendimento e sui suoi risultati. Come saprà, le ricerche dimostrano che per ogni diciannove giorni di scuola persi si riscontra un calo di un punto nei risultati degli esami finali.

La invitiamo a contattare la scuola per fissare il prima possibile un appuntamento con il referente di Lotte e il coordinatore di classe al fine di discutere della questione. Al momento non è coinvolto alcun organo esterno. La scuola ha tuttavia il dovere di segnalare eventuali assenze ripetute o prolungate di qualsiasi studente.

Distinti saluti,
il preside
John Power

Appoggiata al ripiano della cucina, Grace legge la lettera due volte, continuando a non capire. Aggrotta la fronte, controlla la busta. L'unica spiegazione è che ci sia stato un errore amministrativo, che la lettera sia stata indirizzata al destinatario sbagliato. Eppure Grace avverte un senso di oppressione al petto e le manca l'aria.

« Lotte! » chiama. Ma sa benissimo che la figlia sarà chiusa in camera sua con le cuffie in testa, è impossibile che la senta. Getta un'occhiata al portatile sul tavolo. Sullo schermo è aperto l'orrendo romanzo d'amore giapponese che sta traducendo, o meglio, che *non* sta traducendo. Non vuole nemmeno pensare a quanto è in ritardo con la consegna. Non vuole nemmeno pensare a cosa succederà se non si rimette in riga, perché non può permettersi di far saltare la collaborazione con l'agenzia di traduzioni. E non in senso figurato. Lo stipendio ridicolo che guadagna con il suo secondo impiego – quello che ha accettato soltanto per poter mettere il naso fuori di casa, ossia insegnare francese a minori di dodici anni privi di qualsivoglia interesse per lo studio alla scuola primaria Stanhope – le basterebbe a malapena per pagare la bolletta del gas.

Grace prende il telefono e, dal momento che adesso è così che funziona tra loro, manda un messaggio a sua figlia, dalla quale la separano giusto dieci metri, un piano e un paio di pareti. Aspetta. Tutto tace.

« Lotte! » ritenta, stavolta a voce più alta, con l'ormai familiare fitta di irritazione allo stomaco. Poi appallottola la lettera e la scaraventa con forza dall'altra parte della cucina, verso i rifiuti accumulati a terra intorno alla pattumiera.

Grace bussa, salvo poi entrare senza nemmeno aspettare una risposta. Lotte è seduta sul letto e chiude di colpo il portatile. La sua espressione è al tempo stesso ostile e vulnerabile. Si è tinta di nuovo i capelli di rosa – le sta davvero bene, quel colore che ricorda lo zucchero filato – e Grace resta a bocca aperta nel rendersi conto di quanto sia diventata bella quella ragazza perfetta e ribelle che è sua figlia. Se potesse, starebbe semplicemente lì a guardarla. Lotte indossa un paio di shorts e un top verde che in realtà è più una fascia, visto che le copre a stento il seno. Quel seno che sembra stare su come per magia, senza sostegni di alcun tipo. *Non stai gelando?* vorrebbe chiederle Grace. Perché sì, è diventata un cliché ambulante. È diventata uguale identica a sua madre.

« Cosa c'è? » chiede Lotte sollevandosi una sola cuffia dall'orecchio. « Sto facendo una cosa. » E Grace capisce che sua figlia ce la sta mettendo tutta per usare un tono che si possa ancora considerare educato, almeno secondo lo standard minimo di educazione cui sono approdate negli ultimi tempi.

Grace apre la bocca, pronta a rispondere, ma scopre di doversi fermare perché all'improvviso teme di non essere in grado di dire ciò che deve senza che le si incrini la voce. Lascia correre lo sguardo sulla stanza come se fosse in cerca di indizi. L'aria è impregnata di un odore dolciastro di biancheria sporca e sudata e c'è una pianta caduta, con la terra del vaso quasi tutta rovesciata sotto la finestra. Alla parete sono appesi dei poster della ragazza di *Stranger Things* e dell'attore di *Sherlock*, poi ci sono la matrioska dai colori accesi al centro della libreria, un groviglio di orecchini a cerchio e il piccolo Buddha d'ottone sul comodino. La mente di Grace salta da un oggetto all'altro come se così potesse scoprire che fine ha fatto la sua bambina, chi è questa strana sconosciuta che ha davanti.

« Allora, cosa c'è? » chiede di nuovo Lotte, stavolta senza più sforzarsi di mascherare l'impazienza. E poi, sottovoce: « Che palle ».

Grace si innervosisce per un attimo, giusto un po', ma poi lascia perdere e fissa la sua bambina. Hanno gli stessi occhi, lo sa: se lo sentono ripetere in continuazione. Gli stessi occhi blu scuri piuttosto infossati. Occhi in grado di disarmare chiunque, commentava sempre Ben.

« Ho ricevuto una lettera incomprensibile dalla scuola », dice Grace.

2002

Mentre è lì, con le penne allineate sul tavolino pieghevole davanti a sé, Grace si sta domandando perché diamine sia venuta. È talmente nervosa che le si è annodato lo stomaco e si sente di nuovo una studentessa universitaria. Ventotto anni suonati e le sembra di essere una diciottenne. Sopra il palco è teso uno striscione in PVC con lo sfondo giallo costellato di disegni stilizzati che raffigurano varie attrazioni del mondo: il Taj Mahal, la Torre Eiffel, la cattedrale di San Basilio. E in grassetto verde, così che le parole risaltino per bene, campeggia la scritta: POLIGLOTTA DELL'ANNO 2002. Un raduno di secchioni, come la chiama Marc, o meglio, lo *chiamava* Marc, Grace deve correggersi, perché Marc appartiene al passato, adesso non sono più una coppia. « Un raduno di *geni*, vedrai », aveva replicato lei attaccando la domanda di iscrizione al frigorifero e alzando il dito medio prima di girarsi verso di lui.

Qualche posto più avanti vede il tizio con il maglione nero dai polsini bucati, quello che ha notato già all'accoglienza. Dev'essere più giovane di lei, forse di qualche anno. Ma sembra l'unica persona normale lì dentro. Proprio mentre Grace formula questo pensiero, lui si volta verso di lei come se si fosse inavvertitamente lasciata sfuggire qualcosa ad alta voce.

« Scusa, ciao... »

Da vicino ha le guance molto scavate e una mascella a forma di L con la quale si potrebbe benissimo misurare un angolo di novanta gradi. I suoi capelli sparano in parecchie direzioni, ma i suoi occhi marroni sono fissi su di lei.

« Per caso avresti una penna? »

Grace guarda la sua collezione di penne sul tavolo pieghevole e per un attimo le viene il dubbio che sia una battuta. Davanti a lei ci sono biro blu, nere e rosse, una selezione di evidenziatori e tre matite HB. All'improvviso si sente ridicola, il ritratto perfetto della prima della classe. « Sembrerebbe di sì. Scegli pure. »

Lui le sorride, si allunga un po' di più e studia il suo tavolo. Sta facendo con calma, e di nuovo Grace teme che la stia prendendo in giro.

« Vada per la Bic blu », decreta infine.

« Un classico. » Grace la prende e gliela passa. « Approvo. »

Lui ride e ringrazia. Poi si picchietta due volte la penna sul palmo della mano come a verificarne la qualità. Grace nota che le sue dita sono molto belle. Lunghe, con le unghie squadrate e tagliate corte.

Il ragazzo si appoggia allo schienale, poi però si sporge di nuovo in avanti, di scatto, come se qualcosa gli avesse punto la schiena. « A proposito, io sono Ben. »

« Grace. » E mentre pronuncia il suo nome avvampa.

A salvarla è uno stridore proveniente dall'impianto audio. Sul palco è salito un uomo che sta armeggiando con il microfono. È molto abbronzato, indossa un completo di lino e sembra un personaggio di *Un anno in Provenza*. Batte le dita sul microfono una volta, due, poi si schiarisce la gola.

« Benvenuti a tutti », dice giungendo i palmi come in preghiera. « E congratulazioni per essere arrivati sin qui. Io sono David Turner e voi siete alcuni dei migliori linguisti del Paese. »

Grace si volta verso il ragazzo con il maglione nero, che inarca le sopracciglia giusto un po'. In risposta lei sgrana leggermente gli occhi.

« ... questo significa che siete stati selezionati perché i video che avete presentato erano piuttosto convincenti », sta dicendo David Turner. « E non vi nascondo che quest'anno lo standard non è alto, *di più*. Abbiamo partecipanti di età compresa tra i ventitré e i settantaquattro anni, provenienti da ogni angolo del Regno Unito, il che è fantastico, sarete senz'altro d'accordo. Quindi, dunque, stamattina ci saranno alcune presentazioni introduttive tenute da relatori davvero straordinari. Il vero divertimento però comincerà nel pomeriggio! » Sferra un pugno nell'aria e in sala si diffondono alcune risatine. « So che non vedete l'ora di darci sotto, quindi non mi resta altro che augurarvi... » fa una pausa e strizza l'occhio. Sì, Grace non ha dubbi, ha veramente strizzato l'occhio. « *... bonne chance, buena suerte, Viel Erfolg, udachi, held og lykke*, eccetera, eccetera, eccetera! »

Grace si gira verso il ragazzo con il maglione nero e gli rivolge a sua volta una strizzata d'occhio teatrale. « Buona fortuna. »

« Anche a te. » Lui ricambia l'occhiolino, ma la sua espressione è seria.

Il pranzo viene servito in mensa. Il semestre è finito e il campus è stranamente deserto. Grace non ha fame ma opta per una patata al forno farcita grande quanto un mattone accompagnata da un mazzetto di insalata morente, poi aspetta la donna in fila dietro di lei in modo da avere qualcuno con cui sedersi. Nel giro di poco, al tavolo si trova circondata da... be', *secchioni*. Si parla di coniugazioni, cirillico e klingon, e Grace non può farci niente, in quei discorsi ci sguazza. È completamente assorbita dalla conversazione, e tuttavia si accorge che di tanto in tanto, dall'altro lato della mensa, il ragazzo con il maglione nero dai polsini bucati la guarda.

Il pomeriggio trascorre in un turbine di sfide linguistiche, e Grace è nel suo elemento: un vero vulcano. Sta andando benissimo in francese, spagnolo, giapponese, russo e olandese. Ci sono gare di pronuncia a tempo, di lettura veloce di cento frasi in dieci minuti, traduzione simultanea e discussione critica di domande non preparate in soli sessanta secondi. Provano a imparare il rumeno in un'ora. Grace non c'è più, sono il suo cervello e il suo corpo a tirare fuori le parole. Ha studiato moltissimo per arrivare a questo risultato. Ci ha dedicato decine di migliaia di ore, ma senza fatica. È come se i vocaboli, le frasi, le strutture linguistiche fossero sempre state lì, appostate nella sua corteccia cerebrale, in attesa che lei le portasse alla luce. Immagina che debba funzionare così anche per gli altri partecipanti, perché l'uomo con il completo di lino – David – ha ragione: sono tutti davvero forti. Grace accarezzava l'idea di iscriversi alla gara da ben tre anni, ma qualcosa l'ha sempre frenata, il timore di non essere all'altezza forse. L'anno scorso ha persino compilato i moduli, ma alla fine non li ha spediti. Adesso che è qui, le sembra assurdo di essersi davvero autoconvinta a non partecipare. E all'improvviso non desidera altro. Non desidera altro che vincere.

Quando arriva al bar del circolo studentesco in cui si terrà la premiazione, lui è già seduto. C'è odore di fumo stantio e disinfettante, al quale Grace reagisce come i cani dell'esperimento di Pavlov: vuole subito qualcosa da bere. Vedendola esitare, il ragazzo di nome Ben la invita con un cenno a raggiungerlo e le fa spazio per sedersi. Poi tira fuori la biro blu dalla tasca e gliela porge. «Grazie», dice. «Il mio portafortuna segreto. *Le Bic bleu...*»

«Aha. Spero abbia funzionato.» La penna è ancora calda, e improvvisamente Grace sente il bisogno di avvicinarsela al viso, di annusare il profumo delle sue dita.

In tavola c'è una bottiglia di vino, e Grace se ne versa un bicchiere prima di offrirlo anche a lui. «Ho la sensazione che dovremmo bere qualcosa di più studentesco, tipo uno Snakebite and Black.»

«Puoi dirlo forte. O birra calda.»

Intorno a loro i tavoli si stanno riempiendo. Grace saluta con un cenno l'addetta alle risorse umane di Cambridge con cui ha pranzato. David Turner sta prendendo posto davanti al pubblico e sul bancone alle sue spalle c'è un trofeo d'argento.

«Allora, com'è andata?» chiede Ben.

«Abbastanza bene, penso. E a te?»

«Ma sì», risponde lui con un cenno del capo.

«*Ma sì?*» Grace ride. «Cosa vorrebbe dire?»

«*Okaaaay*... siamo un pochino in ritardo, quindi cominciamo.»

David Turner sta alzando la voce per sovrastare il chiacchiericcio. «Grazie di nuovo a tutti voi di aver partecipato. Sono orgoglioso di dire...»

Grace sta cercando di concentrarsi sull'annuncio, ma avverte chiaramente lo sguardo di Ben su di sé, il calore dei suoi occhi sul lato della faccia. Sente anche il suo odore, adesso che sono così vicini. Un odore bianco, grezzo, che le ricorda l'inverno.

«... quindi partiamo subito dal terzo posto.» David Turner si ripara gli occhi con le mani e scruta la sala. Adesso Grace è tutta orecchi. Non batte ciglio.

«Ariel Jones, è qui da qualche parte?»

Grace e Ben guardano davanti e applaudono mentre un uomo magro con un paio di baffi sconsiderati accetta il premio, e forse sarà il vino che le è andato dritto alla testa, ma Grace ha una strana sensazione di déjà-vu.

«... e con centosessantatré punti, il nostro secondo classificato, vincitore di un buono da cento sterline per l'acquisto di libri da Foyles è...» David Turner consulta il suo foglio. «... Ben Kerr. Complimenti!»

Mentre si alza, il ragazzo con il maglione nero getta un'occhiata a Grace e sul suo viso balena un'espressione stupita prima che vada a ritirare il premio. Grace avverte un'accelerazione che non sa spiegarsi. Sta applaudendo così forte che le pulsano i palmi delle mani ed è contenta per lui, sul serio. Sembra un bravo ragazzo, ma al tempo stesso non le va giù che se la sia cavata meglio di lei. E non ha idea del perché le importi tanto, di cosa stia cercando di dimostrare, visto che è soltanto una stupida gara e...

«... il titolo di poliglotta dell'anno, con centosessantaquattro punti – incredibile, signore e signori, un solo punto in più del nostro stimato secondo in classifica – va a ... Grace Adams. Vivissime congratulazioni, Grace. Ha tutta la nostra ammirazione!»

Grace impiega un momento a rendersi conto che David Turner ha pronunciato il suo nome. Nel bar del circolo studentesco tutti si stanno girando sulle sedie.

« Venga, Grace », esclama David Turner.

E mentre Grace si alza, tutti gli occhi sono puntati su di lei. Perché ha vinto, è andata alla stragrande e ha vinto. Si sforza invano di mantenere un'espressione neutra mentre si dirige verso il bancone. Si accorge che questa giornata l'ha appagata. L'ha resa felice. Ed è la prima volta che si sente così da quando Marc ha deciso di chiudere; anzi, da quando *lei e Marc* hanno deciso di chiudere. Da molto prima, a dire il vero.

Qualcuno le allunga un bicchiere di champagne e Grace si trova davanti il trofeo d'argento. C'è anche una busta, ma lei ha le mani occupate e non sa come prenderla.

« Be', le comunico » – dice David Turner sventolando la busta – « che per gentile concessione dei nostri cari amici di Language Matters ha vinto un fine settimana per due persone in Cornovaglia, allo splendido Kerensa Hotel ... »

Grace non ha idea di quanto tempo passi prima che la folla intorno a lei si dissolva. Ha sorriso e sorriso e bevuto e bevuto, tanto che le fa male la faccia, e alla fine al bancone restano soltanto lei e il tizio con il maglione nero dai polsini bucati.

« Sapevo che avresti vinto tu. » Si sta sporgendo così tanto verso di lei che per poco non si toccano. « Appena ho visto tutte quelle penne schierate come un piccolo esercito di cancelleria, ho capito che avrei perso. Anche se è stata solo questione di un punto. » Schiocca la lingua. « Ci è mancato tanto così. »

Sul bancone c'è una bottiglia di vino rosso, che Grace si versa nel bicchiere dello champagne. « È un peccato che il tuo premio non fosse un buono da spendere da Marks & Spencer. Sei consapevole di doverti comprare un maglione nuovo, vero? »

« Molto simpatica, Grace. »

E c'è un non so che nella naturalezza con cui usa il suo nome, come se la conoscesse. Grace si scioglie.

«Allora, un fine settimana in un hotel superchic... niente male.»

«Sì, ma non ci andrò.»

«Cosa? Perché no?»

«Non ho nessuno che mi accompagni.» Grace appoggia il bicchiere sul bancone. «Okay, lo so come suona, ma ho rotto con il mio fidanzato un mese fa. Tutti gli altri sono... ecco, stiamo raggiungendo quell'età in cui... sai...» Lascia la frase in sospeso, non le va di pensarci.

«Cavolo, mi dispiace.»

«Be', sì.» Grace si stringe nelle spalle. «Ma sarebbe stato peggio se fossimo rimasti insieme. Io non voglio figli, e su questo fronte lui non era disposto a scendere a compromessi.» O, almeno, questo era ciò che le aveva fatto credere. Ma ripensando a quella terribile serata al ristorante etiope di Kentish Town, Grace è sicura che l'epilogo sarebbe stato lo stesso anche se avesse detto di non desiderare altro che mettere su famiglia. *Mi dispiace, tesoro*, le aveva detto Marc guardandola dritta negli occhi dall'altro lato del piccolo tavolo. *Ti amo, ma non credo di poter continuare così*. L'aveva detto come se fosse stato un veterinario che le consigliava di far sopprimere il suo animale domestico malato. Stavano mangiando pane *injera* con spezzatino di carne, e davanti alla sua espressione esageratamente contrita, Grace aveva valutato la possibilità di lanciargli il cibo in faccia. Qualsiasi cosa pur di fermare quella sensazione di essere in caduta libera.

Le è andata bene, ne è consapevole, per quanto sia doloroso, perché c'erano state altre donne durante la loro convivenza. Certo, erano solo sospetti, eppure in cuor suo Grace ne è certa. Marc non stava nemmeno tanto attento a non farsi scoprire, ma lei aveva scelto di non vedere. Tutto il suo mondo ruotava stupidamente intorno a lui, e in fin dei conti Marc non era poi così innamorato, quindi il risultato erano stati tre anni buttati al vento.

Accanto a lei Ben si schiarisce la gola.

«Scusa», dice Grace sbattendo le palpebre. «Non so perché te l'abbia detto.»

«È stata una lunga giornata, no?» suggerisce lui riuscendo a strapparle una risata.

«Sì, è stata una lunga giornata. E per di più sono piuttosto ubriaca.»

«Chi l'avrebbe mai immaginato che sarebbe stato uno sballo del genere?»

In quel momento i loro occhi si incrociano e Grace scopre di non voler distogliere lo sguardo. C'è qualcosa di instabile nell'aria intorno a loro. Come se l'equilibrio si fosse improvvisamente alterato.

«Potremmo dividerci il premio.» Le parole le escono di bocca prima che il suo cervello abbia il tempo di elaborarle. «Voglio dire, è soltanto questione di un punto. Ho vinto io, ma avresti potuto vincere tu.» Solleva la busta e la sventola. «Ti va di venire con me?»

Non si capacita di averglielo chiesto davvero. Vorrebbe ritirare l'offerta e al tempo stesso è contenta di averla fatta. Una parte di lei sta pensando: *Forza, giochiamo.*

Il ragazzo con il maglione nero si passa una mano tra i capelli e la osserva. «Okay», dice dopo una pausa. «Perché no?»

«Okay», ripete lei, annuendo, come se stesse cercando di interpretare la sua risposta.

«Insomma, preferirei prendermi il trofeo, ma se non hai intenzione di offrirmi altro...»

E adesso stanno ridendo entrambi di questa follia che si prospetta. Una risata esuberante, isterica, quasi esagerata, perché sanno tutti e due che lo faranno. Sanno, con la squisita certezza di un verbo regolare, che succederà.

Oggi

Grace sta ancora stringendo le chiavi della macchina, con il sole che sembra un lanciafiamme puntato sulla nuca, quando capisce che andrà a piedi. Sente il rombo del traffico ancora bloccato una strada più in là, i clacson che strombazzano come fosse Carnevale; camminare, il semplice fatto di camminare sui suoi piedi dopo essere stata rinchiusa nell'abitacolo soffocante della macchina, è un sollievo immenso. Una liberazione. Sta percorrendo il vicolo tra il locale del pollo alla giamaicana e la ferramenta, sapendo che una volta in fondo si ritroverà sulla via principale. Nonostante i graffiti sui muri, i grovigli di erbacce e l'odore dolciastro e stantio di piscio surriscaldato, Grace è lucida come non le capitava da giorni, settimane, forse ancora di più. Andrà a piedi da qui a lì, sino all'appartamento di Ben nella parte settentrionale di Londra, a consegnare a sua figlia la torta per il suo sedicesimo compleanno. Ecco cosa farà. Nessun problema.

Deve soltanto ritirarlo, quel regalo da duecento sterline che sa un po' di tentativo di corruzione. È l'invito che Grace non ha ricevuto, e quando si presenterà con la torta avrà un'aria trionfante, come se fosse la maledizione in una fiaba perversa, la strega cattiva. « No! » L'esclamazione le esce di bocca di sua iniziativa, lì, nel vicolo, facendola quasi sentire una di quelle pazze che parlano da sole. Non è così che andranno le cose. Questa torta è un atto d'amore, e Lotte lo capirà. Certo che capirà. E la perdonerà.

Quattro mesi prima

1. (x + 2) (3x – 12) =

2. Trovare la x e la y:
   3x + 7y = 14
   6y – 6x = –19

3. Trovare la x:
   24x (14 + 2x) = 45

4. XXX + L = *Oggi sono quasi venuto soltanto a guardarti...*

« Lotte? »

Grace entra in bagno con il foglio di esercizi strappato. Lotte è nuda davanti allo specchio e si sta mettendo il deodorante. Gli occhi della figlia incontrano i suoi nello specchio, e c'è un punto di domanda nel solco tra le sopracciglia. Il corpo è perfetto, come se fosse appena stata scolpita da una schiera di angeli. Grace appallottola il foglio, cacciandoselo nella tasca dei jeans. Non è il momento.

« Oh, per carità, mettile via », dice invece con una voce gonfia di finta disapprovazione. « Su, ne abbiamo già parlato. È l'ultima cosa di cui ho bisogno alla mia età. » Mentre si avvicina, Lotte guarda il riflesso di Grace scuotendo la testa e alzando gli occhi al cielo.

« Come fanno a essere così sode? »

« Dacci un taglio, *madre...* »

«Sicura che siano vere?» Grace finge di dare un colpetto a una tetta di Lotte, poi ritrae di scatto il dito come se fosse rimbalzato. «Voglio dire...»

Ridono entrambe mentre Lotte agita la mano come per scacciarla.

«Non toccarmi, pazza furiosa che non sei altro.» Si è stampata in faccia un'espressione arrabbiata, ma i suoi occhi stanno ancora sorridendo. «Sei una scostumata. Come fai a essere responsabile di una classe di bambini delle elementari?»

«In realtà non sono la loro responsabile, quindi...» Grace arriccia le labbra.

Lotte recupera l'asciugamano da terra e il telefono dal lavabo. «Giusto. Bene», dice uscendo in retromarcia dal bagno. «Grazie al cielo.»

Non andartene, pensa Grace restando lì come se si fosse arenata. Sente il profumo umido e saponoso della meravigliosa pelle di sua figlia, un ronzio nell'aria nel punto in cui si trovava sino a un attimo fa.

«Stasera comincio la nuova stagione di *Parks and Recreation*», dice Grace di punto in bianco pur sentendo già i passi di Lotte sulle scale. «Ti va di guardarla insieme?»

«Forse.»

Dalla sua voce, Grace capisce che Lotte è distratta, probabilmente è già tornata su Instagram. E sa che «forse» significa «no». Aspetta un secondo, due secondi. Poi la porta della camera di sua figlia si chiude con uno schiocco delicato, che a Grace fa lo stesso effetto di un pugno.

Tira fuori il biglietto dalla tasca e lo legge di nuovo. *Oggi sono quasi venuto soltanto a guardarti*. Questo pezzo di carta continua a sconvolgerla come la prima volta che l'ha letto. Grace fa parecchia fatica ad accettare il fatto che qualcuno abbia scritto queste parole a sua figlia, a sua figlia quindicenne. Non sa proprio come tirare fuori l'argomento. Stavo rovistando nella tua giacca e... *Cosa?* Cosa diamine potrebbe dire? Sono preoccupata per te. Lo sai che con me puoi parlare. Ho la sensazione che ci siano cose che ti tieni dentro, e non voglio intromettermi, ma sappi che io sono qui. Grace guarda il proprio riflesso allo specchio. *Sì, è tutto vero, Grace*, dice a se stessa. Ma per la miseria, sembrano soltanto un ammasso di frasi prese da una brutta telenovela, e lei è stanca morta. All'improvviso nota qualcosa sulla sua faccia e si avvicina al lavabo per controllare.

Che cazzo è successo alle sue labbra?

Stanno svanendo. Grace storce la bocca in varie direzioni. È come se la parte alta del suo labbro superiore fosse scomparsa. Da un giorno all'altro. Il rosa è stato sostituito dal bianco, ma le rughette verticali sono ancora lì, e adesso – *abracadabra* – formano un'unica ruga gigante. Ma è impossibile che sia successo dall'oggi al domani, no? E allora come ha fatto Grace a non accorgersene prima?

In camera di Lotte comincia a risuonare un tonfo di bassi che trapassa il soffitto. E mentre sta lì a fissare la sua stupida bocca che va scomparendo, Grace immagina sua figlia in quello stesso punto, pochi minuti fa, e riflette sul pessimo tempismo di tutta quella situazione. Su come, proprio nel momento in cui lei e tutte le altre madri avvizziscono da dentro (o da fuori, chi può dirlo?), le figlie cominciano a sbocciare, trasudando esattamente la stessa sicurezza, maturità e potenza che loro stanno perdendo. E forse il peggio è che non se ne rendono nemmeno conto.

E Grace si ritrova di nuovo a pensare a quel biglietto scribacchiato, al suo tono esplicitamente pornografico, e alla lettera che ha ignorato. La lettera della scuola che anche Lotte ha definito incomprensibile. È arrivata più di una settimana fa. Poi c'è stata anche un'e-mail. Grace chiamerà la scuola domani, sul serio. È solo che occuparsi di tutto da sola, tra il lavoro, la casa, la traduzione... Il senso di colpa comincia a insinuarsi dentro di lei. Il senso di colpa e anche, ovviamente, l'altro Senso Di Colpa. Allontana subito il pensiero: non ha nessuna intenzione di imboccare quella strada.

2002

Si sono dati appuntamento in spiaggia alle sette di sera. Lui ha preso il treno perché sa che nell'ultima parte del viaggio il panorama è incantevole, eppure non l'ha praticamente notato. Non è andato più in là di pagina cinque di *No logo*, non ha finito il sandwich che si era comprato per pranzo alla stazione di Warwick Parkway e non ha nemmeno tirato fuori dalla borsa gli appunti per la tesi di dottorato. Continuano a balenargli in testa immagini della gara. Immagini di lei. I capelli raccolti in uno chignon alto e disordinato, la giacca scura con le maniche arrotolate, come una che fa sul serio. Una ragazza in gamba, determinata, simpatica, bella. Che non era cresciuta in un mondo di corse di cavalli e cocktail a base di gin, una ragazza scritta in un codice diverso rispetto a quello della sua famiglia. Una patita di lingue come lui. Ma adesso, mentre avanza lungo la strada costiera che odora di sale, immondizia e pietre bollenti, Ben si domanda se riuscirà a riconoscerla una volta arrivato. Non ha detto a nessuno cosa sta facendo, né al suo coinquilino Isaac né ai suoi fratelli. È come se preferisse tenerlo per sé, una pazzia segreta che non vuole condividere.

Lei è seduta sulla sabbia con le ginocchia al petto e lo sguardo rivolto verso il mare. Dal momento che sulla spiaggia non c'è anima viva, Ben capisce subito che si tratta di lei, e per un attimo pensa che in realtà l'avrebbe riconosciuta ovunque. C'è una luce strana, magnetica, un bagliore iperreale che sta donando ai margini di ogni cosa una sfumatura rosata. Ben ha la bocca secca. Con un calcio si toglie le scarpe sportive, riesce a fatica a restare in equilibrio mentre si sfila i calzini, e si sta preparando psicologicamente a chiamarla quando lei si volta a guardarlo. Ha le guance arrossate, e con il sole in faccia assomiglia a quell'attrice, quella intelligente con i capelli rossi. Julianne Moore.

Ben lascia cadere la borsa sulla sabbia e si dirige verso di lei.

«Oh, ciao, allora sei venuto», dice Grace riparandosi gli occhi con la mano. «Mi ricordi come ti chiami?» E sulle sue labbra spunta subito un largo sorriso.

«Che buontempona!»

«Buontempona», annuisce lei. «Bella parola.»

«Sì, bella parola», risponde Ben sedendosi al suo fianco, ma non troppo vicino.

Senza nemmeno chiedergli come sia andato il viaggio o perdersi in altri convenevoli, Grace indica a sinistra della spiaggia, verso l'orizzonte. «Guarda là», dice come se fossero nel bel mezzo di una conversazione. Lui segue il suo sguardo.

Gli ci vuole un momento per capire a cosa riferisca: in mare c'è qualcosa che potrebbe essere una roccia o forse una boa. È una sagoma scura ed elegante, che fa su e giù nell'acqua piuttosto al largo.

«Una foca?» domanda lui. «Un delfino... uno *squalo*?»

Lei gli dà un colpetto con il gomito. Delicato, senza quasi toccarlo. Eppure una specie di scarica elettrica attraversa Ben dalla testa ai piedi. «È un surfista, scemo. Era già in acqua quando sono arrivata, e a guardarlo sembra la cosa più facile del mondo.»

«Tu pratichi il surf?» Ben avverte subito la goffaggine di quelle parole sulla sua lingua e capisce di aver formulato la domanda in modo troppo formale, in tono troppo altisonante.

«In passato sì. Ma è stato tanto tempo fa.»

Grace non scende nei dettagli e non ricambia la domanda. Restano seduti lì in silenzio a fissare il mare. Ben affonda i piedi nella sabbia come se volesse mettere radici. I granelli sono ruvidi tra le sue dita, e il suo petto palpita, e Ben non sa se si tratti di nervosismo o eccitazione. Non sa cosa ci facciano qui, né perché siano venuti, ma non può negare di sentirsi attratto dalla ragazza al suo fianco. È come se i loro corpi fossero un tutt'uno, a dispetto dei centimetri che li separano. E si domanda: è lo stesso anche per lei? Vorrebbe allungare la mano e farle distogliere lo sguardo dal mare. Vorrebbe guardare dentro i suoi occhi scuri e ridenti e chiederle cosa ci facciano lì. Vorrebbe mettersi a nudo, togliersi la maschera e ammettere quanto trovi bizzarra quella situazione, il fatto che siano lì pur conoscendosi a malapena. Vorrebbe guardarle dentro, scoprire cosa si cela in lei.

« Sei già andata in hotel? » le chiede invece.

« Sì », risponde lei. « Ho prenotato la cena alle nove, se per te va bene. Oppure potremmo prenderci giusto delle patatine o... un momento. » Si è accovacciata e, aggrottando la fronte, scruta la spiaggia e il mare con il busto proteso in avanti. Il suo atteggiamento è cambiato di colpo.

« Cosa c'è? Grace? »

« Il surfista », mormora lei come se stesse parlando da sola anziché con lui.

Ben segue la traiettoria del suo sguardo. L'acqua grigio-verde è sempre lì, ma la sagoma scura tra le onde sembra scomparsa. Ben osserva la superficie in attesa che riemerga.

« Io non... c'è qualcosa che non va. » In un attimo è in piedi, tira fuori il telefono dalla tasca e lo butta sulla sabbia. Dopodiché sta correndo verso il mare, lasciandosi Ben alle spalle. Lì, lontano dalla riva, la sabbia è grossa, simile a zucchero di canna, ma Grace avanza come se la marea si fosse appena ritirata. Per un momento Ben resta seduto, frastornato, pensando: *Che caspita sta succedendo?* E se questa semisconosciuta fosse pazza? Poi però si alza anche lui, perché per quanto si stia sforzando di individuarlo, l'elegante corpo nero tra le onde continua a non riaffiorare. Tutto è avvolto da una patina rosa, e il rimasuglio di sole tardo-pomeridiano ormai basso gli dà la sensazione che quanto sta succedendo sia irreale, nient'altro che un film.

Quando Ben raggiunge la riva, Grace sta fendendo l'acqua

oltre le boe, dove il mare è scuro e increspato. Il surfista è ricomparso più al largo, e Ben entra a sua volta in acqua con grosse falcate, ritrovandosi le gambe strette nella morsa dei jeans nel giro di pochi secondi. Anche se il freddo lo fa boccheggiare, lui non demorde, ma Grace è già così lontana che non ha speranza di raggiungerla, nessunissima speranza. L'acqua gli arriva ai fianchi quando si ferma. È nel pallone, non riesce a ragionare. Deve chiamare la guardia costiera, ecco cosa deve fare. Con il cuore che gli martella in gola, si gira.

«... stanno arrivando... da voi tra meno di cinque minuti.»

Lì, sulla sabbia bagnata, c'è poco campo e la voce della donna all'altro capo continua ad andare e venire.

«Okay», dice lui benché in realtà non abbia capito, dal momento che non riesce a concentrarsi.

«Le pare che possa trattarsi di una corrente di ritorno?» domanda la voce al telefono.

«Non lo so», risponde lui disperato.

«E li vede ancora?»

Li vede. Li vede.

«... quattro minuti... Questo è...» dice la voce. «Non li perda di vista e rimanga in linea.»

E adesso che guarda, Ben ha l'impressione che Grace si stia avvicinando. Stringe gli occhi. La luce sta cominciando ad affievolirsi ed è difficile vedere bene, ma forse quella è la tavola da surf, con sopra due figure, forse. Copre il microfono con la mano.

«Grace!» grida. «Grace!»

Se lei lo sente non lo dà a vedere. Non risponde.

«Devo tornare in acqua», dice Ben alla donna al telefono.

«... più d'aiuto a noi... resti in linea...»

Il sale gli sta scatenando un fastidioso prurito alle cosce e la saliva gli si è bloccata in fondo alla lingua. Non può starsene lì con le mani in mano.

«... glielo chiederei... Abbia un attimo di pazienza, signore.»

Adesso Ben è percorso da un tremito. Il contatto con l'acqua è traumatico e il pensiero che laggiù possa succedere qualcosa gli dà i brividi. Del resto cosa potrebbe fare lui? Sa giusto come si chiama, ha il suo numero di telefono e dispone di una manciata di informazioni sparse sul suo conto. Parla cinque lingue, immagina di riferire a un poliziotto che lo guarda con compassione. Il giapponese è quella che le piace di più. Ha un ex fidanzato che l'ha mollata, non vuole figli, la sua penna preferita è la Bic blu. Tutto qui. Getta un'occhiata verso l'orizzonte, scrutando la distesa d'acqua scura e agitata. Nulla. Chi potrebbe mai contattare se dovesse avvertire un parente stretto? Allontanando quel pensiero, si dirige di nuovo verso l'acqua, perché non gli importa cosa stia dicendo la donna al telefono, lui deve tirare Grace fuori di lì. Ha assoluto bisogno che stia bene. Il fine settimana deve andare secondo i piani.

E poi ecco l'ululato delle sirene e, quando Ben si gira, la guardia costiera sta avanzando lungo la spiaggia, puntando dritto verso di lui. Il sollievo è come un pugno, e lui alza le braccia in una specie di gesto di resa, agitandosele sopra la testa come un forsennato. «Qui!» esclama, anche se i soccorsi sono diretti esattamente lì. «Veloci! Qui!»

Li tirano fuori dall'acqua così in fretta che è come se in realtà non ci fosse mai stato nessun pericolo. La surfista, che si dà il caso essere una donna con un groviglio di capelli castani che sembrano serpenti, sanguina dalla tempia, ma Ben vede che è cosciente mentre i soccorritori la mettono su una barella, le tamponano la ferita e verificano che non abbia riportato una commozione cerebrale. Lui resta a guardare, impotente, mentre un altro soccorritore porta Grace da parte.

«Piantatela di sventolarmi davanti quell'affare di stagnola», la sente dire. «Sono stata in acqua giusto cinque minuti.»

Il soccorritore fa segno a Ben di raggiungerlo e gli porge la coperta argentata che Grace sostiene di non volere. «Deve farle togliere questi vestiti», gli dice prima di elencare i sintomi dell'ipotermia e di invitarlo a chiamare il 999 per qualsiasi dubbio. Fine. Il veicolo se ne va, lasciandoli soli.

Restano lì, sotto shock. Lei indossa una camicia bianca che oltre a essersi arruffata all'altezza del collo le si è incollata addosso, lasciando intravedere il reggiseno e chiazze di pelle color albicocca. I suoi jeans sono diventati neri e lucidi.

« Si può sapere chi caspita sei? Superwoman? » dice Ben con voce strozzata, e lei sorride. Ma è un sorriso strano, sghembo, e lui si rende conto che Grace sta per scoppiare a piangere.

« Ehi... » dice avvicinandosi e scostandole i capelli dal viso. Cristalli di sale le punteggiano il dorso del naso e la fronte, mettendo in risalto le lentiggini. « Va tutto bene, va tutto bene. Ma sei davvero congelata, Grace. Devi asciugarti. »

Da questa distanza ravvicinata Ben sente tutta la sua potenza. Percepisce qualcosa che non sa spiegarsi ma che gli ha provocato un vuoto allo stomaco, come una buca nascosta lungo una strada sconosciuta. Sa soltanto di volerla conoscere, questa donna brillante, strana, sconsiderata, che gli infonde un senso di pienezza e al tempo stesso lo terrorizza. Vuole scoprire ogni sua singola sfaccettatura.

Ben sente il respiro caldo di Grace sulla pelle mentre lei gli prende la mano, ancora posata tra i suoi capelli. E poi Grace preme le labbra sulle sue, ed ecco il suo sapore salmastro e ferroso, accompagnato da una sensazione di cadere che non si placa sino a quando lei si ritrae di colpo.

« Santo cielo, Ben. » Grace si tira i vestiti bagnati, i capelli. « Sembriamo i protagonisti di un brutto porno anni '80. »

E Ben ride, ma è così eccitato che non sa come comportarsi. Si passa la lingua sulle labbra, leccando il sapore di lei, poi si schiarisce la gola.

« Andiamo. » Grace si incammina lungo la spiaggia. « Ho bisogno di cambiarmi. E anche tu », aggiunge, indicando da sopra la spalla il segno dell'acqua sulla sua maglietta, diventata più scura dall'ombelico in giù.

L'hotel è arroccato in cima a una scogliera a picco sul mare, e quando lo raggiungono Grace ha ceduto alla coperta isotermica, mettendosela sulle spalle. Nel parcheggio ci sono diverse auto costose, e nella hall Ben ammira i divani di velluto, una poltrona Eames e un enorme orologio a stella appeso alla parete. Dal momento che alla reception non c'è nessuno, con sollievo di Ben non devono fornire alcuna spiegazione e possono dirigersi direttamente verso la camera di Grace al secondo piano.

La consapevolezza di quanto sia intima la situazione gli tende un'imboscata quando Grace infila la chiave elettronica nella serratura. È il fatto di trovarsi in una stanza d'hotel, la sua connotazione squallida, ed è sicuro che anche lei abbia la stessa sensazione.

« Dunque... quindi oltre a parlare tante lingue quanto quel portento di Cleopatra sei anche un'atleta. » Ce la sta mettendo tutta per stemperare la tensione mentre entrano in camera.

« Sì, è vero. Non sono niente male. » Grace accende le luci dandogli le spalle, ma dalla sua voce Ben capisce che sta sorridendo. « E poi sono cresciuta sul mare. A Brighton. Ho fatto un corso di salvataggio, come tutti. Santo cielo, sto gelando. Riesco a malapena a... »

« Grace », la interrompe lui, improvvisamente serio. « Sarei dovuto entrare anch'io. »

Lei si volta. Si sta stringendo le braccia intorno al corpo come se volesse dominarsi, ma c'è comunque un che di selvaggio in lei, qualcosa di alterato. Poi gli punta gli occhi addosso, e Ben è attraversato da una scarica elettrica. Restano entrambi in silenzio e lui registra il ticchettio sommesso di un termosifone, o forse di un orologio. E sa di cosa si tratta. Adesso sa per certo per quale motivo sono lì. Grace lo sta fissando dritto negli occhi e irradia una forza tale che lui non riesce a distogliere lo sguardo mentre lei gli slaccia i jeans e abbassa i propri. Dopodiché lui la prende in braccio, spingendola contro la parete e chiedendole « Va bene? », al che lei inclina la testa all'indietro e chiude gli occhi. Il suo corpo è freddo, umido e morbido. Ci sono granelli di sabbia tra le pieghe delle sue cosce e dietro le sue ginocchia, e lui si morde il labbro talmente forte da sentire il sapore del sangue.

Ordinano il servizio in camera. Pan di zucca caldo, gamberi

con salsa *aioli*, cuori di carciofo con olio al tartufo. Cheddar stagionato, schiacciatine al carbone vegetale, olive kalamata. Ciliegie sciroppate, marzapane e mousse di cioccolato fondente servita dentro vasetti di vetro fumé. La stanza si affaccia sul mare e loro si siedono sul letto a guardare l'acqua ormai nera sotto il cielo notturno con indosso gli accappatoi di spugna che erano appesi dietro la porta del bagno. E mangiano come se temessero che tutte quelle prelibatezze potessero svanire nel nulla da un momento all'altro.

«Sembra tutto così irreale», dice lui leccando il cioccolato dal retro di un cucchiaio freddo.

«Cosa, questo cibo sublime?» Grace ha una ciliegia in bocca e mentre parla un po' di succo le gocciola sul mento, finendo sull'accappatoio bianco. «Merda.» Ride, poi si asciuga la faccia con la manica, sporcandola di un bel rosso acceso.

«Bello.» Ben scuote la testa e sorride.

«Ma sì, candeggiano comunque tutto anche dopo un solo utilizzo.» Alza le spalle, le riabbassa. «Cos'è che ti sembra irreale?» chiede poi.

Lui non risponde subito. Vorrebbe dirle che è di una bellezza assurda, mentre è seduta lì, sul letto, con le gambe incrociate, i postumi del sesso ancora sulle guance. Che è diversa da chiunque, da qualunque donna lui abbia mai incontrato.

«Cosa?» insiste lei.

«Questo.» Ben si passa una mano tra i capelli. «Tu. Tutto. Quella cosa pazzesca sulla spiaggia... È successa davvero?»

«Ti riferisci al fatto che ho salvato una donna che stava per annegare? È stato un gioco da ragazzi, per una che ha imparato da autodidatta il congiuntivo spagnolo a dodici anni», risponde lei facendo spallucce.

Quando Grace sorride, Ben la prende per le spalle e la spinge contro la testiera del letto. La tiene bloccata, ridendo, e aspetta che gli occhi scuri di Grace si facciano seri prima di premere di nuovo la bocca sulla sua.

Oggi

Secondo un nuovo studio dell'Ufficio nazionale di ricerca economica degli Stati Uniti, non esiste età peggiore dei quarantacinque anni. Per la precisione quarantacinque anni e due mesi. Lo sostiene Anthony Blanche, ex economista della Bank of England, che ha analizzato i dati raccolti in centotrentadue Paesi di tutto il mondo.

Nel Regno Unito lo studio si è basato su quanto emerso dal sondaggio annuale sulla popolazione, che ha sottoposto ai partecipanti la seguente domanda: « Nel complesso quanto definisce soddisfacente la sua vita al momento? » Le risposte hanno indicato che dai quarant'anni in poi il livello di felicità era drasticamente diminuito.

Mentre svolta sulla strada principale, Grace sbuffa, ripensando all'articolo che ha letto sul *Guardian Online* la settimana prima. Due mesi esatti dopo il suo quarantacinquesimo compleanno, per la precisione. Era stato uno di quei momenti alla *Truman Show* in cui aveva avuto la sensazione che qualche essere onnipotente fosse appostato da qualche parte a osservarla, studiarla, ridere di lei. Come se Grace fosse un ragno gambalunga cui strappare le zampe una per una, sino all'ultima, in uno spietato esperimento umano.

Il caldo torrido e assurdo di quella giornata sembra ardere anche dentro di lei mentre passa davanti al salone delle unghie, al negozio Oxfam, alla gastronomia giapponese, e adesso le prude anche la vagina: non può continuare a fare finta di niente. Sono due minuti che le prude. Macché. La vagina le prude da due anni. Le prude tutto. *No*, pensa, *no*, perché non può usare un altro ovulo di Canesten questo mese, non può proprio. Ha già superato il numero massimo di ovuli consentito nell'arco di sei mesi di... non ha nemmeno idea di quanti ne abbia usati. Di sicuro una quantità maggiore di quella raccomandabile dal punto di vista clinico. Molto maggiore. *È quell'età...* le aveva detto sua madre in tono allusivo quando un giorno Grace aveva ceduto e l'aveva chiamata per chiederle consiglio. *Da adesso in avanti vedrai che là sotto comincerà ad andare tutto a rotoli, e non solo là sotto, se è per questo...*

Guardando attraverso i vetri della nuova caffetteria, quella in cui pare che anche Harry Styles si procuri la sua dose giornaliera di caffeina, Grace rimane colpita da quanto *tutti* appaiano tristi, che abbiano l'età incriminata oppure no. Giovani, vecchi, maschi, femmine, neri, bianchi, mulatti... Tutti con la faccia tirata, mosci sotto quel sole acido e rovente, con lo stress che esce da tutti i pori e si diffonde come un virus. Allo stesso modo in cui il sorriso di una cassiera di Tesco dovrebbe passare di cliente in cliente creando una catena di buonumore. Solo che qui funziona esattamente al contrario.

Il traffico è una massa metallica pulsante, e Grace ha uno strano sapore in bocca che le dà la nausea. Una donna bionda sta bloccando lo stretto marciapiede più avanti. Ha le guance arrossate, così come la pelle che spunta da sotto il collo floscio della sua maglietta. Dev'essere sulla trentina, anche se a Grace sembra davvero troppo giovane per avere un figlio nel passeggino e un altro legato sul davanti con una fascia annodata in maniera complicata. Alle maniglie del passeggino sono appesi alcuni sacchetti della spesa che sbattono contro le gambe della donna. Il neonato sta alzando le braccia e la sua mano è una piccola stella paffuta. Con la testa inclinata all'indietro, fissa il cielo.

Un ricordo si avventa su Grace e la cattura. E lei si ritrova in mezzo al parco, con una bimba avvolta in un fagotto morbido e pesante sul fianco, a indicare un albero colpito dal sole. *Guarda le foglie*, sta dicendo. *Guarda*. Ma sta parlando tanto con se stessa quanto con la bimba tra le sue braccia, perché come ha potuto non accorgersene prima? È come se non avesse mai osservato nulla. Come se stesse facendo incetta di meraviglia per la prima volta, come se la sua bambina le stesse insegnando a guardare. Il suo collo è allungato, e sopra la sua testa fragili foglie di un vivace color lime disegnano una splendida volta simile a un mosaico. È uno spettacolo meraviglioso, pieno di vita, soprannaturale, il principio di qualcosa che Grace riesce a stento a comprendere ma che assomiglia alla speranza, e che la inebria.

Dopodiché la sua mente fa uno scarto di lato, e lei ricorda, ricorda... Ed è troppo tardi, ormai Grace ha visto: è riuscita a scorgere lo strappo oscuro nella trama delle cose. Tende una mano, appoggiandosi per un momento al muro del negozio di prodotti bio perché si sente sopraffatta. La calura, il trambusto, i pensieri nella sua testa. Cosa crede di fare? Dovrebbe arrendersi e tornare a casa, rinunciare a quell'impresa ridicola in cui si è imbarcata. Aspetta che si crei un varco nel fiume di gente, poi si gira e ripercorre i suoi passi.

Arrivata alla gastronomia si ferma di colpo. Qualcuno – un uomo con un vestito troppo attillato – la urta da dietro, impreca sottovoce e la supera, voltandosi a lanciarle un'occhiataccia. Ma lei quasi non ci fa caso. *Forza, Grace*, pensa. E poi stringe i pugni, facendosi coraggio. Il punto è che non ha scelta: sa di doverlo fare, quindi si gira sui tacchi. Le basterà mettere un piede davanti all'altro per arrivare a destinazione.

Quando il suo telefono comincia a squillare, Grace lo prende in automatico e risponde prima che il cervello abbia il tempo di fermarla.

«Grace, finalmente ti ho trovata.»

Paul. È Paul.

«Grace?»

Cazzo.

«Paul, ciao. Mi dispiace tanto, volevo chiamarti. Voglio dire, ovviamente...» Se lo immagina seduto nel suo ufficio minuscolo e soffocante vicino a Fleet Street, con la felce dall'aria preistorica che sembra sul punto di morire di sete nell'angolo e le pareti tappezzate di libri.

«Grace, ho dovuto assegnare la traduzione di Yamamoto a qualcun altro. Avresti dovuto consegnarla due mesi fa, e io non posso continuare a inventarmi scuse...»

Non ci sono preamboli e Paul sta misurando le parole, come se leggesse da un copione. Il cuore di Grace comincia a battere all'impazzata mentre lei lascia la via principale e imbocca una strada residenziale.

«... so che non è stato un periodo facile per te... be', ormai è passato parecchio, voglio dire, da quando... da quando...» Balbetta. «... e il fatto, Grace, è che devo pensare agli affari. Mi dispiace ma mi vedo costretto a fare a meno di te.»

Pronuncia l'ultima parte tutto d'un fiato, e sembra così una frase fatta che per poco Grace non scoppia a ridere. O forse è il trauma provocato da quelle parole a scatenarle la strana sensazione di avere lo stomaco sulle montagne russe.

«Ascolta, Paul...» attacca. Ma cosa può mai dire? Che ha bisogno di questo lavoro. Che ne ha bisogno tanto per la sua autostima quanto per i soldi, perché due mesi fa la direttrice della scuola primaria Stanhope nella quale Grace ha lavorato negli ultimi tre anni ha deciso di non rinnovare il suo contratto part-time. Anche allora Grace ha dovuto sforzarsi per impedire a un bizzarro sorriso intrappolato dentro di lei di invaderle la faccia, mentre la direttrice la chiamava «Madame Adams» e blaterava di tagli al budget per le ore di lingua, quando sapevano entrambe che i tagli non c'entravano un bel niente.

Si stringe tra le dita la pelle in mezzo alle sopracciglia, poi ritenta. «Non avresti potuto scegliere un momento peggiore, Paul. Sappilo. Il peggior...»

Lui però la interrompe. Non la sta neanche ascoltando. Ha già le sue battute pronte, sa già cosa deve mettere in chiaro. «... quindi mi dispiace davvero, Grace. Lavori con noi da così tanto, saranno vent'anni, no? E va da sé che sei bravissima in quello che fai, sei di gran lunga la nostra miglior collaboratrice esterna, e sono sicuro che non farai nessuna fatica a trovare altri incarichi, ma io non posso... » Paul non finisce nemmeno la frase. « So che lo sai. »

No, pensa Grace. No che non lo sa. Ma non ha più intenzione di starlo a sentire. Vuole soltanto che taccia. Mentre Paul parla di pagarle il doppio di quanto pattuito per il lavoro che ha completato sinora, lei pigia la piccola icona rossa sullo schermo e riattacca.

« Ehi, sorridi, tesoro, un po' di ottimismo! »

Grace alza lo sguardo di scatto. Poco più avanti, in un giardino, un uomo sta tenendo ferma una scala contro la parete di una villa squadrata in stile edoardiano, mentre un altro – calvo e scottato dal sole – è sull'ultimo piolo con un tergivetro telescopico e le rivolge un'occhiata lasciva. Dalla finestra che sta pulendo sgocciola acqua saponata marrone. Sul cuoio capelluto di Grace si diffonde un formicolio.

C'è un silenzio carico d'intenzione, uno sguardo insistente, gradasso.

« Forza, e faccelo un sorriso. »

Grace sente che sotto le ascelle e in mezzo alle gambe stanno cominciando a formarsi chiazze bagnate, ed è sicura che il sudore sia ben visibile. Ha quasi raggiunto i due uomini e sta cercando la risposta perfetta, ma non c'è nulla da rispondere, lo sa. E si sta preparando a stamparsi in faccia l'espressione impassibile che tiene sempre lì, a portata di mano sotto la superficie per momenti del genere, quando l'uomo esclama: « Cosa? Non mi dire che sei una di quelle femministe incallite del cazzo ». Adesso sta guardando il suo collega, non lei, con una smorfia disgustata che vorrebbe essere comica, e poi alza la voce per il gran finale. « Sai cosa ci vuole per voi? Un bel tranquillante e una ceretta alle gambe. »

Qualcosa dentro di lei si spezza. Le sembra addirittura di sentire lo schiocco.

Okay, sai che c'è? pensa. *Oggi non è giornata.*

Pianta i piedi a terra e si sporge verso di lui come se stesse per confidargli qualcosa. «*Que te den*», dice con voce forte e decisa. «*Usero. Vas te faire enculer. Poshel na khuy. Rot op.* Ti ho appena mandato a fanculo in cinque lingue diverse.» Alza le mani, allargandole con fare innocente, poi storce la faccia in una finta espressione preoccupata.

Lui sta guardando il suo collega, sempre sogghignando, ma qualcosa ha iniziato a cedere intorno alla sua bocca e ai suoi occhi, e Grace capisce di averlo destabilizzato – umiliato – perché adesso sembra proprio che quell'uomo preferirebbe essere giù, a terra, anziché in bella vista in cima alla scala. A quel punto Grace abbassa le mani e sferra pugni nell'aria con entrambi i medi prima di voltarsi e andarsene.

«Pazza furiosa che non sei altro!»

Le sue parole sono un colpo ai reni, ma Grace raddrizza le spalle e continua a camminare, ed è a metà della via quando l'adrenalina entra in circolo, pompandole nelle vene. Lei sa che dovrebbe essere euforica per ciò che ha appena fatto, che dovrebbe sentirsi liberata. Eppure non riesce a scrollarsi di dosso il residuo di odio malcelato di quell'uomo, l'aggressione che – Grace ne è certa – giustificherà sostenendo che era *soltanto una battuta.*

Il ramo basso di un platano la costringe a chinare la testa, e quando le foglie le sfiorano i capelli sembra che qualcuno le abbia infilato una mano nell'addome per tirarle fuori le budella. Non riesce a credere di avere una figlia che oggi compie sedici anni; una figlia che non la vuole vedere. È come se avesse partorito e, dopo un solo battito di ciglia, si fosse ritrovata lì, quarantacinquenne, con l'utero che comincia a rinsecchirsi e la vita che cade a pezzi. Ben abita a nord di Londra, dall'altra parte di Swiss Cottage, e la festa – un barbecue in giardino – dovrebbe cominciare alle quattro. Grace ha deciso che arriverà con la torta prima degli ospiti: vuole regalarla a Lotte, e non ha nessun bisogno di un pubblico. Controllando l'ora sul telefono ha un sussulto: sono già le 13.08. È a meno di un quarto d'ora a piedi da casa sua, e sta camminando da quasi un'ora. Com'è successo? Che fine ha fatto il tempo?

Ce la farà, a qualunque costo, e Lotte capirà. Le dimostrerà quanto le vuole bene. Riporterà sua figlia a casa.

Quattro mesi prima

Hola... Non scrivo da una vita lo so e non ho tanto tempo perché è mezzanotte meno dieci, ma in una scala da uno a dieci oggi è stata una giornata da sotto zero e ho bisogno di sfogarmi. Non ho visto T, che è una cosa brutta ma forse anche bella considerato che ho la pelle ORRENDA e sono un MOSTRO. Il ciclo non mi è ancora arrivato e la mia faccia è un disastro totale, come se fosse sul punto di esplodere, e Leyla mi ha fatto notare davanti alle Dive che avevo il fondotinta spalmato sull'attaccatura dei capelli. Ahahah brutta stronza. Ma manco a farlo apposta a biologia siamo schiattati dal ridere perché stavamo facendo DI NUOVO il ciclo mestruale e il prof Laghari si è seduto come suo solito sulla cattedra di fronte alla classe a gambe larghe come se non avesse NESSUNISSIMO problema a parlarne, e poi Vee ha lanciato un tampone dal fondo della classe e il prof Laghari ha detto tipo: dev'esserti caduto qualcosa, Vee, che pensandoci è stata una risposta super da parte sua, bisogna ammetterlo, ma sto divagando perché non voglio scrivere la prossima parte ma non posso nemmeno non scriverla... Oggi è arrivata una lettera dalla scuola e adesso mamma sa tutto, ma non sa neanche niente. Merda merda. Cosa faccio????

Grace non può dire a Lotte quello che sa. Perché farlo significherebbe confessare di aver letto il suo diario. Ma è arrabbiata, preoccupata, confusa, e freme sotto il peso di quel fardello mentre aspettano sulle sedie di plastica blu fuori dall'ufficio del preside. Oggi piove, poco più avanti in corridoio c'è un secchio per raccogliere l'acqua che cade dal soffitto, e lo sgocciolio è come una tortura. Quel posto ha il classico aspetto di un prefabbricato fatiscente che potrebbe essere spazzato via in un attimo da una tempesta. Ogni volta che Grace viene qui e nota questa terribile carenza di investimenti, si ritrova sopraffatta dall'ansia e le affiorano alla mente immagini di soffitti, finestre, pareti crollate... immagini di studenti, di *sua figlia*, tutti insanguinati, malconci, morti. Una griglia di giovani facce sorridenti trasmesse da tutti i notiziari della sera.

« Ciao Lotte. Signora Adams. »

Lei alza la testa di scatto. Il preside finalmente ha aperto la porta ed eccolo lì, magro, con quel naso lungo e un'espressione neutra in faccia.

« Mi dispiace di avervi fatto aspettare. » Si raddrizza la cravatta, evitando il più possibile qualsiasi contatto visivo. « Venite pure. »

Lotte entra per prima, con la schiena ricurva, e Grace è riluttante mentre la segue, perché ha la sensazione di essere anche lei in procinto di prendersi una strigliata. L'ufficio è ordinato e grigio, e nell'aria viziata aleggia l'odore dolciastro di un pranzo portato da casa. Indicando due sedie imbottite basse, il preside le invita ad accomodarsi, poi prende posto dall'altro lato della scrivania, su una poltrona molto più alta. Nelle budella di Grace si incendia qualcosa. È un gioco di potere. Non per niente il preside si chiama John Power. Le sta letteralmente guardando dall'alto in basso e Grace, sentendosi piccola, sminuita, entra subito in modalità di attacco.

« Allora, Lotte », dice il preside giungendo i palmi e appoggiandoli poi sulla scrivania. « Cosa sta succedendo? »

Lotte fa spallucce. Grace avverte lo spostamento d'aria sulla sua pelle, come se tutti i suoi sensi si fossero acuiti.

« In che senso? » mormora sua figlia.

John Power sfodera un sorriso che in realtà non è affatto un sorriso. « La tua frequenza è scesa sotto la soglia del settanta per cento, Lotte. Al telefono tua madre ci ha detto che non hai avuto nessun problema di salute. Cosa sta succedendo?»

Segue un silenzio che Grace comincia a colmare, ma John Power alza una mano per fermarla. Se le avesse detto apertamente di stare zitta l'effetto sarebbe stato lo stesso.

Lotte non è sua figlia, vorrebbe dirgli Grace.

«Lotte?» Il preside strascica la *e* in tono d'accusa.

«Non so a cosa si riferisca.» Sua figlia tiene la testa china.

Il preside fruga tra alcuni documenti sulla sua scrivania. «Questo» – prosegue sollevando un grafico – «riporta le tue presenze e le tue assenze, Lotte. Se non sei stata malata, è evidente che hai bigiato, quindi te lo chiedo di nuovo: cosa sta succedendo?»

Mentre osserva il grafico, con le assenze messe nero su bianco, d'un tratto Grace si pente di non averne parlato prima con sua figlia. Non come avrebbe dovuto almeno. Si pente di aver aspettato sino a ora. Non sa cosa le sia saltato in mente.

«Non ho bigiato.» Lotte comincia a piangere.

«Ascolti.» Grace si sporge in avanti su quella stupida sedia da gnomi. L'istinto la spinge a difendere sua figlia, a proteggerla, benché abbia letto il suo diario e sappia che non sta dicendo la verità. È piuttosto evidente per tutte le parti coinvolte. Vorrebbe chiederle cosa stia nascondendo, cosa ci sia di così terribile da non riuscire a parlarne.

«Senta, forse non lo sa, ma nove mesi fa io e il padre di Lotte ci siamo separati.» Appoggia una mano sulla schiena di sua figlia, al centro, sentendo il calore umido che si irradia attraverso il blazer di nylon. «Naturalmente è stato un periodo difficile per tutti noi...» Non conclude nemmeno la frase, ma nella sua voce sente distintamente la vergogna che vorrebbe non far trapelare.

John Power comincia ad annuire prima ancora che lei abbia finito di parlare. Adesso le sue guance hanno acquistato colore e Grace gli legge in faccia che sta ricalcolando tutto, in preda a un leggero senso di panico, per cercare di aggiustare il tiro.

«Ah, okay, allora vi informo che abbiamo un ottimo servizio

di assistenza psicologica qui a scuola, e anche un programma di mentorato, che credo dovremmo prendere in... »

« Non ho bisogno di un cazzo di psicologo! » Di punto in bianco Lotte è in piedi e sta gridando. « Non sono una dei vostri studenti rimbambiti con l'ansia. » Con le dita disegna nell'aria una coppia di virgolette mentre pronuncia in tono sprezzante la parola *ansia*.

« Lotte, aspetta... » Grace si alza e prende sua figlia per il gomito. Non l'ha mai sentita dire parolacce ad alta voce prima d'ora. I suoi polmoni sembrano sul punto di esplodere. Questa non è la ragazza che porta a casa ottime pagelle, fa sempre i compiti ed è educata con gli insegnanti. Non è la figlia che conosce. All'improvviso vorrebbe che Ben fosse lì, vorrebbe avere qualcuno al suo fianco ad affrontare la situazione. Non gli ha parlato della lettera della scuola, e nemmeno delle e-mail che sono seguite. Per qualche motivo riteneva di dover essere lei a risolvere quell'impiccio. Voleva dimostrare a se stessa di poterci riuscire senza di lui, di essere all'altezza.

« Signora Adams, temo che questo linguaggio non sia appropriato, e Lotte ne è consapevole. » John Power si alza, ergendosi al di sopra della sua scrivania. Emana un odore di bagnoschiuma da uomo scadente che a Grace dà la nausea.

Lotte si libera dalla presa di sua madre, e lei sente un freddo inaspettato sul palmo della mano, nel punto in cui sino a un attimo fa c'era il gomito di sua figlia.

« Vi sembra che abbia dieci anni? Non ho nessuna intenzione di farmi fare la predica! » grida Lotte. « Fanculo le sue stupide regole, fanculo la sua scuola di merda! » Con tre falcate attraversa l'ufficio, spalanca la porta ed esce sbattendosela alle spalle.

2002

Bon. Jour!

La deliziosa Grace Adams non ha soltanto un bel visino, ma è anche una brillante linguista! La migliore del Regno Unito, per l'esattezza. La ventottenne londinese si è aggiudicata il titolo di poliglotta dell'anno in un'accanita competizione che ha visto concorrenti di ogni angolo del Paese sfidarsi per conquistare l'ambito riconoscimento.

La talentuosa Grace, traduttrice laureata alla University of Nottingham, parla fluentemente ben CINQUE lingue straniere, ossia francese, spagnolo, giapponese, russo e olandese. Queste le sue parole dopo il conferimento del premio: « Sono entusiasta di aver vinto e non riesco quasi a crederci. Adoro le lingue, e questo è un sogno che diventa realtà ».

Sul grande tavolo davanti al produttore dello studio televisivo sono disposti diversi ritagli di giornale. Per Grace è sconcertante vedere se stessa così, coperta di elogi e al tempo stesso di commenti sessisti. Una ragazza da pagina centrale, non per merito delle sue tette ma del suo cervello. Citazioni banali attribuite a lei, frasi che è piuttosto certa di non aver mai pronunciato. *Sono entusiasta... un sogno che diventa realtà...* È contenta, ovvio. È quasi una celebrità! Ma al tempo stesso una parte di lei vorrebbe appallottolare quegli articoli e lanciarli nel cestino.

«Allora, Grace», sta dicendo Ed, il produttore. «Abbiamo una proposta da farti.»

Lei alza gli occhi dai ritagli di giornale e lo guarda. Dev'essere sulla quarantina, con folti capelli scuri, una fronte ampia e denti di un bianco abbagliante. Sopra la sua spalla c'è la parete di vetro del suo ufficio, dietro la quale diverse persone ben vestite alle loro postazioni di lavoro fingono di non guardarla.

«Okay.» Grace deglutisce.

«Stiamo per lanciare un nuovo programma. Una specie di *Countown*, ma in versione più contemporanea.» Beve un sorso d'acqua. «È quasi tutto definito, siamo pronti a partire, e avevamo già in mente un conduttore, poi però...» Indica gli articoli di giornale sparpagliati tra loro. «Poi abbiamo visto te. Vorremmo che fossi la nostra Carol Vorderman, non per la matematica, ma per le lingue straniere...» Ride. «Scusa, non ho resistito. Ma voglio dire, in sostanza saresti la nostra esperta linguistica. Un'esperta linguistica vivace e poliglotta. Insomma, una cosa divertente, non chissà che.» Allarga le braccia come se stesse reggendo uno scatolone gigante. «Ma sarebbe comunque un impegno: una, due volte alla settimana, non siamo ancora sicuri al cento per cento. Gireremo alcune puntate di prova e così via, ma si tratta perlopiù di una formalità. Il tuo viso è perfetto. Se lo vuoi, il lavoro è tuo.» Tamburella le dita sul tavolo. «Cosa ne pensi? Sei interessata?»

Grace avverte una specie di sfrigolio allo stomaco che le provoca una leggera nausea. Immagina se stessa nell'umido seminterrato in cui abita a Chalk Farm, tutta sola a tradurre riga dopo riga l'ennesimo thriller mediocre con un elevato numero di vittime femminili. O, peggio ancora, ad arrancare sino all'ultima pagina di un manuale di ingegneria in giapponese. «Credevo mi avreste chiesto di partecipare a un documentario o qualcosa del genere. Questo, ecco... voglio dire, certo che sono interessata. Almeno credo.»

«Bene.» Il produttore sorride come a dire: *ovvio che sei in-*

teressata. Ha un pezzo di cibo incastrato sopra uno dei denti troppo bianchi. «Adesso la parte noiosa. I dettagli.»

Mentre lui le illustra la proposta, la mente di Grace si divide. Una parte di lei sta cercando di rimettersi in pari. Sta succedendo realmente? È davvero in grado di fare una cosa del genere? L'altra parte sta cercando di elaborare le parole di Ed. Dopodiché lui si sta alzando dalla sedia: lo aspetta un'altra riunione.

«Pensaci su.» Il produttore raccoglie i ritagli di giornale. «Ovviamente il tempo stringe, quindi ho bisogno di una risposta entro diciamo... domani mattina alle dieci?»

Grace è assalita dal panico al pensiero di lasciarsi sfuggire un'occasione del genere. «Be', sarei una pazza a dire di no.»

«Quindi è un sì?» chiede il produttore inarcando le sopracciglia.

«Ecco, credo...» Grace ride.

«Ottimo.» Ed le stringe la mano. «Prepareremo i contratti e mi farò vivo.»

Sono già sulla porta quando Ed si gira. «Ah, un'ultima cosa.» Lo dice come se gli fosse venuto in mente soltanto adesso, ma c'è qualcosa di artefatto – imbarazzato – nel modo in cui schiocca le dita e si strizza le guance fingendo di essersene appena ricordato. «La tua età. Voglio dire, sei in *quell'età*, no? Non avrai intenzione di fare un figlio a nostre spese, vero?»

«Oh, per carità, no», risponde Grace con un sospiro enfatico. «Non voglio figli. Non fanno per me.»

Il viso di Ed si rilassa. «Mi fa davvero piacere, Grace. L'ultima donna che è venuta per un colloquio mi ha fatto una piazzata che non puoi capire quando le ho rivolto la stessa domanda.» Si mette le mani sui fianchi e scuote la testa con espressione incredula. Poi le apre la porta e la invita a precederlo.

Qualcosa non le dà pace mentre scende i gradini dell'edificio e torna in strada. È quello che ha detto il produttore sulla sua maternità. O meglio, sulla sua *non* maternità. Ha la sensazione di essere stata colta in contropiede. Lei ha risposto così non per dire la cosa giusta, ma perché è vero. Eppure per qualche motivo ha la sensazione di essersi messa in combutta con lui, tradendo così l'altra donna, quella venuta prima di lei, e tutte quelle che verranno dopo. È come se stando lì nel suo ufficio con le pareti di vetro, a respirare l'odore acido di caffè del suo alito, si fosse inavvertitamente trasformata in una volgare complice del patriarcato.

Lì di fronte c'è uno Starbucks, e Grace va a prendersi un tè alla menta piperita. È nel cuore di Soho, un quartiere affollato di turisti, creativi e gente che fa shopping, e Grace non riesce a immaginare un posto peggiore in cui trovarsi, perché con tutto quello che è appena successo le gira la testa. Trova uno spazietto in cui infilarsi davanti alla vetrina, accanto a un gruppo di adolescenti italiani, e tira fuori il cellulare. Ci sono due nuovi messaggi. Avvicinandosi il telefono all'orecchio, si sforza di sentire. Il primo è un messaggio in segreteria di sua sorella Cate: « Allora cos'ha detto Mike TV? Vuole sfruttarti? Scommetto di sì. Adesso vado a letto, qui è l'una del mattino, ma chiamami domani. Baci ».

Lei ha ancora gli occhi alzati al cielo e le labbra increspate in un sorriso quando parte il secondo messaggio. « Ehi, Grace, sono Ben Kerr. La settimana prossima sarò a Londra. Ti andrebbe di vederci? Chiamami. »

Il suono della sua voce la riporta là, nella stanza d'hotel, il corpo di Ben premuto contro il suo, il sapore intenso ed eccitante di lui. Grace chiude di colpo il telefono. Non ha nessuna intenzione di abbandonarsi a quei pensieri. Il fatto è che avrebbe già dovuto richiamarlo, lo sa. Non ha risposto al suo ultimo messaggio in segreteria, e dopo la Cornovaglia si sono sentiti una volta sola, quando lei gli ha fatto sapere di essere rientrata sana e salva. Guardando fuori della vetrina della caffetteria, Grace ha la sensazione che il suo cervello possa esplodere e uscire dal vetro, riversando una pioggia di carne e sangue sullo splendido caos che regna là fuori. Ben le piace, le piace davvero. È intelligente, sexy, ama le lingue come lei. L'ha fatta ridere; l'ha fatta sentire come non si sentiva da tempo immemore. Il modo in cui ha studiato il suo viso, come se stesse cercando di interpretarla, come se volesse conoscerla. Pensa al suo corpo sotto le sue dita, ai muscoli tesi e al vigore inaspettato, alla scia di peli neri che si diparte dal suo ombelico, alle sue pupille, diventate quasi liquide quando ha raggiunto il culmine del piacere... Grace ferma all'istante il cervello. Ci sono moltissime ragioni per non farsi coinvolgere. È appena uscita da una relazione orribile. Lui abita a centinaia di chilometri di distanza. E adesso questo. Grace strizza gli occhi verso l'edificio dall'altra parte della strada. Questa offerta di lavoro assurda. La verità è che non può farlo. Non può permettersi di contattarlo. Adesso non è proprio il momento.

Oggi

Le sudano gli occhi. Grace crede sul serio di essersi trasformata in una grossa ghiandola sudoripara che perde, considerato che il sudore le sta uscendo dai posti più impensati. Non si stupirebbe di scoprire che le stanno sudando anche le unghie e i denti. Mentre passa davanti alla libreria dell'usato, al parrucchiere per bambini, alla macelleria, Grace getta un'occhiata al proprio riflesso, aspettandosi di vedersi luccicare. Quel caldo folle e disumano non sta risparmiando nessuna parte di lei. *Sembro una vecchia gallina nella pentola per il brodo*, pensa. Si asciuga la faccia con il palmo della mano, ritrovandosi una patina viscida sulla pelle, ma continua a camminare. Più avanti c'è la pasticceria – riesce quasi a scorgerla dietro la curva – e immagina la torta che la sta aspettando, a forma di villa con tanto di piscina. E poi una fila di letti matrimoniali, un braciere da esterno, olio abbronzante, Dani Dyer e Jack Fincham appollaiati in cima, lei in bikini fluo, lui in slip da mare abbinati. Sarà una battuta che capiranno solo loro due – lei e Lotte – e che riuscirà a ricucire il loro rapporto.

Fuori della farmacia una donna con le labbra rossettate le piazza davanti un volantino.

«Dieci per cento di sconto su tutte le creme solari. Il miglior prodotto anti-età che esista», dice con un sorriso stampato in faccia.

Grace scuote la testa mentre una fitta di irritazione le attraversa lo stomaco. Poi però le viene in mente una cosa e si ferma di colpo. La prescrizione per un cerotto ormonale che sta nella sua borsa da tre mesi. Una prescrizione che ha impiegato un anno a procurarsi, dal momento che non va dal medico perché, ecco, tutti i suoi sintomi lasciano supporre che abbia un cancro. O che stia direttamente per morire.

« L'offerta è valida soltanto per oggi... » ritenta la donna, ma il volantino le si affloscia in mano, come se avesse deciso di gettare la spugna con Grace, con quel lavoro, con la vita. Grace guarda dentro la farmacia attraverso la vetrina. Entrerà e uscirà al volo, questione di un paio di minuti, del resto oggi è l'inizio di qualcosa, o forse la fine, non ne è sicura, ma in ogni caso è in corso un cambiamento epocale. Lo sente.

« Mi scusi. » Grace passa davanti alla donna ed entra. Appena sente l'aria condizionata le sembra di aver varcato la soglia del paradiso.

C'è una coda che parte dal bancone e si snoda sino in fondo alla corsia di prodotti per la cura della pelle dal prezzo esorbitante. È troppo lunga, Grace lo sa, ma l'aria fresca è un balsamo per la sua anima e lei prende posto in fondo alla fila; aspetterà cinque minuti, non uno di più. Sullo scaffale accanto a lei c'è una cesta di vimini piena di asciugamani per il viso; lei ne prende uno e si asciuga furtivamente le mani. Poi se lo porta al petto e fa lo stesso, infilandoselo nello spazio appiccicaticcio tra i seni con un sospiro di sollievo. Ma dietro di lei qualcuno le si è avvicinato troppo. Grace posa l'asciugamano e si gira quel tanto che basta per vedere la donna alle sue spalle, che avrà forse un paio d'anni in più di lei. Sfoggia un'abbronzatura impeccabile e una chioma castana e lucente fonata con cura; sta guardando dritto davanti a sé, gli occhi fissi sul bancone. Qualcosa in Grace accelera. *Perché mi stai così attaccata?* vorrebbe chiederle.

Il ronzio della musica di sottofondo le risuona nelle orecchie e, se potesse, Grace lo scaccerebbe con una manata, come farebbe con una zanzara. Lo stesso vale per la donna, che le sta ancora troppo vicina nel tentativo di farsi strada verso il bancone. Grace si sta forzando di non pensare a niente. Di non pensare al fatto che ha appena perso il lavoro, di non pensare a dove dovrebbe essere in questo momento. Di non pensare che ciò che sta facendo – o meglio, ciò che *non* sta facendo – comincia a sembrare un atto di autosabotaggio. Quando controlla l'ora sul telefono viene assalita dal panico. Ma la coda si sta muovendo: negli ultimi sessanta secondi Grace ha fatto uno scatto avanti da Clarins a Vichy. La donna alle sue spalle allunga il braccio e prende qualcosa dallo scaffale, lo esamina e lo rimette giù. E nel farlo è avanzata, soltanto un pochino, tanto che adesso lei e Grace sono quasi fianco a fianco. Il cuore di Grace comincia a battere più in fretta e lei irrigidisce le spalle per bloccare l'avversaria. Il cliente davanti a lei puzza di capelli non lavati, ma Grace gli si avvicina più che può, non ha scelta. La donna fa lo stesso.

Grace non riesce a pensare ad altro. Alla donna dietro di lei. Ha contratto tutti i muscoli, assumendo una postura innaturale per cercare di tenerla alla larga, ed è rosa dall'odio. Ma c'è anche qualcos'altro: una disperazione assoluta, perché davvero, questa impazienza non è affatto necessaria. Questa aggressività inutile per cui tutti sono sempre tesi come corde di violino pronte a spezzarsi da un momento all'altro. Grace ha deciso che non se ne andrà, a prescindere da quanto possa volerci. Sarà lei a vincere la battaglia. Sarà lei a farsi servire per prima.

« Prego. » Il farmacista sta facendo segno verso di loro. Porta un cordoncino dall'aria ufficiale intorno al collo e i suoi occhi sono puntati sul viso dell'altra donna.

Prima che Grace abbia il tempo di riscuotersi, la sua rivale fa un passo avanti.

« Mi scusi. » Grace agita una mano in direzione del farmacista. « C'ero prima io. Tocca a me. »

La donna si gira. Le sue sopracciglia disegnano una V perplessa. Davanti all'espressione di sconcerto esagerato che prende forma sul suo viso – come a dire: *Ehi, che fine ha fatto il tuo autocontrollo?* – Grace non può fare altro che pensare a Lotte.

L'uomo dietro il bancone scocca a Grace un sorriso ostile. Il nome sul suo cartellino è Chris. « Sarò da lei tra un minuto, va bene? » le dice.

« Un momento, no », risponde Grace. E adesso passa davanti all'altra donna, urtandola con il fianco. « No che non va bene. Ho fretta. Sono qui in coda da dieci minuti e sono stata davanti a questa donna per tutto il tempo. » Si gira verso di lei, rendendosi conto di avere gli occhi spiritati. « C'ero prima io. Lo sa, lo sappiamo entrambe. Qual è il suo problema? »

A quel punto interviene l'uomo con il cordoncino. « Come ho detto, adesso sto servendo questa cliente, ma sarò da lei tra un minuto, signora. » Più che *signora*, sembra che stia dicendo *signorinella*. « E se non le sta bene, quella è la porta. » Si gira di nuovo verso l'altra donna inarcando le sopracciglia. « Okaaay, come posso aiutarla? »

Grace sente nascere dentro di sé un moto di ribellione, come un grido.

Perde l'uso della ragione e sbatte il braccio sul banco, strisciandolo a tutta velocità sulla superficie e investendo scatole di caramelle per la tosse, elastici per capelli di plastica, balsami labbra bio, barrette energetiche, un espositore di occhiali da lettura, anelli d'argento antirussamento e un barattolo per le offerte dell'associazione Macmillan. E butta tutto a terra con maestosa violenza. Risuona un gran fragore di vetro infranto, dopodiché si diffonde un odore di sciroppo per la tosse, e Grace è tutta un fremito, come se qualcuno l'avesse collegata a una pressa elettrica. È consapevole delle persone in coda che si stanno allontanando da lei, sbigottite, e con la coda dell'occhio vede la donna indietreggiare.

« Ehi, ma che diamine...? » dice una voce.

Dietro il bancone l'uomo con il cordoncino è arretrato sino a toccare con le spalle le file di farmaci pericolosi vendibili solo con la ricetta. Quelli con cui sarebbe troppo facile uccidersi. Grace gli punta gli occhi addosso e, quando parla, la sua voce è dolce, ferma.

« Chris, mi fa piacere che ci siamo chiariti. Tenga sempre a mente che per la buona riuscita di una conversazione non c'è nulla di più importante di saper ascoltare. »

Quattro mesi prima

Grace apre la porta della camera di Lotte. Ha mezz'ora di tempo. Mezz'ora prima che sua figlia torni da scuola. Venti minuti, in realtà, considerato che deve anche rimettere tutto in ordine e uscire di qui. È comunque convinta che Lotte abbia già capito che ha trovato il suo diario, perché quando ha sbirciato di nuovo nel solito nascondiglio – dietro il calorifero – non c'era più, e non è riuscita a trovarlo da nessuna parte. La veneziana è ancora abbassata e in camera c'è poca luce, ma Grace non ha nessuna intenzione di alzarla, sa di non doversi lasciare dietro la minima traccia. Il portatile di Lotte è sul pavimento in mezzo alla camera, nascosto per metà sotto un paio di jeans buttati a terra. Grace lo recupera con gesti cauti, si siede a gambe incrociate e lo apre.

Controlla la cronologia, le ha detto Cate quando Grace l'ha chiamata a Los Angeles, svegliandola nel cuore della notte. *E se non trovi niente, creati un profilo Instagram falso e controlla i suoi post.* Sullo schermo è comparso il riquadro in cui digitare la password e Grace si sente male al pensiero di ciò che sta per fare... *E al diavolo l'etica!* La voce di Cate le risuona in testa. *Stiamo parlando di tua figlia. Davvero non l'hai mai fatto? Per la miseria, Grace. Io e Sara abbiamo praticamente passato due anni di fila a controllare i post di Dylan con un profilo chiamato Cannabis Forever.*

Grace comincia a digitare. h-a-r-r-y-p-o-t-t-e-r. Mentre batte le dita sui tasti, le sovviene un raro ricordo cristallino. Rivede la sua bambina ancora piccola al tavolo della cucina, con la sua chioma chiarissima, accoccolata contro Ben in quel modo spontaneo, pigro, come se i suoi arti facessero parte di lui e viceversa, senza alcuna differenza. I suoi piedi non arrivano al pavimento e lei è china sul computer con la lingua premuta contro la guancia e gli occhi vispi e intelligenti, concentrata sull'emozionante compito di impostare i suoi dati di accesso.

Il rettangolo grigio al centro dello schermo tremola. La password è sbagliata. Ovvio. Impossibile che Lotte non l'abbia cambiata in tutto questo tempo, specialmente se ha qualcosa da nascondere. Grace ritenta. 1-2-3-4. Lo stretto rettangolo tremola di nuovo. 4-3-2-1. Nulla. Tenta con la data di nascita di Lotte. Prima scrive il mese in cifre, poi in lettere. Ancora niente, se continua così bloccherà tutto. Fa un altro tentativo. l-e-s-l-i-e-k-n-o-p-e. Il riquadro grigio trema. Con le dita sospese sopra la tastiera, Grace strizza gli occhi. Poi, di getto, senza concedersi il tempo di riflettere, comincia a digitare una serie di lettere rimaste lungamente sepolte dentro di lei. In realtà non si aspetta nulla, ma all'improvviso lo schermo si illumina e il suo cuore si ferma per un attimo mentre il computer si accende.

Grace apre Safari e clicca sulla scheda della cronologia. Ci sono TikTok, Depop, Tumblr, Reddit, Netflix, Discord, YouTube e così via, nulla di sorprendente. Continua a scorrere l'elenco, andando a ritroso nel tempo, ma non c'è niente, assolutamente niente di allarmante. Il sollievo che sta sbocciando dentro di lei è enorme, gigantesco, anche se non ha idea di cosa pensasse di trovare. *E invece sì.* Tutte quelle cose tossiche che ha quasi vietato a se stessa di immaginare. Siti di autolesionismo e pagine di *thinspiration*, porno più o meno spinti, sette religiose o peggio ancora. Tutte cose cui qualsiasi genitore è convinto che i suoi figli non si avvicinerebbero mai. E se così non fosse?

Grace sente su di sé gli occhi scuri e lucidi della matrioska che la fissa dalla mensola. Ricorda il brutto presentimento che si era insinuato in lei quando Ben gliel'aveva regalata. Ormai sono passati più di dieci anni e Grace non ha ancora dimenticato quel cupo senso di paura emerso dal nulla. Controlla l'ora nell'angolo dello schermo e il suo cuore accelera leggermente; è già lì da dieci minuti, non le resta molto tempo. Continua a scendere con il cursore senza trovare nulla, soltanto moda, trucchi, programmi televisivi, musica e... *Che diavolo sta facendo?* Grace chiude di colpo il portatile. Il rumore riecheggia nel silenzio della casa, facendola sussultare. Un nodo le serra la stomaco. Non può farlo. Si sta intromettendo. Quella è una violazione della privacy che Lotte non merita.

La sua mente riprende a vagare. Grace sta correndo a perdifiato lungo la strada fuori della scuola di Lotte. Il cielo è una distesa di peltro e più avanti Lotte è appoggiata alla macchina con il blazer sopra la testa per ripararsi dalla pioggia. Grace è così sollevata di vederla lì, di scoprire che non è scappata e che la sta aspettando nonostante ciò che è successo nell'ufficio di John Power, che scorda persino di essere arrabbiata. Prende sua figlia e la abbraccia, e non sa se quelle sparpagliate come diamanti sugli zigomi, sulle labbra e sul mento di Lotte siano gocce di pioggia oppure lacrime, ma si copre la mano con la manica e le asciuga, e lei la lascia fare. «Quindi hai imparato una lingua nuova, eh?» mormora Grace. «Chi ti ha insegnato a essere così sboccata?» E Lotte la guarda come se stesse pensando: *Mmh, me lo domando anch'io*. Scoppiano entrambe a ridere e, se prima Lotte non stava piangendo, adesso il suo viso è chiaramente rigato di lacrime.

Dopodiché sua figlia comincia a parlare una lingua che lei non capisce, dicendo qualcosa di Instagram, *ghosting* e farsi vedere «che significa essere online senza però leggere i messaggi, oppure leggerli ma non rispondere, che in sostanza è come dire a qualcuno di andare a quel paese...» E Grace cerca di capire quel gergo, cerca di decifrare quelle nuove, strane regole sociali, e dice a sua figlia che non è grave, che non è indispensabile rispondere istantaneamente ai messaggi, e le sta chiedendo se qualcuno la stia bullizzando quando la voce di Lotte si sovrappone alla sua. «Tu non capisci. È come smettere di punto in bianco di dar retta a qualcuno nel bel mezzo di una conversazione, e non c'è via di fuga, né a scuola, né a casa, né alle tre del mattino, e io sto uscendo di testa, ma non puoi dirlo al preside perché è uno stronzo e mi renderà la vita un inferno, mamma, solleverà un polverone per niente, e non è così terribile, sul serio.»

Mentre sono lì per strada, con la pioggia che appesantisce e scurisce i loro vestiti, Lotte la guarda in faccia con quegli occhi in grado di disarmare chiunque e le dice che sì, è quello il motivo per cui sta saltando la scuola, aveva soltanto bisogno di una pausa, e le dispiace di non avergliene parlato – non sapeva come fare – ma il bullismo non c'entra, e promette che smetterà di bigiare, davvero. E Grace vorrebbe crederle, ma sa. Lo vede, lo sente nell'aria, lo avverte nel profondo di se stessa. Perché sua figlia ha quello sguardo, quell'espressione controllata che Grace conosce benissimo: la conosce da quando Lotte aveva due anni. C'è qualcosa di più che non sta rivelando. Sua figlia le sta mentendo.

Nella penombra della stanza, Grace agguanta il cellulare. Visualizzare la faccia di Lotte così, bagnata di pioggia e impenetrabile, è la spinta di cui ha bisogno per andare sino in fondo. La giustificazione – la scusa – per tradire la sua fiducia. Risente la voce di Cate: *Registrati con un nome che non riconosca, qualcosa di figo, Grace. Okay? Non mammaspia.* Sua sorella aveva riso, ma adesso Grace non sta ridendo per niente mentre apre l'app store e scarica Instagram.

Dopo meno di tre minuti sta cercando sua figlia, digitando le lettere del nome che lei e Ben hanno impiegato settimane, mesi addirittura, a scegliere. Il nome che ora è impresso a fuoco sul suo cuore. Premendo INVIO, Grace inclina la schiena all'indietro e... *ping*, eccola. Lotte Adams Kerr. Un account pubblico e una foto profilo in cui sembra una venticinquenne. E proprio lì, davanti a lei, c'è la vita segreta di sua figlia, una vita di cui lei è completamente all'oscuro. In cima alla pagina c'è una foto di Lotte alla stazione di King's Cross, nel tunnel con le luci a

LED. Su quel bizzarro sfondo color arcobaleno, sua figlia sta sporgendo il mento in avanti con le braccia allargate. Anche se sta incrociando gli occhi in un'espressione sciocca, è bellissima. Sotto la foto c'è una sfilza di commenti che Grace esamina avidamente.

jivan.s Beeeelllaaa ♡
    lotteadamskerr_ @jivan.s senti chi parla ;)
leyla.nicol_sei splendida ♥ ♥
    lotteadamskerr_@ leyla.nicol ti adoro x
parisxnc omg trp carina io ci vado qst weekend a farmi qualche foto
    lotteadamskerr_ @parisxnc chissene ;) vengo con te xx
k.a.di posti ma non rispondi ai miei DM. Ti vedo. Ti vedo ti vedo ti vedo ti vedo ti vedo ti vedo ti vedo ti vedo ti vedo...
    bee.macf Sul serio? Ancora a ghostare?????
k.a.di Ti vedo ti vedo ti vedo ti vedo ti vedo ti vedo
    ava.d BALENA! Scherzo... forse è solo un'angolatura che non ti dona. Non provare nemmeno a bloccarmi zoccola
k.a.di Ti vedo ti vedo ti vedo ti vedo ti vedo ti vedo

Grace ha l'impressione che una mano le stia stringendo la gola, impedendole di respirare.

2003

Ben non sta lavorando davvero. Seduto alla scrivania, sta guardando il giardino sul retro invaso di erbacce attraverso lo spazio sul lato della casa in cui abita nella parte bassa della città. Da lì vede anche la piccola diga di sbarramento. E sente lo scroscio ipnotico dell'acqua, che gli mette sonno e sete al tempo stesso. Spingendo da parte i fogli, smette di fingere. Le parole davanti ai suoi occhi sono diventate scarabocchi senza senso, un po' come il dialetto tribale di cui dovrebbe scrivere. La lezione che sta preparando – quella che deve tenere domani e che contribuirà a finanziare il suo dottorato – dovrà aspettare. Ha bisogno di una pausa.

In cucina prende un bicchiere da birra dalla credenza e lo riempie di acqua del rubinetto. I resti del pranzo sono ancora in tavola, mentre i piatti della colazione sono accatastati disordinatamente in un angolo. Ben prende il burro, il formaggio, il succo d'arancia, sentendo un caldo sgradevole sotto le dita mentre li rimette nel frigorifero. Poi va in soggiorno, si lascia cadere sul divano e prende il telecomando. *Al diavolo*, pensa mentre accende la televisione. Del resto si occuperà dopo.

Essendo le quattro del pomeriggio, la zona morta per eccellenza della programmazione televisiva, non ha grandi aspettative mentre fa zapping. E sta ancora ridacchiando di un'incomprensibile pubblicità di assorbenti per l'incontinenza, rammaricandosi di non avere nessuno con cui farlo, quando di colpo lei è lì. Grace Adams è sullo schermo, nel suo soggiorno. Ben si china in avanti, avvicinandosi al televisore. Sta controllando che non si tratti di una specie di sosia, perché non può essere davvero lei, no? Porta un rossetto cremisi e un abitino verde, e sembra che qualcuno le abbia tirato a lucido la pelle. In mano ha una specie di bacchetta con la quale sta indicando una parola tedesca – *TORSCHLUSSPANIK* – scritta a caratteri giganti sulla grossa lavagna bianca accanto a lei. Ben conosce quella parola, e sa anche che è pressoché intraducibile, e quando Grace comincia a parlare alza il volume.

«... la traduzione letterale di questa meravigliosa parola tedesca è "panico da porta chiusa". Le sue origini risalgono al Medioevo, quando gli abitanti delle città tornavano di corsa ai cancelli prima che questi si chiudessero per la notte così da non restare chiusi fuori, dove sarebbero stati vulnerabili. La parola può essere scomposta in tre parti: *Tor* che significa "cancello", *schluss* dal verbo "chiudere" e *Panik*, che significa esattamente ciò che lascia intendere il suono. Ma *Torschlusspanik* serve a descrivere quella sensazione di ansia e claustrofobia che si prova quando le possibilità e le opportunità cominciano a sfumare. Si riferisce al timore di non aver combinato granché nella vita, di aver perso il treno o di essere scesi troppo tardi. Probabilmente l'espressione più simile che abbiamo noi è "crisi di mezza età"...»

La donna che assomiglia a Grace lascia che l'ultima frase aleggi nell'aria. Poi si gira verso il conduttore, un uomo sulla cinquantina che a giudicare dall'aspetto non ha ancora letto le ultime statistiche dell'Organizzazione Mondiale della Sanità sul problema globale dell'obesità, e gli strizza lentamente l'occhio. Dal pubblico in studio si levano alcune risatine, ed è una battuta così patetica che Ben non riesce a trattenersi: ride anche lui. Ed è lei, certo che è lei. Riconosce la sua voce che ricorda una sbuffo di fumo aromatizzato alla cannella, il suo sorriso spontaneo e largo, i suoi occhi di un blu profondo in grado di disarmare chiunque le stia davanti. Eppure Ben continua ad avere la sensazione che la mente gli stia giocando un brutto scherzo perché è completamente assurdo che Grace sia lì, in quel programma pomeridiano a spiegare nientemeno che lingue oscure alle masse. «Si può sapere chi caspita sei? Superwoman?» mormora.

E si domanda se anche lei ripensi a ciò che è successo, a loro due. Rivede le sue penne allineate sul tavolino pieghevole, i suoi capelli color ottobre. La luce rosata della Cornovaglia, il respiro caldo di lei sulla sua pelle, la sabbia sulle lenzuola candeggiate dell'hotel. Il modo in cui è riuscita a farlo scoppiare a ridere e nel contempo a mandarlo completamente in tilt. E c'è qualcosa che vorrebbe ignorare ma che non gli dà pace, tormentandolo nel profondo. Il fatto di essersi innamorato di lei – di essere *ancora* innamorato di lei – benché Grace l'abbia snobbato, un'umiliazione che lui ha cercato di seppellire. Il fatto di averla chiamata non una, ma due volte, senza essere mai richiamato. E adesso, mentre è seduto lì a fissare la sua faccia sullo schermo, continua a non capire per quale motivo Grace non abbia mai risposto alle sue telefonate, perché non è stupido: sa che c'era un'intensità speciale in ciò che è successo tra loro. Che di qualunque cosa si sia trattato, non è stata semplicemente un'avventura di una notte o un weekend piccante fuori porta. È stato qualcosa che Ben fa fatica a descrivere a parole. C'è un termine giapponese, è sicuro che lo conosca anche Grace, un termine che potrebbe presentare durante questo programma che conduce, tanto che valuta di chiamarla e proporglielo. *Haragei*. Quelle sfumature, quegli indizi non verbali che colmano gli spazi tra le parole. Non detti che però possiedono un peso. Espressioni facciali, gesti, posture, la lunghezza di un silenzio. Quindi forse – forse – pensa Ben con gli occhi fissi sullo schermo, questo lavoro alla televisione è il motivo per cui non si è più fatta viva, o almeno *uno* dei motivi.

Ben quasi non si accorge della porta d'ingresso che si apre e si richiude. Poi di colpo Isaac è in soggiorno dietro di lui e lascia cadere la borsa a terra con un tonfo. Ben sussulta come se fosse stato sorpreso a guardare un porno.

« Wow, che sventola... » Il suo coinquilino indica con un cenno lo schermo e fa una specie di fischio tra i denti per sottolineare il concetto. « Cavolo! » esclama poi una volta in cucina. « Non potevi sistemare almeno un pochino? O ti sei appena alzato? »

Ben si aggrappa al divano e fa una smorfia perché la ciniglia sotto le dita gli fa lo stesso effetto delle unghie su una lavagna. Anche se è una battuta che si fanno sempre – che lui sia lo specializzando inconcludente e Isaac un vero uomo in giacca e cravatta con un MBA – stavolta Ben non ride perché non riesce a togliersi dalla testa ciò che ha detto Isaac quando è entrato. E sta cercando di reprimere l'impulso di seguirlo e prenderlo per il collo, perché non è da lui, non è il tipo, eppure non gli va giù il modo in cui il suo coinquilino ha buttato lì quel commento su Grace, come se fosse un bene pubblico a disposizione di tutti.

Sullo schermo il conduttore con il doppio mento dietro la scrivania sta allargando le braccia in un gesto teatrale. « ... e grazie alla nostra STRAORDINARIA Grace Adams », sta dicendo mentre la telecamera la inquadra. Grace sorride, fa un mezzo inchino e sembra che lo stia guardando dritto negli occhi, lì nel suo soggiorno, che lo stia scrutando. Poi la telecamera si allontana e inquadra il pubblico in ombra nello studio. E Ben comincia a eccitarsi mentre gli anziani, fila dopo fila, applaudono educatamente accompagnando i titoli di coda.

« Ehi, vuoi una birra? » chiede Isaac dalla cucina.

Ma Ben si è già alzato dal divano e sta salendo le scale. La voce dolce come cannella di Grace gli risuona in testa mentre spalanca la porta della sua stanza... *è la sensazione di ansia che si prova quando le opportunità cominciano a sfumare... di aver perso il treno...* Ben afferra il telefono appoggiato sulla scrivania, pronto a comporre il suo numero, poi però si ferma. Perché ci sono moltissime ragioni per non farlo. O forse soltanto una. Non vuole umiliarsi di nuovo. Per quanto desideri parlare con lei, vederla, sentire il suo sapore, sa anche che non ne vale la pena. Gli tremano le dita mentre riappoggia il telefono.

Oggi

Vede che la telefonata arriva da Grace perché sullo schermo compare il suo nome prima di scomparire. Ha chiamato e riattaccato più o meno cinque volte ormai, e lui è esasperato, oltre che un po' in pensiero. Deve preparare gli stuzzichini e sta cercando di capire quanta birra mettere in fresco, di stabilire quale sia la quantità adeguata per una combriccola di quindicenni e sedicenni rispetto alla quantità che loro si aspettano di bere. Di solito non è lui a decidere queste cose, se ne occupa Grace e... Il telefono ricomincia a squillare e smette.

Ben si appoggia al lavandino e si asciuga la fronte con lo strofinaccio che ha in mano. Si muore di caldo lì dentro. In casa non ha cambiato niente da quando si è trasferito, e ogni singola parete è di un bianco abbagliante. Il sole infuocato si riversa all'interno attraverso le finestre a tutta altezza ed è come se quella luminosità così intensa gli stesse bruciando le retine. Il telefono squilla di nuovo. Lui lo ignora, prende una birra dalla confezione accanto al lavandino e la mette in frigo. Stavolta però Grace non riattacca e lui impreca sottovoce, cercando di prendere il cellulare prima che scatti la segreteria.

«Ben?» Pronuncia il suo nome a voce alta, quasi gridando, e lui capisce che è all'aperto, in un posto affollato. «Sono Grace...»

Lo so, vorrebbe dirle, perché è strano che si presenti così. Sono stati sposati per più di dieci anni, per l'amor del cielo. Anzi, sono *ancora* sposati, pensa.

«Farò tardi», sta dicendo adesso.

«Tardi per cosa?» chiede lui, ma ha già un brutto presentimento.

«Ho avuto un paio di intoppi, ma sto giusto per recuperare la torta e...»

«Di cosa stai parlando, Grace?»

«... riuscirò comunque ad arrivare molto prima delle quattro.»

«Aspetta. Cosa?»

«Vengo a portare la torta, Ben.»

Lo dice come se lui dovesse capire a cosa si sta riferendo, come se ne avessero discusso.

«Non puoi venire qui, Grace.»

Silenzio all'altro capo. Ben sente il traffico in sottofondo, i clacson che strombazzano impazienti.

«Ma mi hai detto della festa e...»

«Te l'ho detto perché me l'hai chiesto. Santo cielo.» Chiude gli occhi, inclina la testa all'indietro.

«Senti, ho ordinato questa torta. È una torta grossa, gigante. Ha due piani, decorazioni fluo, il suo nome scritto con la glassa dorata. È a tema *Love Island.* Con tutti i personaggi in miniatura, cuori, bikini, olio abbronzante, il pacchetto completo. Super pacchiana ma anche forte in un certo senso... È una cosa tra noi, tra me e Lotte, e le piacerà da matti. Voglio dire, la troverà così tremenda che le piacerà, devo solo portargliela...»

«Grace...»

«... e per la miseria, non dovrebbe essere così difficile portare una torta da A a B, ma cazzo, un addetto alla sicurezza mi ha sbattuta fuori da una farmacia...»

Sembra una pazza. Sta gridando, tanto che il suono è un po' distorto, e Ben ha perso il filo quando sulla porta compare Lotte. Sua figlia si è già cambiata per la festa, e non appena Ben la vede il suo cuore smette di battere. È a piedi scalzi e indossa un abito color argento. Si è raccolta i capelli rosa in uno chignon alto ed è così bella – assomiglia così tanto a Grace – che guardarla gli è quasi insopportabile.

Chi è? mima Lotte con la bocca, e lui scuote la testa come a dire: *Nessuno che conosci.* Ma evita il suo sguardo mentre risponde. Si appoggia il telefono al petto e sussurra: « Dammi soltanto un minuto, Lotte, va bene? » Lei gli fa l'okay con il pollice, si gira ed esce dalla cucina.

« È lei? » sta chiedendo Grace. « È lì? È Lotte? Passamela. »

« Non vuole parlarti, tesoro, mi dispiace. » Serra le labbra, ma ormai è troppo tardi: gli è sfuggito. *Tesoro.* Sembra una trasgressione, come se avesse detto qualcosa di inopportuno, perché le cose tra loro non stanno più così. La sua testa scotta quanto il sole che irrompe attraverso le finestre alte e larghe. E anche se Grace non può vederlo, anche se probabilmente non si è nemmeno accorta che l'abbia detto, lui sta arrossendo come un ragazzino. « Mi dispiace », ripete.

La lavastoviglie comincia a emettere una serie di *bip*, piccole pugnalate di suono, e Ben spalanca lo sportello. Una nuvola di vapore lo investe.

« È il suo sedicesimo compleanno. » Grace sta parlando lentamente adesso, scandendo ogni singola parola. « Il suo sedicesimo compleanno. Come posso non esserci? È la mia occasione. Non ricapiterà mai più. Mi sono già persa così tanto... Che razza di madre sarei se non mi facessi vedere al suo... »

Ben sente la voce di Grace incrinarsi, il suono del suo respiro all'altro capo del telefono. « L'ho promesso a Lotte. » Lo dice piano, come se così potesse dare l'impressione di non averlo detto davvero.

« Ascolta, vengo solo a portare la torta. Niente di più. Ma c'è dell'altro. »

Adesso Grace ispira forte dal naso, come se si stesse preparando per qualcosa.

« Dovrò venire a piedi perché... ecco, la macchina... Temo di aver fatto una stupidaggine, Ben... »

« Cosa intendi? Grace, di cosa stai parlando? Non puoi... »

Ma la linea cade, o forse Grace ha riattaccato di proposito, Ben non può saperlo.

Quattro mesi prima

I segnali della perimenopausa possono essere svariati. Solitamente i sintomi si manifestano tra i quaranta e i quarantacinque anni e possono includere:

• Ansia e stress	• Incontinenza
• Sensibilità mammaria	• Aritmia cardiaca
• Alterazione dell'odore corporeo	• Depressione
• Difficoltà di concentrazione	• Aumento di peso
• Affaticamento eccessivo	• Disturbi gastrointestinali
• Crisi di pianto incontrollabili	• Vampate di calore
• Secchezza vaginale	• Ciclo mestruale irregolare
• Senso di tristezza/desolazione	• Sbalzi d'umore
• Prurito cutaneo	• Dolori articolari
• Calo della libido	• Vuoti di memoria
• Sudorazioni notturne	• Osteoporosi
• Disturbi del sonno	• Formicolio alle estremità
• Mal di testa	• Aumento della peluria facciale, soprattutto all'inizio della menopausa, e diradamento della peluria in altre zone

Grace è a letto con l'emicrania, completamente vestita. È stremata, e da tre ore a questa parte la situazione non accenna a migliorare. Ha gli occhi chiusi e si sta premendo con due dita il muscolo nel punto in cui la nuca e il cranio si incontrano, nel tentativo di alleviare il dolore. Ieri sera ha bevuto un bicchiere di vino. Uno solo! E adesso è conciata così. Questo mal di testa colossale è la sua punizione. Grace rivede davanti a sé l'articolo strappato da una rivista che conserva nel primo cassetto, l'elenco dei sintomi che le ha dato la sua amica Natasha, del quale avevano riso come pazze perché sul serio, che altro potevano fare? *È come un brutto scherzo. Credevo avessimo almeno sino ai cinquant'anni*, le aveva detto Natasha. Natasha è una delle pochissime persone realmente disposte ad affrontare questi argomenti. Il deterioramento quasi comico dei loro corpi pruriginosi, le loro menti annebbiate. Ma il fatto è che Natasha è un'insegnante di yoga: ha il viso di una trentenne e il corpo di una contorsionista. Grace no.

Dalla fessura tra le tende entra un po' di luce che le trapassa le palpebre, e Grace si gira sul fianco con movimenti cauti. Sperava di stare meglio a quest'ora, perché oggi avrebbe scuola. Ma non può proprio farcela, non può andarci in questo stato. Impossibile. La prima cosa che ha fatto è stata chiamare l'ufficio scolastico e lasciare un messaggio a quella musona della segretaria, avvertendo che con ogni probabilità non sarebbe andata al lavoro. Di nuovo. Non vuole nemmeno pensare a quante volte è arrivata in ritardo negli ultimi tempi o non si è proprio presentata. Vorrebbe mollarlo con tutta se stessa, quel lavoro che in realtà non ha tanto a che vedere con la formazione di una nuova generazione di brillanti linguisti quanto con il controllo delle masse. Ma non può, ovvio che non può. Non ora che Ben se n'è andato. Ha bisogno sia dei soldi, per pochi che siano, sia di distrarsi.

L'ansia si è annidata in ogni singola cellula del suo corpo, un tremolio fastidioso che non vuole saperne di andarsene. Grace ripensa al pomeriggio di ieri, alla porta che sbatteva, al tonfo dello zaino di Lotte all'ingresso. Vede sua figlia lì, con la divisa scolastica e un'aria sfatta, come se avesse percorso trenta chilometri a piedi per arrivare a casa. «Ho sentito la madre di Leyla.» Grace si è preparata la sua versione dei fatti: sa di dover pronunciare quelle parole, di dover dire tutto e subito, altrimenti potrebbe cambiare idea. «Mi ha mandato uno screenshot di qualcosa che ha visto sul tuo Instagram.» Mentre si sfila la cra-

vatta, Lotte alza lo sguardo e le getta un'occhiata che sembra voler dire: *Che cazzo di storia è questa?*
«Era preoccupata, Lotte. E anch'io sono preoccupata.» *Perché so che mi stai mentendo*, vorrebbe aggiungere. «Questo è bullismo, tesoro. Quelle persone le devi bloccare.»

Sua figlia scoppia in un riso sfrenato. Come se Grace avesse detto qualcosa di così bizzarro, stupido e ingenuo da non poter contenere lo sdegno. «Non si possono bloccare le persone, mamma. E anche fare finta di non essere online è impossibile perché tutti sanno che è soltanto una finta, lo vedono che hai disattivato lo stato di attività, e se fai una cosa del genere sei uno psicopatico, okay? Perché tutti, proprio tutti, pensano che chi fa una cosa del genere sia uno psicopatico... Quello che vedi là sopra, su Instagram, è soltanto il modo in cui si parla. Sembra peggio di quanto non sia. E in ogni caso sono tutti gelosi perché...» Si ferma come se qualcuno le avesse dato uno schiaffo. Le sue guance si tingono di rosso.

«Sono tutti gelosi perché?» chiede Grace.

Lotte serra le labbra e la guarda negli occhi un po' troppo a lungo. «Non intendo gelosi, intendo... *Sul serio*, mamma, va tutto bene.» China la testa per togliersi le scarpe con un calcio in modo da non mostrarle la faccia. Lotte ha addosso quell'odore sconosciuto, un odore che si porta dietro da fuori e che sembra sempre così estraneo. *Dimmi la verità*, vorrebbe implorarla Grace.

«Mamma, se ci fosse qualcosa te lo direi», mormora Lotte come se le avesse letto nel pensiero.

Sul cuscino accanto a lei il telefono comincia a squillare. Grace si appoggia sul gomito per controllare lo schermo. Nella sua testa qualcosa cade in picchiata e poi sbanda, e lei si sente sul punto di svenire o di vomitare. È Cate. A Los Angeles devono essere le sei del mattino: presto persino per gli standard di sua sorella.

«Ehi!» La voce di Cate è uno staccato rauco, e Grace capisce all'istante che sta correndo. La immagina sul tapis roulant nel seminterrato della sua casa di Los Feliz, bionda, sudata e snella.

« Ehi, come va? » le chiede, rendendosi conto che parlare le scatena un dolore alla testa.

« Mi ha chiamata Ben », risponde Cate ansimante. « Merda, Grace, temo di avertici messa io in questo casino, sai, per quella storia di Lotte che salta la scuola... »

Sua sorella comincia a sparare brevi raffiche di parole e Grace scosta un po' il telefono dall'orecchio perché sa già cosa sta per dirle e non vuole affrontarlo. Adesso che è mezza seduta, qualcosa le preme fastidiosamente contro la gamba. Indossa ancora i jeans e quel qualcosa è nella tasca posteriore. Spostando il peso su un fianco, tira fuori un foglio appallottolato e lo liscia. XXX + L = *Oggi sono quasi venuto soltanto a guardarti...* Le parole vibrano mentre legge, e Grace deve soffocare l'impulso di fare il foglio a pezzi. Non riesce a credere di essersene dimenticata: un altro tassello enigmatico dell'esistenza parallela di Lotte nella quale Grace non ha più alcun ruolo.

« Allora, hai scoperto qualcosa? » Le sta domandando sua sorella. « Su Insta? » Pronuncia la parola come tra virgolette.

Grace le fa un breve riassunto, parlando sottovoce e sforzandosi di non muovere la testa. « Il fatto è che ne ha già passate così tante, tra la separazione e il resto... » Si interrompe. Per un momento teme di non riuscire ad andare avanti. « Voglio solo risolvere la situazione, Cate. Ma so che, se insisto troppo, lei mi respingerà. So di non poterla obbligare a parlare con me. Tra qualche mese compirà sedici anni, porca miseria! Potrà fumare, fare sesso, sposarsi, andarsene di casa, prendere due cavolo di compresse di paracetamolo invece di una, e tutto il resto, e io ho la sensazione che si stia tenendo dentro così tante cose... Troppi segreti. È diventata inavvicinabile e... »

« Ferma! » interviene Cate. « Calma, tenente Colombo. Ascolta, Grace, è così che funziona. È normale. È così che fanno i ragazzi, e il punto è che forse per noi sono incomprensibili, persino per te che sei un genio delle lingue. Insomma, ti rendi conto che parlano per acronimi per la maggior parte del tempo? LOL! E sanno essere crudeli. Può darsi che Lotte abbia ragione, può darsi che siamo soltanto troppo vecchie per capire. Sì, è dura da accettare.» Dall'altro capo del telefono giunge uno sbuffo.

Grace sa che Cate sta solo cercando di rassicurarla, eppure la manda in bestia sentirla insinuare che sia soltanto nevrotica o, il peggiore di tutti gli insulti, *iperprotettiva*. Che stia facendo tante storie senza motivo. Il fatto è che il figlio di Cate e Sara è finito in comunità. Adesso ha ventisei anni e fa il barista part-time su turni in una caffetteria di West Hollywood.

Sua sorella sta ancora parlando, ma Grace non la lascia finire. «Ho l'emicrania, Cate. Devo andare.» Appena quelle parole le escono di bocca viene assalita dal rimorso perché sa di essere stata brusca, e sa che Cate sta solo cercando di darle una mano. «Ma grazie per avermi avvertita di Ben», aggiunge poi. «E, ascolta, non è colpa tua se mi trovo in questo casino, okay?»

Appena riattacca, il telefono comincia a suonare. Naturalmente è Ben.

Grace si stringe il dorso del naso tra le dita e risponde.

«Perché non me l'hai detto, Grace?»

«Oh, ciao, come va?»

«Non puoi nascondermi queste cose. È anche mia figlia.»

Grace si preme il palmo della mano sulla fronte. «Non dimentichiamo, Ben, che sei stato *tu* a lasciare *me.*»

«Questo è ingiusto. Lo sai.»

Di fianco a lei c'è la pianta morente e all'improvviso Grace ha una sete terribile. Le parole le graffiano la gola mentre comincia a raccontare delle assenze, dell'incontro con John Power: nulla che Cate non gli abbia già detto. Ma non racconta cos'ha scoperto online. Non vuole pensarci.

«Santo cielo», commenta Ben quando Grace ha finito. «È proprio un fulmine a ciel sereno, non trovi? Cosa facciamo?»

«Ascoltami, Ben.» Chiude gli occhi e inclina la testa all'indietro, appoggiandola sul cuscino. «Ho un mal di testa tremendo e dovrei essere al lavoro. Non riesco a parlarne in questo momento. »

Quando Ben risponde, la sua voce si è addolcita. « Allora richiamami, okay? »

Qualcosa nel suo tono la destabilizza, e di punto in bianco lo immagina lì, nella loro camera, sopra di lei. L'odore bianco e fresco che emana mentre si regge sulle braccia, i legamenti tesi. Le sue pupille dilatate come macchie d'inchiostro, come se fosse ubriaco, mentre la guarda dritto in faccia e si insinua dentro di lei. E Grace vorrebbe allungare il braccio e toccarlo, ma sa di non poterlo fare.

« Grace? »

« Sì, scusa », risponde con voce malferma, colpevole. « Ascolta, è già tutto sistemato. Davvero, non hai di che preoccuparti. La risolvo io, anzi, l'ho già risolta. » Sta parlando troppo in fretta, e mentre sente quelle parole uscirle di bocca le viene quasi da ridere perché sembra in tutto e per tutto Lotte. Tale madre, tale figlia.

2003

Grace è sul set di fianco alla lavagna bianca gigante. Stretti nella morsa dei trampoli che si ritrova al posto delle scarpe, i piedi le fanno già male, e lei ha la sensazione di poter scoppiare da un momento all'altro dentro il vestito che indossa. In studio le luci sono accese e Ed, il produttore esecutivo, è seduto nella fila centrale, le gambe divaricate e la lingua fuori. No, in realtà non ha la lingua fuori, ma a giudicare da come sta fissando Grace potrebbe benissimo essere. Accavallando le gambe, Grace si strattona l'orlo verso il basso. È una sua impressione o i vestiti che le forniscono stanno diventando sempre più stretti e corti?

Oggi è di nuovo sul *Sun* con una foto che occupa un quarto di pagina sotto il titolo LA POLIGLOTTA CHE SCOTTA. Lo scoop? Che ieri indossava un vestito rosso. Ah, e che potrebbe avere o non avere preso una taglia da quando è cominciato il programma. *Ieri con quell'abito rosso la formosa Grace ha fatto faville durante il programma pomeridiano di punta di ITV.* A seguire un intero riquadro di congetture sul suo peso, nel quale, stando a un « nutrizionista esperto », lo stress – *come quello scatenato da un nuovo lavoro* – può indurre a eccessi alimentari e provocare di conseguenza un aumento di peso. Una stilista « di alto livello » avverte poi che il vestito sbagliato può trasformare una taglia trentotto in una quarantaquattro in uno schiocco di dita. *Mai sottovalutare il potere di un buon abito di sartoria, signore...*

« Fregatene. » Cate l'aveva chiamata da Los Angeles appena

si era svegliata. «Vogliono soltanto una scusa per pubblicare una tua foto. Prendilo come un complimento.»

Patrick Blake, altrimenti noto come La Diva, non è ancora arrivato. Il conduttore ama gli ingressi teatrali – anche alle prove, per lui non fa differenza – e Grace sta controllando di avere con sé il biglietto con la parola del giorno e i pennarelli ben allineati davanti alla lavagna, quando Ben Kerr irrompe nei suoi pensieri. Il maglione nero con i polsini bucati, il corpo di lui che sfiorava appena il suo al bar del circolo studentesco. *Sapevo che avresti vinto tu*, lo sente dire. *Appena ho visto tutte quelle penne schierate come un piccolo esercito di cancelleria, ho capito che avrei perso...*

Dall'auricolare le giunge la voce di Marie, una delle assistenti di produzione. «Ci sei, Grace?» E ride. «A quanto pare Sua Signoria sta arrivando, ma tu sei pronta, vero? Ce l'hai la tua parola o la tua frase pazza? Ti va di ripetermela?»

Grace scavalla le gambe e si inclina un po' in avanti, appoggiando bene a terra il suo tacco dodici. «Allora, la parola intraducibile di oggi è *hüzün*. Si tratta di un enigmatico vocabolo turco che ha una radice araba e descrive un'angoscia spirituale. La sensazione cupa che sia tutto in declino e che la situazione – spesso di natura politica – con ogni probabilità andrà a poco a poco peggiorando. Non c'è però un senso di tristezza personale o di oppressione. Paradossalmente questa parola è associata a un'aura di gioia condivisa o di magia, poiché ci ricorda che la nostra sventura e il nostro malumore sono collettivi. Siamo tutti sulla stessa barca quando di colpo cala il sipario... Quindi viva *hüzün*!» Grace ride. «La parola più vicina che abbiamo noi a questo misterioso *hüzün* è forse "melancolia". E per finire, l'autore turco Orhan Pamuk ha dato una definizione squisita di questo concetto come "l'emozione che potrebbe provare un bambino guardando fuori da un vetro appannato".»

«Okay, bene, perfetto.»

Alle spalle di Grace si leva un mormorio quando Patrick Blake arriva sul set. Passando davanti alla lavagna, allunga il braccio per battere il pugno contro quello di lei, un gesto ironico soltanto sino a un certo punto.

«Oh, a proposito, Grace», dice di nuovo la voce di Marie nel suo orecchio. «Lo sai che le telecamere aggiungono qualcosa come cinque chili, vero?»

Prima di poter elaborare ciò che le ha appena detto l'assistente di produzione, Grace sente un *clic*, e il microfono di Marie si è spento. Marie, che dovrebbe essere sua amica. La settimana scorsa hanno passato una serata insieme in un wine bar. Grace è sbalordita, e si sforza di continuare a sorridere perché ha la luce calda dei riflettori puntata addosso ed è davanti a tutta la troupe. Quindi Marie ha letto l'articolo. Ma certo, l'avranno letto tutti. Si porta la mano alla pancia. Quel vestito superattillato le sottolinea tutti i difetti. Sì, perché i rotolini non le mancano, del resto non è mica una top model. Le piacerebbe vederci Marie dentro quell'abito. Grace però ferma subito quel pensiero. Perché il fatto è che Marie è uno stecchino. Di sicuro soffre di un disturbo alimentare. Marie sarebbe uno schianto dentro quel vestito. A differenza di Grace, che in fatto di cibo non riesce proprio a controllarsi. Negli ultimi tempi ancora di meno. È una delle sue poche consolazioni, anzi, praticamente l'unica al momento. Tira in dentro la pancia e pensa a cosa potrebbe comprarsi per cena da Budgens sulla via del ritorno. Hanno quei piatti pronti indiani davvero buoni. A lei piacciono quello ai gamberetti, il *korma* con la salsa cremosa, e potrebbe accompagnarlo con un po' di *naan*, un po' di yogurt bianco, una tavoletta di Green & Black's... Le viene un conato di vomito. È arrivata così, dal nulla, quella sensazione di nausea, e lei si copre la bocca con la mano in attesa che passi.

«Stai bene?» Patrick Blake, seduto dietro la sua scrivania, si sta sporgendo in avanti. La make-up artist Sangeeta continua a picchiettargli la cipria sul doppio mento senza scomporsi.

Con un sapore acido in gola, Grace deglutisce e fa cenno di sì. «Certo», risponde sorridendo. «Benissimo, grazie.»

«Okay, si parte!» esclama Ed dal pubblico.

Venti minuti più tardi le riprese sono finite e qualcuno è andato da Costa a prendere il caffè. Grace ne ha proprio bisogno perché negli ultimi tempi non sta dormendo per niente bene. Forse i giornali hanno ragione, forse lo stress comincia a farsi sentire. Beve un sorso dal bicchiere di carta, ma per poco non lo sputa perché è troppo forte, come se fosse un caffè quintuplo, e si rende conto che in realtà preferirebbe un po' d'acqua. Ma ha bisogno di caffeina, ha la sensazione che cadrà come una pera se resta senza. Apre una bustina di zucchero, la versa nel bicchiere e comincia a mescolare.

«Abbiamo un debole per i dolci, eh?» Passandole davanti, Ed le strizza l'occhio.

Grace non fa in tempo a portarsi il bicchiere alle labbra che l'ondata di nausea torna. Si appoggia con la schiena alla lavagna e prende un respiro profondo. Dopodiché posa con cautela il bicchiere ancora pieno sullo scaffale accanto ai suoi pennarelli e lo lascia lì, sperando che nessuno se ne accorga.

Oggi

Le sta squillando il cellulare mentre supera la curva e finalmente scorge la pasticceria. Ormai è a tanto così dalla torta. Il telefono è bollente nella sua mano. Ben sta continuando a richiamarla, in loop, e lei non vuole rispondere. Ha già detto tutto ciò che doveva.

Sa di avere la torre dell'orologio dietro di sé, ma non vuole girarsi a controllare l'ora: teme che scoprire quanto è tardi possa farle perdere del tutto il controllo. Il traffico è ancora bloccato. Metallo che luccica e romba a perdita d'occhio, e un sapore d'aria inquinata sulla sua lingua.

E poi la vede, più avanti lungo la discesa, mentre passa davanti al fruttivendolo diretta verso di lei. Freja. È indubbiamente lei, con la borsa a secchiello argentata e le Birkenstock bianco dentista. La mamma della scuola che Grace cerca sempre di evitare.

Non può fingere di essere al telefono, dal momento che sta ancora squillando. Abbassa la testa e si sposta verso il lato interno del marciapiede, sino quasi a sfiorare la parete di mattoni grigi dell'YMCA con il braccio. La strada è affollata ed è possibile che riesca a scamparla senza essere vista. Poi un miracolo. Il telefono smette di squillare. E poiché stavolta non ricomincia all'istante, Grace se lo porta all'orecchio e si mette a parlare.

«Sì», dice al suo interlocutore inesistente. «Va bene, sì, okay...»

«Grace!» Freja l'ha vista e si sta sbracciando.

Grace si costringe a sorridere. Poi indica il telefono e arriccia il naso, fingendosi rammaricata.

« Sì », ripete con un'espressione seria in faccia. « Giusto, sì. »

Adesso che è a circa un metro da Freja sorride, e sta annuendo come se fosse d'accordo con ciò che ha appena detto la persona all'altro capo quando il telefono riprende a squillare.

Il sangue le schizza dal plesso solare alla sommità della testa. Ha l'impressione che tutto il suo corpo si stia tingendo di rosso. Con una smorfia interrogativa, si scosta il telefono dall'orecchio e lo osserva come se fosse una specie di creatura extraterrestre dotata di vita propria.

Freja si arresta di colpo.

« Che strano », dice Grace. « È caduta la linea e poi...? »

Freja la afferra per il braccio. « Come stai, Grace? »

Caspita, subito quella domanda. Freja non perde tempo.

« Bene, grazie, ecco... »

Adesso le rivolge quello sguardo carico di compassione. Grace non lo sopporta. *È un miracolo che Freja riesca ancora a esprimere qualche emozione con la faccia*, pensa, notando la sua pelle troppo luminosa e talmente liscia che sembra essersi passata un ferro da stiro dalla fronte al mento. *Mokita*, le viene in mente. È una parola che si usa in Papua Nuova Guinea. Si riferisce a una verità nota a tutti di cui però non parla nessuno. Non c'è un equivalente, ma in sostanza è come il Botox, il segreto di Pulcinella che nessuno si azzarda a menzionare. Il tentativo di far credere al mondo che non ci siano imbrogli, che quella bellezza dopo i quaranta sia soltanto merito di geni buoni e ottime creme idratanti, che *sconfiggere* l'invecchiamento sia possibile. Anche Grace vorrebbe sconfiggere l'invecchiamento, anche lei vorrebbe imbrogliare. Ma il massimo che può permettersi è una frangetta sino alle sopracciglia che, tra un appuntamento e l'altro dal parrucchiere, si sistema da sola con esiti disastrosi servendosi di un paio di forbici da cucina.

Freja le strizza il braccio prima di lasciare la presa. « Sai, sono proprio felice di averti incontrata, perché tra poco ci sarà quella serata a tema cucina etnica e abbiamo bisogno di volontari. È sempre bello. C'eri anche tu l'anno scorso, quando Yasmin si è presa una sbronza *memorabile*? Aspetta, ti faccio vedere le foto... » Tira fuori il telefono dalla tasca e comincia a scorrere la galleria. « Oh, aspetta, questa fa troppo ridere... » Allunga lo schermo verso di lei come se le fosse capitato sott'occhio uno scatto che non si aspettava. « È quella cosa sul clima... quel concorso artistico della scuola, hai presente? Della serie: "Stiamo tutti ballando in cima a un vulcano ma per favore anziché andare ai *Fridays for Future* di Greta presentate una bella opera d'arte altrimenti vi beccherete una nota disciplinare". » Alza gli occhi al cielo, ride.

Grace scuote la testa. No, non sa nulla del concorso artistico della scuola. Ma sa tutto dell'impatto ambientale di Freja. E sa anche cosa l'aspetta, considerato che è già caduta nelle grinfie di Freja un'infinità di volte.

« Questo è il contributo di Olivia. » Freja agita una mano sopra lo schermo come a dire *pfff*, si può sapere perché stiamo guardando questa roba?

Grace getta un'occhiata al telefono. Con il riflesso del sole sullo schermo, non vede un bel niente.

« ... e la signorina Zaine, la coordinatrice di arte, no? Be', è assurdo, perché probabilmente bisogna avere almeno diciotto anni per partecipare all'esposizione estiva... »

Grace sente soltanto frammenti di parole, brandelli di frasi. Qualcosa sul giorno in cui usciranno i risultati degli esami finali, sulla scuola femminile di Camden, su un viaggio di due settimane in Vietnam. Ma lei è altrove. Sente una porta chiudersi, lo schiocco freddo e secco di uno schiaffo. Poi l'odore di alcol, di sudore, un profumo troppo dolce. Lacrime sul viso di Lotte, terra sulle sue mani, sulla sua maglietta. Carne contro carne.

« ... un po' di tempo tra mamma e figlia... » sta dicendo Freja. « A farci le unghie da Topshop... »

Mia figlia non vuole vivere con me, pensa Grace. *Non vuole nemmeno vedermi. Oggi compie sedici anni e non vuole che vada alla sua festa.*

Santo cielo, Grace. La voce di sua madre si insinua dal nulla nella sua mente. Le parole che si era sentita dire dall'altro capo del telefono quando l'aveva chiamata per dirle che era incinta di Lotte. Parole di rimprovero, come se avesse versato del vino rosso sulla moquette o fosse andata a sbattere contro un lampione facendo retromarcia. *È già abbastanza difficile, sai, senza essere... Voglio dire, ci hai pensato sul serio? Lo sai in cosa stai andando a cacciarti?* Poi la memoria di Grace si spinge ancora più indietro e lei rivede se stessa mentre entra nella camera dei suoi genitori con il disegno fatto a penna al quale ha lavorato per venti minuti seduta al tavolo di sotto. Il soggetto è un vaso pieno di lunghi fiori, girasoli, perché sa che sono i preferiti di sua madre, ed è contenta di com'è venuto, orgogliosa. Si è impegnata tanto per disegnare il vaso per bene. Ha persino aggiunto un po' di ombreggiature perché adesso ha nove anni e durante le lezioni di arte a scuola hanno imparato che è così che si fa.

In camera le luci sono spente, le tende tirate, ma sul letto Grace riesce comunque a distinguere una forma allungata e ricurva. Le lenzuola dal lato di suo padre sono lisce, intatte. *Cara mamma*, ha scritto sul biglietto, con le lettere del « cara » panciute, a mo' di bolle. *Guarisci presto.* Un nodo le stringe lo stomaco mentre cammina sul tappeto con passo felpato e la lana le solletica i piedi scalzi. « Ti ho fatto un biglietto, mamma », sussurra senza sapere se sia sveglia o addormentata perché non se la sente di guardare. Cerca di fare in modo che il biglietto resti in piedi sul comodino, ma è un semplice foglio di carta e continua a scivolare.

« Mi dispiace, Gracie. » La voce la fa sussultare. È sottile, distante, strana. « È solo che non mi sento bene, tesoro. »

Lasciando il biglietto contro la sveglia, floscio come se avesse gambe di gelatina, Grace va a sedersi sul bordo del letto. Gli occhi di sua madre sono aperti soltanto per metà, come se guardare le facesse male, e la sua faccia è bagnata. Non sembra nemmeno lei. Grace si alza di scatto e prende un fazzoletto dalla scatola sul comodino. Poi comincia a tamponarle le lacrime. « Non piangere, mamma », dice sforzandosi di parlare con voce ferma anche se il suo cuore sta battendo troppo in fretta e le pulsa sulla lingua.

Dal piano di sotto giungono il suono della porta del soggiorno che si apre, del telegiornale che trasmette le notizie a tutto volume e della voce di Cate che chiede tra quanto si cena perché ha una fame da lupi. Poi suo padre sta gridando il suo nome e lei pensa che andrà su tutte le furie se dovesse sorprenderla in camera. Appoggia con cura il fazzoletto appallottolato sul cuscino. « Ti voglio bene, mamma », dice. Vorrebbe darle un bacio sulla guancia, la parte morbida del suo corpo che profuma di casa. Ma è troppo timida o timorosa per farlo, così esce dalla stanza non meno sommessamente di come è entrata.

Freja sta ancora parlando, ma Grace non sente una sola parola. Di colpo ripensa all'auto che ha abbandonato cinquecento metri più indietro, all'uomo sulla scala, alla signora in farmacia, al suo capo al telefono, al caldo opprimente e, senza nemmeno rendersene conto, comincia ad allontanarsi. In qualche recesso offuscato di sé sa che Freja la sta scrutando, con la fronte aggrottata, mentre lei la molla lì sul marciapiede senza nemmeno guardarsi indietro. Dentro di lei e intorno a lei c'è un brusio che sembra smuovere l'aria ferma della strada. Quanta potenza in un gesto così semplice. In silenzio, con calma, ha tranciato di netto le convenzioni sociali. Si è liberata.

Quattro mesi prima

Grace è in bagno a lavarsi i denti. È sabato mattina e ha appena fatto colazione anche se sono le undici, perché una volta tanto ha dormito davvero. Non tutta la notte: quello sarebbe un evento miracoloso, preoccupante addirittura, per riuscirci dovrebbe assumere dosi da cavallo di Roipnol o Night Nurse. Ma ha alle spalle una notte di sonno discreto, anzi, persino una settimana discreta. Non ci sono state ulteriori assenze, lettere, e-mail o telefonate dalla scuola, e Grace comincia a pensare che forse Cate aveva ragione: forse sono semplicemente loro a non capire la lingua dei giovani. Forse è così, e Lotte sta bene: nessuno la sta bullizzando. Grace è anche riuscita a convincere Paul a chiamarla, si sono sentiti ieri per quel romanzo d'amore giapponese. Benché negli ultimi tempi abbia un pochino procrastinato, Grace ha deciso che da lunedì si butterà a capofitto in quella prosa imbarazzante. Ha la sensazione che a poco a poco tutto si stia sistemando.

Sta sputando il dentifricio nel lavabo quando sente suonare il campanello. « Lotte! » chiama, ma non spera certo che sua figlia vada ad aprire, considerato che è di sopra a provare balletti per TikTok. Grace lo sa perché il soffitto trema come se sua figlia stesse per cadere di sotto e perché sente il suono distorto della musica che esce a tutto volume dal telefono di Lotte. Sua figlia sta anche cantando a squarciagola con la sua splendida voce. È davvero portata per la musica. Grace non si spiega da chi abbia preso, di sicuro non da lei e nemmeno da Ben. Lotte ha anche provato a insegnarle qualcuna di quelle coreografie – è lei a inventare i passi – e per quanto sia brava e paziente, per Grace è tutto troppo complicato. Lei e Lotte finiscono sempre a sbellicarsi dalle risate sul pavimento della cucina. *Stai migliorando, mamma, sul serio.* Grace risente nella sua testa la voce di Lotte che, pur sforzandosi di soffocare le risa, è dolce e sincera mentre cerca di incoraggiarla. E poi la sua risposta: *Oh, no, ti prego, non compatirmi, non esiste nulla di peggio, la mia vita a questo punto è finita...*

Il campanello suona di nuovo. Passandosi una mano sulla bocca sporca, Grace scende. Sullo zerbino c'è il quotidiano locale, con un altro titolo sulle chiusure del pronto soccorso. Grace distoglie lo sguardo e apre la porta.

«C'è da firmare.» L'addetto alle consegne le piazza sotto il naso il dispositivo elettronico, sul quale lei scarabocchia il suo nome con l'unghia prima di prendere la busta e ringraziare. È una busta marrone dall'aria ufficiale, misura A4, con il retro di cartone, come se contenesse un certificato o una foto. A Grace si annoda lo stomaco mentre chiude la porta e si dirige verso la cucina.

Il tavolo è tappezzato di libri, Post-it, tazze da cui spuntano i cordoncini delle bustine di tisana, e ci sono i girasoli che cominciano a marcire nel vaso di giada, con i petali ormai secchi alle estremità. E Grace è assalita all'istante da un senso di oppressione. La sua serenità zen è svanita. Si appoggia con la schiena al lavandino e passa un dito sotto il lembo appiccicoso della busta, tirando fuori un plico di fogli pinzati, un documento. I suoi occhi superano il suo cervello con un balzo, divorando il contenuto in un boccone.

Ufficio dei servizi giudiziari di Sua Maestà

Richiesta di divorzio, scioglimento o separazione (giudiziale) **D8**

Sezione 1

Richiesta

(ovvero istanza di divorzio e separazione giudiziale)

1.1 Quale richiesta desidera presentare?

Qualcuno – Ben – ha spuntato la casella: « Divorzio per rottura irreparabile del matrimonio ».

All'improvviso Grace ha l'impressione di non essere più ancorata a terra in alcun modo, di potersi alzare in volo e fluttuare oltre il soffitto e il tetto della casa, arrivando sino al cielo. Perché è una doccia fredda, questo documento, questa richiesta di divorzio. Non c'è stato nessun preavviso, nessunissima conversazione al riguardo. Suo marito ha avviato la procedura di divorzio senza nemmeno parlargliene. Grace si porta una mano allo sterno. Non riesce bene a respirare e sta cercando di fare in modo che l'aria entri ed esca normalmente dai suoi polmoni. Parole strane, formali, le saltano all'occhio mentre dà una rapida scorsa alla pagina.

Sezione 2

Dati personali (del richiedente)

2.1 Nome

Nome(i): Benjamin Samuel Talbot

Cognome: Kerr

Vedendo un secondo documento separato, Grace lo tira fuori da sotto il plico in cima e legge velocemente le prime righe.

Motivazione della richiesta di divorzio/scioglimento/separazione (giudiziale): **D8OB**

Comportamento irragionevole

Sezione 1(2)(b) della Legge sulle cause matrimoniali 1973

Sezione 44(5)(a) della Legge sulle unioni civili 2004

In caso di compilazione manuale del presente modulo **si prega di scrivere in nero e in MAIUSCOLO** e di selezionare le caselle pertinenti.

Comportamento irragionevole? Grace dà un calcio all'anta sotto il lavandino. Non riesce a credere ai suoi occhi. Perché Ben le ha fatto una cosa del genere? E in questo modo? Neanche una settimana fa l'ha chiamata accusandola di nascondergli dei segreti. Risente ancora la sua voce: *Perché non me l'hai detto, Grace? Non puoi nascondermi queste cose. È anche mia figlia...* Non si rende conto di quanto tutto questo sia ipocrita? Che diamine gli è passato per la testa? Poi la assale un pensiero. Che abbia incontrato un'altra?

Lotte entra in cucina ancheggiando e canticchiando. Grace non l'ha sentita scendere le scale e di colpo ha l'impressione di essere in trappola. Si sforza di stamparsi in faccia un sorriso. Ma sua figlia non la degna di uno sguardo e infila la testa nel frigorifero, ne studia il contenuto e tira fuori un cartone di succo d'arancia. Le dita di Grace, strette intorno ai documenti, stanno tremando. Il bordo del lavandino le preme contro la schiena nel punto in cui lei si sta appoggiando per timore di cadere, dal momento che le gira la testa come se avesse un calo di zuccheri, come se non mangiasse da chissà quanto.

«Cos'hai lì?» domanda Lotte da sopra la spalla.

E Grace resta colpita dal fatto che notino tutto e niente, questi giovani adulti selettivi e narcisisti. Tutto ciò che vorresti non vedessero. Grace apre la bocca per rispondere, ma le parole le si bloccano in gola. Non riesce a trovare il linguaggio giusto per spiegare a sua figlia cos'abbia in mano: non ha idea di cosa dire. E poi, dal nulla, qualcosa di simile a nausea sta montando dentro di lei, e Grace scopre di essere in lacrime.

Lotte chiude il frigorifero e le si avvicina. «Cosa c'è, mamma?» sta dicendo, e c'è un'espressione spaventata dentro i suoi occhi. «Cos'è successo?»

«Niente, niente, va tutto bene...» La voce di Grace è un graffio. «Scusa, tesoro, mi sto comportando da stupida.» Sta ancora piangendo, a quanto pare non riesce a smettere, ed è davvero sconcertata, esterrefatta, perché non è così che fanno le madri. Dovrebbe controllarsi davanti a sua figlia. «Scusa», ripete, e serra le labbra, aspetta un secondo, due, tre. « È la richiesta di divorzio, piccola. Di tuo padre. »

« Cosa? »

« Significa che vuole ufficializzare la nostra separazione. Sono soltanto scartoffie, niente di più, quindi non so il perché di questa reazione così idiota. » Si costringe a ridere e si copre la faccia con una mano.

Lotte è ancora lì con il cartone di succo d'arancia. All'improvviso sulle sue guance compare uno scarabocchio di colore che la fa sembrare una bambina. Un ricordo si impossessa di Grace, un ricordo di loro tre. Stanno passeggiando per Regent's Park e hanno appena superato il punto da cui si vedono gli animali dello zoo dall'altro lato del canale. Il terreno è coperto di neve e Lotte è sulle spalle di Ben. Con le guance paffute costellate di chiazze rosa e la testa inclinata all'indietro, sta ridendo a crepapelle di qualcosa che Ben ha appena detto.

Grace appoggia una mano sul braccio della figlia. « Stai bene? » chiede. « So che per te tutta questa situazione è orribile. Non sei stata tu a volerla. »

« Sto bene », risponde Lotte troppo in fretta. Come se stesse chiudendo una porta.

I *bip* e i gorgoglii della lavastoviglie accanto a loro annunciano l'avvio del ciclo successivo. Grace rimette insieme alla rinfusa i documenti che ha in mano e sospira. E poi, prima che possa rendersene conto, Lotte la sta abbracciando, stringendola forte a sé. Sente i documenti schiacciati in mezzo a loro, gli angoli che le pungono le costole, e si sforza di mantenere il controllo perché è un gesto davvero inaspettato. Ormai non succede più. Sua figlia non la abbraccia più così, anzi, è addirittura raro che la tocchi ultimamente.

« Mi dispiace », mormora affondando la bocca tra i capelli di Lotte. « Mi dispiace che non siamo riusciti a far funzionare le cose. »

« Dispiace anche a me, mamma », risponde sua figlia con una

voce strozzata che la tradisce. E Grace teme che il suo cuore possa spezzarsi.

Non sa quanto tempo restino lì così. Ma è come una drogata che fa il pieno sin che può, e inspira l'odore di sua figlia perché sa che si tratta di qualcosa di fugace, raro. Sa di doversi aggrappare a quel momento con tutte le sue forze.

Quando Lotte si stacca da lei, non riescono a guardarsi negli occhi perché c'è qualcosa di troppo potente in ciò che è appena successo. Non si confà al tipo di relazione che hanno adesso, ed è come se nessuna delle due volesse riconoscerlo. Grace detesta sentirsi così. Non avrebbe mai immaginato di non essere se stessa con sua figlia.

Lotte prende un bicchiere dallo scolapiatti e si versa il succo. «Poi hai cominciato a guardare quella stagione di *Parks and Recreation*?» chiede dandole le spalle. La sua voce è troppo disinvolta e Grace deve conficcarsi le unghie nei palmi per riuscire a risponderle di no.

«Okay!» Sua figlia si volta di scatto con le mani sui fianchi e un'espressione determinata negli occhi. «Allora stasera ordiniamo qualcosa a domicilio e ci spariamo Leslie Knope in tutta la sua gloria... che te ne pare?»

E Grace annuisce perché non riesce a parlare. Chi è questa incredibile creatura non più bambina e non ancora donna? Com'è possibile che sia la stessa persona che meno di due settimane fa ha detto al preside di andare a fanculo insieme a tutta la sua scuola?

Poi Lotte si sporge in avanti e le dà un bacio sulla guancia. Un tocco rapido e lieve delle sue labbra sulla pelle. E Grace sta ancora cercando di elaborare il fatto che sia successo davvero – perché Lotte non le dà un bacio di sua iniziativa da... non ricorda nemmeno quanto – quando la porta della cucina si chiude e lei sparisce.

Grace resta per un momento ad ascoltare il rumore dei passi di sua figlia sulle scale. «Mi manchi», mormora con un filo di voce nel vuoto della cucina.

2003

Grace è nell'ambulatorio medico, seduta sulla punta della sedia. Ha ancora il cappotto addosso e sta stringendo le ginocchia come se così facendo potesse tenersi tutto dentro. Sta rimandando la visita da settimane – ha già disdetto l'appuntamento una volta – e adesso che è lì vorrebbe soltanto andarsene. La dottoressa si sta lavando energicamente le mani al lavello. Grace si accorge con sconcerto che l'elegante chignon scuro e le labbra sottili della donna le ricordano la sua vecchia insegnante di chimica.

«Allora», dice la dottoressa continuando a darle le spalle. «Come posso aiutarla?»

E Grace comincia a raccontarle del mal di testa costante, della nausea quasi perenne, anche se poi in realtà non vomita mai. Non dice di essere piuttosto certa che abbia a che vedere con il lavoro. Ci sono stati ancora diversi articoli idioti, e lei si sente sotto pressione – non può fingere che non sia così – e si aspetta di uscire dall'ambulatorio con una prescrizione per qualche ansiolitico che probabilmente non prenderà, e magari anche per qualcosa che la aiuti a dormire, che invece prenderà.

La dottoressa si siede alla scrivania, di profilo rispetto a Grace. Prende la sua cartella e la riappoggia. «È possibile che sia incinta?» chiede senza alzare lo sguardo.

È la domanda standard, quella che fanno sempre per prima.

«Aha! No.» Grace scoppia in una risata cupa come a dire: *Magari!*

Se la dottoressa capisce la battuta, non lo dà a vedere. Preme invece aggressivamente la penna su un blocco di carta intestata nel tentativo di far uscire l'inchiostro. « Questa penna del cavolo... » dice, e poi, gettando un'occhiata a Grace: « ... chiedo scusa ».

« Nessun problema », risponde Grace con un sorriso.

La dottoressa abbandona la penna e rovista in un portamatite sulla sua scrivania alla ricerca di un'altra. « Quindi non ha nessun partner sessuale al momento? »

Grace resiste all'impulso di ridere una seconda volta. « No », dice spostando il peso sulla sedia. Quando arriveranno alla parte sui sonniferi? La dottoressa annota qualcosa sul blocco e Grace striscia i piedi sul pavimento, fissando un bidone giallo dall'altra parte dell'ambulatorio con sopra scritto RIFIUTI TAGLIENTI.

« E negli ultimi cinque o sei mesi? Ha avuto partner sessuali? »

Nel formulare quella domanda, la dottoressa le osserva la pancia. Grace non ha dubbi.

Ed è pronta a rispondere di no quando all'improvviso la sua mente torna a settembre, al convegno dei poliglotti e al suo fine settimana di dissoluzione al Kerensa Hotel. Una consapevolezza fosca e pericolosa si insinua in lei mentre comincia a contare a ritroso, muovendo quasi impercettibilmente le dita sul cuscino della sedia. *Febbraio, gennaio, dicembre, novembre, ottobre...*

Una volta finito, si intreccia le dita sulle gambe e alza lo sguardo verso la dottoressa. Si sente la testa bollente, la lingua gonfia, la bocca riarsa.

« Merda », le sfugge.

La dottoressa posa delicatamente la penna sulla scrivania. C'è odore di antisettico e ammoniaca, e Grace è assalita di nuovo dalla nausea, accompagnata da quel dolore ormai familiare alla gola, alla mascella.

« Ma ho avuto... ecco, ci sono state delle perdite », comincia a dire. « Insomma, il mio ciclo è di per sé molto irregolare e scarso, e sono stata sotto stress per via del lavoro e... lui è uscito per tempo », conclude fiaccamente.

«Credo sia meglio se ci mettiamo sul lettino per una visita.»

Grace si sforza di non pensare a niente mentre la dottoressa si alza e va dall'altro lato dell'ambulatorio. Poi si costringe ad alzarsi, ma ha un attimo di esitazione nel vedere la dottoressa tirare la tenda intorno al cubicolo e farle segno di entrare. Lei si sta sfilando i pantaloni senza essersi nemmeno tolta il cappotto quando sente la dottoressa indossare un paio di guanti di lattice di là dalla tenda con uno schiocco che sembra un colpo d'arma da fuoco.

Oggi

Grace sta continuando a percorrere faticosamente la salita verso la pasticceria nel caldo appiccicaticcio quando il bambino sbuca dal nulla. Avrà più o meno tre anni e sta sfrecciando giù per la discesa su un monopattino di plastica rossa, disegnando una linea a zig-zag sul marciapiede. Dal tremolio del manubrio e dalle sue nocche bianche, Grace capisce che ha perso il controllo.

« NO! » grida inconsapevolmente, come una pazza. Nei paraggi non ci sono genitori e il bambino adesso si sta dirigendo verso il cordolo del marciapiede. Senza pensarci due volte, Grace si tuffa in avanti e solleva di peso il bambino dal monopattino. Un clacson strombazza mentre il monopattino si ribalta a terra a pochi centimetri dalla strada. Il bambino la guarda, spaventato, e scoppia in lacrime.

« Calma, Lewis Hamilton! » Una donna con un abito a fiori sta correndo giù per la discesa con una coda alta e castana che sballonzola in testa. Toglie il bambino dalle braccia di Grace e le getta un'occhiata che sembra voler dire: *Questi bambini!* « Sstt, sstt, va tutto bene », sussurra poi al bambino. « Questa signora gentile stava solo cercando di darci una mano. » Si gira verso Grace. « È molto bravo a frenare. »

« Chiedo scusa, volevo soltanto... » attacca Grace, ma non riesce ad andare avanti perché è ancora scossa e sta già cominciando a domandarsi – un pensiero vago, quasi informe – se la sua reazione non sia stata eccessiva.

La donna si china a raccogliere il monopattino senza smettere di parlare al bambino in un flusso di parole che suonano come baci.

Mentre i due si allontanano, Grace ha la sensazione che gli occhi di tutte le persone a bordo delle auto lì intorno siano puntati su di lei. All'improvviso si sente esposta, come se si fosse strappata di dosso i vestiti, la pelle. Adesso la pasticceria è vicinissima – riesce quasi a leggere la scritta sull'insegna – ma tra il caldo e le macchine, avverte un senso di pressione, come una sete bruciante, insopportabile. Proprio accanto a lei c'è un vicolo, uno spazio tra gli edifici nel quale si trova l'ingresso laterale di un pub. Lo imbocca. Scappa.

La porta della cucina è aperta e Grace vede un televisore montato in alto in un angolo; sullo schermo un uomo in giacca e cravatta sta parlando mentre in una striscia rossa sotto di lui scorrono le notizie. Dal momento che il volume è alzato per sovrastare i rumori della cucina, la sua voce si sente distintamente anche all'esterno.

«... per il prossimo secolo l'Ufficio meteorologico Hadley Centre prevede – e qui cito testualmente – "inverni più miti e umidi ed estati più calde e secche, oltre a un aumento della frequenza e dell'intensità degli eventi climatici estremi". Autorità indiscusse nel campo degli studi sul cambiamento climatico, gli scienziati dell'Hadley Centre sostengono che, se non ridurremo le emissioni, entro il 2050 potremo aspettarci ondate di calore come quella attuale ad anni alterni...»

Grace procede lungo il vicolo sino a quando il suono della televisione si affievolisce come un respiro che perde forza. Poi si ferma e si appoggia al muro. I mattoni sono caldi sotto la sua maglietta, come fiamme che le lambiscono la schiena, e la sensazione è quasi confortante. Grace sta pensando a Lotte, allo sbalorditivo fatto che oggi compia sedici anni; e si può sapere dov'è andato a finire il tempo? Già, perché lei ha l'impressione di essersi persa tutto, di non avere altro che una manciata di vecchie foto archiviate in testa. E poi ripensa al bambino sul monopattino, al suo odore appiccicoso e dolciastro e alla solidità del suo corpicino tra le sue braccia. Tira fuori il telefono dalla tasca e apre iCloud alla ricerca del video, perché oggi tutto sembra cospirare contro di lei. Sta perdendo la voglia di andare avanti, e questo è il suo oppio, la sua inconfessabile droga segreta.

Ed eccola lì, la sua bambina. Diciotto mesi, seduta su una panchina a Burnham Overy Staithe a guardare le barche sull'acqua. I suoi capelli sono schiariti dal sole e arricciati, come punti di domanda impazziti, e le sue gambine paffute sporgono dal sedile. Ai piedi ha le scarpe rosso ciliegia, quelle che hanno conservato. In sottofondo si sente il rumore metallico degli alberi delle imbarcazioni e lei sta indicando qua e là con il dito. « Quella lì? » chiede. « Quella lì? Quella lì? » Perché sta cercando qualche foca come quelle che hanno visto a Blakeney Point. Poi alla sua bambina si mozza il respiro e Grace sente la sua gioia diffondersi dentro di sé come sciroppo, anche se sa cosa sta per succedere, conosce ogni singolo attimo di quella scena, ogni singola sfumatura. « Mamma! Una farfalla... »

Con il vento che soffia attraverso il microfono, la sua vocina è flebile, e Grace tende tutti i muscoli facciali per cercare di sentire. E le prudono le dita, perché vorrebbe infilare la mano nel video e toccare la sua bambina perduta. Le è insopportabile il pensiero di non poterlo fare mai più. Di aver perso per sempre la sua bambina, questa bambina.

Grace riceve un messaggio che oscura la parte superiore dello schermo, coprendo il cielo e una porzione del viso di sua figlia. Preme PAUSA come se fosse stata colta in fallo. Il messaggio è di Cate, scritto tutto in maiuscolo, il che significa che sta gridando: GRACE! SONO PREOCCUPATA PER TE. RISPONDI A QUESTO CAZZO DI TELEFONO!!!

Quattro mesi prima

Sono passati venti minuti da quando Grace ha risposto alla telefonata della Northmere Park, e a quest'ora dovrebbe essere al lavoro. Invece è qui, imbottigliata nel traffico, in una fila che si estende dall'alimentari turco sino all'autolavaggio. Sta battendo con impazienza il tallone nel vano piedi quando un fattorino carico di una pila di casse di frutta attraversa la strada così lentamente che Grace potrebbe quasi ridere, se non fosse per il vago senso di panico che le vortica dentro.

Prima, mentre al telefono l'addetta al controllo della frequenza scolastica si presentava, Grace si è fermata sulla porta di casa. *Lotte ha saltato le ultime due lezioni*, si è sentita dire, e quelle parole sono state come un pugno. *La situazione sta diventando critica*, ha aggiunto la donna in tono severo, manco fosse il capo dei servizi di sicurezza o magari la leader del mondo libero. E Grace ha stretto le chiavi della macchina talmente forte che le è rimasto il segno sul palmo della mano. Non sapeva se fosse furibonda, spaventata o entrambe le cose mentre la donna all'altro capo blaterava di assistenza psicologica scolastica, di un incontro urgente con il responsabile, di una segnalazione ai servizi di salute mentale per l'infanzia e l'adolescenza.

Attraverso il parabrezza Grace vede il fattorino fermarsi in mezzo alla strada per ridistribuire il carico.

« Su, sbrigati. » Si sporge in avanti sopra il volante, la mascella serrata. Ha chiamato al lavoro dicendo di avere avuto un'emergenza familiare e non ha nemmeno un vero e proprio piano se non guidare per le strade della città finché non riuscirà a rintracciare Lotte. Dietro i suoi occhi le parole del profilo Instagram di Lotte scorrono come su un nastro telegrafico... *Non rispondi ai miei DM. Ti vedo ti vedo ti vedo... Non provare nemmeno a bloccarmi zoccola...* Grace è assalita da quella sensazione familiare di paura informe e non desidera altro che fermarla.

«*Merde!* Dai!» Grace suona il clacson, giusto un colpetto leggero, ma – come una punizione – in quel preciso istante una delle casse cade rovinosamente a terra. Grossi cocomeri striati finiscono sull'asfalto e si rompono, riversando sulla strada una pioggia di polpa e semi che assomigliano a organi interni.

Grace supera l'Ally Pally e il centro ricreativo e poi torna indietro, passando di nuovo davanti alla fila di negozi e al benzinaio sino al Broadway. Si lascia alle spalle la chiesa all'angolo e tiene un occhio sul traffico e l'altro sui passanti, scrutando tutti quanti alla ricerca dei capelli color zucchero filato di sua figlia, di un'uniforme scolastica fuori posto, del blazer sul braccio come lo porta lei. Nulla. E poi si trova sulla strada che costeggia l'Highgate Wood sino alla stazione della metropolitana, con una coda spazientita di macchine al seguito, dal momento che sta andando a meno di trenta chilometri all'ora.

Il semaforo diventa rosso nell'attimo esatto in cui Grace arriva al pub all'angolo. Gettando un'occhiata al locale, ripensa a loro tre a un tavolo all'aperto. Seduta accanto a lei sulla panca, Lotte sta ridendo perché le bollicine della limonata le fanno pizzicare il naso, e di fronte a lei Ben si porta la birra alle labbra. Ha preso il sole e, come gli succede sempre dopo il primo sorso di alcol, ha quello sguardo assonnato che Grace adora. Sporgendosi in avanti sul tavolo, lo bacia e gli dice che sa di vacanze.

«Non si può sapere di vacanze, mamma», interviene Lotte.

«Sì che si può», risponde Ben senza staccare gli occhi dal viso di Grace.

Grace valuta la possibilità di chiamarlo, domandandosi se farebbe in tempo prima che scatti il verde. Poi, con altrettanta rapidità, scaccia l'idea perché sta cominciando a rendersi conto che è tutta una follia. Una missione impossibile. Il fatto è che Lotte potrebbe essere ovunque.

Grace è all'ingresso ad aspettarla quando Lotte torna da scuola. O meglio, *non* da scuola. Grace è costretta ad appoggiarsi al muro per non cadere, perché il sollievo di vedere avanzare la sagoma scura di sua figlia lungo il vialetto attraverso il vetro smerigliato è enorme, quasi quanto la rabbia che monta in lei subito dopo. La porta si apre, una corrente d'aria investe la casa, e Lotte sta lasciando cadere lo zaino a terra, salutando come se fosse tutto nella norma. Come se avesse appena seguito due noiosissime ore di matematica.

«Dove sei stata?» domanda Grace, e si accorge che la sua voce è talmente tesa che sembra addirittura stia parlando a denti stretti.

«In che senso?» Lotte aggrotta la fronte con aria perplessa.

«Non ci provare», dice Grace. «Non ci provare nemmeno.» Non riuscendo a guardare sua figlia in faccia, sta fissando il muro sbeccato nel punto in cui la porta sbatte ogni volta che si apre.

Lotte si piazza le mani sui fianchi ed emette un sospiro che le fa tremare le labbra. «Mi sono presa un giorno libero, che male c'è?»

Grace è spiazzata. Se si aspettava qualcosa, di certo non era questo. Che stupida. La coglie sempre in contropiede questa irrazionalità, questa ostinata assenza di logica. Questo non demordere mai.

«Lo fanno tutti.» Lotte si toglie le scarpe con un calcio e le lascia dove cadono. «Non è niente di grave.»

Grace inclina la testa all'indietro e si sforza di contare i petali del rosone sul soffitto prima di parlare. Sa che è normale, sa che è così che funziona. Non si tratta di qualcosa di personale, ma non per questo è facile accettare che sua figlia le stia sfuggendo di mano. E poi è incomprensibile, perché che fine ha fatto quella creatura dolce e gentile, non più bambina e non ancora adulta, che sino a qualche sera fa si abbuffava di pizza e si sbellicava dalle risate guardando Netflix? Accoccolata come un gatto contro di lei sul divano, così vicina che Grace non avrebbe saputo dire dove finisse il suo corpo e dove cominciasse quello di sua figlia. Sa di sbagliare, eppure si sente tradita.

«Cosa sta succedendo, Lotte? Dove sei stata?»

«In giro...»

«In giro? Sei seria?»

Sua figlia si stringe nelle spalle. «Non c'è bisogno di scaldarsi tanto.» Si mette a rovistare nello zaino, dal quale tira fuori la bottiglia d'acqua e la trousse tappezzata di avocado con gli occhiali.

«Questa non è una risposta. Con chi eri? Da sola?»

«Sì.» Lotte apre un lucidalabbra e comincia ad applicarselo con una noncuranza che manda Grace su tutte le furie. «A te cosa interessa? Voglio dire, che differenza fa? Ascolta, te l'ho già detto, non è niente di grave. Ti garantisco che a scuola non imparo comunque un tubo. È una perdita di tempo.» Alza gli occhi al cielo, e poi, sottovoce, aggiunge: «Che peso...»

Sentendo quella sfilza di luoghi comuni, Grace stringe i pugni. Vorrebbe strappare il lucidalabbra di mano a sua figlia. Vorrebbe spalancare la bocca e gridare.

«Invece è gravissimo.» È pronta a snocciolarle l'elenco dei motivi, a partire da: «Hai quindici anni e nessuno sapeva dove fossi e questo è pericoloso», per concludere con: «Quest'anno hai gli esami finali e se continui così manderai a monte tutta la tua vita». Ma nella sua testa al posto delle parole non ci sono altro che spazi vuoti, e lei pensa all'articolo di giornale dentro il suo cassetto, all'elenco di sintomi... *difficoltà di concentrazione... vuoti di memoria...* Sa solo di essere troppo stanca per tutto questo, non ha la forza di lottare contro l'arroganza, la cieca ingenuità, l'irragionevolezza. Sua figlia sta parlando a vanvera, tirando dritto per la sua strada, incurante di qualsiasi logica, sfumatura e verità, e in questi casi non c'è nulla da controbattere.

Lotte le passa davanti sgomitando e per poco non fa cadere il quadro con la Madonna e Gesù Bambino appeso alla parete opposta. Anziché andare in cucina a prendersi qualcosa da mangiare come farebbe di solito, sale le scale verso camera sua, come se la questione fosse chiusa.

«Lo fai sempre, lo sai?» dice sua figlia girando appena la testa.

«Cosa? Non essere d'accordo con ogni singola cosa che dici e fai? Avere un'opinione? Hai mai sentito parlare di libertà di espressione? Di democrazia?» Adesso sta gridando, non ha più nessuna intenzione di controllarsi per non esplodere. «A quanto mi risulta esistono ancora. Più o meno. E che tu ci creda o no, qui non si tratta soltanto di te. La sai una cosa, Lotte? Non mi va che l'addetta al controllo della frequenza scolastica mi telefoni e mi faccia sentire una madre di merda.» Ha un attimo di esitazione mentre pronuncia quella parolaccia. Benché l'abbia usata quasi di proposito per colpirla, per fare in modo che il messaggio andasse a segno, le sembra comunque uno sbaglio. Le manca l'aria, è spaventata. Si costringe ad abbassare la voce. «Oggi non sono andata al lavoro per colpa di questa storia, per colpa tua. Te ne rendi conto? Potrei essere licenziata. E allora cosa faremo? È evidente che sei infelice. Parlami. Dimmi cosa c'è. Aiutami. Per favore. Perché tutte queste assenze?»

Lotte si ferma in cima alle scale. Con la mano sul pilastro della balaustra, si gira a guardare Grace, e c'è qualcosa nella sua espressione, qualcosa che Grace non riconosce. Il panico si impadronisce di lei.

«Perché tutte queste assenze?» La voce di Lotte è armoniosa. «*Tu* lo stai chiedendo a *me*? E cosa mi dici della tua *grossa assenza*, eh?» Drizza gli indici come coltelli, mettendo la parola tra virgolette. «Ci hai abbandonati per... quanto è stato, mamma? Ricordamelo. Ce ne vuole prima che ti raggiunga, no? Di questo non parliamo mai, vero?» Fa una pausa e, quando apre di nuovo la bocca, sembra che stia parlando tra sé. «Non l'abbiamo mai fatto.»

Grace rimane lì, interdetta, mentre sua figlia si allontana dalle scale con una spinta e sparisce lungo il pianerottolo. E quando la porta della camera sbatte alle spalle di Lotte, lei si lascia cadere a terra. È come se nell'ingresso non ci fosse più una sola molecola di ossigeno. Le gira la testa. Si può sapere cos'è successo? Grace fa fatica a capire. La sua mente sbanda e slitta nel tentativo di mettere in relazione ciò che sa e ciò che pensava di sapere. Non si capacita delle parole di Lotte, perché sua figlia ha ragione: non hanno mai discusso del periodo in cui lei se n'è andata, mai. È passato tantissimo tempo, e Grace si era concessa di credere che forse – *forse* – Lotte se ne fosse dimenticata.

2003

Benvenuti nella segreteria telefonica di Orange. Ci sono due nuovi messaggi. Primo nuovo messaggio. Ricevuto lunedì 24 febbraio alle 14.17.

«... Ciao, sono... Un momento...»

Per richiamare alla tariffa standard premere cinque. Per ascoltare il prossimo messaggio premere due.

«Ehi, ciao, sono Grace, Grace Adams. Quella del raduno dei poliglotti, ricordi? È passato un po' di tempo, lo so, e immagino... Scusa, non so bene cosa sto cercando di dire. Io... ecco... potresti richiamarmi? Ho bisogno di... te ne sarei grata. Il mio numero è... ah, non me lo ricordo mai... 0795... No. Be', immagino ti sia comparso sullo schermo. Okay, richiamami. Grazie.»

Per richiamare alla tariffa standard premere cinque.

Ben appoggia il telefono sul leggio sopra i suoi appunti e si ritrova a sorridere. Non riesce a farne a meno perché Grace è... cos'è? Non ne ha idea. Sono passati cinque mesi dall'ultima volta che l'ha sentita e adesso lei lo chiama così, dal nulla, con un groviglio di parole che lui sta cercando di decifrare senza successo. Un messaggio che ha scatenato qualcosa dentro di lui, ma cosa? Una risata? Non riesce proprio a capirla. Non riesce nemmeno a capire se stesso quando si tratta di lei.

Gli ultimi studenti stanno uscendo dall'aula e mentre passano davanti alla cattedra lui li saluta con un cenno del capo, anche se in realtà non li vede nemmeno. E sta valutando se richiamarla o no, e nel caso quanto aspettare, quando il suo telefono comincia a vibrare, sobbalzando leggermente sopra gli appunti come un insetto intrappolato. Ben controlla lo schermo e vede che è lei, Grace: lo sta già richiamando. E cavolo, quant'è nervoso. Si sente come un quattordicenne al primo appuntamento. Si guarda intorno e lascia squillare il telefono una, due, tre volte, assicurandosi che se ne siano andati tutti. Non vuole avere nessun pubblico durante questa telefonata.

Inspira a fondo prima di rispondere.

« Wow! » esordisce. « Grace Adams, la stella del piccolo schermo! »

« Ben, ciao », dice lei, e la sua voce è seria. Ben si aspettava che ridesse o che magari lo rimbrottasse, e capisce all'istante che qualcosa non va. La conosce quanto basta per non avere dubbi.

« Ascolta », sta dicendo adesso Grace. « Non c'è modo di indorare la pillola, quindi andrò dritto al sodo. » Si interrompe.

Ben si domanda per un secondo se non sia caduta la linea nel bel mezzo della frase, e trova irresistibile l'ironia di quell'eventualità. Dopodiché, sentendola schiarirsi la voce, ride.

« Cos'hai? Cosa c'è di così divertente? »

« Scusa. È che sembrava ti stessi preparando a dire qualcosa di grosso e poi... » Si stringe nelle spalle pur sapendo che Grace non può vederlo.

« Sono incinta, Ben. »

« Ah », risponde lui dopo una pausa. « Congratulazioni. » Ma si rende conto di aver scelto la risposta sbagliata prima ancora di finire di parlare.

Davanti a lui c'è una distesa di file vuote e gli fanno male agli occhi nella luce artificiale che illumina l'aula. Ben ha l'impressione di trovarsi in una specie di spettacolo teatrale sperimentale basato sulla pura improvvisazione. Tutto è come avvolto da un'aura d'irrealtà.

« Okay, ti sembrerà impossibile, sembrava impossibile persino a me sino a sette giorni fa, ma sono alla ventiduesima settimana o giù di lì, a quanto pare, e facendo due calcoli, ecco... » Lascia la frase in sospeso.

I secondi passano mentre Ben si sforza di aprirsi un varco verso la luce. « Ah », dice di nuovo, stavolta a voce più bassa. Si massaggia la fronte, come se quel gesto potesse in qualche modo aiutarlo a dare un senso alle parole di Grace. « La Cornovaglia », mormora.

« Non c'è stato nessun altro dopo di te, quindi... »

Grace è così pragmatica che a Ben sembra quasi stiano parlando del tempo, come se le previsioni preannunciassero due settimane di pioggia e fosse un po' una seccatura. È *troppo* pragmatica.

« Di sicuro ti starai vedendo con qualche altra ragazza, ma volevo... be', ho pensato che dovessi saperlo. »

In effetti un'altra ragazza c'è stata, sì. C'è ancora. Lina. Si frequentano da qualche mese, ma lei trascorrerà i prossimi due semestri a Milano nell'ambito del suo programma di dottorato. Ben sa che dovrebbe dirlo a Grace, sa che è questo il momento giusto, ma l'istinto lo spinge a tacere. Non se la sente di dirglielo.

Ben scuote la testa come se avesse le orecchie piene d'acqua. « Da quanto tempo lo sai? »

« Poco più di una settimana », risponde con l'intonazione acuta di quando si racconta il finale di una barzelletta. « È incredibile la nostra capacità di non vedere quello che non vogliamo vedere. »

E allora Ben ricorda. Loro due premuti contro il bancone del bar studentesco. Lei è tutta capelli color ambra e occhi vispi che sprizzano umorismo mentre si versa un bicchiere di vino rosso dalla bottiglia. E poi c'è la sua voce morbida come velluto, segno che è un po' ubriaca... *Ho rotto con il mio fidanzato un mese fa. Io non voglio figli, e su questo fronte lui non era disposto a scendere a compromessi...*

Nell'aria intorno a sé sente il suo profumo. Un odore di sale e cera d'api comparso dal nulla come per magia.

« Mi avevi detto di non volere figli. » Sta parlando tanto con se stesso quanto con lei.

« Sì, lo so. »

Tra loro cala il silenzio. La si potrebbe quasi definire quiete, se non fosse che Ben non riesce a ragionare, visto che il suo cervello è come uno yo-yo mentre cerca di elaborare le parole di Grace. Cinque minuti fa stava illustrando i principi della psicolinguistica a un'aula piena di studenti apatici, e adesso questo. Non riesce neanche lontanamente a immaginare cosa chiedere, cosa dovrebbe dire.

« Be', niente male come modo per fare un saluto a un vecchio amico », dice alla fine, ed è patetico, è consapevole di essere patetico, ma non gli viene in mente nulla di meglio.

« Non è troppo tardi », risponde lei in tono sommesso.

Per cosa? vorrebbe chiedere lui. Ma lo sa. Non è stupido.

Sente il respiro di Grace all'altro capo del telefono. Immagina l'aria uscirle di bocca e insinuarsi nell'etere come fumo.

Oggi

Quando la raggiunge, la pasticceria ha assunto un significato quasi religioso nella sua mente. È come se stesse per varcare la soglia sacra della Moschea Blu o dell'Angkor Wat o della Cupola della Roccia dopo un lungo pellegrinaggio. L'insegna all'esterno che dovrebbe oscillare è immobile, e il caldo è tale che le torte in vetrina sembrano sul punto di sciogliersi. Ci sono una rana di pasta di zucchero alla quale è caduto un occhio e una torre sudata di torte Bakewell.

Entrando, Grace viene investita da un profumo caldo e zuccherino, e all'improvviso sta morendo di fame. Si guarda intorno, osservando le girelle con l'uvetta, le crostate alla crema, i bagel con i semi di papavero, le torte Madeira, i panini al sesamo con lievito madre, le fette di torta alla vaniglia, gli éclair al cioccolato, le focacce al rosmarino, i panini con uvetta e cannella. Grace ha la sensazione che potrebbe sedersi in mezzo al negozio e mangiare tutto quanto, ingollando carboidrati sino a star male.

« Come posso aiutarla? »

La donna dietro il bancone le sta facendo segno di avvicinarsi. La sua pelle dall'aria pastosa la fa assomigliare ai dolci che vende.

« Devo ritirare un'ordinazione. » Grace sorride. « È la torta per i sedici anni di mia figlia. » Non sa perché lo stia specificando. C'è una nota prepotente di orgoglio nella sua voce, come se fosse il genere di donna che ha un marito, un cockapoo, una tessera al circolo del tennis, un ruolo attivo nell'associazione genitori-insegnanti. Come se fosse il genere di donna che fa queste cose, che ordina torte personalizzate per le occasioni speciali.

« Il nome, per favore? »

Grace si accorge che la donna ha la fronte lucida nel punto in cui l'elastico della cuffia azzurra di nylon le preme sulla pelle, all'altezza dell'attaccatura dei capelli.

Le dà il nome e la donna sparisce nel retro, tornando dopo un minuto con una scatola bianca e lucente. La posa sopra il bancone. È piccola, e Grace capisce all'istante che le ha portato la torta sbagliata. Prima che possa farglielo notare, la donna apre il coperchio con un gesto teatrale.

La torta non tocca nemmeno i lati della scatola. Grace fa un passo avanti e guarda dentro. In cima ci sono due figure minuscole. Minuscole. Il bikini della femmina abbronzata è costituito da tre puntini rosa di glassa, il costume del maschio da una singola striscia verde. E sì, di lato c'è il nome di Lotte in lettere dorate, come da accordi, ma è poco più grande di una normalissima scritta fatta a mano. Sulla torta sono sparpagliati flaconi piccolissimi di olio abbronzante, cuori, ciabatte e tanga, tutti di dimensioni ridicole, e di conseguenza privi di qualsiasi dettaglio, grossolani.

È una torta grossa, gigante... ricorda di aver detto a Ben, e la voce nella sua testa suona pretenziosa, narcisista, disperata. *Ha due piani, decorazioni fluo, il suo nome scritto con la glassa dorata...* Adesso che ce l'ha davanti, vede che la torta per il sedicesimo compleanno di Lotte, il grandioso, sensazionale pezzo forte della festa che aveva immaginato – il simbolo del suo amore incrollabile per sua figlia – non basterebbe nemmeno per cinque persone.

Grace è consapevole della coda che si sta formando dietro di lei. « Me l'aspettavo più grande. Insomma, è tutto qui? Ne è sicura? »

« È una torta a tema *Love Island* », risponde la donna come se quella fosse una spiegazione sufficiente. Ha le mani appoggiate sul bancone, ai lati della scatola immacolata. Grace osserva le sue unghie smangiucchiate.

«È proprio piccola», insiste. E qualcosa di simile al panico comincia a montarle dentro.

«È un'ottima misura.» La donna dietro il bancone tende le labbra in una linea sottile. «Ha persino due piani.»

«Sì, certo, due piani», le fa eco Grace sottovoce. Suo malgrado si sente a disagio, come se non fosse all'altezza di questo ambiente, come se stesse dando a questa donna tutti i motivi di pensare che avrebbe dovuto comprare la torta più avanti, da Marks & Spencer. Abbassa lo sguardo e lo rialza. Ha quarantacinque anni. Quarantacinque cazzo di anni. Quanto deve invecchiare ancora perché gli altri comincino a trattarla come un'adulta?

«È fatta a mano», prosegue la donna. «Artigianale.»

«Artigianale?» Grace sbuffa dal naso. «Più che altro la definirei invisibile!»

«Temo che non abbia pagato abbastanza per una torta più grande.» Adesso nel tono paziente con cui le si sta rivolgendo c'è un che di esagerato. «Se vuole una torta più grande deve pagare di più.» Indica un éclair luccicante nella sua carta arricciata dietro il bancone di vetro inclinato. «Due sterline e cinquanta», dice. Poi indica un omino di pan di zenzero con tre grossi Smarties sulla pancia. «Una sterlina e settanta.» Poi una torta alle noci. «Cinque e novantanove. Perché vede, è una torta intera. Per sei persone.» È difficile capire se stia scherzando o no, dal momento che sotto la cuffia elasticizzata la sua faccia pastosa è inespressiva.

Grace si sente la schiena in fiamme e immagina che siano gli occhi dei clienti in coda dietro di lei. Il sangue le pulsa contro le tempie mentre si gira a guardare i dolci esposti in vetrina. Una torta a quattro piani a tema principesse con una glassatura rosa lucida e cristalli scintillanti commestibili, una torta a forma di campo da calcio grossa come una lastra per pavimenti con ben due squadre di giocatori. Una torta al cioccolato grossa, altissima, a forma di cattedrale gotica. Il suo pensiero corre a Lotte, a due anni, a quattro anni, a sei anni e a dieci, al suo visino illuminato nella penombra della cucina, con gli occhi gonfi di emozione mentre soffia sulle sue candeline di compleanno. È con una di quelle torte sontuose stravaganti della vetrina che aveva immaginato di presentarsi alla festa. Con una torta in grado di far brillare di nuovo gli occhi di Lotte come quando era piccola. Una torta in grado di dire tutto ciò che c'è da dire, di farle tornare a essere quelle che erano. Grace rivede lei e sua figlia nel letto, appoggiate contro i cuscini, la testa di Lotte sulla sua spalla e i colori vivaci e sgargianti di *Love Island* alla televisione.

« Non ce la faccio », sta dicendo Lotte sbirciando da dietro le dita mentre sullo schermo la coppia con la pelle color mogano in costume discute del test della verità cui si è appena sottoposto lui. « E in ogni caso, come fanno sapere che il test è preciso, che lui sarebbe davvero tentato da altre donne? Mamma, non ce la faccio. Io li *shippo* troppo. »

Grace ride e toglie a sua figlia le mani dalla faccia. « È una bella parola, *shippare*. Colma una lacuna nel linguaggio. *Voglio che quei due si mettano insieme*. Non esiste un altro termine per esprimere lo stesso concetto. »

« Sstt. » Lotte sposta la testa, mettendosi comoda, sino ad appoggiare la guancia sulla pelle morbida sotto la clavicola di Grace. « Sei proprio una nerd, mamma. »

« Sono duecento sterline », annuncia la donna dietro il bancone con un cinguettio. Un cinguettio che sottintende l'assoluta ragionevolezza della transazione. Porca miseria, *cuánto*? pensa Grace, e deve chiamare a raccolta tutte le sue forze per non chiedere alla donna con la cuffia di plastica azzurra quanto caspita dovrebbe sborsare per una torta di una misura decente. Cioè, dovrebbe forse reipotecare la casa?

Grace tira fuori dalla tasca la carta di credito, sussultando di fronte alla cifra sullo schermo mentre digita rabbiosamente il PIN. Lo sta facendo davvero? Sta veramente pagando questa torta? Non riesce a crederci. Ogni singola cellula di lei vorrebbe buttarla giù dal bancone e spiaccicare i resti mollicci e spugnosi a terra. Osserva la donna tagliare del nastro da un rotolo e cominciare ad avvolgerlo intorno alla scatola. Una volta finito, usando le forbici come lama, arriccia le estremità. Ci sta mettendo una vita, come se lo stesse facendo di proposito.

Quando la confezione è pronta, Grace esce come una furia. Riesce ad arrivare in cima alla salita prima di crollare. Con la scatola stretta tra le mani, si piega in avanti sulle ginocchia, senza fiato. Non si capacita di ciò che le sta succedendo. Suo marito, sua figlia, il suo lavoro, *i suoi lavori*: ha perso tutto. E adesso questa torta ridicola. Dopo tutto quello che ha fatto, è esattamente ciò che merita. È la cazzo di ciliegina sulla torta.

Quattro mesi prima

«Che caspita ti è preso, Ben?»

«Oh, ehi, ciao anche a te, Cate.» Ben si appoggia su un gomito e controlla la sveglia sul comodino: le sei di mattina. «Lo sai che ore sono qui, vero?»

È come se non avesse aperto bocca.

«Mi ero detta che non avrei chiamato, che non mi sarei immischiata...» La sua voce, così simile a quella di sua sorella ma al tempo stesso abbastanza diversa da consentirgli di distinguerle, è sottile all'altro capo del telefono. Cate sembra un po' su di giri, forse ha preso qualcosa, anche se Ben credeva che avesse smesso. «... però insomma, per l'amor del cielo.»

«Vuoi dire che Sara ti ha consigliato di non chiamare, di non immischiarti.» Si preme un pugno sull'occhio. Gli sta esplodendo la vescica.

«Ascolta, Grace sta fingendo che non le importi, ma in realtà non è vero. Le importa eccome. Le hai mandato i documenti per il divorzio senza nemmeno discuterne con lei. Senza nemmeno avvertirla...»

«Aspetta. Cosa?» Ben si mette a sedere. Di colpo è sveglissimo.

«Si può sapere cosa ti è saltato in mente? Avevi voglia di farti una risata o che altro?»

La luce comincia a filtrare dai lati della veneziana e un sottile rettangolo luminoso tremola sulla parete della camera. «Li ha già ricevuti?» Lo sta domandando sia a se stesso che a lei.

«So che sei arrabbiato con Grace.»

«Non sono arrabbiato.»

Silenzio. Ben vorrebbe nascondere la testa sotto il cuscino, rimettersi a dormire, fuggire da questa situazione. Quando Cate riprende a parlare, la sua voce si è addolcita.

«So che sei arrabbiato, Ben, per tutto quanto...»

Gli si annoda lo stomaco, e vorrebbe che Cate tacesse perché queste non sono cose di cui parlano. Non l'hanno mai fatto. Almeno, non dopo quell'unica volta. Ubriachi in un bar del centro di Los Angeles. Quel momento sembra appartenere a un'altra epoca. Quanti anni sono passati? Quanto è passato da quel groviglio indistinto di parole, suoni, odori e immagini?

«Ma Grace è...» Cate emette un piccolo suono, come se si stesse cucendo la bocca. Ben la immagina là, a Los Angeles, seduta accanto alla piscina illuminata. L'aria calda, polverosa e agrumata, le cicale che friniscono e ronzano, gli alberi carichi di avocado. «E Lotte», dice alla fine. «Come pensi di fare con Lotte?»

«Ce la sto mettendo tutta, Cate. Grace non vuole...»

«Non essere quel tipo d'uomo, Ben. Non essere quel tipo di padre.»

«Questo è ingiusto.» Porta le gambe giù dal letto e si alza. «Lo sai che è ingiusto.»

«È mia nipote. Le voglio bene, e voglio bene a mia sorella. Era così anche per te un tempo, ricordi? Non so, forse è assurdo, ma può darsi che sia ancora così. In ogni caso lei ha bisogno di te. Non può farcela da sola.»

«Non è da sola.»

«Lotte sta facendo finta che vada tutto bene. Finge di essere un'adulta fatta e finita. Peccato che non lo sia. Ha quindici anni, è una bambina. E ne ha passate così tante...»

Le parole restano sospese nell'aria. Lui non ha nessuna intenzione di toccarle.

«Tua figlia sta recitando. Ne sei consapevole, vero? L'indifferenza è complicità. Fare qualcosa è sempre meglio di non fare niente.»

Tu che dai consigli a me? pensa Ben, ma non lo dice. *Come se te la fossi cavata bene con Dylan.* Cate sta parlando come uno di quei volantini che porta a casa dalle sue sessioni di life-coaching, e di norma lui riderebbe – di lei, con lei – eppure sa che ha ragione. *Sei entrato e hai richiuso la porta, tesoro*, direbbe sua madre se fosse ancora viva. In qualche recesso di sé Ben sa che sta lasciando che vada tutto a rotoli perché preferisce non pensarci, perché preferisce non pensare a nulla di ciò che è successo. È troppo doloroso.

«Ci ho provato a parlare con Grace...»

«E lei ti ha respinto. Dimmi qualcosa che non sappia già. Impegnati di più, okay? Fai irruzione ad Alcatraz. Io credo in te.»

Ha acquisito un accento losangelino ormai. Cate non sarebbe per nulla felice se lo sapesse. Ben immagina che alzerebbe gli occhi al cielo se glielo facesse notare. È questo, si rende conto, a renderla così diversa da Grace, e all'improvviso alla sua mente si affaccia un ricordo. Grace con un abitino giallo in un bar di Los Feliz. È incinta e sta ridendo mentre gli dà un colpetto all'addome. *Se mia sorella non fosse lesbica penserei che voi due abbiate una tresca...*

Cate adesso sta dicendo qualcosa sull'essere genitori, su Sara e Dylan, e la mente di Ben continua a vagare. Sta pensando alle scatole del destino – alle scatole del destino di Lotte – e se la rivede davanti agli occhi come se fosse ieri. È sul patio accanto alla sabbiera a fare le bolle di sapone. Ha in mano una piccola bacchetta di plastica ed è concentratissima mentre soffia, disegnando una piccola O con le labbra. E poi osserva il vento portare via le bolle, le segue con lo sguardo finché esplodono. *Papi*, dice, sempre guardando le bolle. *Papi, lo sai che ci sono queste piccole scatole che ti escono dalla testa, io le chiamo le scatole della vita perché spariscono una dopo l'altra quando hai fatto la cosa che c'è dentro. Per noi sono invisibili ma sono anche trasparenti, quindi vedi le immagini della tua vita che ci sono dentro e in realtà è la fila di scatole che ti controlla. E poi quando arrivi alla fine te ne resta soltanto una, che è quella che ti dice come muori, allora voli sino all'ultima scatola e poi salti sulla nuvola, e la nuvola è il paradiso.*

Aveva sette anni. Ben ne è sicuro perché dalla portafinestra vede i palloncini ancora appesi in cucina dalla festa di compleanno della settimana prima. E perché era rimasto a bocca aperta nel sentir dire una cosa del genere a una bambina di quell'età, nel sentirle descrivere i fondamenti del determinismo, e l'aveva annotato mentalmente. «Lo pensi davvero?» aveva domandato. «No», aveva risposto lei scuotendo la testa. «È soltanto una delle storie strane che mi invento, però mi piace.» Era come un fatina buona. Di una serietà straziante, con quei capelli biondi vaporosi e gli stessi occhi scurissimi di Grace. Ben si era ritrovato senza fiato.

«Ben?»

«Sì, giusto», mormora lui pur non avendo idea di cos'abbia detto Cate.

«Okay, bene.»

«Come sta Sara?» si affretta a chiedere, ansioso di cambiare argomento. Sente un peso sul petto e non desidera altro che alzarsi, bere un bicchier d'acqua, fare un po' di stretching, una corsa. Ormai non riuscirà più a riprendere sonno.

«Sara?» Ben sente le labbra di Cate vibrare contro il microfono. «Oh, sai, lavora troppo, mi manda in bestia. Le solite gioie domestiche...»

«Bello.» Ben ride e annusa l'aria. Gli puzza l'alito. «E Dylan?»

«Praticamente non lavora e mi manda in bestia. Di nuovo, le solite noie, ah no gioie, domestiche.»

Adesso stanno ridendo entrambi e Ben sente il bisogno improvviso di vederla, di saltare su un aereo, di raggiungerla nella splendida casa sul limitare del Griffith Park, sotto l'Osservatorio. Di tornare ai tempi in cui tutto era diverso.

2003

Grace è già seduta al tavolo del Russian Tea Rooms quando lui arriva. La vede attraverso il vetro fumé ed è come se un campo di forze calasse su di lui, paralizzandolo. Grace ha un maglione color dell'erba e i capelli raccolti di lato in uno chignon alla spagnola. Ha lo sguardo abbassato, concentrata su qualcosa sul tavolo, e Ben capisce che è in un mondo tutto suo, incurante di ciò che la circonda.

Accanto a lui qualcuno tossisce, e voltandosi Ben vede un uomo e una donna di mezza età con l'aria da clienti abituali seduti a uno dei tavoli all'esterno. Indossano cappelli e cappotti, e dalla loro bocca e dalle loro tazze di caffè escono nuvole di vapore. A Ben viene il dubbio che quei colpi di tosse siano intenzionali, per fargli capire che è un po' troppo vicino a loro da un po' troppo tempo. In ogni caso quel suono è sufficiente a riscuoterlo e a fargli appoggiare il palmo sulla porta di vetro per aprirla.

L'interno è buio, le pareti e il soffitto dipinti di un intenso rosso cremisi. Passa qualche secondo prima che Grace alzi lo sguardo dal libro che sta leggendo e lo veda indugiare sulla porta. Con il cuore che martella nel petto, Ben solleva la mano in un mezzo saluto, poi si fa strada tra i tavoli verso di lei.

Grace ha davanti a sé un piatto di *blinis* e si scusa. «Avevo una fame da lupi. Non sono proprio riuscita ad aspettare, mi dispiace.»

In realtà il suo tono non è per niente dispiaciuto, e Ben avverte una specie di fitta al cuore perché si rende conto che soltanto lei potrebbe aprire una conversazione così, date le circostanze.

«Salmone affumicato e *smetana.*» E addenta un boccone.

Ben non è sicuro che sia il caso che lo mangi: la moglie di suo fratello, Amelia, è alla quarta gravidanza, e ai raduni di famiglia fa sempre una testa così a tutti i commensali con l'elenco di tutto ciò che non può mangiare. Ben ce la sta mettendo tutta per non guardarle la pancia – sa d'istinto di non doverlo fare – e lo sforzo è tale che gli fanno male gli occhi.

«Assaggiane uno, sono ottimi.»

Ben esita un momento prima di sporgersi a darle un bacio sulla guancia. È lì in piedi da così tanto tempo che i suoi movimenti sono goffi e manca l'obiettivo, finendo per sfiorarle l'orecchio con la bocca. Grace ha un odore diverso da quello che ricordava, di cocco o crema solare, anche se fuori si gela. E c'è anche il retrogusto del salmone che lo disorienta un po'.

«Cosa leggi?» chiede sedendosi di fronte a lei e indicando con un cenno il libro aperto sul tavolo.

Le parole che non si stanno dicendo sono come chiodi appuntiti nell'aria intorno a loro.

Lei gira il libro e Ben vede che si tratta di una copia piena di orecchie di *La Peste.* Lo sta leggendo in lingua originale.

«L'ho preso alla libreria dell'usato dall'altra parte della strada.» Indica un punto sopra la spalla di Ben fuori della vetrina. «Ero in anticipo. Ma ho anche pensato che almeno avrei avuto qualcosa da fare se non ti fossi presentato. Quantomeno mi sarei risparmiata di rimanere qui da sola come un'idiota senza niente da fare.» Si stringe nelle spalle.

Adesso che la luce le illumina la faccia, Ben nota per la prima volta il suo pallore. Ha gli occhi cerchiati, e la pelle ai lati della bocca è screpolata, quasi cascante. *Sembra sfinita*, pensa Ben. *Triste.*

«Mi fa piacere che tu sia venuto.» Non lo guarda mentre parla, e lui rischia quasi di non sentirla.

Ben inspira ed espira. «Quindi stai bene?»

Lei si asciuga la bocca con un tovagliolo e lo rimette sul tavolo prima di rispondere. « Be', sono inaspettatamente incinta di cinque mesi. » Inclina la testa di lato e fa una smorfia. « Ma a parte questo dettaglio, sto alla grande... e con ogni probabilità sto cercando di capire cosa significhi la tua presenza qui. »

Il tono della sua voce fa a pugni con l'espressione dentro i suoi occhi. Ben si rende conto che è spaventata. Tanto quanto lui. « Non lo so », dice alla fine. « Non so cosa significhi. Mi dispiace... »

« Forse non avremmo dovuto essere così superficiali sul fronte contraccettivo », mormora lei.

« Vero. » Ben annuisce lentamente. « Su questo non ci piove. »

« All'inizio ho avuto qualche perdita, e poi anche dopo un paio di mesi », dice guardandosi le mani. « Per questo non me ne sono accorta. » Gli occhi di Grace incontrano i suoi. « È del tutto normale nel primo trimestre, a quanto pare, e... » Tentenna.

Ben avverte di nuovo quell'attrazione inspiegabile. È sicuro che non riuscirebbe a distogliere lo sguardo nemmeno se volesse. « Mi sono sentito... Io non... Ecco, non abbiamo mai fatto due più due. » Le parole gli si aggrovigliano in gola. « Voglio dire, dopo... »

Lo sguardo di Grace è il mare scuro di quel giorno in Cornovaglia. « Quindi adesso vogliamo rimediare? »

« Immagino di sì. »

Una donna dai riccioli neri si avvicina al loro tavolo e gira una pagina del blocchetto delle ordinazioni. Grace le parla in russo e per lui è strano non capire, non è una lingua che conosce, quindi riesce giusto a captare qualche parola qua e là. Ben dice alla cameriera di aver già mangiato perché non ha appetito, ma Grace lo esorta ad andare a scegliere un dolce al bancone, e allora lui segue la cameriera attraverso il locale. Sotto la cassa c'è un dipinto a olio che raffigura la Piazza Rossa, mentre dalla parete retrostante lo fissano diverse matrioske finemente decorate.

Lui indica una torta al miele a più strati e, mentre la cameriera gli taglia la sua fetta, pensa alle bambole dentro le bambole dentro le bambole, immaginando quelle più piccole – appena nate – nascoste nel ventre delle madri di legno.

Proprio quando si sta risedendo, Grace tira fuori una foto sgranata dalle pagine del libro. «Non sapevo se avresti voluto vederla, ma questa è la foto... dell'ecografia...» I bordi della fotografia sono incurvati. Mentre Grace gliela porge, Ben si accorge che le tremano un po' le dita.

La prende e riesce a distinguere qualcosa a forma di apostrofo.

«Quella è la testa», spiega Grace facendo segno. «Quello è un orecchio e quelli sono i piedi...»

Ben si sente come se si stesse tuffando in una distesa d'acqua di un verde smeraldo acceso dalla cima di una scogliera. Gli sembra impossibile che ciò che sta guardando sia opera loro, che insieme abbiano prodotto questo. È come un gioco di prestigio, e c'è qualcosa di molto precario in tutta questa situazione. Di fronte a lui, Grace si è appoggiata una mano sulla pancia. Ben si domanda se l'abbia fatto consapevolmente e si ritrova a immaginare cosa potrebbe dire se, quando... perché è straordinaria, questa donna. Non ha mai conosciuto nessuna come lei. Grace gli toglie il respiro.

La prima volta che l'ho vista parlava una sfilza di lingue straniere, pensa. *La seconda volta ha salvato la vita a una donna. La terza volta era una star televisiva. La quarta volta portava in grembo te.*

«Ogni tanto ti guardo alla televisione», dice. «Hai presente, quei pomeriggi in cui sei alla frutta e ti trovi a inzuppare un digestive dopo l'altro nel tè?» Ma sta ancora guardando la foto e dal nulla avverte una pressione talmente forte dietro gli occhi che deve smettere di parlare. Quando alza lo sguardo, vede che lei ha capito. Le sue guance sono arrossate come se fosse appena entrata da fuori, ed è l'unico indizio, l'unico dettaglio che la tradisce.

«Potremmo dividerci il premio», dice lei sottovoce. Le sue

guance sono ancora colorite, ma adesso Grace sta storcendo le labbra di lato, e c'è una punta d'ironia dentro i suoi occhi. « Ti va di venire con me? »

E Ben sorride, ricordando il raduno dei poliglotti che adesso sembra lontanissimo. Il trofeo d'argento sul bancone, i suoi occhi intelligenti, lucidi per effetto della vittoria e dell'alcol. E poi le loro risa sfrenate, la sua espressione radiosa quando aveva capito che lui l'avrebbe accompagnata, che sarebbero andati davvero in Cornovaglia insieme.

« Allora, Ben? » sta dicendo.

La pressione intorno alla sua fronte e alle sue tempie si allenta.

« Sì », le dice. « Mi va di venire con te. »

Oggi

Lotte,

~~ti ho scritto moltissime lettere nella mia testa ma sono tutte sbagliate~~

Cara Lotte,

papà dice che non vuoi ancora vedermi. So che stai soffrendo ~~e sto male per te~~. Nessuno ti dà le risposte di cui hai bisogno quando diventi madre. Esistono milioni di manuali e al tempo stesso non ne esiste nessuno. ~~La verità è che improvvisiamo tutti, tutto il tempo...~~

Lotte, te lo ricordi che "persino le scimmie cadono dagli alberi"? ~~Lo dicevamo sempre quand'eri piccola, era la nostra espressione giapponese preferita.~~ Tutti combinano casini a volte...

Lotte, tesoro

~~ho desiderato con tutta me stessa essere perfetta per te, una madre che tu potessi adorare, ma...~~

Lotte, amore mio, ti voglio bene. Mi dispiace. Torna a casa. xxx

Finalmente Grace si è lasciata alle spalle la strada principale e sta camminando a passo spedito lungo lo stretto marciapiede, diretta verso il Ponte dei Suicidi. Tutte le parole delle lettere che ha cominciato a scrivere senza mai concluderle – senza mai spedirle – le stanno sfilando in testa a tempo con i suoi passi. Fogli appallottolati pieni di cancellature – i suoi tentativi pasticciati, incasinati – sono sparsi di fianco al suo letto in mezzo a una pila di libri sul punto di crollare, bioccoli di polvere, una pomata a base di idrocortisone, applicatori vaginali usati, tubi di crema per le mani spremuti sino all'ultimo, una spazzola con un fitto groviglio di capelli tra i denti, un flacone di magnesio spray che promette benessere ma puzza da matti, parecchi blister mezzi vuoti di paracetamolo, strisce di plastica ricurve staccate dal retro degli assorbenti, una catasta di cataloghi di design d'interni ormai superati, un barattolo unto di balsamo alla lavanda per favorire il sonno che non funziona, mutande sporche, unghie di piedi...

Potrebbe continuare. È come un'opera di Tracey Emin sotto terapia ormonale. Ben la prendeva sempre in giro. *Sei disgustosa*, le diceva ridendo, *una vera sciattona. Che fine ha fatto la donna che allineava le penne Bic come un bellissimo esercito di cancelleria, dov'è finita?* Poi si metteva sopra di lei sul letto... Grace ferma subito quel pensiero. Perché quello è stato prima. È stato molto, molto tempo fa.

Il sole ha raggiunto il punto più alto nel cielo. Grace lo sente bruciare su di sé, dentro di sé, mentre avanza. È come se si stesse ustionando il cuoio capelluto, le spalle e il petto, sul quale per altro di recente è comparsa una costellazione di macchie cutanee. È come se qualcuno la stesse cucinando viva. Tiene la scatola della torta sotto un braccio perché sta cercando, senza riuscirci, di riparare il contenuto dal sole; non vuole pensare alle torte che si stavano sciogliendo nella vetrina della pasticceria, a quella collezione di personaggi di pasta di zucchero in sfacelo.

Grace sa di dover accelerare, di dover recuperare il tempo perso, ma comincia ad avvertire una dolorosa sensazione di sfregamento dietro la caviglia, dove si sta formando una vescica che la fa sussultare a ogni passo. Indossa *scarpe inadeguate*, come ha detto lei stessa a Lotte migliaia di volte. Un paio di sneakers nuove che non hanno ancora preso la forma del piede, che non ha ancora indossato abbastanza da consumarle perché è convinta che per lei siano troppo giovanili. Un paio di Nike di un bianco acceso con sprazzi di colore sui lati e un intricato sistema di stringhe cui non è riuscita proprio a resistere, peccato che quando le indossa sembri una donna convinta di avere diciott'anni, forse addirittura quattordici. *Cavolo, così fai proprio generazione Z, boomer che non sei altro!* aveva commentato Lotte con la sua voce da TikTok quando aveva fatto irruzione in camera sua e sorpreso Grace a girare il piede da una parte e dall'altra davanti allo specchio a tutta altezza. Grace si era fatta piccola e aveva sostenuto lo sguardo di sua figlia dallo specchio. *Dimmi la verità, sono troppo vecchia*? E Lotte aveva alzato e abbassato le spalle. Poi era uscita dalla camera ballando, muovendo gambe e braccia al ritmo di una musica che sentiva soltanto lei. *Eh, sì, no, forse. Solo non indossarle davanti ai miei amici, okay?* Poi la sua voce si era allontanata e lei era scomparsa lungo il pianerottolo. *Ma se decidi di tenerle posso prenderle in prestito?*

Quando arriva sul ponte, Grace vede la senzatetto. Il marciapiede è stretto e lei è seduta a gambe incrociate con la schiena appoggiata alle alte sbarre d'acciaio che sono state installate sopra il muro di pietra per impedire alle persone di buttarsi. Grace si dà qualche colpetto sulla tasca in un gesto istintivo, immotivato, perché sa benissimo di avere soltanto la banconota da venti sterline. Non ha preso altro quando ha mollato la macchina in mezzo alla strada, e non può certo dare a questa donna gli unici contanti che ha con sé. Non può darle *un biglietto da venti.*

Sul ponte non c'è nessuno oltre a loro, e Grace non sa dove guardare. Se guarda la donna, lei penserà che stia per darle dei soldi. Se non la guarda, farà la figura della stronza senza cuore. Grace comincia a spostare lo sguardo da una parte e dall'altra in modo bizzarro, rigida, come un Action Man dagli occhi sfuggenti degli anni '80. Un rivolo di sudore le scorre lungo la nuca. Stampandosi in faccia un sorriso dispiaciuto, un sorriso che spera esprima solidarietà, scende dal marciapiede per superare la donna. *Sostengo l'associazione di beneficenza Shelter, ho addirittura un addebito mensile diretto*, vorrebbe mettere in chiaro.

« Mamma... » La voce di Lotte le risuona nelle orecchie, un sussurro improvviso, come quello di un suggeritore a teatro. È sera e stanno percorrendo il tunnel accanto alla stazione della metropolitana di Finsbury Park, dopo essere andati a vedere *Il re leone* come regalo di compleanno. La mano esile di sua figlia è nella sua e Ben è poco più avanti. Il marciapiede è affollato e passano davanti a parecchi senzatetto. Lotte li fissa uno dopo l'altro perché è una bambina di dieci anni, e strattona il braccio di Grace. « Mamma, secondo me qualcuno deve occuparsi di loro. »

Grace le stringe la mano e, vergognandosi, continua a camminare. Detesta il fatto che sua figlia debba assistere a quello spettacolo, vorrebbe proteggerla, vorrebbe nasconderle che quella è la realtà della società moderna, e non qualcosa che appartiene a un passato fosco come Jack lo Squartatore o la pena di morte, perché come diavolo può spiegarglielo? Come può giustificare che gli adulti, lei compresa, lascino che succeda? Mentre nella sua mente frullano questi pensieri, Lotte alza la testa. Le luci delle macchine nel tunnel tingono il suo visino di rosso, poi di bianco, poi di nuovo di rosso. La sua espressione è interrogativa, perplessa. « Perché insomma, io al posto di quelle persone mi arrabbierei proprio se nessuno facesse caso a me », dice con la sua voce dolce e acuta.

Sul ponte, Grace si ferma. La donna seduta a terra dietro di lei l'aveva chiamata mentre passava, e Grace aveva girato la testa per metà, ma non abbastanza da guardarla. Adesso osserva il traffico sulla strada di sotto attraverso le sbarre appuntite. Si può sapere cosa le è preso? Questa donna è figlia di qualcuno. È figlia di qualcuno e indossa una quantità di indumenti davvero spropositata, considerato il sole che picchia su di lei. Con il collo in fiamme, Grace torna indietro e porge la banconota alla donna, che la ringrazia e le augura una buona giornata.

Ora Grace riesce a guardarla negli occhi. Occhi neri, lo stesso colore dei capelli e delle sopracciglia lunghe e sottili che sembrano disegnate a matita. Porta un foulard morbidamente avvolto intorno alla testa, e mentre si allontana a Grace sembra quasi di avere un'allucinazione perché l'impronta del viso della donna sulle sue retine comincia a trasformarsi nella faccia della matrioska. Poi di punto in bianco la matrioska è lì, a grandezza naturale, sul marciapiede davanti a lei, tutta legno lucido, occhi sbarrati e bocca rosso sangue. Dopodiché, con altrettanta rapidità, la visione svanisce e al suo posto Grace vede la bambola di legno in frantumi sul pavimento della camera di Lotte. Lo stesso peso nero di allora le opprime il petto mentre in testa le riecheggia la voce di sua figlia che grida: *Sappiamo tutti cos'hai fatto.*

Quattro mesi prima

Alla fine i documenti del divorzio li ha lasciati a casa. Portarli le sembrava troppo ostile (anche se una parte di lei era stata tentata). Le sarebbe piaciuto lanciarglieli in faccia, come nei film: *Vedi, guarda cos' hai fatto!* Adesso la sua mano è sospesa sopra il citofono fuori da casa di Ben. *Casa di Ben.*. Come suonano strane quelle tre parole nella sua testa. Ha accettato di vederlo qui, in questo edificio sconosciuto, moderno e tutto bianco, incuneato tra due case vittoriane. Non si vedono da mesi, e tutte le altre volte c'era sempre stata Lotte a fare da cuscinetto, ma i messaggi di Ben erano stati insistenti e del resto lei è curiosa: vuole sapere come vive adesso, senza di lei. Vuole sapere dove va Lotte a fine settimana alterni.

Grace suona e dal citofono giunge quasi all'istante la voce di Ben.

« Un momento. » Il suono è leggermente distorto. « Scendo. »

Il suo appartamento è quello di sopra, distribuito su due piani, ed è suo anche mezzo giardino. Grace lo sa perché l'ha chiesto a Lotte. Ha cercato di farlo con disinvoltura, ma Lotte la becca sempre, non è stupida. *Perché non lo chiedi a lui?*

Quando Ben apre la porta, un vuoto allo stomaco le tende subito un agguato. È a piedi scalzi, con una maglietta grigia e un paio di jeans, gli angoli della bocca appena increspati, negli occhi l'accenno di un sorriso. Ma è il suo atteggiamento a lasciarla senza fiato. Il modo in cui sta lì, con una mano appoggiata alla cornice della porta, il corpo magro e rilassato al contempo familiare ed estraneo, e il pensiero di Grace corre al maglione nero con i polsini bucati. Quello che le piaceva tanto ma che fingeva di detestare. Che stia per caso ovulando? Perché è come se avesse di nuovo ventotto anni e lo stesse vedendo per la prima volta.

«Ciao», dice lui. «Grazie di essere venuta, Grace.» Parla in modo stranamente formale, poi si scosta per farla entrare.

«No, dopo di te.» Grace rivolge il palmo della mano verso l'ingresso. «Non ho idea di dove devo andare.»

Di sopra la casa si apre su un'ampia zona giorno. Tutto qui è pagato con i soldi dei genitori di Ben, con i ricavi della vendita della loro casa scozzese, divisi tra Ben e i suoi tre fratelli. Be', non proprio tutto. Non è corretto, e Grace lo sa. Tutte le pareti sono state abbattute e il bianco la fa da padrone. Cucina bianca, pavimento bianco, scaffalature bianche, muri bianchi. D'istinto le verrebbe da fare una battuta, tipo che non ha il coraggio di toccare nulla o «Passami gli occhiali da sole», ma si sentirebbe a disagio, sarebbe troppo imbarazzante o informale. Osserva le sedie di pelle, un divano vintage, un tavolo con il ripiano zincato. E sta pensando ai mobili di casa loro, alle cose che hanno da quando Ben si è trasferito da lei nell'appartamento nel seminterrato a Chalk Farm. Prova a immaginare Ben che sceglie questi arredi nuovi e scopre di non riuscirci.

«Posso offrirti qualcosa?» Ben sta andando verso la cucina. «Un bicchiere d'acqua?»

Grace deglutisce, improvvisamente assetata, e fa cenno di sì.

Ben le dà le spalle mentre apre il rubinetto. Grace non riesce a distogliere lo sguardo dalla linea disegnata dalle sue scapole, dai muscoli e dai tendini che si contraggono e si rilassano sotto la maglietta. È costretta ad aggrapparsi al bordo del tavolo con il ripiano zincato accanto a lei.

«Allora, vuoi parlare del divorzio?» Quella parola è un frammento di vetro nella bocca di Grace.

«Sì, no...» Lui appoggia il bicchiere e si passa le mani tra i capelli. « Grace, non credevo che i documenti sarebbero arrivati così presto. Non so cosa mi sia preso. Non immaginavo... »

Lei si morde il labbro, come se così facendo potesse impedire alle emozioni che non vuole mostrargli di affiorare.

« Stai bene? » Ben sta andando verso di lei e la sua espressione è talmente seria che Grace per poco non deve guardare altrove. C'è una specie di fischio nelle sue orecchie, che forse è un suono reale proveniente da un cantiere lontano – lo stridore acuto di un martello pneumatico – o forse è solo nella sua testa.

« Grace, mi dispiace, io... » E poi posa le mani su entrambi i lati del viso di Grace e lei si abbandona contro di lui. La bocca di Ben è sul suo mento, sul suo collo, sulla sua clavicola, e per lei ogni tocco è una scossa, come se avesse tutti i nervi a fior di pelle. Qualcosa in lei cede, e Grace sa che potrebbe fermarlo – sa che *dovrebbe* fermarlo – ma non vuole: è l'ultima cosa al mondo che desidera.

Lui le sta infilando le mani nella camicia, sotto il reggiseno, e lei sta armeggiando con la sua cintura quando Ben si ferma e le blocca la mano. « Non qui », dice indicando le tre alte finestre che occupano quasi tutta la parete opposta e la strada di là dal vetro.

L'adrenalina le scorre nelle vene mentre Ben la conduce lungo una breve rampa di scale sino alla camera, perché non vuole che cambi idea e non vuole cambiare idea nemmeno lei. Ben le stringe i polsi tra le mani e, quando varcano la soglia, Grace preme il corpo contro la sua schiena come a volersi imprimere lì. E capisce che entrambi hanno paura di perdere il contatto, perché se si staccassero l'incantesimo potrebbe spezzarsi.

In camera c'è odore di sonno e il letto è grande, basso e disfatto. Ben sposta Grace davanti a sé e la fa girare lentamente. Poi le affonda i pollici ai lati della spina dorsale e le si avvicina sino a quando le loro fronti si toccano, i volti così vicini che a Grace si offusca la vista.

Quanto tempo è passato dall'ultima volta? Ci sono stati i nove mesi da quando lui se n'è andato di casa, e prima un altro anno, diciotto mesi, due anni... Il pensiero si dissolve mentre lui sposta le mani e attira il mento di Grace verso di sé.

« Sei bellissima. » Le sussurra quelle parole dritto in bocca, e Grace le sente sui denti, sulla lingua. « Sei bellissima, adoro scoparti... »

Sei bellissima, adoro scoparti...

C'è una pausa, un lungo attimo dopo che Ben ha pronunciato quelle parole, poi qualcosa dentro di lei va in frantumi. Grace si alza e si allontana, sistemandosi la camicia, il reggiseno, le mutandine arrotolate intorno alle cosce.

« Grace? » Ben si è appoggiato su un gomito. Il suo sguardo è ancora frastornato, come se fosse ubriaco o sballato. « Cosa c'è? Ti ho fatto male? »

E lei sta scuotendo la testa perché non riesce a parlare. Cosa potrebbe dire? Il sudore è freddo sul suo corpo e all'improvviso Grace è assalita da una rabbia così profonda che deve ricorrere a tutte le sue forze per non prenderlo a pugni, per non coprirlo di lividi, per non farlo a pezzi. *Sei bellissima, adoro scoparti...* Quelle parole vorticano senza sosta dentro di lei perché tutto le sta ricordando un prima, un tempo perduto. Ci sono immagini che non riesce a togliersi dalla testa: il sesso urgente, straordinario di tanto tempo fa, che poi è diventato furibondo, tossico. Come se entrambi volessero placare una rabbia sconfinata.

« Non sopporto che sia successo a noi », dice Ben, ed è come se le avesse letto nel pensiero.

Lei è ancora in ginocchio sul letto e gira la testa in modo da non guardarlo perché sa che se lo facesse scoppierebbe a piangere. Dall'altra parte della stanza c'è una porta socchiusa, e Grace vede un bagno interno con asciugamano verde bottiglia su una piantana che lei non comprerebbe mai.

« Frequenti un'altra? » La domanda le esce di bocca senza che lei possa fermarla, anche se una parte di lei in realtà preferisce non sapere. All'improvviso un'ondata di calore la investe e Grace scopre di non riuscire praticamente a muoversi mentre aspetta una risposta.

«No!» La reazione di Ben è istintiva, accompagnata da una risata, come se Grace avesse detto un'assurdità. Poi però il suo viso si addolcisce e lui comincia a scuotere lentamente la testa, disorientato. «No, Grace, non c'è nessun'altra.»

«Sai, la richiesta di divorzio...» si lascia sfuggire lei. «Credevo che avessi... Che il motivo potesse essere...» Si sente stupida, vulnerabile, non è da lei comportarsi così. *Me lo diresti?* vorrebbe chiedere. *Me lo dirai quando succederà?*

Adesso Ben è seduto sul lato del letto con la testa tra le mani. «Porca miseria, che situazione», mormora.

«Già.» Grace si alza e va verso il bagno. «Abbiamo proprio combinato un casino.»

Soltanto quando è uscita da casa di Ben e si sta dirigendo verso la metropolitana, Grace permette a quel pensiero di insinuarsi nella sua mente. L'odore di Ben le è rimasto sulla pelle, quell'odore pulito, d'inverno, che le è così familiare. Si porta i polsi alla faccia e lo annusa. Vede gli occhi di Ben fissi dentro i suoi e al tempo stesso in un posto in cui lei non può raggiungerlo, sente il tocco delle sue mani in fondo alla schiena e vorrebbe fingere che non sia così, ma non ci riesce. Il fatto è che lo ama ancora; ama ancora suo marito. Non ha mai smesso di amarlo.

2003

È in ritardo. La bambina è in ritardo. Il termine è passato da dieci giorni e a Grace sembra un affronto, dal momento che adesso bisognerà *intervenire*, che dovrà affrontare la paura inconfessata di un parto indotto. Dopotutto, questa bambina – questo grumo di cellule determinato e tenace – ha impiegato giusto un attimo a mettersi comoda qui, nel suo utero. Quindi adesso che motivo ha di fare tanto la timida? È domenica, e loro dovrebbero essere a un tavolo del Lansdowne a leggere i giornali davanti a un arrosto, e invece si trovano da qualche parte nelle profondità dello University College Hospital in compagnia di un'ostetrica spiccia esperta di agopuntura. Gli aghi infilati nell'addome, nei piedi e nella faccia di Grace sono collegati a diversi elettrodi ai quali l'ostetrica sta trasmettendo una scarica elettrica, una vibrazione sempre più forte che le sta facendo venire la nausea. Sono qui sotto da ore a cercare di provocare le contrazioni, e questi aghi sottilissimi sono stati scaldati, agitati, scrollati, e adesso Grace pensa che se andranno avanti ancora per tanto finirà per vomitare.

L'ostetrica alza lo sguardo per controllare come stia la sua paziente. I capelli scuri a caschetto che sino a un attimo fa ricadevano sopra le dita gonfie dei piedi di Grace tornano perfettamente a posto, incorniciandole il viso.

«Tu grossa.» Schiocca la lingua.

E anche se l'ostetrica non parla molto bene l'inglese, Grace capisce benissimo. Perché è enorme. Gigantesca. Il prossimo che le chiederà se aspetta due gemelli si beccherà uno schiaffo. Era già stato abbastanza umiliante che qualche mese prima del congedo di maternità i produttori avessero deciso di erigere una specie di muro a forma di libreria sullo schermo in modo che gli spettatori non dovessero trovarsi spiattellata in faccia l'oscenità della sua pancia che si ingrossava. O il fatto che non era più una taglia quarantadue. O la sconvolgente prova che *aveva fatto sesso.* Che ironia! Con tutti quegli articoli allusivi che erano stati pubblicati sulle riviste di gossip.

« Bambina dice no. » L'ostetrica agita un dito, alzando gli occhi al cielo, come se il fatto che la bambina non voglia collaborare possa essere in qualche modo una mancanza della Grossa Grace.

Ben sta gironzolando intorno a Grace, che si volta verso di lui. « Ho la nausea », dice con un filo di voce.

Lui entra subito in azione. Scatta proprio in senso fisico: finalmente può fare qualcosa. « Scusi. » Ben si avvicina all'ostetrica. « Dice di avere la nausea. » Quando Grace lo vede spiegare il problema a gesti, la bile le invade la gola.

Senza smettere di trafficare con i suoi aghi, l'ostetrica indica la finestra. Ben armeggia con il gancio, spinge il vetro verso l'alto e un refolo d'aria si fa strada nella stanza. Ma non basta. Neanche lontanamente, e adesso Grace è al limite. Un violento conato le risale dalle ghiandole alla gola. « Non ce la faccio più », avverte Ben.

« Temo che dobbiamo fermarci », dice Ben ad alta voce, e l'ostetrica solleva lo sguardo, gettando un'occhiata a Grace. Con un solo, rapido movimento si alza, la donna prende un ago dalla confezione accanto a sé e lo conficca sulla sommità della testa di Grace.

Tutto svanisce all'istante. La nausea non c'è più, il gonfiore in bocca e sulla lingua se n'è andato. La sua testa sta bene. Grace non ha più nulla, ed è incredula, sembra stregoneria.

« Tutto okay? » chiede l'ostetrica.

« Tutto okay. » Grace sbatte le palpebre e sorride.

« Stregoneria... » mormora Ben, e forse ha qualcosa a che fare con lo strano miracolo che sta compiendo questa ostetrica, ma all'improvviso Grace sente tutta l'intensità del suo amore per lui. Ne è inondata, come dalla bizzarra energia che scorre attraverso i suoi chakra. Quest'uomo bellissimo che parla la sua lingua, che la capisce. Che la capisce in nientemeno che tre lingue diverse. *Tú eres mi media naranja*, pensa. Per poco non lo dice. Sei la mia anima gemella. Grace immagina l'adolescente sfigatello che Ben le ha detto di essere stato, quello che tappezzava le pareti della sua camera di elenchi di vocaboli scritti su fogli A4, e per un momento si domanda come sarà la loro bambina. Ci sono così tante cose che non sa di Ben, e sa anche che è stato tutto velocissimo – solo quattro mesi da quando l'ha ritrovato – ma non ha il minimo dubbio. È innamorata di lui.

Mentre riattraversano a piedi Regent's Park, giurano che una volta a casa, nell'appartamento di Chalk Farm, tenteranno tutto il possibile per far uscire la bambina. Grace è già stata sottoposta a uno scollamento delle membrane – rabbrividisce al solo ricordo – e da settimane si sta sparando dosi spropositate di infuso di foglie di lampone per sciogliere la cervice o tonificare l'utero, in realtà non sa bene a cosa dovrebbe servire, ma lo fa comunque, del resto le sta provando tutte. E adesso faranno sesso, mangeranno curry piccante, si ingozzeranno di ananas, berranno olio di ricino: una montagna di ciarlatanerie alternative, di vecchie credenze. Non lasceranno nulla di intentato.

Ben la conduce subito attraverso la porta d'ingresso e il soggiorno sino alla loro camera nel seminterrato. « Forza, Grace. Diamoci dentro. »

Qui sotto aleggia un lieve odore di umidità, e poi ci sono la culla di vimini nell'angolo che a Grace provoca un vuoto allo stomaco ogni volta che la vede, le coperte a nido d'ape lavate e piegate, le tutine incredibilmente piccole. Tutto pronto. Sotto la finestra sono accatastati gli scatoloni del trasloco di Ben, da settimane ormai, ancora chiusi, e Grace li supera, andando a sedersi in fondo al letto. Le fa male tutto, dai denti alle tette, che nel frattempo hanno raggiunto dimensioni esagerate. È esausta.

Ben prende diversi cuscini dal letto e li appoggia a terra per poi mettersi a sedere di fianco a lei. «Alla pecorina?» Inclina la testa di lato e inarca le sopracciglia, dopodiché entrambi scoppiano a ridere.

«Che proposta irresistibile...» Grace si preme la lingua all'interno della guancia e lo respinge.

«Be', *tu* sei irresistibile...» Prendendole la mano, Ben se la appoggia in mezzo alle gambe.

Grace sente che è eccitato e sbuffa. «Sul serio?»

«Cosa vuoi che ti dica?» Ben fa spallucce. «Sono pronto a coniugare i tuoi verbi tutti i giorni della settimana. Il fatto, Grace Adams, è che sei semplicemente troppo scopabile.»

«E tu, Ben Kerr, sei semplicemente troppo *jayus*.» Si sta sforzando di non ridere, e vedendo la confusione sul suo viso, fornisce le spiegazioni del caso. «È una parola indonesiana. Descrive qualcuno che fa battute talmente tremende che non puoi fare altro che ridere.»

Ben chiude gli occhi in un'espressione estatica. «Adoro quando mi dici parole intraducibili.»

«Sstt.» Grace gli mette una mano sulla bocca. «Vacci piano con le oscenità, forestiero. Qui c'è qualcuno che ti sente...»

Ben è sotto la doccia e Grace è sdraiata sul fianco sopra le lenzuola quando arriva la prima contrazione. È come se qualcuno le avesse infilato la mano dentro l'addome e gliel'avesse strizzato. Da dietro i suoi occhi si spande un calore che la avvolge dalla testa ai piedi. *Ci siamo*, pensa. Sa che è arrivato il momento. Quando la contrazione passa, Grace si appoggia le mani sulla sommità del pancione, su questo spazio del suo corpo che ha dovuto condividere e che tra poco tornerà a essere soltanto suo. «Tutto bene lì dentro?» sussurra, e sente la piccola spostarsi un po' sotto le sue dita. Fuori della finestra la luce sta cominciando a cambiare e la camera è immersa in uno strano bagliore aranciato. Adesso Grace non si spiega come abbia potuto pensare di non volerlo. Sa che dovrebbe essere spaventata, ma non lo è, perché ha la sensazione che sia la cosa più giusta del mondo. Inevitabile.

Sente lo schiocco della caldaia quando l'acqua si spegne, poi Ben torna in camera. Ha i capelli bagnati, un asciugamano intorno ai fianchi e profuma di mele, di nuovo.

«Credo che ci siamo», gli dice Grace con il cuore che accelera.

Lui le si avvicina, poi arretra come se non sapesse cosa fare. «Aspetta. Resisti, ho qualcosa per te...»

Grace sente un armadietto aprirsi e chiudersi, in soggiorno o forse in cucina, non riesce a capirlo, e poi Ben ricompare in camera con un sacchetto di carta.

«È una matrioska», le dice porgendole il sacchetto. «Simboleggia la famiglia e la fertilità, madri e figlie e cose così, ma suppongo che tu lo sappia già. Mi è venuto in mente per via della sala da tè... volevo...» Senza finire la frase, si asciuga le gocce d'acqua che gli cadono dai capelli alle spalle.

Grace toglie la carta velina infilata nel sacchetto e tira fuori la bambola russa. È blu notte e rossa, verde smeraldo e dorata, con fiori, frutti e rami che girano tutt'intorno, e il suo splendido viso solenne è ornato da guance rosa e ciglia scure ricurve. Il legno lucido è duro e freddo sotto le sue dita, e senza sapere perché, Grace è assalita dal timore che quella matrioska possa portare sfortuna alla loro famiglia.

«Grazie», dice sorridendo a Ben e allontanando il pensiero sino a farlo sparire. A quel punto arriva una seconda contrazione e lei si blocca, chiude gli occhi, aspetta che passi.

«Tutto okay?» Ben le prende la mano e con il pollice le accarezza il palmo. «Voglio dire, è un bene, no? Il piano era questo.»

Grace inarca le sopracciglia.

«Be', non esattamente...»

Ben ride.

Lei si stringe l'addome. « È meglio se porti la borsa all'ingresso. Dobbiamo soltanto prendere la bottiglia d'acqua dal frigo. Tutto il resto è pronto. »

Grace aspetta che Ben sia uscito dalla camera prima di aprire la matrioska. Poi tira fuori la bambola all'interno, rimette insieme la prima e la appoggia sulle lenzuola. Continua a ripetere l'operazione sino ad arrivare alla bambolina al centro, quella che non si apre.

Oggi

Ad Hampstead Heath gli alberi si estendono a perdita d'occhio. Foglie verdi che sembrano nuvole basse e grossi tronchi secolari per circondare i quali ci vorrebbero dieci persone con le braccia allargate al massimo. Il cielo è di un azzurro spietato, ma Grace sta rimanendo all'ombra. L'erba le arriva sino alle ginocchia e lei si fa strada tra la veccia, il caglio zolfino, le margherite e i gerani dei prati, sforzandosi di non pensare alle zecche che potrebbero esserci in agguato lì dentro. Si è imbottita il tallone della scarpa con un tovagliolo di carta preso dal tavolino esterno di una caffetteria lungo Swain's Lane, e adesso che la vescica è protetta prova uno splendido senso di libertà a ogni passo. È come se sotto i suoi piedi ci fossero piccole sacche d'aria ossigenata che la sollevano, spingendola avanti.

Con quel sole, ci sono coppiette dappertutto. Sulle panchine, sui pendii erbosi e sui rami bassi degli alberi. E in mezzo ai piedi. Grace sta guardando dall'altra parte quando inciampa nell'angolo di una coperta stesa a terra, rischiando di far cadere la scatola della torta su una coppia mimetizzata con la vegetazione. Mormora qualche parola di scusa, ma il maschio è sdraiato sopra la femmina e, se anche i due si accorgono di Grace, la ignorano. Lei prosegue a passo più svelto nonostante il groviglio selvaggio che le frusta le caviglie e i polpacci, perché sta cercando di avere la meglio su un ricordo che vorrebbe impadronirsi di lei. Per un attimo rivede il succhiotto rosso sul collo di sua figlia, coperto alla meglio con del fondotinta scadente che le ha lasciato una macchia arancione sulla pelle, e poi rivede le parole illuminate sullo schermo. *Mi porto dietro un'amica per incontrarlo la prima volta... sei carina da matti mi mancherai... Questo post non è disponibile...* Immagina Lotte in una strada laterale buia, i capelli rosa che le ricadono sulla faccia... *Ti vedo ti vedo ti vedo.* Dalla gola di Grace si leva un suono a metà tra un grido e un ringhio, e lei deve scuotere la testa per scacciare i pensieri.

Più avanti, sul ciglio del sentiero polveroso, Grace intravede un luccichio. Una macchia turchese – una distrazione – che le ricorda i martin pescatore e i vetri di mare. Si avvicina e a terra trova una pistola ad acqua di plastica di discrete dimensioni. Mentre la raccoglie prova un'euforia istantanea, folle. Il suo palmo sudato scivola intorno all'impugnatura di plastica e le viene subito in mente la poesia di Walt Whitman – adesso sporca di unto, i versi sbiaditi – che Ben aveva appeso al frigorifero quando Lotte doveva avere quattro o cinque anni. *Perché la gente fa tanto caso ai miracoli? Per quanto mi riguarda, io non conosco altro che miracoli...* Uno dei laghetti è proprio lì vicino, e per poco Grace non si mette a correre per raggiungerlo. Accovacciandosi, appoggia la scatola con la torta su un lembo d'erba secca e riempie la pistola. L'acqua gorgoglia e si tinge a poco a poco di blu. Il cielo è limpido sopra di lei, il sole un tuorlo d'uovo, e la luce fa scintillare il laghetto come se qualcuno vi avesse lanciato una manciata di cristalli: e tutto questo rispecchia la speranza che sboccia dentro di lei mentre preme il grilletto di gomma e si bagna il collo, la faccia, le braccia, il davanti della camicia, la testa. La sensazione dell'acqua fredda spruzzata sulla pelle è al limite dell'indecenza. Il sollievo e il senso di liberazione una luminosa epifania.

Grace sta riempiendo di nuovo la pistola quando qualcuno grida: « Mamma, guarda! » Non si rende subito conto che quelle parole sono state pronunciate in giapponese. Voltandosi, vede una bambina proprio di fronte a lei. Ha una folta frangetta nera tagliata troppo corta e sta fissando Grace con il candore tipico dei bambini. Sua madre è più avanti, intenta a chiacchierare con un'amica.

«*Konnichiwa*», dice Grace.

La bambina continua a fissarla. Avrà più o meno tre anni, la stessa età di Grace quando suo padre aveva accettato il lavoro per l'Unilever a Tokyo e si erano trasferiti in Giappone per un anno e mezzo. È stranissimo, perché Grace non ha alcun ricordo di quel periodo. O forse sì: solo non è sicura che quelli che considera ricordi in realtà non siano stati messi insieme a posteriori a partire da una manciata di foto sbiadite. Ricordi falsi di altissimi edifici illuminati da luci al neon, templi con il tetto verderame, strade intricatissime che sembravano arrivare dal futuro. Ma è stato questo a farla innamorare delle lingue, benché si sia trattato di un amore nato da un senso di scombussolamento e paura, da una crisi esistenziale.

C'era stato lo scatolone che avevano trovato in soffitta prima di Natale quando lei aveva undici anni, lo scatolone che suo padre aveva portato giù in soggiorno convinto che contenesse gli addobbi. E invece conteneva un mucchio di documenti impolverati e una vecchia audiocassetta con il suo nome scritto a penna in maiuscolo su un lato. Quando l'avevano ascoltata, Grace aveva sentito la voce di una bambina parlare a ruota libera in una lingua che non conosceva. Erano lei e la sua tata che intrattenevano una conversazione in giapponese, e lei non capiva una singola parola. *Cosa sto dicendo?* aveva chiesto ai suoi genitori, e loro erano scoppiati a ridere stringendosi nelle spalle, mentre Cate aveva annuito per tutta la durata del nastro, accarezzandosi il mento e fingendosi seria, come se stesse seguendo tutto quanto. Anche Grace aveva sorriso, ma non ci aveva trovato nulla di divertente. Dopodiché si era portata la cassetta in camera e l'aveva ascoltata e riascoltata, riavvolgendo il nastro sino a farlo stridere perché non le andava giù di non capire se stessa. Era convinta che se solo avesse ascoltato abbastanza, se si fosse impegnata abbastanza, forse sarebbe riuscita a decifrare quel codice, a svelare il mistero, il significato delle parole. Avrebbe dato qualunque cosa per tirare fuori quelle strane frasi dal mangianastri e riportarsele sulla lingua, perché chi era la bambina nella registrazione? Chi era quella versione di lei che parlava giapponese e poi era svanita? E se quella bambina era lei, allora chi era lei adesso? Qual era la vera Grace?

Il giapponese era stata la prima lingua che aveva deciso di imparare. In quel momento aveva capito di non voler provare mai più la sensazione di essere sfasata rispetto a se stessa. Ma non aveva fatto i conti con la maternità, con Lotte. Con il baratro a livello di linguaggio e significati che si è aperto tra loro. Con quell'interruzione delle comunicazioni che la fa sentire come se avesse di nuovo undici anni e stesse riavvolgendo senza sosta quel nastro.

Grace si schiarisce la gola e sorride alla bambina. «Sai, abitavo in Giappone quando avevo la tua età.» Lo dice prima in inglese e poi in giapponese, dal momento che la bambina non risponde.

La bambina la sta ancora fissando quando sua madre chiama il suo nome: Ume, fiore di pruno, un nome splendido. E poiché la bambina non si muove, sua madre viene a prenderla per mano. Nel frattempo tiene lo sguardo su Grace. Non è uno sguardo cordiale e, seduta in riva al laghetto, all'improvviso Grace si sente a disagio, esposta, ridicola. Una donna adulta che si spruzza acqua addosso con una pistola giocattolo nel bel mezzo di Hampstead Heath. La bambina sta stringendo la mano della madre ma continua a voltarsi, girando il corpicino per controllare la signora pazza con il giocattolo.

Grace aspetta che la bambina si sia allontanata prima di premersi la canna della pistola al centro della fronte. Schiaccia sino a provare dolore. Poi lascia cadere la pistola e conficca le unghie nel terreno, sforzandosi di non perdere il controllo. Le manca sua figlia. Quel pensiero le piomba addosso e la cattura. Grace si porta le ginocchia al petto e vi appoggia la testa. Le manca la sua bambina. Restando immobile, in modo che nessuno se ne accorga, comincia a piangere.

Tre mesi prima

leyla.nicol_ wow sis sei splendida
jivan.s Tiktok tik tok tik tok. sei uno sballo mi mancherai
lotteadamskerr_ @jivan.s non vado da nessuna parte tranqui
jivan.s quando diventi famosa
lotteadamskerr_ @jivan.s lo sono già ahah
tbone.vegan Che minigonna. Che gambe. Sporcacciona.
lotteadamskerr_ @tbone.vegan lol
tbone.vegan ci vediamo dopo solito posto?
lotteadamskerr_ @tbone.vegan ooook
tbone.vegan Questo post non è disponibile
parisxnc bleah prendetevi una stanza chi è questo
leyla.nicol_ @lotteadamskerr_ lo sai che questo è il tuo profilo pubblico
parisxnc ooops

Lei e Lotte sono pigiate al centro di una fila in mezzo all'aula magna della scuola. L'aria è impregnata dell'odore unto del pranzo del giorno e sul palco il vicepreside sta illustrando il metodo di revisione degli esami con l'ausilio di alcune slide nel suo tipico tono catatonico. Grace non ha la più pallida idea di cosa stia dicendo: con i sensi aguzzati, è impegnata a scrutare furtivamente tutti i maschi intorno a sé. Dal momento che nessuno di loro è lì per scelta, più che seduti sono stravaccati accanto ai rispettivi genitori come se preferissero essere in qualsiasi altro posto. *Quale sei?* sta pensando Grace. *Quale?*

Ci vediamo dopo solito posto... cazzo ti voglio adesso scrivimi in dm piccola... prendetevi una stanza... e quando dico venire sai cosa intendo... perché non sei a scuola... Le parole che ha letto sul profilo Instagram di Lotte – le parole che non può fingere di non aver visto – si stanno infiltrando nella sua mente come veleno.

Molti di questi ragazzi Grace li conosce dai tempi dell'asilo nido, della scuola materna – da quando avevano tre, quattro anni – solo che adesso sono più alti di lei, con gambe dinoccolate, voci troppo profonde e primi accenni di barba, e si guardano con la coda dell'occhio, in testa nient'altro che il flusso costante di immagini dei porno sempre a loro disposizione di cui si nutrono. Eppure le sembra comunque assurdo che uno di questi ragazzi possa aver scritto quelle parole. Due file davanti a lei c'è Louis. Grace ricorda ancora una festa di compleanno durante la quale Louis aveva fatto merenda sotto il tavolo della cucina, e adesso eccolo lì, i capelli un tempo biondi ora scuri e una frangia laterale che gli nasconde metà faccia. Potrebbe essere lui? Dall'altra parte del corridoio c'è Kwame, che alle elementari era il pagliaccio della classe. Grace ha dovuto guardarlo due volte per riconoscerlo. La sua faccia paffuta adesso si è allungata e le guance sono cosparse di brufoli. Che sia lui? Al suo fianco c'è Luca, che è sempre stato un bel ragazzo, lo è ancora. Che si tratti di lui?

Eppure c'è qualcosa che la tormenta. Parole che non le danno pace, un che di sinistro ... *Chi è questo ragazzo?* Chiunque sia, Grace non capisce perché gli amici di Lotte non lo conoscano. tbone.vegan. Soltanto il nome le fa venire voglia di mettersi a urlare. Quando ci ha cliccato sopra ha scoperto che l'account era privato e ha avuto la sensazione che una saracinesca di ferro si stesse abbassando davanti a lei, negandole l'accesso alla vita segreta di sua figlia. I suoi pensieri passano dai ragazzi della scuola – queste strane creature a metà tra bambini e uomini – ai profili Instagram degli amici di Lotte che ha passato al setaccio in cerca di chissà cosa, odiando se stessa mentre lo faceva.

Leggendo tra le righe di ciò che c'era scritto, parole, acronimi difficili che però lei voleva decifrare a tutti i costi. Dopotutto si tratta pur sempre di una lingua, il suo campo... *se hai altre domande... ahahah certo... mi porto dietro un'amica per incontrarlo la prima volta... sei edgy... sei edgy da matti...* Il fatto è che dietro questo ragazzo – quest'uomo – che si aggira online potrebbe celarsi chiunque. Un viscido predatore sessuale che vuole approfittare di sua figlia. Grace relega il pensiero in un angolo: è troppo. Lotte non sarebbe così stupida. A dispetto di tutte le stupidaggini che ha fatto, Grace non ha dubbi: certe cose gliele ha inculcate bene in testa.

Accanto a lei, Lotte alza la mano e Grace si volta a guardarla. Sua figlia ha il braccio sollevato e sta allungando la spalla, con le dita allargate, come a dire: *Ehi, guardami.* Ma il vicepreside ha la testa sprofondata nella sua grigia presentazione e sta indicando con un laser un grafico che tremola sullo schermo alle sue spalle, e se anche si accorge di lei, la snobba. Passano un secondo, due, tre, poi Lotte si schiarisce la gola, un suono esagerato, aggressivo, che sembra gridare: *Eeeehi, mi scusi.*

Cosa stai facendo? pensa Grace.

Sul palco il vicepreside passa alla slide successiva. «Risponderò a eventuali domande alla fine», dice senza nemmeno guardare nella loro direzione.

«Che utilità ha?» La voce di sua figlia riecheggia nell'aula. Quelli seduti davanti a loro si girano.

Grace si sente il collo e la faccia in fiamme. «Lotte...» la ammonisce con un sussurro.

«Come?» Adesso il vicepreside sta guardando verso di loro. Benché non abbia alzato la voce, sulle sue labbra è spuntato un sorrisino condiscendente. Gli occhi sono due biglie dure.

«Che utilità ha, signor vicepreside?» ripete Lotte. «Revisione, esami finali, tutto questo stress.» Agita una mano verso la presentazione PowerPoint. «Per cosa? Perché così possiamo iscriverci a qualche università e finire sommersi di debiti che non riusciremo mai a ripagare? Per tornare a vivere con i nostri genitori sino a trent'anni? Per fare uno stage non retribuito, o per trovare un lavoro troppo mal pagato perché possiamo permetterci una casa e... »

« Alla fine morire », conclude una voce ovattata proveniente da dietro, provocando risatine sparse.

Due file più avanti, Freja si è girata verso di loro. Grace cerca di evitare il suo sguardo, ma è troppo tardi, Freja l'ha beccata. E sta facendo quella smorfia, quella esageratamente preoccupata. Grace guarda alle sue spalle, come se non l'avesse vista, e si stampa in faccia un'espressione neutra. *Oh, vai al diavolo*, pensa.

Il vicepreside è tornato a concentrarsi sulla sua presentazione. « Andiamo avanti », dice. « Risponderò a eventuali domande *sensate* alla fine. »

Dalla fila dietro di loro giunge un colpo di tosse teatrale. Grace si gira e vede la sua amica Nisha disegnare un cuore con i pollici e gli indici in segno di solidarietà. Di fianco a Nisha, la loro amica Judith mima la parola *Fottitene* con le labbra color ciliegia. Per un attimo fugace, Grace rimpiange che non ci sia anche Ben, ma queste sono incombenze che hanno deciso di dividersi. Grace non ha bisogno di un pubblico che giudichi lo stato del suo matrimonio fallito, men che meno di genitori gongolanti e compiaciuti nel constatare che loro se la stanno cavando meglio. Per la verità oggi sarebbe stato il turno di Ben, che però le ha mandato un messaggio di scuse dicendole che c'era stata una riunione dell'ultimo minuto al lavoro e chiedendole se potesse andarci lei, lui avrebbe recuperato la prossima volta. In realtà è quasi sempre Grace a occuparsi di queste cose ultimamente, uno stereotipo nel quale sono caduti in tempi rapidissimi. Lei abita giusto a dieci minuti dalla scuola e il suo lavoro è più flessibile, per lei è più facile. Com'è possibile, si domanda Grace, che in un'epoca in cui le scienziate hanno trovato un modo di modificare il genoma, sia ancora visto come compito *suo*, compito della madre, partecipare a questi incontri scolastici e farsi carico di tutto ciò che riguarda l'istruzione in generale?

Grace sente la sedia di Lotte spostarsi rumorosamente all'indietro e al tempo stesso la vede alzarsi. Sua figlia sembra incombere su di lei, su tutti i presenti, come un gigante nell'aula. Dopodiché Lotte si sta facendo strada lungo la fila, urtando le ginocchia delle persone sedute. Grace resta lì, sbalordita, mortificata, abbandonata, con il battito del cuore che le rimbomba nelle orecchie. Valuta la possibilità di seguirla e la scarta subito. Non dovrebbe importarle di cosa pensa questa gente – aveva vissuto nell'erronea convinzione che superati i quarant'anni non le avrebbe più fatto né caldo né freddo, che sarebbe comparsa una specie di linea magica sulla sabbia – eppure non può farci niente, le importa. Vorrebbe che il terreno si squarciasse e la inghiottisse. Letteralmente. Vorrebbe soltanto che sotto di lei si aprisse una voragine, che all'improvviso si verificasse un terremoto. Qualunque cosa.

Quando arriva in fondo alla fila, Lotte si gira verso il retro dell'aula e si avvia a grandi falcate verso l'uscita. I suoi passi risuonano nello spazio mentre percorre il corridoio centrale, e Grace si ritrova a pensare ai matrimoni e ai funerali. Tutti si girano sulle sedie per vedere meglio. Lotte indossa una gonna che Grace vorrebbe abbassare per fare in modo che le copra qualcosa di più del sedere e un top che si ferma molto prima della sua vita sottilissima. I suoi capelli rosa sono sbiaditi, raccolti in una coda alta e disordinata che ondeggia da una parte all'altra a ogni passo. È una chioma che trasuda disinvoltura. E anche i suoi passi sono risoluti. Non c'è nulla di dispiaciuto nella sua andatura, Lotte non sembra qualcuno che sta cercando di sgusciare in bagno senza farsi vedere. Tutto in lei grida: *Basta cazzate. Sono stufa. Me ne vado.* Sul palco il vicepreside esita per un attimo prima di continuare. Grace sente sul lato della faccia gli occhi di Freja che la giudicano da due file più avanti. All'improvviso è assalita dal desiderio di alzarsi e fare il tifo per sua figlia.

«Permesso, chiedo scusa... permesso...» Il vicepreside sta rispondendo alle domande e Grace sta passando a fatica davanti alla fila di persone sedute, con la schiena ricurva, profondendosi in scuse in un sussurro teatrale sputacchiato, come se così facendo potesse salvare la sua reputazione e quella di sua figlia. Sono passati cinque, forse dieci minuti da quando Lotte è uscita dall'aula. Mentre Grace si avvicina alla porta a battente, un insegnante si stacca dalla parete alla quale era appoggiato in fondo all'aula e va ad aprirle. Di là dalla porta c'è l'atrio della scuola e Grace individua sua figlia all'istante, seduta con le gambe incrociate, la testa china ed entrambi i pollici che si muovono sul telefono. Sentendo la folata d'aria, Lotte alza lo sguardo, si alza e si dirige verso l'uscita.

« Lotte », sibila Grace, ma non troppo forte, perché la porta dell'aula magna non è ancora del tutto chiusa.

« La madre di Lotte? »

L'insegnante l'ha seguita, con il risultato che adesso Grace è in trappola.

Non le resta che fermarsi accanto al manichino senza faccia vestito con la divisa della Northmere Park. « Sì! » Si volta, preparandosi a sorbirsi una lezione sulla figlia terribile che si ritrova, sulla pessima educazione che le sta impartendo. L'insegnante ha un'aria vagamente familiare: Grace l'ha già visto alle riunioni e alle serate con i genitori, ma non così da vicino, e non gli ha mai rivolto la parola. È alto, biondo, con gli occhi chiari e luminosi, e indossa un abito sì, ma dal taglio moderno, un modello attillato, con la cravatta allentata. È come se in realtà fosse in jeans skinny e maglietta scura, e Grace si stupisce di quanto sia attraente, di quanto sia *sexy*. Appallottola quel pensiero e lo lancia immediatamente da parte. In quanto madre, adesso dovrebbe avere in testa ben altro. La voce di Lotte le risuona nelle orecchie: *Sei una scostumata*.

Il professore si presenta come signor Karlsson. « Sono l'assistente di musica », le dice. « Lotte è una mia allieva. Avrebbe un attimo per caso? »

C'è qualcosa nel modo in cui lo dice. La sua bocca tende pigramente verso l'alto e il suo sguardo... sembra che le stia scrutando dentro.

Grace si rende conto di non riuscire a controllare la sua espressione. Finge di guardare fuori della porta in cerca di Lotte. È scombussolata e non vuole darlo a vedere. Scrutando attraverso le porte di vetro diventate nere nell'oscurità, si domanda se non abbia immaginato tutto. «Chiedo scusa, sì», risponde distrattamente. E poi: «Senta, non faccia caso a mia figlia. A volte può essere un po'...» Sta per dire *stronza* ma si ferma in tempo. Del resto quello è un insegnante. «... un po' idiota.»

Girandosi di nuovo verso di lui, si accorge che è leggermente divertito. Le ricorda qualcuno che conosceva all'università. Anzi, che avrebbe voluto conoscere. Uno studente di psicologia di un anno avanti. Non è tanto il suo aspetto, quanto il suo atteggiamento. In lui c'è un'arroganza rilassata da cui Grace – il cielo aiuti la femminista colpevole dentro di lei – si sente attratta pur sapendo che non dovrebbe. E poi nota che è giovane, avrà meno di trent'anni, più un tirocinante che un professore. È così che le sembrano ultimamente i poliziotti, gli autisti, i dottori. O forse è lei a essere vecchia. Sì, è proprio vecchia. È davvero ridicola ad aver pensato che forse lui... Cosa? Ci stesse provando?

Il professore alza lo sguardo verso la lampada rettangolare che ha cominciato a tremolare sopra di loro, illuminando l'atrio con una luce forte e intermittente. «Oh, non si preoccupi, Lotte non ha tutti i torti. Questa cultura dei test e degli obiettivi è fuori controllo. Del resto a introdurla è stata una cricca di gente che non mette praticamente piede in un'aula scolastica da trent'anni.» Fa una smorfia. «I ragazzi sono troppo sotto pressione, non c'è da stupirsi che ci troviamo nel bel mezzo di una crisi in termini di salute mentale.»

Non era certo quello che Grace si aspettava di sentire. Quel Karlsson non le sta rifilando la pappardella ufficiale come certi insegnanti, e Grace trova che per questo meriti rispetto. È disarmante, anche se in realtà dovrebbe darle fastidio, perché ha la metà dei suoi anni e sta parlando come se fosse lui a doverle spiegare certe cose, come se Grace potesse avere bisogno di consigli su sua figlia.

«Lotte è molto portata per la musica, e sono sicuro che se la cava bene anche nelle altre materie, ma si sta complicando la vita in questo momento. Lo vedo a lezione. Alcuni potrebbero non essere d'accordo.» Inarca le sopracciglia e guarda con intenzione prima verso l'aula magna e poi verso il manichino senza faccia. Ridono entrambi. «Quindi, sì...» Si appoggia alla parete dietro di sé.

Emana una certa disinvoltura, un'autorità dimessa che non si addice alla sua età. Un'irriverenza non troppo sottile, come se facesse parte della macchina scolastica, ma non del tutto. Un essere umano vero. E forse la verità è che Grace ha davvero bisogno di consigli. In questo momento, con Lotte ha l'impressione di improvvisare strada facendo. È perennemente assillata dal pensiero di non possedere le competenze necessarie, di non sapere come educare sua figlia in questo frangente.

«Ha ragione.» Grace annuisce e per un attimo valuta la possibilità di sfogarsi con lui, di riversargli addosso le sue preoccupazioni, le sue paure, perché l'istinto le dice che lui la rassicurerebbe. Che si stringerebbe nelle spalle e farebbe sparire tutto quanto, come a dire: *Non c'è bisogno di prendersela tanto, è solo l'adolescenza.* Dopotutto quella fase della vita non è poi così lontana per lui, dovrebbe ricordarsela ancora.

E invece Grace si chiude in se stessa. «Grazie», dice arricciando il naso. «Probabilmente non avrei dovuto definirla una stronza.»

«Non l'ha fatto.»

A quel punto il professore ride e china la testa, e Grace avverte un desiderio strano, che la turba. Dopodiché si ritrova a ridere anche lei, storcendo la faccia. Che diamine di problema ha? Si sono scambiati giusto una manciata di frasi, lei è lì da pochi minuti, eppure sta provando qualcosa che non provava da non ricorda nemmeno quanto.

Getta di nuovo un'occhiata verso l'uscita. Dovrebbe essere là fuori a parlare con Lotte, a cercare di scoprire cosa le stia succedendo, a chiarire la situazione. Ma al tempo stesso vorrebbe restare. Non ha idea di cosa sia questa cosa, ma è piacevole, come se avesse messo in pausa la sua mente impazzita. Si volta verso l'insegnante. La luce che tremola sopra di loro la fa sentire un po' frastornata, e forse si sta solo illudendo, forse è tutto frutto della sua fantasia, ma c'è una certa elettricità nell'aria tra loro, di questo è sicura. È convinta che se restasse un attimo di più gli prenderebbe la faccia tra le mani e appoggerebbe la bocca sulle sue splendide labbra, infilandogli le mani sotto la camicia già mezza fuori dai pantaloni.

«Devo andare», dice a voce troppo alta. E arretrando inciampa. Si sente subito una stupida, come se avesse lasciato intendere che lui stia cercando di trattenerla.

«Okay, ci vediamo in giro, madre di Lotte», dice lui con uno sguardo aperto. «È stato un piacere conoscerla.» Poi si stacca dalla parete, attraversa l'atrio e torna nell'aula magna.

2004

Grace sta vagando per i corridoi della Grande Casa. È la prima volta che viene qui, in questo posto straordinario in cui è cresciuto Ben e in cui vive ancora sua madre. Ha dormito quattro ore a esagerare perché la piccola sta mettendo i denti, e ha la sensazione di essere un fantasma mentre fluttua su e giù per le scale ed entra ed esce dalle stanze di questa casa labirintica come la Dama Grigia di Harry Potter. La bambina è aggrappata a lei, perché adesso si è addormentata. Adesso. Ovvio. E Grace sta cercando Ben, non ha idea di che fine abbia fatto. Sente alcuni colpi di martello, il rumore lontano di un trapano proveniente da fuori. Gli addetti stanno allestendo il tendone dietro i giardini formali, oltre i campi da tennis e la piscina rettangolare in pietra, nel campo che si estende sino al fiume, in vista della cena prematrimoniale di domani. Camminando per le sale della residenza di famiglia – il castello scozzese, come lo chiamano Ben e i suoi tre fratelli – Grace ha come l'impressione di essere una visitatrice nella sua stessa vita, un'intrusa nei preparativi per il suo stesso matrimonio.

Sta percorrendo il corridoio accanto alle cucine quando sente qualcuno alzare la voce. Davanti a lei c'è la porta del ripostiglio e più avanti il giardino delle erbe officinali. Grace avanza senza fare rumore sulle lastre di pietra, sperando di riuscire a sgattaiolare fuori nel freddo del mattino prima che qualcuno possa accorgersi di lei.

«La mette mai giù quella bambina, tesoro? Voglio dire, come fa ad andare al gabinetto?»

La voce giunge dalle cucine ed è quella della madre di Ben. Grace l'ha incontrata ieri per la prima volta eppure la riconoscerebbe ovunque. È bassa e roca, come se fumasse trenta sigarette al giorno, e biascicata, tanto che sembra un po' ubriaca quando in realtà la sua è soltanto spocchia indolente. Grace si ferma e posa una mano sulla testa della bambina.

«So che la piccola Charlotte è la sua prima figlia, ma temevo che me l'avrebbe strappata dalle braccia quando ieri finalmente sono riuscita a prenderla! Ormai dovrebbe già gattonare, muoversi liberamente. È troppo grande per tutte quelle coccole.»

«Lotte», dice la voce di Ben. «Si chiama Lotte, non Charlotte.»

«Non mi ha staccato gli occhi di dosso nemmeno per un attimo. Sono abbastanza esperta su questo fronte, Benjamin. Ne ho avuti quattro di figli.»

A Grace si serra la gola. Non riesce a muoversi. Immagina Helena, i piedi piantati a terra con arroganza davanti all'enorme lavandino e una batteria di pentole Le Creuset appesa alle travi sul soffitto. Immagina i suoi capelli secchi tinti di un color miele stantio e fissati con così tanta lacca che si muovono in un unico blocco quando gira la testa. Una giacca in tweed stretta abbinata a pantaloni morbidi blu navy e a un paio di mocassini. Smalto rosa perlato.

«È carina, tesoro. Molto carina. Solo, sai, non sarebbe male vedere un po' di personalità.»

«Ma ti senti?» La voce di Ben riecheggia nel corridoio. «È stata una celebrità televisiva, Helena. Non è abbastanza per te?»

Sta succedendo davvero? pensa Grace. Si domanda se sia realmente qui, o se magari si sia addormentata con la bambina in braccio. Forse sta nuotando verso la superficie della coscienza e si sveglierà da un momento all'altro nella camera rivestita di pannelli di rovere che sembra uscita da un libro di Agatha Christie e puzza di candele sciolte e detersivo Flash. Sposta il peso quasi impercettibilmente, senza fare rumore, perché a furia di stare ferma lì comincia a farle male l'anca. La piccola sospira nel sonno contro il suo petto.

«Ti rendi conto che stai parlando della madre di tuo nipote, vero?» sta dicendo Ben adesso, e Grace avverte la nota di esasperazione nella sua voce. Non l'ha mai sentito così prima d'ora. «Stai parlando della donna che sposerò tra due giorni.»

Il freddo delle lastre di pietra le sta risalendo lungo il corpo attraverso le suole sottili delle scarpe di tela. Grace vorrebbe andarsene, ha sentito abbastanza, eppure al tempo stesso non riesce a schiodarsi di lì, perché non vuole che si accorgano di lei. *Oh, a proposito, te l'ho detto che mia madre è una persona tossica? Tu ignorala e basta*, le ha detto ieri Ben dal posto di guida strizzandole l'occhio mentre attraversavano la periferia di Glasgow. *Ricorda che i maya nel Sud del Messico e in Honduras usano lo stesso termine per «parenti acquisiti» e «stupidità».*

Bol, pensa adesso Grace. Stupidi parenti acquisiti. Ma quella donna resta comunque una caricatura di se stessa. Ieri Grace non aveva nemmeno messo piede in casa che Helena se n'era uscita con: «Tesoro, chi l'avrebbe detto che avresti perso i chili della gravidanza in tempo? Voglio dire, quasi non si nota, ben fatto. Pulisciti le scarpe. Carol ha ordinato al personale di tirare tutto a lucido.»

In cucina la voce di Ben si sta alzando sempre di più, gonfiandosi di rabbia, e Grace rimane sconvolta perché quello non è l'uomo che conosce. L'uomo che conosce appena, a essere sincera. Comincia a fare i calcoli, consapevole di volersi semplicemente distrarre. Ci sono i cinque mesi che non contano, e poi gli altri quattro mesi, e adesso la bambina ha dieci mesi, in totale fanno quattordici. Lo conosce da quattordici mesi. Tutto lì. Una frazione minima della sua vita, eppure per la maggior parte di quei quattordici mesi ha avuto l'impressione di conoscerlo da sempre.

«... e tu le obbedisci come un cagnolino. Il che è un tantino assurdo, considerato che non hai praticamente avuto scelta in tutta questa storia.»

Tu ignorala e basta...

Adesso Ben sta gridando, e Grace copre delicatamente le orecchie della piccola con le mani. Quasi non respira perché, per terribile che sia la situazione, non vuole che si svegli. Sarebbe peggio: la giornata sarebbe rovinata, non avrebbero speranza di farle recuperare il giro. Grace è ossessiva riguardo al sonno e alla mancanza di sonno, ne è consapevole. È il peso grigio e informe che ha perennemente alle calcagna, la bestia che la perseguita, sempre pronta a balzarle addosso e a trascinarla con sé.

«... per tutta la mia vita...» sente dire Grace. «... sei soltanto una snob... mi vergogno di essere imparentato con te... i danni che fai... io la amo... tu non hai idea...»

E proprio mentre Grace sta pensando di non poter restare lì un attimo di più, perché è sicura che adesso usciranno e la scopriranno, e a quel punto succederà l'impensabile, ecco che Ben spalanca la porta della cucina ed esce in corridoio. Sussultano entrambi.

«Oh, cielo», commenta lui.

Con ogni probabilità le si legge in faccia che è sconvolta. Grace sa di sembrare fuori posto, perché di colpo si sente strana, bidimensionale, come se in realtà non fosse nemmeno lì. È soltanto il peso della bambina tra le sue braccia a dirle che è tutto vero.

«Mi dispiace.» Ben ha un'aria mortificata mentre va verso di lei. Le appoggia le mani sulle spalle, le abbassa, si passa le dita tra i capelli. È come se non sapesse come comportarsi, e questo imbarazzo non è per niente da lui. «Ascolta, Grace.» Posa dolcemente un palmo sulla schiena della piccola e parla a bassa voce per non svegliarla, o forse per via di sua madre, che è rimasta in cucina. «Vai in macchina con Lotte, okay?» dice rovistandosi nella tasca e tirando fuori le chiavi.

Nel vialetto ci sono gli enormi furgoni del catering. La macchina di Grace – la loro macchina – è parcheggiata sul ciglio della stradina, accanto a una siepe spinosa di rose alta più o meno tre metri. Tutte le parole che Grace ha sentito le vorticano in testa mentre apre la portiera e sistema la bambina sul seggiolino. C'è un momento in cui Lotte sbatte le palpebre e apre gli occhi, ma poi, come per miracolo, li richiude. Grace è seduta al posto di guida, il busto afflosciato in avanti come se fosse sul punto di piangere, quando dallo specchietto retrovisore vede Ben uscire dalla porta d'ingresso facendo sbatacchiare due valigie sui gradini tra i due leoni di pietra, oltre i sempreverdi scolpiti dentro i grossi vasi di terracotta. Grace si aspetta di veder comparire sua madre dietro di lui da un momento all'altro, le braccia sollevate, le unghie appuntite come una strega Disney. Afferra il volante per ancorarsi a qualcosa. Cosa stanno facendo?

L'auto si alza e si riabbassa sulle sospensioni quando Ben apre il bagagliaio e vi infila le valigie. Dopodiché apre la portiera dal lato passeggero e sale a bordo accanto a lei.

« Che te ne pare di un matrimonio a due? » dice con un sorriso. Ma dentro i suoi occhi c'è un fuoco, c'è rabbia. I suoi capelli sono ancora più arruffati del solito, come se se li fosse scompigliati con le dita da tutte le angolazioni possibili. Come se non avesse litigato tanto con sua madre quanto con la cera.

Grace vorrebbe dire: *Cosa sta succedendo, Ben?* E invece chiede: « È per questo che non è venuta a Londra a vedere Lotte dopo che è nata? Insomma, sono io il motivo? »

Ben gira il busto verso di lei, le prende le braccia e la stringe saldamente. « Non si tratta di te, ma di lei. »

Grace abbassa lo sguardo mentre gli occhi le si riempiono di lacrime.

« Dico sul serio, tesoro. » Ben la costringe ad alzare il mento in modo che lo guardi. « Non vale la pena di soffrire a causa sua. È una stronza di professione, chiaro? È così che si comporta. Non credo sia nemmeno colpa sua. È l'ultima di sette figlie femmine, un'ultima strega cattiva o qualcosa del genere. Tutto molto gotico. Il fatto è che i suoi genitori non la volevano, non desideravano altro che un maschio, e tutti quanti abbiamo dovuto subire le conseguenze. Il ciclo della violenza e così via. »

Grace aggrotta la fronte. «È tutto vero? Non me ne avevi mai parlato.»

«Più o meno.» Ben fa spallucce. «E a questo si somma una mancanza generale di intelligenza emotiva associata al suo *pedigree.*» Con l'intonazione mette l'ultima parola tra virgolette.

«Allora tu come fai a essere così normale?»

Le sue sopracciglia schizzano in alto. «Normale? Sto solo cercando di controllarmi sino a quando non sarai ufficialmente mia. Allora, cosa ne dici?» Con la mano indica i furgoni del catering, il vialetto di ghiaia, la casa. «Sono serio, Grace. Sfanculiamo tutto. Questo non è da noi. Facciamo le cose a modo nostro. Sposiamoci io e te da soli. Cosa ce lo impedisce?»

Per la prima volta a Grace tornano in mente sua sorella, Sara e Dylan, che stanno cercando di riprendersi dal jet-lag da qualche parte nell'ala degli ospiti. «Non posso mollare qui Cate», dice. È una pazzia. Come se a parte quello stesse davvero prendendo in considerazione l'idea. Possibile che lo stia facendo?

«Sì che puoi», ribatte Ben. «Cate è perfettamente in grado di tenere testa a quella stronza di mia madre. Anzi, credo che possa anche divertirsi a vedersela con lei.»

«E i miei genitori?» Grace controlla lo specchietto come se sua madre e suo padre potessero arrivare dal vialetto, come se potessero sorprenderli lì così, anche se in realtà non arriveranno prima di domani. «Non vedono Lotte da tre mesi, e lei è cambiata così tanto. Mamma poi ci tiene da matti al braccialetto d'ambra per la dentizione che ha comprato, ci saremo scambiate minimo dieci e-mail dettagliatissime. *Le perline di quello più costoso su Internet sono legate con un doppio nodo per sicurezza, Grace, e sarà proprio fine con quell'abitino a fiori...*»

«Non mi interessa», risponde Ben allacciandosi bruscamente la cintura. «La sai una cosa? Non me ne frega niente. Se ne faranno tutti una ragione. Avranno un pranzo coi fiocchi, champagne millesimato, magari non annulleranno nemmeno lo spettacolo di micromagia, chi lo sa?» Le prende il viso tra le mani, e nonostante il freddo i suoi palmi sono caldi. «Io voglio te. Soltanto te. Nessun altro. Be'... anche lei, credo.» Indica con il pollice la bambina addormentata sul sedile posteriore. E poi il suo viso si addolcisce e il nodo allo stomaco di Grace si scioglie. È di nuovo lui.

«Ti amo, Grace. Ti amo da impazzire. Tutto il resto non conta.»

«Ripetimelo in mandarino», risponde, e quando lui fa per accontentarla, lei scuote la testa, sorridendo, e gira la chiave.

Solo quando imbocca l'autostrada venti minuti più tardi Grace prende coscienza del fatto che non torneranno indietro. Immagina il suo vestito da sposa appeso nell'armadio di mogano nella stanza in cui alloggia sua sorella. In modo che Ben non lo vedesse. Grucce vuote e una chiave d'oro antica che sbatacchiava nella toppa. Un'esplosione di tulle color avorio da un corpetto liscio di raso che le comprimeva i polmoni, sì, ma che di sicuro avrebbe fatto commuovere i suoi genitori. Attraversata da una fitta di senso di colpa, allontana il pensiero. Può sempre vendere il vestito su eBay.

Dallo specchietto Grace getta un'occhiata a sua figlia sul sedile posteriore. Dorme beatamente, il viso candido, pacifico ed etereo, come se fosse in questo mondo soltanto per metà. Poi sposta lo sguardo sul sedile del passeggero, sul suo futuro marito, sul padre di sua figlia. Lui si sta tamburellando distrattamente le dita sulle ginocchia come fa sempre. Quelle dita lunghe, splendide. È così determinato, pensa. Così onesto, leale e aperto. Grace non l'ha scelto, non esattamente, ma l'avrebbe fatto. Lo ama. La spaventa il pensiero di esserselo quasi lasciato sfuggire.

La radio sta passando *Northern Soul*, e lei allunga una mano per alzare il volume, giusto un po', quel tanto che basta per non sentire i suoi dubbi. Accanto a lei Ben lancia un gridolino di trionfo – piano, per non svegliare la bambina – e poi scoppiano a ridere della loro ribellione silenziosa. Una risata timida e incerta, liberatoria e al tempo stesso pericolosa.

Grace preme il piede sull'acceleratore e osserva la lancetta del tachimetro spostarsi verso l'alto. «Lo stiamo facendo davvero?» chiede.

Ben le appoggia una mano sulla coscia, in alto, con intenzione. Grace sente l'intensità del suo tocco farsi strada attraverso di lei. «Puoi giurarci, bellezza.»

Oggi

Ben si è tolto la maglietta ed è in cucina a torso nudo a distribuire le patatine nelle ciotole. Teme che sia troppo presto, che con il caldo le patatine cominceranno ad ammollarsi e a trasudare olio, che saranno talmente gommose da risultare immangiabili quando arriveranno gli invitati di Lotte. Ma vuole essere preparato, non può aspettare l'ultimo minuto. Ha anche il portatile aperto sul ripiano della cucina perché sta intrattenendo una call da remoto con uno dei suoi dottorandi, che al momento è leggermente in crisi. E sta giusto per scrivere i dettagli di un paio di testi di consultazione e concludere con qualche parola rassicurante quando sul suo telefono arriva un messaggio da un numero che non conosce.

Non è un numero salvato tra i suoi contatti ma non sembra nemmeno una truffa di qualche tipo – magari un'offerta di risarcimento per un incidente che non ha avuto – e il pensiero di Ben corre subito a Grace. Il suo stomaco fa una capriola. Ce l'ha messa tutta per allontanarla almeno temporaneamente dalla sua testa, ma al centro di tutto ciò con cui si sta destreggiando al momento c'è sempre Grace. Deve esserle successo qualcosa. O meglio, deve avere combinato qualcosa. Ben ha cercato di richiamarla ma lei non ha più risposto dall'ultima volta che si sono parlati più o meno un'ora fa. Controlla la notifica. Mentre è lì mezzo nudo, all'improvviso si sente vulnerabile, e si tiene forte mentre apre il messaggio. Un fiume di parole riempie lo schermo. Assomiglia più a un saggio breve che a un SMS. Un messaggio da *mamma all'attacco*, lo definirebbe Lotte.

> Ciao Ben, sono Freja Harris, la mamma di Olivia! Forse non ti ricorderai di me, ma sono molto attiva nell'associazione genitori-insegnanti della Northmere Park (per espiare i miei peccati!). Ho avuto il tuo numero da Nisha Kaur, spero non ti dispiaccia. Non ero sicura che fosse il caso di mandarti questo messaggio e non voglio immischiarmi – so che state attraversando un momento difficile – ma so anche che sei un genitore presente, quindi ho pensato che dovessi essere informato.

Ben, che ha avuto un caldo pazzesco per tutto il giorno, adesso sente un brivido corrergli lungo la nuca. Legge rapidamente il resto del messaggio.

> ... molto preoccupata dopo che ho incontrato Grace per caso, perché sembrava fuori di sé. Si stava comportando in modo molto bizzarro. Era diversa, distratta, come se fosse altrove, ma anche – non è facile scriverlo – piuttosto maleducata a dire la verità. Se devo essere sincera, il suo atteggiamento mi è parso allarmante. (A questo punto devo confessare che da sei mesi sto seguendo un corso di formazione per diventare consulente psicologica [seconda carriera!], e se vuoi la mia opinione [professionale], credo che Grace abbia bisogno di aiuto.)

Con la mano libera Ben comincia ad appallottolare i sacchetti vuoti di patatine, lanciandoli nel bidone l'uno dopo l'altro. Non ha idea del perché lo stia facendo. Sa soltanto di dover di fare qualcosa, di dover tenere le mani e la mente occupate... E comincia a risuonargli nelle orecchie la voce di Grace: *Per la miseria, non dovrebbe essere così difficile portare una torta da A a B... Dovrò venire a piedi perché... ecco, la macchina... Temo di aver fatto una stupidaggine, Ben...* Vorrebbe fare migliaia di domande alla donna che gli ha mandato questo messaggio. Ma in lui c'è questo impulso a proteggere Grace, a proteggere Lotte, a proteggere la sua famiglia. Irrigidendosi dalla testa ai piedi, scrive rabbiosamente una risposta.

> Freja, certo che mi ricordo di te. Grazie del messaggio. Ho appena parlato con Grace e ti assicuro che sta benissimo. Magari c'è stato un equivoco? Ben

Subito dopo aver premuto INVIA, apre l'ultimo messaggio che ha mandato a Grace; deve contattarla. *Bizzarro*, pensa, mentre comincia a digitare, e si domanda dove potrebbe essere, cos'abbia fatto. *Allarmante... Come se fosse altrove.*

> Grace, sto cercando di rintracciarti. Perché non rispondi? Dove sei? Cosa sta succedendo? Ho ricevuto un messaggio da una delle tue amiche. Dice che hai bisogno di aiuto.

Ben cancella l'ultima frase e resta con le dita sospese sopra lo schermo con un senso di tensione dietro gli occhi. Sarà ancora diretta lì? Con la torta assurda che gli ha descritto nel dettaglio, ansimante, durante la telefonata di prima? Vorrebbe dirle di non venire, che rovinerà la festa di sua figlia, di *loro* figlia. Ma con che coraggio? È in ansia, in pensiero, e anche arrabbiato. Oggi è la giornata di Lotte e lui non ha nessuna voglia di pensare a tutto questo.

«Papà!»

Ben sussulta come se fosse stato sorpreso a fare qualcosa di riprovevole.

«Ma che schifo...» Entrando in cucina, sua figlia solleva una mano per coprirsi la faccia. «Si può sapere cosa stai facendo? Mettiti addosso qualcosa.»

Si è cambiata di nuovo e adesso ha un foulard di seta annodato in testa, decorato da un motivo anni '70 di spirali color ambra, rosa e nere che Ben conosce benissimo, perché è impresso dentro di lui come un ricordo della casa in cui si è trascorsa l'infanzia, e anche se Lotte ha una mano davanti alla faccia, Ben è attraversato da una scarica elettrica. «Posso invitare altre due persone?» sta dicendo. «Per favore, soltanto due, poi basta, promesso.»

È il foulard di Grace, quello che indossava il giorno in cui finalmente si erano sposati. Due anni dopo rispetto ai piani, perché avevano scoperto che per sposarsi «spontaneamente» senza invitati a Gretna Green bisognava prenotare con due settimane di anticipo. La rivede davanti a sé, sui larghissimi gradini dell'ufficio comunale di Marylebone con indosso un abito verde, un paio di stivaletti alla caviglia dorati e un blazer largo da uomo appoggiato sulle spalle. La rivede ridere con la coppia perplessa di turisti di Hong Kong che avevano fermato per strada per ingaggiarli come testimoni. Rivede Lotte, ancora piccola, correre in tondo intorno a una grossa colonna corinzia premendosi sulla testa il berretto da poliziotto che non si toglieva mai, nemmeno di notte. Risente l'emozione improvvisa nella sala rivestita di pannelli di legno in cui si erano scambiati le promesse, quando Grace era scoppiata in lacrime, con stupore di entrambi. Ben ricorda di essersi sentito così pieno d'amore da temere di esplodere. Questa però è la Grace di prima. La Grace che è svanita. Lui ha sperato e aspettato, e di tanto in tanto è anche riuscito a scorgere qualche frammento di lei, qualche sprazzo, ma lei non è mai tornata, non del tutto.

«Papà?»

Ben scrolla la testa, costringendosi a tornare al presente. Lotte è ancora sulla porta della cucina. La sua bambina, sua figlia, a tutti gli effetti una donna. È radiosa. Non la vedeva così felice da non ricorda nemmeno quanto. Ripensa al giorno – quante settimane sono passate? – in cui ha aperto la porta e se l'è trovata davanti, sconvolta. Gli occhi rossi, le guance rigate di trucco, il borsone pieno ai suoi piedi. Gli si era stretto il cuore. E poi l'aveva osservata inerme vagare per casa per giorni, che poi erano diventati settimane, come se qualcuno le avesse fatto a pezzi il cuore, l'anima.

«Posso?» chiede Lotte.

La mente di Ben è metà in cucina e metà fuori, e lui annuisce – *sì* – senza sapere di preciso cosa le stia concedendo.

Lei prende il telefono e si mette subito a scrivere, ma sul pianerottolo si ferma, si gira e gli punta addosso i suoi occhi scuri come petrolio. «Comportati da persona normale quando arriveranno i miei amici, va bene?»

Ben inarca le sopracciglia, ma sta sorridendo. Lotte si dà un colpetto di tallone sul sedere e saltella.

Appena se n'è andata, Ben riporta le dita sullo schermo e digita con decisione un ultimo messaggio.

> Sono preoccupato per te. Telefonami, mandami un messaggio, un'e-mail, qualunque cosa. Voglio soltanto sapere che stai bene. Fallo per Lotte, se non per me. B

Quando preme INVIA, un brivido di paura gli corre lungo il cuoio capelluto. Appoggia il telefono a faccia in giù sul ripiano della cucina e posa la fronte sul marmo freddo. «Dove diavolo sei finita, Grace?» mormora come se in qualche modo quelle parole potessero raggiungerla attraverso l'etere. Come se così facendo potesse finalmente farla tornare.

Tre mesi prima

Sta giusto imboccando la via di casa quando lo vede dirigersi verso di lei. Ha una chitarra in spalla e sta camminando al centro della strada come se fosse padrone del mondo. Come se fosse pronto a sfidare qualsiasi veicolo – qualsiasi *persona* – possa percorrere quella strada. D'istinto Grace si porta una mano ai capelli, che dopo la palestra ha raccolto in una coda di cavallo stretta; quando si rende conto del gesto che ha appena fatto, si sente subito ridicola. È poco più che un ragazzino, perché dovrebbe importarle cosa pensa di lei? E perché a lui dovrebbe importare qualcosa dell'aspetto di Grace? Con tutta probabilità non ricorderà nemmeno chi sia o di averla già incontrata. E proprio mentre pensa di abbassare la testa e passare oltre, lui guarda verso di lei e alza la mano per salutarla.

« Madre di Lotte, buongiorno! » esclama, e sul suo viso c'è quella stessa espressione vagamente divertita del loro ultimo incontro, come se avessero appena fatto una battuta, anche se Grace non sa bene riguardo a cosa. Poi lui comincia a dirigersi verso il marciapiede, evidentemente intenzionato a fermarsi a parlare. Le macchine sono parcheggiate paraurti contro paraurti e, avendo la chitarra sulla schiena, lui deve girarsi di lato per passare attraverso un piccolo spazio tra due veicoli. Mentre lo osserva, Grace si meraviglia di nuovo di quanto sia affascinante. Il collo lungo e scolpito, i movimenti disinvolti nonostante il carico ingombrante che ha sulle spalle. È quasi comico, il suo aspetto. Come se fosse un modello o un principe dei cartoni animati diventato umano, ma con l'aggiunta di qualche difetto perché sembrasse reale, credibile, non fastidiosamente impeccabile. Grace si domanda se lui ne sia consapevole.

«Grace», lo corregge mentre lui sale sul marciapiede.

«Nate», risponde lui sorridendo con gli occhi e premendosi il palmo della mano sul petto.

Il nome comincia a girarle in tondo in testa. Le piace. È un bel nome. Meglio di signor Karlsson. Gli sta bene.

«Per la verità quasi tutti gli studenti mi chiamano così. "Professore" non mi si addice più di tanto.»

Lei annuisce, immaginandolo di fronte a una classe piena di ragazzi della scuola secondaria. Ad accordare gli strumenti, ad aiutarli a raccapezzarsi con i programmi informatici, a collegare apparecchiature audio. Rilassato e a suo agio insieme a loro. E sarà il pensiero di lui attorniato da tutti quei corpi perfetti che sfidano la gravità, mentre lei è lì con il suo completo di Lycra, ma Grace avverte improvvisamente il bisogno di coprirsi. Si porta la borsa davanti al busto perché sa che non sarà in grado di tenere in dentro la pancia e al tempo stesso respirare normalmente per la durata di questa conversazione. Fa molta fatica a nasconderla ultimamente, questa sporgenza di carne che le circonda la vita – la *vita*, pensa, mettendo mentalmente la parola tra virgolette. La mezza età le si è avvicinata a poco a poco, furtiva, per poi di colpo sferrare il suo attacco. Grace rimpiange di non aver tirato fuori le mutande senza cuciture dalla cesta della biancheria stracolma come aveva pensato di fare. Avrebbe potuto spruzzarci un po' di profumo e indossarle comunque. Ma che differenza avrebbe fatto? Lui avrebbe notato comunque i suoi capelli striati di grigio sopra le orecchie. Grace sa che sono ancora più evidenti quando se li raccoglie così: i capelli sotto sono scuri, il contrasto più evidente. Deve davvero prendere in mano la situazione e fissare un appuntamento per ritoccare la ricrescita, aspetta sempre troppo, anche se così le sembra di avere mille anni. È solo che ultimamente, quando va dal parrucchiere, la vista del suo riflesso nella luce impietosa dello specchio le è quasi insopportabile. Può mettersi tutto il mascara che vuole, truccarsi le labbra con un rossetto Chanel, ma è impossibile mascherare il fatto che le sta cadendo tutta la faccia, come se avesse alzato bandiera bianca.

Grace inclina la testa verso la direzione da cui è arrivato il signor Karlsson. *Nate*. «Non dovresti essere a scuola?» Nelle sue intenzioni avrebbe dovuto essere una battuta, come stesse parlando con un bambino anziché con un insegnante, e non vorrebbe – certo che no – ma ormai è troppo tardi quando si rende conto che dal suo tono sembra quasi che stia flirtando con lui. Arrossisce e sente il sangue scorrerle attraverso ogni singola vena appena sotto la superficie della pelle. Una vampata di calore si diffonde in tutto il suo corpo, dalla testa ai piedi.

«Ho un contratto part-time.» Nate affonda i pollici nelle cinghie della custodia della chitarra, sistemandosela più in alto. Lei osserva i movimenti delle sue mani, le dita sottili, sicure. Se Nate ha notato il rossore sulle guance di lei, fa finta di niente. «E in ogni caso è diverso. Tecnicamente sono un tecnico, non un insegnante, quindi ho diverse ore libere.»

«Tecnicamente un tecnico.» Grace ride. «Mi piace.»

Nate la sta guardando come se avesse parlato in un'altra lingua. Per un attimo lei è tentata di farlo. Di snocciolare qualcosa in russo, in giapponese o in olandese. Perché no? Questo incontro sta cominciando ad assumere un carattere un po' surreale.

Dal momento che stanno parlando di lavoro, valuta di buttare lì che un tempo lavorava in televisione. Si domanda come trovare un modo sottile di andare sull'argomento. Si odia per questo, ma ci tiene a dire di essere una persona interessante, di aver fatto un lavoro interessante. Un lavoro che le stava a cuore, che amava addirittura, come ha capito da tempo. Un lavoro che ancora le manca.

Dietro di loro arriva qualcuno, una donna con i capelli corti che spinge una bicicletta, e il momento passa. Per Grace sarebbe l'occasione perfetta per congedarsi, andarsene, e invece si scosta, e lui fa lo stesso. Restano in silenzio sino a quando la donna li ha superati. Come se avessero tacitamente concordato che la loro conversazione debba restare privata, un segreto tra loro due soltanto. Grace comincia ad avere la pelle d'oca, visto che la sua temperatura corporea si sta abbassando dopo la sudata sul tapis roulant, e si domanda perché mai sia ancora qui. Deve andare a casa a farsi la doccia.

«Abiti in questa via quindi?»

Benché l'abbia espressa sotto forma di domanda, Grace è assalita dal dubbio che in realtà Nate conosca già la risposta, che in qualche modo abbia scoperto dove abita. E quando gli risponde di sì, indicando la strada verso casa sua, non può non pensare che la sua presenza qui non sia casuale. Questa non è propriamente una strada di passaggio, soprattutto se si arriva dalla scuola e si vuole andare verso la zona dei negozi o la fermata dell'autobus. Poi, con altrettanta rapidità, è investita da un'ondata di disprezzo verso se stessa. Stringendosi le braccia intorno al corpo, si dà un bel pizzicotto sul tricipite flaccido, la cosiddetta ala di pipistrello. Possibile che non riesca a tenere a freno la fantasia? È una vera fortuna che nessuno possa vedere dentro la sua testa.

Mentre formula questo pensiero, lui allunga la mano e le sfiora la tempia con il pollice.

Cosa sta facendo? Il cuore di Grace accelera e lei è sicura che Nate possa sentire il suo sangue pulsare proprio lì, contro l'avvallamento morbido senza osso, nel punto in cui basta esercitare una pressione troppo forte per uccidere qualcuno.

«Avevi una...» Si interrompe e la guarda di nuovo in quel modo, nello stesso modo in cui l'ha guardata sotto la luce tremolante dell'atrio della scuola, quel modo cui lei da allora non è riuscita a smettere di pensare. Come se Nate stesse cercando di vedere attraverso la sua retina, in cerca di qualcosa. Nella luce del giorno, Grace riesce a distinguere una piccola cicatrice sul suo zigomo, bianca e lucida, a forma di accento circonflesso. Sa che dovrebbe spezzare questo momento. Sta pensando a Lotte, al fatto che quest'uomo è un suo insegnante. Dovrebbe fare un passo indietro, ma scopre di non riuscire a muoversi. Ricorda questa sensazione dimenticata da tempo, di un raggio luminoso di attenzione puntato su di lei, e ne è inebriata. Lui le tiene il pollice sulla tempia più a lungo del dovuto. Sta superando un confine – lo stanno facendo entrambi – e questo la incanta e la turba al tempo stesso.

« Ecco. » Le scosta la mano dal viso e le mostra il pollice, sul quale è rimasta attaccata una fogliolina. Si è sporto in avanti per fargliela vedere, e lei sente odore di sigaretta, un odore che la riporta a una vita passata. Vorrebbe affondare il naso nel bavero del suo cappotto di lana, inspirare il suo profumo. Il profumo di quella che è stata la sua gioventù.

Un clacson suona alle loro spalle, e Grace sussulta, voltandosi con aria colpevole.

« Grace! »

Impiega un momento a riconoscere Nisha. La sua amica si è fermata con la macchina in mezzo alla strada. Ha il finestrino abbassato e sta gridando per farsi sentire al di sopra del motore.

« Ehi! Sto cercando parcheggio, ma ce l'hai un attimo? »

« Certo. » Grace annuisce energicamente e tende le labbra in un sorriso esagerato.

« Okay, io vado. »

È la sua immaginazione o ha sentito il suo respiro sul collo?

Lui abbassa la testa mentre lei si rigira a guardarlo. Qualunque cosa avesse visto ardere dentro i suoi occhi un attimo fa adesso è svanita. « È stato un piacere rivederti », dice. E si allontana lungo la strada con la chitarra che sbatacchia piano sulla schiena.

Grace raggiunge la macchina di Nisha.

« Un professore di Lotte. » Agita una mano come se fosse stato un incontro di poco conto. E mentre la sua amica spegne il motore, si domanda se abbia visto qualcosa, se ci fosse effettivamente qualcosa da vedere. A lei pizzica ancora la pelle nel punto in cui Nate l'ha toccata, di questo è certa. Che tra loro sia successo qualcosa è fuori discussione. Ogni singola cellula di lei vorrebbe voltarsi a osservarlo mentre si allontana, controllare se si guarda indietro. E invece Grace resta a fissare Nisha, concentrandosi sul punto della sua fronte in cui dovrebbe esserci il terzo occhio. Teme che altrimenti potrebbe tradirsi.

« Sì, quello di musica, l'ho riconosciuto. » Nisha inarca le sopracciglia con aria complice, come a dire: *Ovvio che siamo troppo vecchie, ma tu un pensierino non ce lo faresti?* E Grace si vergogna, sentendosi screditata, quasi fosse una predatrice. Si costringe a ridere.

Nisha controlla la strada dallo specchietto retrovisore. « Ho un sacco di roba da comprare, ma poi ti ho vista e avevo comunque intenzione di mandarti un messaggio. Ascolta, Lotte per caso ha una felpa con il cappuccio e un motivo psichedelico? »

È una domanda strana, e nel modo in cui Nisha la pone c'è qualcosa che spinge Grace a esitare prima di rispondere. « Sì, perché? » chiede con la fronte leggermente aggrottata.

« Okay, allora era proprio lei. »

Grace scuote la testa, confusa.

« Santo cielo, avrei dovuto chiamarti, Grace. Mi dispiace », dice Nisha. « Stanotte alle due Lotte era fuori da casa nostra. »

« Un momento, cosa? Non ti seguo. »

« Hai presente il parchetto di fronte a casa nostra? Quello dove la gente porta i cani a fare i bisogni? Ecco, era lì. Sai, se qualcuno parla si sente, e io ho il sonno leggerissimo, e mi sembrava lei, ma c'era molto buio, era piena notte, non ero sicura al cento per cento, non abbastanza da telefonarti... »

« Ma era a casa », dice Grace. « A letto. »

Nisha fa una smorfia. « Non ho dubbi. Erano la sua voce, i suoi capelli. » Fa una pausa. « La sua felpa. »

La mente di Grace sta schizzando dalle parole di Nisha alla notte appena trascorsa come la pallina di un flipper. Le due? Aveva gridato la buonanotte a sua figlia a che ora? Alle undici e mezzo? E Lotte le aveva risposto con la sua voce da Instagram. Se fosse uscita più tardi, Grace se ne sarebbe sicuramente accorta.

« Ed era con un ragazzo », sta dicendo Nisha. « Voglio dire, *insieme* a un ragazzo. »

Il cuore di Grace accelera. « Chi era? » Si sforza di mantenere un tono indifferente. « Luca? Kwame...? »

« Non ho visto. Un attimo erano lì e poi non c'erano più, sai com'è. » Nisha controlla di nuovo lo specchietto. Un'auto ha imboccato la strada e si sta avvicinando. Ci sono macchine parcheggiate su entrambi i lati della via, e la carreggiata è troppo stretta perché possano passarcene due insieme. « Mi dava le spalle. Indossava un cappellino e una giacca scura. La voce non l'ho riconosciuta. » Avvia il motore, e Grace sente una fitta d'irritazione, non può farci niente. La sua amica si sarebbe quantomeno scomodata a mandarle un messaggio se non si fossero incontrate per caso?

« Ascolta, devo scappare », dice Nisha con lo sguardo incollato sullo specchietto. « Ma chiamami più tardi, va bene? Voglio davvero aiutarti. » Si posa le labbra sul palmo e soffia un bacio verso il sedile del passeggero prima di ripartire.

Girandosi per tornare a casa, Grace avverte un tremore che le parte dalle viscere. Questo non è da Lotte, pensa. Lei certe cose non le fa. E allora perché ci crede? Perché sa che Nisha non si è sbagliata? Che sua figlia era fuori in piena notte, a fare chissà cosa con chissà chi. Cosa le prende? È impazzita? Avrebbe potuto succederle qualsiasi cosa.

Mentre entra dal cancello, le torna in mente il foglio strappato che ha trovato nel blazer di Lotte. *Oggi sono quasi venuto soltanto a guardarti...* Quella chat segreta e tossica su Instagram che non riesce a dimenticare... *Che minigonna. Che gambe. Sporcacciona...* Le parole le urlano in testa e Grace alla fine si rende conto di aver perso il controllo. Sta cercando di stringere sua figlia più forte che può, ma è una battaglia persa. Lotte ha quasi sedici anni. Grace non può richiuderla o metterla in castigo come fosse una bambina. Lotte può prendere e uscire quando le pare e piace. La verità è che non c'è punizione che possa impedirle di fare ciò che crede. Questa impotenza le si è avvicinata di soppiatto prima di avventarsi di colpo su di lei. E Grace è terrorizzata.

2006

Ehi, non facciamo passare così tanto la prossima volta.
Sarò di nuovo a Londra a fine gennaio.
Dovremmo prenderci un altro caffè, o magari qualcosa di più forte...?
Baci, L

Sono quasi le undici e mezzo di sera e stanno prendendo posto su una panca a sinistra della navata centrale: Anne, la madre di Grace, suo padre Michael, Grace e da ultimo lui. Lotte è rimasta dagli Adams con Cate e Sara, che si sono rifiutate di venire perché «Insomma, la religione», come ha commentato Cate con una smorfia. Per tutto il tragitto sino alla chiesa, Grace non ha rivolto a Ben una sola parola, mettendosi in testa al gruppo e avanzando nella neve da cartolina natalizia a braccetto di Michael. Mentre la seguiva con Anne, a Ben è parso che ci fosse un che di ostentato in quel gesto. Non è da lei comportarsi così, e Ben non sa se sia colpa sua oppure se Grace stia rivivendo qualche vecchio psicodramma di famiglia e lui ne stia semplicemente facendo le spese.

Ben prende il foglietto della messa e si siede sulla panca dura. È sollevato di non dover più fare conversazione con Anne. Sua suocera si agita sempre in occasioni come questa, che implicano di arrivare in orario in un determinato posto. C'è odore di polvere e cera per pavimenti e rossetto da anziana, e Ben sta reprimendo uno starnuto quando Grace si gira verso di lui e gli lascia cadere un volantino piegato sulle gambe come fosse una granata sul punto di esplodere.

«Ti sei dimenticato di svuotare le tasche», dice in tono freddo.

Ha indosso il caban di lana blu scuro di Ben, quello che usa per andare al lavoro, recuperato dal bagagliaio della macchina perché lei ha dimenticato il suo a Londra insieme ai regali per i suoi genitori e a un ripieno alle castagne.

«Ehm, grazie.» Ben aggrotta la fronte e cerca di incrociare il suo sguardo, ma lei lo distoglie.

Sistemandosi la sciarpa, Anne getta loro un'occhiata. Nonostante il mormorio dei fedeli, non le è sfuggita la tensione nella voce di Grace. «Dovete togliere la suoneria per la messa», dice loro dopo una pausa.

Avrebbero potuto festeggiare il Natale a casa, loro tre da soli. Nella nuova casa che pur essendo un po' fuori mano non ha soltanto la doccia ma addirittura una vasca, oltre a una porta d'ingresso tutta per loro. Lotte ha tre anni e comincia a capire la magia del periodo. Mentre apre il volantino che ha sulle gambe, Ben rivede la sua bimba adorabile accanto all'albero qualche ora fa, il suo dolce viso illuminato dalle lucine colorate come caramelle. Lui era rimasto a guardarla dalla porta, immobile, rendendosi conto di essere l'uomo più fortunato sulla faccia della Terra. Lisciando distrattamente il foglio, si accorge che si tratta del programma della conferenza di linguistica cui ha partecipato la settimana scorsa. In automatico lo gira e vede le parole scritte a penna sul retro, nello spazio sopra quelle stampate. *Ehi, non facciamo passare così tanto la prossima volta... Dovremmo prenderci un altro caffè, o magari qualcosa di più forte...?* Nonostante il freddo fuori e in chiesa, Ben ha caldissimo. *Baci, L*, legge. *Merda*, pensa. Cazzo. No.

All'improvviso un tramestio impaziente si diffonde in chiesa come una ola allo stadio, colpi di tosse marcati, tentativi di liberarsi del catarro con schiarimenti di gola eccessivi. Come in risposta a un segnale invisibile. Anche Ben vorrebbe schiarirsi la gola. Vorrebbe gridare, sentire la sua voce rimbalzare contro le pareti di pietra. *Non è come sembra, Grace.*

«Grace», sussurra.

Ma lei sta guardando davanti a sé e scrolla quasi impercettibilmente le spalle, ignorandolo.

«Grace», ritenta lui. Anne si gira sulla panca, accigliata.

Fuori le campane cominciano a suonare la mezz'ora. La testa di Ben è sempre più calda mentre il sacerdote avanza con passo regale lungo il transetto e sale i gradini sino al pulpito.

I suoi pensieri corrono alla settimana prima. Alla conferenza all'Institute of English Studies. Non aveva controllato l'elenco dei relatori, quindi era rimasto stupito quando l'aveva vista salire sul palco. Facendo scorrere il dito lungo la scaletta, Ben aveva trovato il suo nome: *Lina Bell, docente di sociolinguistica alla Newcastle University.* I suoi capelli scuri erano più corti, ma per il resto non era per niente cambiata: gli stessi occhi grandi con le pupille quasi perennemente dilatate, la stessa costellazione di nei sul collo e sulla clavicola. E quando Lina aveva incrociato il suo sguardo a metà della presentazione, lui le aveva sorriso.

«Sei scomparso nel nulla», le aveva detto lei quando era andata a cercarlo alla fine. E poi aveva schioccato le dita, come se Ben avesse fatto un numero di magia. Ed era la verità, Ben era scomparso. Non si erano più visti da quando lei era andata a Milano – la sera prima che partisse avevano cenato in un ristorante cinese e fatto l'amore a casa di lei – e, dopo Grace, Ben non si era più fatto sentire. «Non hai mai risposto alle mie e-mail.» Lina aveva inarcato le sopracciglia. «Brutto cattivo! Ma ti inviterò comunque a prendere un caffè al bar dietro l'angolo. Quello che c'è qui è imbevibile.»

Si stanno alzando per intonare il primo brano, e con il favore della musica dell'organo – note così stonate che di norma per non ridere dovrebbero mordersi le guance – Ben fa un altro tentativo. «Grace!»

Ma quando lui si china verso di lei, Grace sussulta e si scosta.

C'era stata una notte in cui Lotte si svegliava strillando ogni singola ora, anzi più di una notte. Erano sembrate cento. Loro le davano da mangiare, la cullavano, la consolavano, la mettevano nel lettino con una cautela da artificieri. Poi trattenevano il respiro, sino a quando lei spalancava di nuovo gli occhi e il ciclo ricominciava da capo. Alla fine erano fuori di sé, allucinati, distrutti. *Il linguaggio segreto dei neonati* non funzionava. I libri di Gina Ford men che meno. La prima notte del cosiddetto addestramento alla nanna, Ben si era piazzato davanti alla porta e, con il viso teso, si era sforzato di non pensare alle grida. Ma avevano resistito meno di tre minuti, dopodiché Grace, gridando a sua volta, gli aveva dato uno spintone e si era precipitata nella camera della piccola per farla smettere. E il sollievo aveva riempito i polmoni di Ben di tutto ciò che aveva trattenuto sino a quel momento, tanto da fargli temere che potessero scoppiare.

Da quel momento Lotte aveva dormito nel letto dei genitori. Le braccine spalancate, il corpicino morbido come un punto fermo tra loro due. È ancora lì che dorme. Scavando un divisorio sempre più lungo al centro. Una volta erano riusciti a fare sesso di nascosto nel bagno al piano di sotto mentre Lotte guardava i cartoni in soggiorno. Avevano scopato come disperati contro il minuscolo lavabo, con la musichetta dei *Teletubbies* in sottofondo e Grace che insisteva perché lasciassero la porta socchiusa in modo da poterla sentire, non si poteva mai sapere. Un'altra volta l'avevano fatto nello sgabuzzino che usavano come studio – quattro minuti totali – mentre Lotte era legata sulla sua sdraietta nella stanza accanto e schiamazzava a voce sempre più alta a ogni attimo che passava. Ma in generale negli ultimi tempi erano troppo stanchi persino per quello.

Ben aveva accettato l'invito di Lina perché sembrava scortese rifiutare. Aveva accettato il suo invito perché voleva accettarlo. Nella caffetteria italiana affollata le luci erano soffuse. Si erano seduti a un tavolo accanto alla vetrina e avevano parlato della ricerca di Lina, delle rispettive università, degli amici in comune, del college, delle loro ambizioni. Era passata un'ora, di più, e quando fuori si era fatto buio e avevano deciso di ordinare una bottiglia di rosso in memoria dei vecchi tempi, Ben sapeva già che avrebbe saltato il resto della conferenza. « Sei felice? » gli aveva chiesto lei a un certo punto, dal niente. E lui aveva esitato. Per una frazione di secondo, ma lei se n'era accorta. « I figli... be', sono incredibili, un miracolo. Ma fare il genitore è qualcosa che ti prosciuga. Se mai qualcuno dovesse dirti che non è così, non crederci. »

Erano usciti e si stavano soffiando sulle dita, pronti ad andare ciascuno per la propria strada quando Lina gli aveva infilato una mano nella tasca del cappotto e gli aveva dato un bacio. Lui aveva sentito l'odore che ricordava il cioccolato del suo profumo, il sapore amaro del tannino sulle sue labbra color peccato. È sincero quando dice a se stesso di non aver ricambiato il bacio? Non c'era stato un momento di esitazione? Una pausa? Un'intenzione?

Di punto in bianco, Grace gli sta passando bruscamente davanti, diretta verso la navata. È troppo tardi quando Ben allunga una mano per fermarla. Si gira e la vede camminare verso la porta in fondo. Si volta di nuovo e resta lì, mimando con la bocca le parole di *The Coventry Carol* come se così facendo nessuno potesse accorgersi dell'accaduto. Vorrebbe dare un pugno all'inginocchiatoio. Cosa caspita ha combinato? Perché non gliel'ha detto e basta? Non ha nulla da nascondere, no? Deve parlarle, spiegarsi. Ben sente gli occhi dei genitori di Grace su di sé mentre si alza e la segue.

La neve fa sì che fuori ci sia più luce che in chiesa. Una luce argentata e irreale, e Ben individua subito Grace davanti a sé, infagottata nel caban, a metà della strada che porta alla chiesa.

« Grace, non è come sembra. Posso spiegare! » Nella quiete assoluta del paesaggio innevato, la sua voce rimbomba, tornando verso di lui.

« Ma ti senti? » Grace si volta di scatto, il tacco le scivola e lei per poco non cade. « Una caterva di cliché. Persino *tu* sei un cliché! » Pugnala l'aria con un dito per sottolineare il concetto.

« Lina è una ragazza che frequentavo tempo fa, va bene? » Sa che sta alzando la voce, ma ha bisogno di farsi ascoltare.

Grace fa una smorfia e gli occhi sembrano sul punto di uscirle dalle orbite. «Oh, adesso sì che va meglio.»

Ben è abbastanza vicino da sentire che Grace puzza di alcol. Hanno bevuto entrambi nel corso della giornata, ma lui adesso si sente perfettamente sobrio. «Non te ne ho mai parlato perché è stato appena prima di Lotte, e una volta che... una volta che... mi è sembrato così irrilevante.» Si passa una mano sulla fronte. «E poi non ti ho detto di averla vista alla conferenza perché...» Fa una pausa. Perché non gliel'aveva detto? Perché Lina aveva cercato di baciarlo? Perché si sentiva in colpa? Perché forse per un momento sentirsi desiderato era stato piacevole? Perché forse per una frazione di secondo, magari anche di più, aveva voluto riavere Lina? «... perché non c'era niente da dire.»

Grace si stringe i capelli tra le dita come in un grido silenzioso, chinandosi in avanti per scaraventargli addosso le parole successive con più forza. «Vaffanculo!» ruggisce.

Ben si arresta di colpo, sbalordito. Grace non gli si è mai rivolta in quel modo. Non che non dica parolacce: le adora. Impreca contro tutti e contro tutto – i suoi amici, la televisione, i gatti dei vicini – ma non così. Non sul serio. Ben la vede tremare, furibonda.

«Ho rinunciato al mio lavoro per questo!» grida. «Per noi. E adesso cosa, non conto nemmeno più niente per te? Sono soltanto una bambinaia del cazzo? *Una mamma casalinga?*» Sputa le parole come cianuro.

Dietro di loro si sente il rumore pesante della porta della chiesa che si apre e si richiude. Ben si gira, con il cuore che martella nel petto, e vede Michael scendere i gradini e dirigersi verso di loro. Indossa un berretto rosso che si è sollevato, lasciando scoperti i capelli bianchi sopra le orecchie, e fissa Ben con gli stessi occhi di Grace e Lotte. Li ha quasi raggiunti, poi però scivola sulla neve. D'istinto, Ben e Grace scattano in avanti e tendono le mani per sorreggerlo.

«Tutto bene, papà?» domanda Grace.

«Vi abbiamo sentiti tutti là dentro», dice Michael a bassa voce. «Tua madre sta morendo di imbarazzo.»

Ben immagina Anne in chiesa, a giocherellare con il pendente di onice che porta al collo, stringendosi addosso la giacca rosa scuro.

«Andate a casa, tutti e due», dice Michael, e nelle sue parole Ben sente un vago accento del Cheshire che di solito non c'è. «Prima che qualcuno chiami la polizia. Andate a casa e chiarite le cose. State dando spettacolo.» Poi si gira e torna sui suoi passi, rientrando in chiesa.

Ben e Grace restano per un attimo l'uno di fronte all'altra. Grace ha le guance arrossate come se fosse stata presa a schiaffi. Poi comincia ad allontanarsi. Sta riprendendo a nevicare e, mentre Ben tenta di tenere il passo di Grace, i fiocchi bagnati si posano sulla sua faccia.

Grace sta salendo sul marciapiede e Ben la vede guardare il campanile. «Buon Natale», mormora.

«Non è successo niente.» Le ha appoggiato una mano sulla spalla per costringerla a guardarlo. «Niente di niente.»

«Non toccarmi.» La sua voce è un avvertimento.

«Cosa vuoi che faccia?» Ben alza i palmi verso il cielo come se stesse invocando una forza superiore. «Grace, dimmelo e lo farò. Se vuoi posso chiamarla anche adesso.» Tira fuori il telefono dalla tasca e comincia a schiacciare i tasti. «Guarda, sto componendo il numero. Ecco, lo sto facendo...»

Dal momento che lei non lo ferma, lui scaraventa il telefono nella neve e le si piazza davanti per bloccarle la strada. «Santo cielo, Grace, non lo capisci quanto ti amo? Ti adoro, cazzo. Voglio dire, non è evidente?»

«No», risponde lei girandogli intorno. «No, per niente.»

«Cosa vuoi che dica? Ti dirò tutto quello che vuoi. Grace? Lo giuro sulla vita di Lotte.» Le sta tenendo dietro e si sente ridicolo a implorarla così, come un bambino disposto a tagliarsi il polso per stringere un patto di sangue. Eppure c'è un momento, un attimo fugace, in cui si ritrova a pensare che stringere questo patto potrebbe essere la loro maledizione. Ha davvero importanza ciò che è successo? Ben ha forse superato un limite? Si appoggia la mano sul cuore, premendo forte contro il muscolo e l'osso che sporgono da sotto i vestiti. « Giuro sulla vita di Lotte di non aver... »

« A volte ho paura che tu ti senta in trappola. »

Lo dice a voce talmente bassa che Ben non è sicuro di aver capito bene. Grace ha la testa china e lui fa fatica a distinguere le parole.

« Che pensi di non avere avuto scelta. » Si ferma accanto a un muretto e fa scorrere le dita sulla neve accumulata.

« Come? » dice lui sconcertato. « Di cosa stai parlando? »

« Ti conoscevo da giusto cinque minuti, e poi *bam*! » Conficca il pugno nella neve. Quando ritrae il braccio, la sua manica è punteggiata di cristalli bianchi sino al gomito.

Ben scuote la testa. Poi ride. Non sa cos'altro fare. Pensava di essere riuscito a costruirsi una mappa piuttosto dettagliata di lei. Di conoscere la topografia della sua mente, del suo corpo, centimetro per centimetro. Ma questo? Questo non se l'aspettava proprio. Hanno fatto tutto insieme. Hanno parlato all'infinito di televisione, libri, politica, persone, lingue e amore, eppure questo Grace non gliel'ha mai detto. Nemmeno una volta. Qualcosa dentro di lui si incendia, come se avesse vuotato un bicchierino di whisky in un sorso solo.

« Si può sapere cosa ti prende? » chiede, ma sta parlando più con se stesso che con lei. « Tu e Lotte siete la cosa migliore che mi sia mai capitata. » Fa una pausa e deglutisce. « Ma io ti volevo, con o senza di lei. »

La neve sta cedendo il passo al nevischio, e la distesa immacolata sotto i loro piedi sta già cominciando a diventare una poltiglia scura e sporca. Dalla chiesa giungono musica e canti. Nello spazio che li separa, i loro respiri disegnano nuvole nell'aria.

« Ben, sappi che ti lascerò se mai... » Non finisce nemmeno la frase. I suoi occhi brillano, illuminati dalla neve. « Sia chiaro che me ne andrò », ripete. « È tutto. »

Oggi

Grace non sa dove si trovi. Non ne ha la più pallida idea. È come se fosse uscita dal parco da sonnambula, finendo in un quartiere circondato da una recinzione di mogano e oro, e costellato di prati ben curati e porte blindate. Telecamere di sicurezza punteggiano gli angoli di ciascuna casa. Nei vialetti di ghiaia sono parcheggiate Porsche, Lexus e Tesla. Persa nei suoi pensieri – ad anni di distanza da lì – Grace ha continuato a camminare con il pilota automatico, e adesso è in fondo a una strada senza uscita, davanti a un cancello alto con un cartello di divieto d'accesso e, di là dalle sbarre, un campo da golf.

Grace tira fuori il cellulare e digita il nome della via su Google Maps. Poi ingrandisce la mappa con le dita. Si accorge all'istante di non essere neanche lontanamente dove si aspettava, e deve chiamare a raccolta tutte le sue forze per non accasciarsi a terra. Ha imboccato la strada sbagliata, parecchie strade sbagliate, percorrendo un chilometro e mezzo nella direzione sbagliata, e deve aver perso un'ora. Un'ora intera. Forse ancora di più, considerato che deve ancora tornare sulla giusta strada. *È finita*, pensa. *È finita. Arrenditi, Grace. Vattene a casa.*

Appoggia la torta sul marciapiede e vi si lascia cadere accanto. Le fa male il tallone, ha perso sensibilità a due dita dei piedi e un dolore lancinante le trafigge il polpaccio. Le pulsa la schiena, dal coccige lungo tutta la spina dorsale; non sa proprio come farà a rialzarsi. Ha ancora il cellulare in mano, e con un colpetto del dito chiude Google Maps. Poi il pollice finisce su iCloud e, prima di potersi fermare, l'ha già aperto. Ecco il video. Compare all'istante e parte.

« Mamma! » sta dicendo la sua bimba. « Una farfalla... » Con gli occhi fissi sullo schermo, Grace mima le parole in anticipo, come se la stesse esortando a continuare, come se altrimenti sua figlia potesse non dire ciò che Grace sa che sta per dire. « La adoro, mamma!... E adoro anche te, mamma. » Adesso la telecamera fa uno zoom in avanti, portando il viso di sua figlia verso di lei. Grace guarda la sua pelle immacolata color albicocca, i suoi occhi scuri e seri, le lunghe ciglia che sembrano intinte nell'inchiostro nero. Se solo la telecamera potesse avvicinarsi di più...

Dalla mappa Grace vede che il modo più rapido per arrivare dove vuole è attraversare il campo da golf. Non si sofferma nemmeno a riflettere. Con la torta in una mano, si rialza a fatica e scavalca il cancello, usando il cartello PROPRIETÀ PRIVATA come scalino. Poi però scivola ed è costretta ad aggrapparsi a uno degli spuntoni lavorati nella parte alta del cancello. È così che la scatola della torta finisce schiacciata tra il suo petto e le sbarre di metallo. Quando torna a terra con entrambi i piedi, Grace verifica i danni. La scatola si è sgualcita in un angolo, giusto un po', nulla che non si possa sistemare o nascondere con un lembo di nastro.

Grace è all'altro capo del campo quando si imbatte in alcune mazze da golf lasciate a terra. *Abbandonate*, pensa. E mentre formula quel pensiero, infila una mano nella sacca e prende una mazza. Provandola sul terreno, ritrova l'ottimismo. Il metallo è fresco e solido sotto le sue dita. È proprio quello di cui ha bisogno: userà la mazza come bastone per coprire più in fretta la distanza che la separa da Lotte.

Stavolta è all'interno, può uscire dal cancello senza scavalcare, e ha già appoggiato la mano sul chiavistello quando sopraggiunge il grido. D'istinto Grace si volta, ma è troppo tardi. A un centinaio di metri da lei ci sono tre golfisti. Sembrano sulla settantina, vestiti in colori pastello, con gli immancabili pantaloni ben stirati e le visiere bianche che più bianche non si può.

« Quella è la mia mazza! » grida uno di loro. A dispetto dell'età, ha la voce di un quattro per quattro impaziente al semaforo. « Ha preso la mia mazza. »

Per un momento, un lungo secondo, Grace osserva gli uomini sul campo, dopodiché si sistema sottobraccio la scatola ammaccata della torta e si issa in spalla la mazza da golf. Con il sangue che pulsa nelle vene, esce dal cancello senza guardarsi indietro.

Tre mesi prima

Grace Adams Ieri alle 07.04 **GA**
BASTA!

A: Ben Kerr

Ben, io non ce la faccio più. Sto uscendo di testa.

A quanto pare essere in giro alle due del mattino durante la settimana è del tutto ragionevole. Chiedere con chi fosse è del tutto irragionevole nonché una violazione della sua privacy, e la mia iperprotettitvità è patologica. Sono la madre peggiore che esista. Lo dicono TUTTI i suoi amici. Perché hanno quindici anni e quindi lo sanno meglio di chiunque altro.

Tocca a te cercare di parlarle. Io mi arrendo.

L'ha portata al ristorante indiano alla periferia di Kilburn. Quello che le piace tanto – quello che piace tanto a entrambi – con le pareti verde smeraldo, le sedie di vimini in stile maragià e l'immagine olografica di una cascata con l'acqua che, osservata da una certa angolazione, sembra scorrere davvero. Uno spazio neutro. Di fronte a lui Lotte sta studiando il menu, anche se Ben sa già che ordinerà il solito, *pasanda* di agnello con riso pilaf, *naan* all'aglio e *raita* alla menta. E sta pensando alla paura che si cela dietro il tono rabbioso dell'e-mail di Grace. Sa che, se si concedesse di farlo, la proverebbe anche lui. È arrivata un'altra lettera dalla scuola, e adesso sua figlia è in «zona rossa», qualunque cosa significhi, eppure Ben fa fatica a credere che sia tutto vero. Fa fatica a ritrovare nella Lotte seduta di fronte a lui l'altra Lotte, quella che non ha nulla a che vedere con la versione di sua figlia che gli è familiare.

Il cameriere porta al tavolo una Coca e una Cobra, poi si mette il vassoio sottobraccio e prende le ordinazioni. La mano di Ben scivola sul vetro freddo della bottiglia mentre lui la solleva e beve un sorso di birra.

«Non va bene, Lotte», dice quando il cameriere si è allontanato.

Lei smette di succhiare il limone della Coca e alza lo sguardo. Per un attimo sembra confusa. Poi sbatte lentamente le palpebre e allarga le narici come se stesse chiamando a raccolta le forze.

«So che lo sai.» Ben sposta il peso sulla sedia e i vimini scricchiolano. «Stare in giro a quell'ora intendo.»

«Sì, grazie. Mamma mi ha già tenuto la lezione sullo stupro. Ovviamente è stata piuttosto forte.»

Ben sussulta nel sentire non solo la parola «stupro», ma anche la voce intrisa di sarcasmo e disprezzo di sua figlia.

«Non so con chi fossi, ma Facebook, Instagram e così via... Metà delle persone lì sopra non puoi sapere chi siano anche se credi di sì...»

«Oh, per carità, nessuno ha Facebook. Soltanto i vecchi», lo interrompe Lotte sfoggiando una stupefacente logica adolescenziale. «Capisco Internet meglio di te. Tutte queste storie soltanto perché la mamma ha letto un articolo sul *Guardian* che parlava di pedofilia online. Non sono mica scema.»

Le sue parole lo destabilizzano. Come fa a sapere che dietro quell'incontro c'è lo zampino di Grace, che gli ha praticamente fornito un elenco di argomenti da affrontare?

«Papà.» Lotte si sta sporgendo in avanti sopra il tavolo, e il suo tono è condiscendente, quasi compassionevole. «A scuola ci sentiamo ripetere queste cose non-stop tipo dalle medie.»

«Va bene», dice lui, perché probabilmente è vero che Lotte capisce questo mondo meglio di lui. Sa che ha accesso a tutto, è terrorizzato al pensiero di ciò che potrebbe aver visto sui social network ai quali è perennemente incollata, ai quali tutti sono perennemente incollati. *Eppure non si può mai sapere...* vorrebbe dire. «Il fatto, Lotte...»

«Ascolta, era soltanto un ragazzo della scuola. Contento? Abbiamo finito? Possiamo cambiare argomento adesso?»

Un ragazzo della scuola. È più di quanto abbia detto a Grace. All'improvviso Ben vorrebbe gridare, obbligarla a dirgli chi è, questo ragazzo. E lo sconvolge la forza di questi sentimenti che sembrano sbucati dal nulla. Stringe i pugni sotto il tavolo.

«Lotte...»

«Ti prego, papà, non chiedermi chi è, perché non sono affari tuoi, e ti prego, non parlarmi di consensualità», mormora. «Non ho dieci anni.»

C'è un che di strano nel modo in cui sta parlando. Una certa irrequietezza. Sta evitando il suo sguardo, e la sua voce è così tesa che Ben ha la sensazione di poter prendere le sue parole e spezzarle in due.

Poi solleva la birra, cambia idea e la riappoggia sul tavolo. «Me lo diresti se ci fosse qualcosa che ti preoccupa o ti spaventa, vero? Non dovrei chiedertelo?»

Lei lo guarda come se fosse impazzito. I suoi occhi dicono: *Non ti degnerò nemmeno di una risposta*, ma Ben vede che sta serrando i denti, che la sua mascella è rigida.

«E l'erba, la ketamina...» Ben tira dritto per la sua strada perché stando a Grace, stando alla rete dei genitori, stando a Radio 4, a questa età le droghe sono già un problema, non è troppo presto. Alcuni ne fanno uso. «Sai che sono sostanze psicoattive... la ketamina è un tranquillante per cavalli, ne sei consapevole, vero? Lo sai che se non sei in te non puoi prendere decisioni assennate.»

«Santo cielo.» Lotte ha i gomiti sul tavolo e si prende la testa tra le mani.

Ben sta combinando un casino, ne è consapevole *Se non sei in te?* Gli sembra di sentire sua madre. Intrattenere questa conversazione è l'ultima cosa al mondo che desidera.

«Sono costretto a dirti queste cose, Lotte.»

«Tutto bene?» Il cameriere è arrivato con le ordinazioni.

Lotte solleva la testa e annuisce, ma senza sorridere. Le dita le hanno lasciato diversi segni bianchi sulla fronte. Entrambi osservano in silenzio il cameriere disporre sul tavolo piccoli piatti di metallo troppo bollenti per essere toccati. I colori, le spezie, i profumi inebrianti sono opere d'arte commestibili, e soltanto adesso Ben si rende conto di quanta fame abbia.

Aspetta che entrambi si siano riempiti i piatti prima di fare un altro tentativo. «Se non ci dici niente, non possiamo sapere niente. Lo capisci? E se non possiamo fidarci di te...» Non finisce nemmeno la frase.

Lotte si caccia in bocca una forchettata di riso e carne e mastica. «Mi sembra di sentire la mamma.» Lo dice come se si aspettasse di più da lui, come se avesse pensato che se la sarebbe cavata meglio.

Non mi rispetta, gli aveva detto Grace al telefono. *Mi parla come se mi considerasse un'idiota. Come se non potessi dirle nulla che non sappia già. È così arrogante, ma il suo atteggiamento... A volte mi fa venire il dubbio che possa avere ragione. È riservato esclusivamente a me. Con te non fa così. Vi sento su FaceTime. Siete così complici quando parlate di Tessa Violet, di Tumblr o di quello che è. Di meme! Io sono soltanto la vecchia carampana rompiscatole che non capisce...*

«Come sta la mamma?» domanda Ben.

Lotte scuote la testa e si stringe nelle spalle.

E ha menzionato il periodo in cui me ne sono andata, Ben. Prima non l'aveva mai fatto. Grace era stata criptica e Ben aveva impiegato un momento, anche di più, a capire a cosa si riferisse. E, quando ci era riuscito, non aveva saputo come rispondere. *Va bene...* aveva detto alla fine. *No che non va bene*, aveva risposto lei.

Guardando Lotte seduta al tavolo di fronte a lui, i capelli che le ricadono sulla guancia, la fossetta che le compare sotto un occhio quando è concentrata, Ben ricorda che Lotte non aveva praticamente battuto ciglio all'epoca. O forse loro erano troppo distratti per accorgersene. Aveva soltanto nove anni, ma i bambini sono forti, e quando lui e Grace avevano risollevato lo sguardo – settimane, mesi dopo – lei stava andando avanti con la sua vita, sembrava aver preso la cosa talmente bene che loro avevano preferito lasciarla cadere nel dimenticatoio. Perché mai avrebbero dovuto affrontarla se non c'erano problemi? In cuor suo Ben sa che è stato uno sbaglio. Forse se fosse sincero con se stesso ammetterebbe di averlo saputo anche allora. Forse la verità è che non sopportava di fare ciò che era meglio per sua figlia perché a lui non conveniva. Possibile che queste siano le conseguenze? I danni? Che quello che sta succedendo adesso con Lotte sia riconducibile a quel periodo? Che questi siano i primi segnali?

Ben inspira ed espira lentamente. «Lotte, c'è qualcosa di cui volevo parlarti...» attacca.

Poi però di punto in bianco lei lascia cadere la forchetta sul piatto e si porta una mano alla bocca. Ben le legge in faccia che sta per mettersi a piangere. La strafottenza, il disprezzo... è tutto svanito. I suoi occhi sono un grido silenzioso.

«Vorrei che non vi foste mai separati.» Quelle parole le sfuggono di bocca e lei scoppia in lacrime. «Mi manchi, papi.» Sta cercando di asciugarsi la faccia, ma le lacrime continuano a scendere, bagnandole le guance. «È tutto sbagliato senza di te. Non mi sento più a casa.»

Con il cuore a pezzi, Ben si toglie il tovagliolo dalle gambe, scosta la sedia e le si avvicina. «Va tutto bene», sussurra prendendole la testa calda tra le mani e attirandola contro il suo petto. «Va tutto bene, tesoro.»

E in un attimo è di nuovo la sua bambina. È come se si fosse sbucciata il ginocchio dopo una caduta o se un'altra bambina l'avesse spinta nella sabbiera. Ben non ricorda nemmeno da quanto tempo non lo chiamasse «papi», e mentre la abbraccia si rende davvero conto di quanto gli sia mancata questa intimità, di quanto gli sia mancata *lei*. Ma capisce anche, con una lucidità improvvisa, qualcosa di cui è già consapevole: che nonostante tutti i suoi discorsi, Lotte ha bisogno di lui. E vedendola lì così, abbandonata tra le sue braccia in preda alla disperazione, non può non pensare che lui e Grace stiano esagerando. Che il loro panico per la sua vita segreta online – e offline – non sia, appunto, nient'altro che panico. Perché basta guardarla: è così giovane, così innocente, a metà tra l'infanzia e l'età adulta. Baciandole la testa, le accarezza i capelli. « Il fatto, amore, è che io e la tua mamma... »

Ma lei sta scrollando la testa per fermarlo. « Non importa », dice, e si raddrizza, divincolandosi, allontanandosi da lui. Poi si asciuga il naso con il dorso della mano. « Davvero, sto bene. Sul serio, capisco. »

« Lotte? »

L'incantesimo si sta spezzando e Ben vorrebbe tornare indietro nel tempo.

« No », dice Lotte. « Per favore, no. »

Il trucco le è colato intorno agli occhi, lasciandole sugli zigomi delle macchie che sembrano lividi. *Come se qualcuno l'avesse appena presa a pugni*, pensa Ben. « Hai... il mascara... » Con le dita si disegna piccole mezzelune sotto gli occhi.

Lei non lo guarda mentre si alza dal tavolo per dirigersi verso il bagno. E Ben si sta risedendo quando il telefono accanto al piatto di Lotte emette un *bip* e si illumina. *Lotte ha diritto alla sua privacy*, pensa Ben tamburellandosi le dita sulle cosce. Poi qualcosa si impadronisce di lui. Si getta un'occhiata dietro la spalla, si sporge sul tavolo e sposta leggermente il telefono, inclinandolo verso di sé in modo da poter leggere il messaggio.

leyla.nicol_ OMG yeee dkhfldnfldsojifò LOTTEEEEE sei famosa baby! yuhuuu stai andando alla grande! Fanculo gli esami finali lol chi se ne frega con un corpo da urlo come il tuo e un botto di follower o no? 70mila visualizzazioni! E stanno ancora salendo!!! #influenceeeeer!*!*!

Ben ritrae la mano di scatto come se avesse toccato qualcosa di affilato. Con il gomito urta la birra e la rovescia. Il liquido color ambra si diffonde sulla spessa tovaglia bianca. Il cameriere si materializza dietro di lui con un mucchietto di tovaglioli di carta prima ancora che Ben abbia il tempo di reagire. Lui si scusa, ma la sua mente è altrove. Non è sicuro di aver capito ciò che ha appena letto. Quella lingua è un mezzo codice che lui non è in grado di decifrare.

Appena il cameriere se ne va, lui controlla di nuovo il telefono. Lo schermo si è spento ma Ben continua comunque a vedere le parole, impresse da qualche parte dietro i suoi occhi come se le avesse fotografate... *con un corpo da urlo come il tuo... un botto di follower... 70mila visualizzazioni... #influenceeeeer!!!* All'improvviso l'odore pungente del cibo rimasto sul tavolo è troppo forte. E Ben ha l'impressione che di colpo anche il volume della musica di sottofondo sia troppo alto.

2008

Mentre varca la soglia del Soho House in Greek Street, Grace si sente un'imbrogliona. E forse è soltanto la sua immaginazione, ma la donna all'ingresso la guarda come se emanasse odore di bastoncini di pesce e medicinali per bambini, come se per lei il posto giusto in cui prendersi un caffè pomeridiano non fosse quello, bensì lo spazio giochi del centro sportivo di Kentish Town.

Di sopra, viene accompagnata al suo tavolo. C'è un'atmosfera crepuscolare, tutto è dipinto di scuro, e Grace ha la destabilizzante sensazione di essere piombata nel periodo blu di Picasso. Mentre scivola sulla panca, scorge Marie in fondo alla sala. Sono passati cinque anni da quando hanno lavorato insieme, cinque anni dall'ultima volta che Grace l'ha vista in carne e ossa, e Marie sembra in forma: sembra giovane, che è praticamente la stessa cosa. Indossa una blusa di seta blu scuro e pantaloni palazzo, porta ancora i capelli biondo platino tagliati cortissimi e sta parlando con tre donne sedute a un altro tavolo. Con un cenno del capo saluta Grace. Lei fa per alzarsi con l'intento di raggiungerla, ma Marie solleva un dito. Proprio così. Della serie: *Fermati.* Non avvicinarti; sto facendo qualcosa di importante, tu dovrai aspettare. Dentro Grace si spezza qualcosa.

Alla fine era stato il pensiero delle parole pronunciate tanto tempo prima dalla madre di Ben, quelle parole che avevano oltrepassato le spesse pareti di pietra della casa scozzese, a spingerla a comporre il numero di Marie... *È carina, tesoro... Solo, sai, non sarebbe male vedere un po' di personalità...* Era stato il rancore, in sostanza, a spronarla. Il desiderio di vendetta. E Grace sta cercando di tenerlo a mente anche adesso, mentre se ne sta seduta lì, impacciata, senza sapere cosa fare con le mani, con la testa, con tutto il corpo. Ha trentaquattro anni, eppure si sente una ventunenne, come se fosse una candidata con zero esperienza in attesa di sostenere un colloquio per il suo primo lavoro. Sotto questo aspetto, se ne rende conto, è l'esatto opposto di Marie, che da quando Grace se n'è andata, è passata dal ruolo di assistente a quello di produttrice esecutiva. Per Grace quelle due parole erano state piccole pugnalate agli occhi quando aveva cercato la sua ex collega online, imbattendosi in una foto patinata con il titolo di Marie scritto in grassetto e corredata da un paragrafo che elencava i suoi successi in maniera così dettagliata da mettere soggezione. Guardandosi intorno, Grace finge di ammirare i quadri alle pareti, come se per lei non ci fosse nulla di più rilassante di starsene seduta lì da sola. Come se si stesse semplicemente concedendo un po' di tempo per sé.

Scusa, mima Marie con le labbra dirigendosi finalmente verso di lei. Poi alza gli occhi al cielo e agita un dito nell'aria. Sono le quattro del pomeriggio e sta bevendo champagne. Grace sa che c'è stata un'epoca in cui non ci avrebbe visto nulla di trasgressivo.

« Questo è il mio pranzo », dice a Grace sedendosi di fronte a lei e portandosi il bicchiere alle labbra. « Mi fai compagnia? »

« Perché no? » Grace sorride, anche se il pensiero le scatena un accenno di panico e un vago senso di malessere. Si sta già domandando come farà ad addormentarsi stasera.

« Allora, si può sapere dove caspita eri finita, forestiera? » domanda Marie mentre chiama con un cenno la cameriera per poi indicare il suo bicchiere e sollevare due dita.

Già, dov'era finita? Sembra una domanda esistenziale. *Non lo so*, vorrebbe dire. *Sul serio, non ne ho idea.* Ha prolungato il congedo di maternità una volta e poi un'altra, e poi non è più rientrata. E adesso Lotte ha cinque anni, ha iniziato la scuola. Il sonno finalmente – finalmente – non è più un problema. Grace e Ben hanno di nuovo un letto tutto per loro. Fanno sesso tutti i venerdì sera, senza eccezioni. Be', quasi. Non sarà spontaneo ma è già qualcosa, ed è piacevole, sempre. Le cose vanno bene. Ma negli ultimi tempi Grace ha cominciato a sentire la mancanza di qualcosa, una specie di spazio, un vuoto dentro di sé. Sta anche iniziando a provare un certo risentimento nei confronti di Ben. Per via dei suoi continui avanzamenti di carriera, che l'arrivo della *loro* figlia non ha minimamente ostacolato. Per via delle conferenze internazionali di linguistica alle quali è invitato come relatore, per via dei suoi viaggi di scambio culturale in varie università sparse per il mondo.

« Sinora mi sono dedicata alle traduzioni », dice Grace. Tiene per sé il fatto che si tratta di un lavoro alienante che svolge al tavolo della cucina. Tiene per sé il fatto che si accontenterebbe anche di una frazione minuscola dello stipendio che guadagnava un tempo pur di provare di nuovo l'eccitazione di stare davanti alle telecamere. Caspita, probabilmente lo farebbe anche gratis. Nonostante tutta l'artificiosità e i palloni gonfiati con cui aveva a che fare, quello era davvero un lavoro da sogno, anche se forse all'epoca non se ne rendeva conto. Non *detestava* realmente tutta l'attenzione. Qualcosa sì, gli aspetti più tossici. Ma si trattava soltanto di parole. Parole curiose, seducenti e rare e, per dirla fuori dai denti, Grace sarebbe disposta pressoché a tutto pur di sentirsi di nuovo autorizzata a trascorrere del tempo solo ed esclusivamente in compagnia di persone adulte.

La cameriera arriva con i drink, traendola in salvo. Il bicchiere davanti a Grace è alto, sottile, ghiacciato, e all'improvviso lei non desidera altro che sentire gli effetti dell'alcol dietro gli occhi. « Cin cin », mormora bevendo un sorso.

« E adesso? » Marie inarca le sopracciglia e tutta la sua faccia si tende verso l'alto. « Vorresti tornare in tele? » Qualcosa nel modo in cui lo dice fa sentire Grace come se si stesse temerariamente candidando per la prossima missione spaziale.

«Mi piacerebbe.» Fa un sorriso esagerato, e le labbra secche le sfregano sugli incisivi.

«Interessante», commenta Marie tamburellando le dita sul fianco del bicchiere. «E hai intenzione di avere altri figli?»

«Non volevo nemmeno quella che ho avuto!» Le parole si riversano fuori della bocca, uno scudo d'umorismo. È la sua risposta standard, e fa ridere perché è al tempo stesso vera e palesemente falsa. O, almeno, a Grace fa sempre ridere. Ma in effetti non tutti la trovano divertente. In ogni caso funziona alla grande per eludere le molte, moltissime domande che sta ricevendo sull'argomento, le allusioni diventate sempre più frequenti da quando Lotte ha compiuto tre anni. Il fatto è che non sa davvero come rispondere. Non ne parlano, lei e Ben, Grace non sa come mai. Forse ha a che vedere con il brutale dirottamento delle loro vite causato dall'arrivo di Lotte, oltre che con lo stress post-traumatico di cui soffrono ancora dopo tutti gli anni in cui Lotte non ha voluto saperne di dormire.

«Okay, Grace, sarò sincera con te.» Marie fa una pausa. «Hai perso il treno.» Storce la faccia come se avesse messo in bocca qualcosa di disgustoso.

Grace sbatte le palpebre e deglutisce.

«Ma il programma? I giornali mi adoravano. Andavo bene», sta replicando.

«Ormai è roba vecchia.» Marie fa spallucce.

Grace annuisce e si sforza di sorridere. Sente il sangue risalirle lungo il collo. Non che si aspettasse di riavere il suo posto con uno schiocco di dita, certo che no. Ma questo rifiuto così categorico? Non si era aspettata nemmeno questo. Preme il pollice sulla forchetta davanti a sé finché i rebbi le lasciano un'impronta sulla carne. Si domanda se mettendoci abbastanza forza potrebbe ferirsi. Immagina che il dolore sarebbe piacevole.

«E poi ti prosciugherebbe», sta dicendo adesso Marie. «Gli orari, i ritmi. Sai, sono cose che si tendono a dimenticare. Non è un ambiente adatto a chi ha famiglia.»

Non sarebbe dovuta venire. È come Norma Desmond di *Via-*

le del tramonto, una vecchia gloria che vive di illusioni. Si è umiliata. Marie andrà a spiattellarlo a tutti, nessuno escluso. Racconterà che la non-così-straordinaria-Grace Adams non aveva capito di essersi giocata la sua occasione. Deve aspettare ancora molto per potersi alzare e andare via? Non desidera altro che tirarsi fuori da questa situazione.

Grace resiste all'impulso di controllare l'orologio mentre chiacchierano brevemente di vecchi colleghi – chi è uscito dal giro, chi è finito dove – e, appena le sembra il momento giusto per filarsela, vuota il bicchiere e si scusa.

Mentre si alza dal tavolo, Marie fa lo stesso. È intrappolata tra la sedia e il tavolo, un po' china in avanti, e all'improvviso in lei c'è un impaccio che Grace non aveva mai visto prima.

« L'altro giorno, quando è caduta, mia figlia è corsa dalla tata anziché da me. » Marie si sta girando un bottone sul colletto della camicia mentre parla. « Anche se io ero molto più vicina quand'è successo. »

Non dice altro. Non spiega il contesto, non aggiunge dettagli su dove fossero, su come abbia fatto la bambina a cadere, sull'eventuale presenza di sangue. Parole veloci, semplici, ma le sue guance si sono arrossate.

Hai una figlia? vorrebbe chiedere Grace, perché non lo sapeva. Ma si rende conto che non è questo il punto.

Quando i loro occhi si incontrano, tra loro si stabilisce una connessione.

« Non esistono vincitori in questo gioco. » Marie storce la bocca di lato.

Grace sa che a Marie sta costando parecchio questo dono che ha scelto di farle. E forse è il fatto di aver bevuto di pomeriggio, ma senza nemmeno rendersene conto sta andando da lei per abbracciarla, benché non l'abbiano mai fatto. Marie è più donna da finti baci sulle guance. Passa un attimo, poi Grace sente le dita di Marie posarsi dolcemente sulle sue costole. La sua pelle sa di bergamotto e fumo.

« Sì, è un nodo gordiano », mormora Grace sopra le sue spalle.

Marie la lascia andare e la guarda come a dire: *Di cosa stai parlando?*

«Dalla leggenda di Alessandro Magno», spiega Grace. «È impossibile da sbrogliare.» Poi si gira e se ne va senza guardarsi indietro.

Oggi

Il caldo si intensifica con il passare delle ore, e Grace non ha mai avuto tanta sete in vita sua. Si sente la gola riarsa, la bocca e le labbra impastate, gonfie. Quando arriva a un minimarket, il panico è quasi incontenibile: Grace è sopraffatta dal bisogno di bere. Non riesce a pensare ad altro ed entra, prende una bottiglia d'acqua dal frigorifero e la posa sul banco con una concentrazione e una determinazione non meno intense del sole cancerogeno che brucia all'esterno. Sta tirando fuori la carta per pagare quando l'uomo dietro il bancone indica un cartello scritto a penna e incollato con lo scotch alla cassa.

PAGAMENTI CON CARTA A PARTIRE DA 10 £

« Non ho contanti », dice Grace. Vorrebbe spiegargli di aver dato tutto ciò che aveva alla donna sul Ponte dei Suicidi. Ma se in lei restano ancora parole, sono perdute nel deserto della sua bocca.

L'uomo si stringe nelle spalle e scuote la testa. Ha una folta barba scura che sembra muoversi un po' più lentamente rispetto al suo mento.

A Grace viene in mente la pistola ad acqua nella sua tasca, che ha riempito a una ciotola per cani fuori dallo Spaniards Inn. Si domanda se potrebbe accantonare il pensiero della terra, della bava di cane e degli insetti morti, e berla. Le viene un conato di vomito e resta lì, davanti al bancone, prendendosi la testa tra le mani.

In quel momento qualcuno le si avvicina. Grace sente lo spostamento d'aria ed è convinta che l'uomo con la barba stia per passare al cliente successivo. Poi avverte un tocco leggero sul braccio, cui ne segue un altro quando non reagisce. Alzando lo sguardo, vede una donna. È più anziana di lei, con la ricrescita grigia che spunta dai capelli castani tinti e due occhi grandi molto distanti. Con un movimento fluido, la donna posa una moneta da una sterlina nel palmo dell'uomo barbuto e porge a Grace l'acqua che stava cercando di comprare.

« Tieni, tesoro. Hai proprio bisogno di bere qualcosa, eh? » E poi ride del doppio senso.

Grace ha tutta l'intenzione di rifiutare, ma la donna le ha già voltato le spalle e sta cominciando a mettere i suoi acquisti in un sacchetto spiegazzato di Sainsbury's, come se nel suo gesto non ci fosse nulla di insolitamente gentile. Quando Grace la ringrazia, la donna le rivolge un sorriso distratto da sopra la spalla.

È seduta su un muretto fuori del minimarket a bere grandi sorsate d'acqua e a dire a se stessa di conservarne un po' per il resto del tragitto quando la donna esce. La scatola della torta è di fianco a lei, la mazza da golf appoggiata al muretto.

« Fammi dare un'occhiata a quel piede », dice la donna indicando il tallone di Grace.

Lei impiega un momento a capire a cosa si riferisca. Quando però gira la caviglia, si accorge subito che il sangue ha impregnato il tovagliolo di carta che si era infilata nella scarpa, disegnandole una specie di farfalla sul calzino.

La donna schiocca piano la lingua come a rimproverarla. « E lì? » chiede, stavolta indicando il braccio di Grace.

Grace lo gira per controllare. Si è sbucciata il gomito. La carne viva sta sanguinando ed è sporca di terra. Cosa penserà di lei questa donna?

« Sembri di ritorno dalla guerra. » La donna si mette a rovistare nella borsetta e tira fuori prima un pacchetto di fazzoletti e poi un grosso cerotto.

Ha la pelle scura e un leggero accento straniero, forse turco, e usa espressioni che Grace assocerebbe a sua nonna. E lo trova confortante.

« Una volta mamme, si è sempre mamme. » La donna sventola il cerotto davanti a Grace. E poi, senza chiedere, si siede sul muretto accanto a lei. Mentre quella donna le prende il piede, Grace pensa che potrebbe essere una pazza. Oppure una specie di fatina buona del ventunesimo secolo uscita per sbaglio da una fiaba.

« Posso? » sta domandando la donna. Ma non aspetta nemmeno una risposta, e con delicatezza sfila la scarpa dal piede di Grace per poi toglierle il calzino e il fazzoletto cremisi.

E Grace la lascia fare. Perché è troppo stanca, troppo sollevata per opporsi. E perché sta pensando alle scarpette rosse, misura ventidue. Sente il piedino di sua figlia tra le mani, le dita che si dimenano mentre lei chiude le fibbie argentate, sente l'odore del cuoio morbido. Ed è allora che comincia a sussultare. Un tremito che parte dalla pianta dei piedi e le risale sino al tallone, alla caviglia, al polpaccio, al ginocchio, alla coscia. È sicura che anche la donna debba vederla tremare.

« Ho una figlia più o meno della tua età », dice mentre bagna un fazzoletto e le tampona la ferita. « Adesso vive in Canada. E un figlio che fa l'infermiere. Sono appena andata a trovarlo in ospedale. »

È strano sentire il tocco di questa donna. Ma di fronte alla sua tenerezza un po' brusca e alla sua compassione sincera, in Grace si scioglie qualcosa, e lei si abbandona. Si lascia avvicinare e avvolgere dalle parole gentili di quella donna. *Una volta mamme, si è sempre mamme...* La frase continua a vorticarle in testa e lei non riesce a smettere di rimuginarci sopra.

E poi, come se si fosse sganciata da se stessa, è di nuovo nella vecchia casa, quella accanto alla stazione, con la porta d'ingresso verde chiaro. Sua madre è in soggiorno a parlare con un'amica.

È la prima volta che si alza dal letto in tre giorni, ogni tanto capita. È qualcosa di subdolo, inquietante, di cui non parlano mai. *È molto stanca. Dovete lasciarla in pace*, aveva detto il padre a lei e a Cate la prima mattina che sua madre non era scesa. Non le aveva nemmeno guardate mentre metteva il pane a tostare e versava un cucchiaio di caffè istantaneo in una tazza. Era quello che diceva sempre quando succedeva. Esattamente così, parola per parola, senza spiegazioni.

La porta del soggiorno è aperta quel tanto che basta perché la dodicenne Grace possa intravedere sua madre attraverso la fessura. È seduta sul bordo del grande divano con il cardigan stretto addosso, quello celeste soffice come una nuvola, e di fronte a lei c'è Jill, che abita poco più avanti. Grace lo sa perché è stata lei a far entrare l'amica di mamma, ma non la vede, la fessura è troppo stretta. Grace trattiene il fiato più che può perché sua madre sta parlando sottovoce e il suono dei suoi respiri rischierebbe di coprire le sue parole. A furia di non respirare, però, comincia a pruderle la gola e sa che da un momento all'altro dovrà tossire, finendo così per rivelare la sua presenza. Sta per allontanarsi dalla porta quando sente sua madre dire: «Non avrei mai dovuto avere figli». Per un momento Grace pensa di aver capito male. Poi però sua madre lo ripete. «Non avrei proprio dovuto. È troppo difficile. Non sono all'altezza, sto deludendo le mie bambine. Tutto questo le segnerà per sempre, starebbero meglio senza di me. Se l'avessi saputo non le avrei mai messe al mondo, Jill, mai.»

L'amica di sua madre comincia a parlare, un mormorio sommesso, ma Grace non sente cosa stia dicendo perché scappa via. È una forza sconosciuta a sospingere il suo corpo e le sue gambe. Per un attimo pensa di andare a cercare Cate, che sarà sicuramente in camera sua ad ascoltare il walkman. E invece si ritrova ad attraversare di corsa il corridoio e la cucina per poi uscire in giardino dalla porta sul retro. E non si ferma, nemmeno quando arriva in fondo alla stradina che corre dietro le case della sua via, perché quelle parole le risuonano ancora in testa e lei vuole lasciarsele dietro.

È questo il motivo per cui Grace non voleva figli, questa conversazione origliata. Aveva preso la sua decisione seduta stante: non sarebbe diventata come sua madre. Temeva che anche lei non sarebbe stata all'altezza, che potesse trattarsi di qualcosa di ereditario, di un difetto di famiglia. E temeva che in parte la colpa di quella difficoltà, di quella sofferenza, fosse anche sua. E in seguito non l'aveva più messa in dubbio, quella convinzione di lungo corso che si era solidificata dentro di lei. Almeno sino all'arrivo di Lotte.

Grace si sentiva sempre triste quando sua madre si rinchiudeva nella stanza buia. Triste, spaventata e disperata. Le voleva davvero bene, ma ricorda anche di essersi accorta che le altre madri non erano così, e allora aveva cominciato a considerarlo un segreto imbarazzante, di cui non poteva fare parola nemmeno con sua sorella. Più avanti, quando aveva capito che sua madre non poteva farci nulla, era una questione chimica, almeno in teoria si era sentita meglio, ma sul momento no. Sul momento proprio no.

E adesso? Mentre è seduta sul muretto accanto a questa donna – questa madre di tutte le madri con le mani di un angelo – capisce che alla fine la maledizione si è abbattuta anche su di lei.

« Sono una pessima madre. »

Sulle prime Grace non è sicura di averlo detto ad alta voce. Poi però la donna smette di muovere la mano e annuisce lentamente.

« Quanti anni hanno i tuoi figli? »

C'è un momento sospeso, di esitazione. « Sedici », dice alla fine. « Mia figlia compie sedici anni proprio oggi. » Sistema la scatola con la torta sul muro accanto a sé. C'è una striscia di fango sul coperchio, e Grace si lecca il dito per cercare di pulirla. « Vive con il padre. » La frase le esce di bocca di sua iniziativa come una pioggia di ghiaia. Non riesce nemmeno a guardare la donna mentre la pronuncia.

«È l'età più difficile.» La donna preme il cerotto e le dà qualche colpetto sul piede per farle capire che ha finito. «Te lo dice una che ne sa qualcosa. Ma poi tornano, fidati.»

«Però è colpa mia.» Grace riprende il calzino e cerca di infilarselo, ma non ha le forze. «Non ricordo nemmeno cosa significhi non essere esausta, e poi convivo con questo terrore perenne perché non ho idea di cosa sto facendo.» Per un attimo chiude gli occhi, poi li riapre. Non dice di avere il cuore a pezzi, di sentirsi sola, di desiderare solo che finisca tutto quanto. «Il fatto è che passo tutto il tempo a cercare di leggere tra le righe, ed è estenuante. Tutta questa tecnologia, Instagram, Snapchat e così via. Questa vita segreta dei ragazzi di cui noi non sappiamo nulla.» Alza lo sguardo, si stringe nelle spalle. «E a volte provo una rabbia tale da avere paura di me stessa.»

La donna sorride e scuote la testa. «Non è rabbia, tesoro. Sono la tua angoscia e il tuo dolore che esplodono.» Quando unisce le dita e poi le allarga, le sue mani vuote sembrano stelle. «Stai facendo del tuo meglio. Come tutti.» Lo dice come se fosse un semplice dato di fatto, un'ovvietà. Poi, storcendo un po' la bocca, aggiunge: «Non sarai schiava del cambiamento per sempre. Anzi, probabilmente sei già sulla strada verso la liberazione, no?» Sta enfatizzando le parole, come una specie di predicatrice alla televisione. «Sì, adesso è un incubo, ma c'è speranza in fondo al tunnel, e il sollievo che proverai sarà meraviglioso. Credimi.»

Non capisci, vorrebbe dire Grace mentre guarda la donna rimettersi i fazzoletti nella borsa. In quel momento nota la goffaggine dei suoi movimenti e la vede tenersi il fianco mentre si alza dal muretto.

«Dovrai disinfettarti una volta a casa.» Sta indicando la caviglia e il gomito di Grace. Adesso i suoi modi sono spicci, come se avesse altro di cui occuparsi.

«Grazie», mormora Grace. Vorrebbe dire qualcos'altro, ma non ci riesce. La sua gentilezza l'ha destabilizzata.

La donna le si avvicina e le prende il viso tra le mani. Saldamente, schiacciandole le guance. Da quella distanza così ravvicinata, Grace vede le pagliuzze d'ambra che le brillano negli occhi.

« So che hai l'impressione di essere invisibile », dice la donna, e il suo alito ha un odore dolce, di lillà. « Ma sappi che io ti vedo. »

Tre mesi prima

NHS Foundation Trust

Terapia ormonale sostitutiva (TOS)
In questa brochure troverete risposta a tutte le vostre domande sul ricorso alla TOS per trattare i sintomi della menopausa. La TOS funziona sostituendo l'ormone (estrogeno) che il corpo smette di produrre quando si entra in menopausa.

Nel lungo termine, la TOS può contribuire a ridurre il rischio di osteoporosi (diminuzione della densità ossea) e di cancro intestinale. Tuttavia presenta anche alcuni rischi noti, tra cui un aumento della probabilità di sviluppare determinati tipi di cancro.

Grace è su una sedia di plastica nella sala d'attesa, agitata. È già qui da venti minuti ad aspettare che sullo schermo elettronico compaia il suo nome, e alza la testa di scatto ogni volta che un *bip* segnala che è il turno di un nuovo paziente. È sempre più convinta che il suo nome non sia sull'elenco, che per qualche ragione i suoi dati non siano stati inseriti. In mano ha la brochure che le ha consegnato l'addetta all'accoglienza, e non se ne capacita. Ha l'impressione che in realtà dovrebbe passarla all'anziana seduta di fronte a lei con la caviglia gonfia e le calze compressive. E sta dando giusto una scorsa rapida, saltando le parti cui non vuole nemmeno pensare – la generosa possibilità di scegliere tra un tipo di cancro e un altro, come se in realtà tutto questo non la riguardasse minimamente – quando lo vede entrare.

Grace si caccia la brochure sotto le cosce in modo da nasconderla. Sta tenendo lo sguardo dritto davanti a sé, ma avverte un formicolio in tutto il lato sinistro del corpo, come se in qualche modo i suoi nervi e quelli di lui si fossero fusi insieme attraverso lo spazio che li separa. E si sta domandando se anche lui abbia la stessa sensazione. Non lo guarderà – non può – perché è certa che il suo corpo la tradirà. È la prima volta che lo vede da quando si sono incontrati per strada, e i suoi pensieri tornano subito lì. Al pollice di lui sulla sua tempia, alla piccola cicatrice sul suo zigomo, all'odore di sigarette e lana. Al modo in cui lui aveva studiato il suo viso come se stesse cercando qualcosa di perduto, elettrizzandola e turbandola al tempo stesso. Si sente avvampare.

Con la coda dell'occhio lo vede in fila all'accoglienza, e quando è sicura che sia avanzato abbastanza da darle le spalle, si arrischia ad alzare la testa. In quel preciso momento lui si gira. Grace si accorge all'istante che non è lui, non è Nate. L'uomo in fila non gli assomiglia nemmeno lontanamente; ha una decina buona di anni in più di lui, tanto per cominciare. Certo, ha una corporatura simile, gli stessi capelli chiari, ma la somiglianza finisce lì. Grace sbatte le palpebre e distoglie lo sguardo. Ha le traveggole. È come una quattordicenne con una cotta inappropriata e imbarazzante. È solo che, è solo che... il suo tocco, l'espressione dentro i suoi occhi... Il *bip* dello schermo elettronico la fa sussultare. Stavolta compare il suo nome: *Grace Adams, ambulatorio 13.*

La dottoressa è intenta a digitare sulla tastiera del computer quando lei entra. Ha qualche anno in più di Grace, i capelli corti e l'aria di chi passa i fine settimana facendo trekking.

« Come posso aiutarla? » chiede senza smettere di scrivere, con un sospiro, come se la presenza di Grace fosse di per sé una seccatura.

Da dove comincio? pensa Grace mentre si siede goffamente a lato della scrivania. Una parte di lei vorrebbe dire: stando a mio marito – che non vive più nemmeno con me – mia figlia è un fenomeno di TikTok, qualunque cosa significhi, perché canta in playback con pochissimi vestiti addosso. A quanto pare è diventata virale perché balla illegalmente sulle impalcature, e le lascio immaginare il mio entusiasmo. Tutto questo lo so soltanto perché mio marito ha visto un messaggio sul suo cellulare in cui veniva definita *un'influencer* con un *corpo da urlo*. Ha decine di migliaia di follower, cosa che stando alla logica io avrei dovuto sapere, essendo *sua madre*, ma probabilmente non sono proprio sul pezzo su questo fronte. E poi frequenta un ragazzo che non vuole farmi conoscere, di cui non vuole nemmeno parlarmi se è per questo, un ragazzo con cui potrebbe avere o non avere rapporti sessuali. Ah, e due giorni fa mi sono masturbata pensando a un uomo che probabilmente potrebbe essere mio figlio e che si dà anche il caso sia un insegnante di mia figlia. Mi è appena sembrato di vederlo qui in sala d'aspetto, ma a quanto pare è stato tutto frutto della mia immaginazione. Esiste un cerotto ormonale che faccia al caso mio?

Sempre problemi ginecologici, pensa Grace mentre va dietro la tenda a spogliarsi dalla vita in giù. Sempre. Perché per una volta tanto non potrebbe essere qui per qualcosa al braccio, al piede, al dito? E poi, i calzini deve tenerli? Cosa fa di solito? Decide di sì per poi pentirsene all'istante quando sale sul lettino e si sdraia sul lenzuolo di carta spiegazzato. Due sottili calzini neri alla caviglia presi da Marks & Spencer si fanno beffe della sua seminudità, o viceversa, non ne è sicura, sa soltanto di avere i brividi e di sentirsi vulnerabile, ridicola. Immagina che Nate si volterebbe e se la darebbe a gambe, se la vedesse così. Oppure starebbe lì a ridere di quanto è grottesca. Di quanto è vecchia.

« Okaaay. » La dottoressa si annuncia con una giovialità poco convincente mentre, scostando la tenda, la fa frusciare. Sistema le ginocchia di Grace come se fossero entità a sé stanti rispetto alla sua paziente, poi viene alle prese con l'angolatura della lampada.

« Fa un bel freddo fuori stamattina », si ritrova a dire Grace.

«Si rilassi», risponde severa la dottoressa.

Grace prova la solita sensazione di panico al pensiero di ciò che potrebbe emergere dalla visita. Fissa la luce alogena sul soffitto sopra di sé, sforzandosi di non pensare ai potenziali danni oculari, cercando di concentrarsi su qualcos'altro. Non ha nemmeno discusso con Lotte di quella storia di TikTok, anche se sta avvelenando leggermente l'aria tra loro. Non ha più menzionato il ragazzo con cui forse va a letto o forse no. La verità è che ha sviluppato un certo distacco nei confronti di sua figlia, come ha fatto anche con l'attualità negli ultimi mesi. A poco a poco si è ritrovata a non guardare e a non leggere più tutte quelle notizie strazianti che la fanno arrabbiare, la spaventano c la intristiscono. Tutto ciò che sottolinea la sua impotenza e la fa sentire una nullità, come se qualcuno le avesse rubato la voce. E prova vergogna e senso di colpa per questa duplice ritirata, ma non ha scelta. È il suo scudo, la sua unica protezione, perché anche se sa che dovrebbe mostrarsi superiore – che dovrebbe comportarsi come una donna della sua età – non è abbastanza robusta da resistere a un assalto pressoché ininterrotto del genere.

Ma poi ci sono momenti, piccole esplosioni di luce, in cui la sua bambina torna. «Leyla dice che le ricordi quell'attrice», le ha detto Lotte l'altro giorno in cucina, mentre lei era voltata a caricare la lavastoviglie. «Quella con i capelli rossi. Quella di *Hunger Games*... quindi dai, per te non è tutto perduto, mamma.»

Dal suo tono Grace aveva capito che stava sorridendo e aveva sentito sbocciare dentro di sé una felicità patetica, perché sapeva che quell'attrice era considerata sexy, ma più che altro perché sua figlia le stava aprendo la porta. «Certo, un tempo ero una stella del piccolo schermo», ha risposto con un sospiro mentre si raddrizzava. «Poi sei arrivata tu a rovinarmi la festa.»

Era una battuta che si facevano sempre, in risposta alla quale Lotte aveva alzato gli occhi. «Lol», ha commentato sarcastica. «Ma per favore, adesso dacci un taglio. Sapevo che non avrei dovuto dirtelo.»

In quei momenti era la figlia perfetta. E Grace doveva tenere duro, trattenersi per non toccare la pelle perfetta di sua figlia, per non accarezzare i suoi capelli perfetti, per non baciare la sommità della sua testa perfetta, le sue guance, i suoi occhi, i palmi delle sue mani. A volte lo faceva comunque, nascondendosi dietro una maschera di umorismo, come una tossica che copre le sue tracce. Le scompigliava i capelli, le dava un pizzicotto troppo forte sulla guancia o baci esageratamente lunghi sulla nuca. Soltanto per poterla toccare. E Lotte faceva smorfie tanto teatrali quanto sincere, divincolandosi. « Dai, levati... »

« Dunque. » La dottoressa sta spegnendo la lampada e si sta togliendo i guanti di lattice. « A quanto pare soffre di una patologia autoimmune a carico della vulva. »

Come, scusi? pensa Grace. Perché di sicuro non può esistere nulla del genere. Eppure ha un brutto presentimento mentre porta le gambe giù dal lettino e cerca le mutande, che ha nascosto sotto i jeans in modo tale che la dottoressa non le vedesse afflosciate sulla sedia, come se così facendo potesse preservare un po' di dignità in tutta quella situazione.

La dottoressa è di nuovo al computer quando Grace emerge da dietro la tenda. Mormora una parola in latino che Grace non riesce a capire ma ipotizza essere la sua diagnosi. Apre la bocca per chiedere alla dottoressa di ripetere – sa che capirebbe il latino senza problemi – ma la dottoressa ha già cominciato a parlare.

« In sostanza si tratta di una patologia per cui la sua vagina sta lentamente inglobando la vulva », spiega la dottoressa girandosi sulla sedia e unendo le dita in modo da formare un singolo pugno con le mani. « Voglio dire, non so come fosse prima la sua vagina », dice in tono leggermente contrariato, come se fosse colpa di Grace. « Ma ho riscontrato alcune aderenze che non dovrebbero esserci. »

Grace sente il suo cuore battere un po' più forte, ma deve avere un'espressione disorientata perché la dottoressa continua a spiegare.

«È come se la sua vagina si stesse mangiando da sé.»

Grace sbatte le palpebre. Ha appena avuto un'allucinazione?

«E questa patologia è connessa a un lieve aumento della probabilità di sviluppare un cancro, parliamo dell'uno per cento...»

Ecco. Ha pronunciato la parola con la C e adesso Grace non sente più niente. Si rende vagamente conto che la dottoressa sta citando statistiche, percentuali, qualcosa sugli steroidi, sulla sua età... Ma la mente le sta facendo dentro e fuori dal petto insieme ai suoi respiri, e lei non desidera altro che andarsene. Grace è nell'ambulatorio e al tempo stesso non lo è mentre la dottoressa stampa una prescrizione e gliela porge, consigliandole di fermarsi a prendere appuntamento con gli specialisti in ginecologia per discutere gli altri sintomi prima di tornare a casa. «Forse vorrà valutare la TOS», conclude.

«Grazie», dice Grace in automatico con una stupida voce cantilenante mentre si dirige verso la porta. Come se la dottoressa le avesse messo in mano un assegno per una grossa cifra anziché averle prescritto steroidi vaginali e averla avvertita che rischia di sviluppare un cancro. «Grazie», ripete mentre chiude la porta piano, educatamente, dietro di sé. Le sue scarpe fanno troppo rumore sulle piastrelle mentre lei avanza lungo il corridoio cercando di elaborare l'accaduto. Pensa al suo corpo difettoso, a tutto ciò che ha perso. Questo disturbo da cui a quanto pare è affetta sembra qualcosa di inventato: una patologia autoimmune a carico della *vulva*. Potrebbe quasi ridere se non fosse troppo, troppo dura. «Arrenditi, Grace», mormora nell'eco vuota del corridoio. *È tutto inutile. Arrenditi e basta.*

2012

Grace se n'è andata. Gli ha lasciato un biglietto sul tavolo della cucina, ed è così che lui lo scopre. Lo capisce subito. Non si tratta del solito biglietto con scritto COMPRARE DENTIFRICIO O ANDARE A PRENDERE LOTTE A KARATE ALLE 18.15. È il genere di biglietto che sembra appartenere a una vita passata. A un prima. E lui è un idiota, perché come ha fatto a non accorgersi che stava per succedere? Avrebbe potuto impedirlo. Ma non l'ha fatto, e adesso non ha la minima idea di come farà ad affrontare questa cosa, di come farà a nascondere l'angoscia che lo attanaglia alla sua bambina di nove anni, che scenderà per colazione da un momento all'altro.

Ha chiamato Grace dieci, forse venti volte, ma il telefono squillava sempre a vuoto e adesso Ben è seduto qui a rileggere senza sosta quelle parole, in preda a un senso di malessere. *Non posso restare... Non riesco a respirare in questa casa... Di' a Lotte che le voglio bene... Che non è colpa sua... Che non avevo scelta...* È quanto di più articolato sia riuscita a dirgli, quanto di più articolato sia riuscita a esprimere nelle ultime settimane, questa manciata di frasi scribacchiate su un foglio blu preso dal cassetto del materiale da disegno di Lotte. Perché Grace non parla più. Se non con Lotte. Il linguaggio, la forza che li univa, il loro superpotere, è svanito nel nulla. La comunicazione tra loro si è interrotta da un giorno all'altro, senza lasciarsi dietro nient'altro che silenzio.

Ben si morde il labbro sino a sentire il sapore pungente e rugginoso del sangue e si sforza, per quanto si senta frastornato, di ricordare le ultime dodici ore, di analizzarle, ma senza riuscirci. Ormai dormono in camere separate, e ieri sera lui ha bevuto di nuovo troppo, tanto che più che addormentarsi è praticamente svenuto, per questo non l'ha sentita alzarsi né andarsene. *Dille che tornerò...* Ben si sta aggrappando a queste parole. Di tutto ciò che ha scritto, proprio a questo dettaglio. Perché significa che non ha intenzione di stare via per sempre, ed è ovvio, perché non abbandonerebbe mai Lotte, ne è sicuro. Potrebbe fare qualsiasi altra cosa, ma non questo. Non ha dubbi. Quasi.

Avvertendo uno spostamento d'aria dietro di sé, capisce che Lotte è entrata in cucina. Ben non si è accorto che stava scendendo le scale, colpa del suo passo da ninja, di questo nuovo autocontrollo per cui compare dal nulla, come un fantasma, facendolo sussultare ogni volta. Un cambiamento su cui Ben non vuole soffermarsi perché così è più facile, è più facile fingere che Lotte stia bene. Perché è una bambina, non vive altro che il momento presente, e di conseguenza lui non deve preoccuparsi, non sul serio. È in camicia da notte, quella tappezzata di minuscoli elefanti, ed è talmente magra che sembra quasi non le diano da mangiare. Secca come un chiodo, dalla testa ai piedi, con le gambe che sembrano sul punto di spezzarsi. I suoi capelli sono ancora di un biondo chiarissimo – anche se tutti sostenevano che con il tempo si sarebbero scuriti sino a diventare castani – e scompigliati dopo la notte, come nuvole impazzite. A Ben si stringe il cuore mentre la guarda.

« Dov'è la mamma? » domanda lei sfregandosi gli occhi assonnati.

Ben agguanta il biglietto dal tavolo e se lo caccia nell'elastico dei pantaloncini. *Fa' in modo che non soffra.* Quella frase scarabocchiata gli balena davanti agli occhi e all'improvviso scopre di essere furibondo con Grace. La rabbia è così sconfinata che sembra del tutto separata da lui, un'entità a parte. *Come pensi che possa fare?* vorrebbe gridare a sua moglie, ovunque sia. *Come faccio a fare in modo che non soffra? E sì, avevi scelta eccome.*

Hai-fatto-la-tua-scelta. Le parole che ha scritto gli fanno venire voglia di prendere la sedia su cui è seduto e di scaraventarla contro il muro. Sente il suono dello schianto, vede il legno frantumarsi. *Dove sei, Grace?*

« La mamma aveva un impegno di lavoro. È dovuta uscire presto. E noi finiremo per fare tardi, dormigliona. » Sta cercando di essere disinvolto, ma l'intonazione è completamente sbagliata, le frasi gli si impastano in bocca. « Dobbiamo prepararci al volo per la scuola, signorina. »

Lotte gli fa una sfilza di domande mentre Ben versa i Rice Krispies in una ciotola, aggiunge il latte e prende un cucchiaio dal cassetto. *Quando torna, con chi è andata, perché non ha salutato?* Una raffica di parole che sono come colpi di martello e scalpello nella sua testa. Risponde più vagamente che può: non vuole mentire, non vuole che si preoccupi.

« Adesso mangia », dice posando la ciotola sul tavolo e scostandole i capelli dal viso.

Tornando al bancone, apre il portatile. C'è la solita valanga di e-mail mattutine alle quali dà una rapida scorsa in cerca di qualcosa – qualunque cosa – che possa essere arrivato da Grace. Sta dicendo a se stesso che con ogni probabilità si sarà già fatta viva, che avrà già cambiato idea, che starà già tornando a casa. E invece non c'è nulla.

Sta per richiudere il portatile quando gli cade l'occhio su un messaggio di qualche giorno prima finito nella posta indesiderata. *Dov'eri?* recita l'oggetto, e lui sta per eliminarlo, poi però vede il nome del mittente e gli scatta dentro qualcosa.

Lina Bell Martedì ore 08.12 **LB**
Dov'eri?

A: Ben Kerr

Ehi Ben. Speravo di vederti la settimana scorsa alla conferenza. È la prima cui partecipo in cinque anni, mi spieghi che caspita di fine ha fatto il tempo? A ogni modo ci sono rimasta male perché credevo ci fossi anche tu tra i relatori! Fatti vivo, sentiamoci, va bene? Tornerò di nuovo il mese prossimo. Lina x

Non aveva sue notizie da un sacco. Cinque anni, immagina, stando a quello che Lina ha scritto nell'e-mail. E suo malgrado, nonostante tutto ciò che sta succedendo, o forse proprio per questo, Ben si ritrova catapultato in quel bar italiano a Bloomsbury. Ricorda le ore trascorse a parlare, il gelo della strada che odorava di caffè bruciato e diesel, il sapore di cioccolato e tannino della bocca di Lina sulla sua. Poi la sua mente torna ancora più indietro, e Ben rivede la sera in cui l'ha conosciuta a una festa di specializzandi. Ricorda i faretti a LED, il vino bianco caldo, gli stuzzichini flosci. E poi il sesso, ubriaco e disperato, contro il muro bianco di mattoni del dipartimento di Scienze umanistiche. Il ghiaccio a terra e sulle spalle nude di Lina nel punto in cui la camicia le era scivolata. E lui aveva seguito goffamente la linea del suo collo con il dito per poi proseguire sino alla clavicola, unendo i nei che la punteggiavano.

« Papi? »

Lotte lo sta fissando.

« Stai bene? »

Sua figlia ha appoggiato il cucchiaio e Ben si accorge che non ha praticamente toccato cibo. Nella sua ciotola c'è una poltiglia marroncina nauseante. Allontana il pensiero di Lina e getta un'occhiata all'orologio alla parete. *Mangia un altro po'*, vorrebbe dire, ma sa che Lotte scrollerà la testa. Grace insisterebbe. O meglio, avrebbe insistito. Ma lui non ha abbastanza energie per quella battaglia. *È così magra*, pensa di nuovo. *Non sarà troppo magra?* Si annota mentalmente di stare attento, di fare caso a cosa mangia, anzi, a cosa *non* mangia, perché sa di essere stato piuttosto distratto.

« Sì. » Batte le mani e riesce a sorridere con la bocca, ma non con gli occhi, perché ha un macigno sul cuore. Grigio, pesante, opprimente. «Forza. Di sopra. Vestiti e lavati i denti. Ti cronometro. Abbiamo un quarto d'ora al massimo, okay?»

Appena Lotte lascia la cucina, Ben tira fuori il foglietto blu dall'elastico dei pantaloni e lo liscia. Probabilmente con quel gesto deve aver sprigionato il profumo di Grace rimasto sulla pagina, perché adesso lo sente. L'odore di cocco e tabacco della sua crema per il viso, talmente familiare che ormai non lo nota quasi più. In quel momento gli piomba addosso un ricordo. Grace è davanti ai fornelli, piegata in due, e si sta tirando i capelli con le mani. «Non fare stupidaggini, Grace», la implora lui. «Ti prego, Lotte ha bisogno di te.» E poi a voce più alta, perché non riesce a catturare la sua attenzione e in quel momento non si azzarda a toccarla: «*Io* ho bisogno di te, Grace».

Oggi

È sempre più vicina. Da un momento all'altro sbucherà su Finchley Road. C'è un fermento serale nell'aria, un senso di agitazione, mentre Grace passa davanti a un uomo con un completo attillato che sta chiudendo la porta di un'agenzia immobiliare e a una donna con le punte dei capelli colorate che sta scrivendo i piatti del giorno su una lavagna fuori da un tapas bar. Più avanti, un uomo con una chitarra in spalla sta salendo i gradini di un appartamento al piano seminterrato. Le balena subito in mente Nate Karlsson. Poi però scuote la testa, allontanando il pensiero.

Grace immagina che debbano essere passate da poco le sei, ma non controlla l'ora perché preferisce non sapere, e anche perché ha il telefono quasi scarico. La batteria era al due per cento l'ultima volta che ha guardato, e sta cercando di non farla scaricare del tutto, caso mai dovesse servirle.

La mazza da golf si è rivelata alquanto utile. A questo punto della sua impresa Grace vi si sta appoggiando con tutto il suo peso a ogni singolo passo. È come uno di quegli escursionisti pieni di sé che muovono le bacchette avanti e indietro quasi fossero dotati di motore turbo. Con la differenza che lei è l'esatto opposto. Un'escursionista troppo lenta, che cammina storta e rischia di accasciarsi. Il suo corpo è un concentrato di dolore, e la sua mente... Non è sicura di dove sia la sua mente; in questo momento non saprebbe nemmeno dire con esattezza chi è. Ha soltanto la sensazione di essere passata attraverso numerose versioni diverse di sé mentre camminava, assumendo forme differenti come il paesaggio urbano mutevole intorno a lei.

Cos'è che le ha impedito di gettare la spugna? Non solo oggi, ma anche prima. Prima di oggi e dopo che... Blocca subito il pensiero, lo seppellisce. Lotte, certo. È stata sua figlia a impedirglielo. Non avrebbe mai potuto, non avrebbe mai... Non importa quanto le cose possano mettersi male, c'è sempre Lotte.

Svoltando sulla strada principale, stabilisce che è giunto il momento di chiamare Ben. Di avvertirlo che sta ancora andando lì, solo un po' più tardi di quanto avrebbe voluto, di chiedergli di riferire a Lotte che non si è scordata di lei. Sta formulando mentalmente queste parole quando il suo telefono comincia a vibrare. Armeggiando con la scatola della torta e la mazza da golf, lo tira fuori dalla tasca. È un numero che non conosce, che non è salvato tra i suoi contatti, ma risponde perché, come sempre, pensa subito che possa avere a che fare con sua figlia.

All'altro capo c'è una voce maschile, ma adesso Grace è sulla strada principale, e il traffico è troppo rumoroso perché possa capire cosa sta dicendo.

«Non sento. Aspetti.»

Grace sposta la mazza da golf, stringendosela tra le ginocchia, poi si blocca il telefono contro la spalla e si tappa l'altro orecchio con un dito.

«Okay. Riproviamo. Pronto.»

«Parlo con la signora Adams?»

Una voce sconosciuta.

«Sì. Esatto.»

«Sono il sergente Davis. Polizia metropolitana.»

Grace ha un capogiro.

«Si tratta di mia figlia? È successo qualcosa?» Le parole le escono di bocca di loro iniziativa.

«No.» L'agente sembra confuso. «No, signora Adams. La sto contattando per chiederle se è la proprietaria di una Peugeot blu targata KV68TFK.»

Grace chiude gli occhi, li riapre, si sforza di placare i sussulti nel suo petto. La macchina. Sembrano passati giorni, settimane addirittura, da quando ha spento il motore, è scesa e ha cominciato a camminare. Annuisce, pur sapendo che l'agente non può vederla.

« Sì, è la mia macchina », risponde infine.

« Abbiamo trovato il suo veicolo abbandonato per strada, signora Adams, e abbiamo rintracciato il suo numero tramite la Motorizzazione. Posso chiederle se oggi intorno a mezzogiorno c'era lei alla guida dell'auto? »

« No, io... » attacca Grace. « Be', sì, tecnicamente alla guida c'ero io suppongo, ma... »

« Molti testimoni hanno descritto una donna sulla cinquantina scendere dalla macchina e lasciarla in mezzo a un ingorgo. »

Per una frazione di secondo Grace non riesce a pensare ad altro che: *Come sarebbe a dire sulla cinquantina?* Perché è consapevole che quella non sia la sua giornata migliore, ma ha quarantacinque anni, per la miseria. Quarantacinque anni spaccati, la cinquantina è ancora ben lontana. E di sicuro – di sicuro – potrebbe benissimo passare per una quarantenne. La vergogna la fa avvampare. Oltre che su tutti gli altri fronti, sta fallendo anche su quello dell'invecchiamento.

« Devo comunicarle, signora Adams, che si tratta di un reato grave e... »

« Sto avendo un aborto », dice senza nemmeno rendersene conto. E mentre le parole le stanno ancora uscendo di bocca, è assalita dallo sgomento. Non ha idea del perché se ne sia uscita con una cosa del genere. « Ho dovuto lasciare la macchina lì perché sto perdendo la mia... » Grace tentenna, non riesce ad andare avanti. Un sorriso che non è un sorriso si tende sopra i suoi denti. E poi si ritrova a piangere come se fosse vero. Come se in quel momento, in mezzo a Finchley Road, con sei corsie di traffico davanti a sé, una mazza da golf stretta tra le ginocchia e una torta dentro una scatola tutta ammaccata, stesse avendo un'emorragia. Proprio lì, per strada. « Scusi », mormora. « È solo che... sto perdendo la mia bambina», dice all'agente. «Ho perso la mia bambina.»

«Okay, signora Adams», risponde l'agente all'altro capo, e il suo tono adesso è cambiato. Grace se ne accorge nonostante il rumore del traffico. Sembra un tantino turbato, più giovane in un certo senso, benevolo. «Sento che è all'aperto. Posso chiederle se è da sola? C'è qualcuno con lei?»

«No», mormora Grace. «Non c'è nessuno.»

«Ho l'impressione che potrebbe essere in difficoltà, signora Adams. Sa che in caso di necessità può chiamare i servizi di emergenza? Posso mandarle dei soccorsi se mi dice dove si trova.»

Grace è sopraffatta dal panico. «No», risponde troppo in fretta. «Sono... mia sorella abita qui vicino. Sono quasi... non mi serve nessun aiuto.» Poi riattacca.

Lui la richiama una seconda e una terza volta. Grace fissa il telefono, che brilla nel palmo della sua mano come un ordigno nucleare.

Cosa caspita ha combinato? La polizia non è stupida. Scoprirà tutto. Ci sono le telecamere a circuito chiuso. Ha mentito a un poliziotto. È un reato. Lo sa benissimo, con tutte le puntate di *Line of Duty* che ha guardato. Sarà accusata? Arrestata? Multata? Le ritireranno la patente? Finirà in prigione? Sentendo l'ululato di una sirena, si guarda intorno. Le tremano le mani e ripensa agli uomini del campo da golf mentre la mazza rubata le preme contro la rotula. La polizia può rintracciarla attraverso il cellulare? È abbastanza sicura di sì. Lotte lo saprebbe. Ed è possibile dimostrare che la storia dell'aborto è inventata? Be', c'è sempre l'infermità mentale temporanea cui appellarsi. E se fosse pazza *per davvero*?

Vuole andarsene di qui. Non si sente al sicuro, e dal nulla prova nostalgia per quel territorio dagli arredi delicati che era la casa dei suoi genitori. La sensazione proviene da un posto che non riesce bene a individuare e la stupisce, perché di solito è un po' nervosa quando è lì, come se temesse che la Grace adolescente possa alzare la testa e mordere. Eppure è anche il posto in cui è andata a cercare rifugio quando ne ha avuto più bisogno. Non ricorda molto di quel periodo, ma adesso le sovviene un'immagine. Suo padre è sulla sua poltrona a fare le parole crociate, sua madre sul divano a righe con Lotte accoccolata accanto a sé, i piedini scalzi sotto il sedere ossuto; alla televisione danno *Ballando con le stelle*. Grace è andata a prendere un bicchiere d'acqua in cucina e quando torna in soggiorno si commuove nel vedere sua madre e sua figlia unite come un tutt'uno; ricorda cosa si prova. Il senso di abbandono dato per scontato, il conforto familiare del fianco caldo di sua madre contro il suo.

Grace fissa il telefono che finalmente ha smesso di squillare e vede il riflesso della sua faccia sullo schermo nero. Una nuova consapevolezza le fa sgranare gli occhi. Una conversazione sentita per caso. Un momento di disperazione che si è annidato in Grace come la bambina che si porta dentro. Per la prima volta comprende il motivo per cui sua madre ha detto ciò che ha detto tanti anni fa. Per un senso di colpa. Lo stesso che adesso prova anche Grace. Il senso di colpa universale di tutte le madri, che senza dubbio viene impiantato in ciascuna di loro in sala parto con l'iniezione di ossitocina. Fuori uno, dentro un altro. L'assurda verità che, per quanto si impegnino, le madri sentono sempre di aver deluso i loro figli, di non essere abbastanza brave, di non essere all'altezza del compito. Quando sua madre si era detta pentita di avere avuto le sue figlie, non faceva sul serio, pensa Grace. Certo che no, e avrebbe dovuto capirlo anni fa.

I passanti si girano a fissarla. Non cercano nemmeno di dissimulare, eppure nessuno si offre di aiutarla. Anche se adesso non sta più piangendo, si rende conto di avere la faccia bagnata di lacrime e un aspetto terribile, non è stupida. Le prude la testa, e i capelli sudati le si sono incollati alla fronte e alle guance come se avesse percorso El Caminito del Rey anziché camminare per i quartieri settentrionali di Londra.

Grace si annusa l'ascella. Puzza. Non si sente per niente bene. Non vuole stare lì, ma sa di dover andare sino in fondo. *Ormai sono troppo oltre per poter tornare indietro*, pensa. Ma a pronunciare quelle parole nella sua testa è la voce di Ben, non la sua.

Era un mercoledì, se lo ricorda ancora. Ricorda quello e l'odore chimico dell'anticalcare. Sta pulendo il bagno perché deve consegnare un lavoro a breve e le pulizie le sembrano il male minore. Quando Ben entra in bagno, Grace sussulta: è uno dei posti della casa che adesso evitano, se è occupato dall'altro. Ancora prima che Ben cominci a parlare, Grace capisce che qualcosa non va. « Ormai sono troppo oltre per poter tornare indietro, Grace », dice con voce esageratamente controllata, senza riuscire a guardarla negli occhi. Indossa la camicia azzurra con il colletto slacciato, e le chiazze rosse alla base del collo lo tradiscono. « Capisci cosa intendo? È troppo tardi per ricominciare. » E forse sono le esalazioni del detergente spray che sta usando, ma a Grace si serra la gola, perché non si spiega per quale motivo stia parlando così, usando frasi enigmatiche e senza senso, in un linguaggio in codice contorto. Quando prova a dire qualcosa, lui la interrompe. « Non posso più continuare così. Ho trovato un appartamento a Swiss Cottage, la prossima settimana avrò le chiavi... »

Il resto Grace quasi non lo sente.

Nel bel mezzo di Finchley Road si ferma, alza la testa e fissa l'azzurro intenso del cielo. Ormai è troppo, decisamente troppo oltre per poter tornare al punto di partenza.

Due mesi prima

Northmere Park School
Londra
N8 6TJ
nps@haringey.sch.uk

Gentile genitore o tutore di Lotte Adams Kerr,

la situazione relativa alla frequenza scolastica e al comportamento di Lotte è diventata critica. Purtroppo Lotte ha rifiutato di partecipare agli incontri con l'insegnante assegnatole e/o con il consulente scolastico. Il regolamento ci impedisce di autorizzare assenze senza un certificato di un medico o di un altro professionista competente. Tale giustificativo non è stato presentato.

Come già discusso, abbiamo il dovere di segnalare l'assenza ripetuta o prolungata di qualsiasi studente e ci stiamo rapidamente avvicinando al punto in cui potrebbe rendersi necessario coinvolgere istituzioni esterne. La invitiamo pertanto a contattare la scuola con urgenza nella speranza di poter risolvere la questione prima di vederci costretti a adottare ulteriori misure.

Cordiali saluti,
il preside
John Power

Dopo che Grace l'ha tirata bruscamente fuori della busta, la lettera della scuola è sul sedile del passeggero, e lei la sta leggendo a spizzichi e bocconi mentre va al lavoro, quando il traffico rallenta o lei deve fermarsi per far passare un'altra macchina. A ogni frase ha la sensazione che qualcosa dentro di lei si sgretoli. La avverte prima al petto, poi allo stomaco, poi dietro gli occhi, e sa che non si sta concentrando sulla strada come dovrebbe.

«Si può sapere cosa caspita devo fare?» grida nel vuoto dell'abitacolo una volta arrivata in fondo alla lettera. Vorrebbe che qualcuno le dicesse come impedire a sua figlia di continuare a comportarsi così. Non può accompagnarla fisicamente dentro la scuola, legarla alla sedia e farla stare lì. Non capiscono che non può obbligarla? Che è impotente?

«Falla inserire nel programma per gli studenti con problemi di ansia», le ha detto Cate l'ultima volta che si sono sentite al telefono. «In quel caso non possono toccarti, se la fanno sotto. Sul serio, provaci. Sfrutta tutti i vantaggi. Lotte avrà a disposizione una cosiddetta "aula antipanico" per gli esami, un pass speciale per andare in bagno e compagnia bella... anche se sono piuttosto sicura che ultimamente ci siano più studenti in queste aule che in quelle normali, le statistiche sono assurde, è davvero un'epidemia, quindi non so esattamente in che modo possa essere d'aiuto...» E Grace ha riso, ma è stata attraversata da un brivido freddo di paura al pensiero che potesse essere realmente così. Non ha la più pallida idea di cosa passi per la testa di Lotte negli ultimi tempi. Dove un tempo aveva certezze, oggi non ne ha più; ormai vede solo minacce dappertutto. L'altro giorno ha fatto sparire dalla camera di Lotte la vecchia cintura da karate, quella verde. Meglio essere prudenti. L'aveva intravista attorcigliata come un serpente sulla mensola mentre passava l'aspirapolvere e un'immagine l'aveva colpita come uno schiaffo. Lo spesso tessuto verde stretto intorno al collo di sua figlia, il suo corpo che penzolava in modo orribile. E Grace aveva gridato a pieni polmoni, sovrastando il rumore dell'aspirapolvere, per scacciare quel pensiero.

Appena supera la vecchia biblioteca, le cui finestre sono tappezzate di fogli di giornale da quando il Comune è stato costretto a chiuderla l'anno scorso, una macchina esce in retromarcia da una strada laterale proprio davanti a lei. Grace pesta il piede sul freno. Gesticola attraverso il parabrezza, alzando i palmi come a dire: *Che cazzo fai?* Ma il guidatore la ignora. Non potendo fare altro che aspettare, prende la lettera dal sedile, la accartoccia sino a quando le dita le fanno male e scaraventa la palla di carta sul retro della macchina. Ed è allora che la vede. Attraverso il finestrino dal lato passeggero, a metà della strada laterale ombreggiata dai rami sporgenti degli alberi. Il suo cervello impiega un momento a elaborare il fatto che quella è Lotte. Lotte, che dovrebbe essere a scuola. Ma è lei, senza dubbio. Quello è il suo zaino arancione, quelli sono i suoi capelli color zucchero filato appena tinti, e non è sola. Sta premendo il corpo contro quello di qualcuno che Grace non vede, una figura appoggiata a un platano, con le gambe larghe e le braccia intorno ai fianchi di sua figlia.

Un clacson strombazza alle spalle di Grace. Lei distoglie lo sguardo da Lotte e si accorge che l'auto che le era sbucata davanti se n'è andata. Davanti a lei c'è un lungo tratto di strada sgombra.

«Merda.» Accelera, toglie il piede dalla frizione troppo in fretta e fa spegnere la macchina.

Il guidatore dell'auto dietro di lei suona a tutto spiano.

Allontanandosi, Grace si arrischia a gettarsi un'occhiata alle spalle – come se così facendo potesse vedere sua figlia dietro l'angolo o attraverso la fila scura di alberi – e poi guarda di nuovo la strada davanti a sé alla disperata ricerca di un posto in cui parcheggiare. Le macchine sono l'una attaccata all'altra, lei ha superato il centro ricreativo e la chiesa cattolica, ed è quasi all'altezza del centro medico quando finalmente trova un parcheggio. Saltando giù dalla macchina, si mette a correre lungo la strada da cui è appena arrivata. La borsa le sbatte contro il fianco, il respiro è affannoso.

Quando raggiunge il centro ricreativo, la camicia le è uscita dall'elastico della gonna e le calze le sono scivolate giù, tanto che adesso i talloni nudi le sfregano contro le scarpe. Grace decide di tagliare attraverso il parco giochi e il campo adiacente, sino al varco tra gli alberi che la risputerà sulla strada laterale. Sempre correndo, passa davanti a una mamma con un bambino piccolo accanto alle altalene e a un'altra donna che sta mettendo il figlio su un elefante a molle dipinto nei colori primari. Più in là ci sono una dog-sitter e una donna in tenuta sportiva che corre lentamente lungo il perimetro.

È difficile dire quanto tempo sia passato, forse cinque minuti da quando ha parcheggiato, e mentre emerge dallo spazio tra gli alberi, Grace avverte una fitta al fianco, come se qualcuno vi stesse conficcando le dita. Il lato della strada di fronte a lei è fiancheggiato da una fila di garage, mentre gli alberi sul suo lato gettano la via deserta nella penombra. Grace controlla e ricontrolla, ma lo sa già. Sua figlia non c'è più.

Si piazza le mani sui fianchi e si piega a metà, cercando di riprendere fiato. Di punto in bianco comincia a piovere. Grosse gocce che cadono veloci e le inzuppano all'istante i vestiti, scorrendole sulla faccia e sulla nuca. Le sue narici si riempiono di odore di catrame, e l'acqua sta formando nuove pozzanghere. *Tra poco la pioggia avrà cancellato ogni traccia qui*, pensa Grace guardando poco più avanti, nel punto in cui ha visto sua figlia. È arrivata tardi.

Lui non indossava la divisa della scuola. Il pensiero le piomba addosso all'improvviso. Dal poco che ha visto del ragazzo, Grace è riuscita a distinguere un paio di jeans e braccia scoperte, le maniche corte di una maglietta. Non era Luca, e nemmeno Kwame o Louis. Non era uno dei ragazzi della scuola. E allora chi era? La mente di Grace di punto in bianco è inondata di parole, immagini viste sui profili social di Lotte. Dalla sua memoria riaffiora ogni singolo articolo che abbia letto sulle molestie e sull'adescamento di minori online. E c'è anche qualcos'altro, qualcosa di più che l'ha turbata, un senso di profondo disagio che non riesce a scrollarsi di dosso. Ha l'impressione di essere sulle montagne russe in un luna park distopico, non ha idea di cosa la aspetti.

Grace si accovaccia in mezzo alla strada e si prende i capelli con entrambe le mani nel tentativo di non crollare. Ecco il motivo di tutte le sue assenze a scuola. Ecco con chi si incontra nel cuore della notte. *Che minigonna. Che gambe. Sporcacciona... e quando dico venire sai cosa intendo...* Questo sconosciuto è il responsabile di tutti i commenti che Grace non può fingere di non aver visto. È il motivo per cui sua figlia ha perso la testa. È il motivo per cui lei ha la sensazione che sua figlia si stia allontanando sempre di più.

Karen Marsden era già in agguato, pronta a intercettarla, quando Grace è entrata dalle doppie porte di vetro della scuola elementare Stanhope con venti minuti di ritardo. Adesso la direttrice è appoggiata di sbieco alla scrivania. Indossa un tailleur con la gonna color navy e, da come sta giocherellando con il cordoncino, sembra suggerire che in realtà lavora anche per il MI5. Grace si sta sforzando di mantenere un'espressione neutra. A quanto pare un'assistente con una quantità spropositata di qualifiche – una signora sulla cinquantina laureata a Cambridge – sta tenendo la lezione di francese al posto suo.

« Purtroppo ci sono state alcune lamentele da parte dei genitori, Madame Adams. » Karen Marsden guarda appena a sinistra della testa di Grace mentre pronuncia quelle parole.

« Chiedo scusa? » Grace si incrocia di nuovo le braccia davanti al seno. Sa che, essendo bagnata di pioggia, in alcuni punti la sua camicia è trasparente. La sua temperatura corporea sta fluttuando come impazzita, e Grace è certa che lo veda benissimo anche la donna di fronte a lei. Un attimo fa stava congelando, e adesso teme che la sua faccia possa sciogliersi. Sente il sudore imperlarle il labbro superiore e il mento; da un momento all'altro gocciolerà sulla moquette verde industriale ai suoi piedi.

«Il problema sono le crisi di pianto», dice la direttrice adesso senza riuscire a guardare Grace negli occhi.

«Ah.» Grace deglutisce e ripensa subito all'articolo nella cassettiera della sua camera. Accompagnato da una foto d'archivio di tre donne in pantaloni comodi di nylon da nonnine e maglioni di cachemire, tre donne che sembrano più vicine all'età di sua madre anziché alla sua e che, se non hanno già prenotato la loro prossima vacanza con il gruppo terza età, con ogni probabilità provvederanno a breve. Nella foto, una delle donne sorride coraggiosamente tra i singhiozzi mentre le altre due la consolano. *Senso di tristezza/desolazione*. Grace visualizza le parole stampate sulla pagina. *Crisi di pianto incontrollabili*. La gonna bagnata le si appiccica al retro delle cosce, scatenandole un prurito.

«Guardi, posso spiegare.»

Per un momento rivede davanti a sé la bambina, Maisie, la settimana prima. Il suo viso serio, le gambe che dondolano sotto il banco. I bambini stanno mostrando i disegni che hanno fatto dei loro piatti preferiti, *le gâteau, l'hamburger, les frites*... e Grace sta elencando ad alta voce i negozi in cui si comprano i vari alimenti così che gli alunni possano ripetere i vocaboli dopo di lei. *La boulangerie, la boucherie, le supermarché*. I bambini iniziano a parlare di Tesco, Waitrose, Aldi e Co-op, e a dire che odiano andare a fare la spesa con i genitori. E poi Maisie, che ha una voce cristallina e forte per essere così minuta, fissa Grace con i suoi occhi verdi e dice: «Noi di solito andiamo al banco alimentare perché è sera tardi e la mia mamma dice che i negozi sono chiusi». Parla con naturalezza, come se si trattasse di un semplice dato di fatto. È il suo contributo alla conversazione in classe. E gli altri bambini annuiscono, come a dire: *Ah, okay, è lì che la tua famiglia fa la spesa*. Poi qualcuno dice che KFC è il meglio in assoluto, e la discussione prosegue.

Ma in Grace sta montando qualcosa che non riesce a fermare. Una sensazione pesante e al tempo stesso liquida. L'ingiustizia della situazione all'improvviso le appare insopportabile. «Maestra», sta chiamando uno dei bambini, anche se Grace non saprebbe dire chi. «Maestra, si sente bene?» E Grace si rende conto di essere in lacrime davanti a una classe di trenta bambini con il disegno di una macelleria in mano. Sta piangendo e non riesce a smettere. È come se da qualche parte nel suo cervello si fosse acceso un interruttore e lei non avesse modo di spegnerlo. È un diluvio di portata biblica. Uno tsunami. Non è nemmeno in grado di balbettare qualche parola di scuse, di dire ai bambini che sta bene, sul serio, di concederle giusto un minuto, perché le parole le affogano in gola. Adesso alcuni bambini la stanno circondando, toccandole le braccia, la schiena, con espressioni preoccupate sui piccoli volti, e qualcuno deve esser andato a chiamare il coordinatore, che all'improvviso è lì e si erge in tutta la sua statura, sgomento, davanti al cartellone dei vichinghi.

«... e poi c'è la questione della puntualità.» Karen Marsden si unisce le punte delle dita davanti al petto. Il suo smalto color corallo è sbeccato.

Grace si rende conto di non potersi più fidare delle sue emozioni. Non può più fidarsi di se stessa. È impossibile dire dove finisca la perimenopausa e cominci lei, e si sta domandando che genere di persona sarebbe se non fosse per questi nemici chimici che infuriano dentro il suo corpo e dirottano la sua mente, che genere di persona sarebbe se il suo io non l'avesse abbandonata. Immagina che se la passerebbe alla grande, che affronterebbe la vita serenamente. Quantomeno se la caverebbe.

Alza lo sguardo e cerca di intervenire, ma la direttrice non sembra interessata ad aspettare una sua spiegazione.

«... ma soprattutto, a essere sinceri, c'è questo problema con i tagli al budget...»

È uscita a buttare la spazzatura quando vede Lotte avanzare lungo la strada verso di lei. Ogni singolo muscolo del suo corpo si irrigidisce. Probabilmente nella sua espressione c'è qualcosa che mette sua figlia in allarme, perché Lotte si ferma dall'altro lato del cancello, nervosamente, come se stesse mantenendo di proposito una distanza cuscinetto. Grace nota all'istante il succhiotto sul suo collo, coperto alla meglio con del fondotinta di un colore che ricorda i collant in tonalità « abbronzatura americana ».

« Ti ho vista. » Tiene la voce bassa, consapevole dei vicini di casa. « Stamattina, dalle parti del centro ricreativo. »

Lotte chiude gli occhi e butta la testa all'indietro.

« Cosa sta succedendo, Lotte? » Grace appoggia una mano sul bidone come se temesse di perdere l'equilibrio, mentre con l'altra stringe il sacchetto della spazzatura che minaccia di rompersi. « Chi è lui? Tutta questa storia di TikTok ha a che vedere con lui? »

Lotte non risponde.

Grace lascia cadere il sacchetto dell'immondizia a terra e va verso di lei. In testa le risuona un ronzio simile a quello di uno sciame d'api. « Sei giovanissima, tesoro. Tu pensi di no, ma lo sei. Non sai niente di niente di... Voglio soltanto sapere chi è. L'hai conosciuto online? È più grande di te? »

« Oh, per carità, ma ti senti? » Lotte fa un sorriso incredulo, come se le fosse venuta in mente una battuta che Grace non potrebbe capire perché è troppo vecchia, troppo stupida, troppo paranoica, troppo intollerante.

Gli occhi di Grace si posano sulla gonna di sua figlia. È arrotolata in vita – a scuola è vietato portarla così – e Grace potrebbe giurare di intravederle le mutande.

« Brava. » Lotte scrolla lentamente la testa, seguendo lo sguardo di Grace sulla sua gonna prima di rialzare gli occhi. « Quindi adesso mi guardi anche come se fossi una puttana. »

« Cosa? No! » Grace appoggia una mano sul cancello e Lotte fa un passo indietro.

« Fantastico, di male in peggio. La sai una cosa? Me ne frego, *lol*. Sono un'adolescente, non c'è niente di strano in quello che faccio. Possibile che non lo capisci? Voglio dire, perché mi hai messa al mondo se non... »

« Oggi ho perso il lavoro per colpa tua », dice Grace adagio, a bassa voce.

Lotte aggrotta la fronte. Il suo viso è attraversato da un'ombra di incertezza. Per una frazione di secondo sembra avere di nuovo otto anni.

Passa un lungo momento. Grace sente il sangue rombarle nelle orecchie. Poi Lotte si volta e si incammina lungo la strada.

« Aspetta! » grida Grace. « Lotte! » Perché l'ha detto? Non si era nemmeno resa conto di pensarlo. Ovvio che se è stata licenziata la colpa non è di sua figlia. « Non intendevo questo! » grida. E, mentre le parole che ha appena pronunciato rimbalzano contro la schiena di sua figlia, si copre il viso con le mani. Le sue dita sono unte, puzzano di residui di immondizia, e per poco non le viene un conato di vomito. Tutto ciò che non riesce a dire le preme contro la gola. *Non lo capisci che sono spaventata a morte?*

2012

Grace ce la sta mettendo tutta per non pensare al fatto di aver lasciato Lotte a Londra senza nemmeno salutarla. Ce la sta mettendo tutta per non pensare al fatto che Cate non si aspetta una sua visita. Un vago senso di nausea l'ha accompagnata per tutto il tragitto in Uber dall'aeroporto di Los Angeles, e adesso, mentre scende dal taxi e vede l'edificio squadrato di cemento dietro il cancello di sicurezza, si rende conto di non avere nessun piano B, di non avere la più pallida idea di cosa farà se sua sorella non dovesse esserci. L'odore familiare di polvere ed eucalipto le serra la gola mentre suona il citofono e aspetta. Sa che la sua faccia comparirà sul piccolo schermo fissato alla parete ai piedi delle scale.

Al citofono non risponde nessuno, e lei sta per farsi prendere dal panico quando alle sue orecchie giunge un suono di interferenze, seguito dalla voce di sua sorella.

« Grace! Santo cielo, aspetta, arrivo subito. »

Il cancello automatico si apre lentamente e, mentre Grace entra e inizia a percorrere la stradina in mezzo all'erba alta e assetata, sua sorella appare sulla porta. È in maglietta e pantaloncini, con un asciugamano avvolto intorno alla testa come se fosse appena uscita dalla doccia. Si guardano negli occhi per un momento, dopodiché Cate si precipita verso di lei. C'è qualcosa di sovraumano nel modo in cui si muove, perché un attimo sua sorella è sull'ampio gradino davanti alla porta e quello dopo è in fondo al vialetto, con le braccia intorno al collo di Grace.

«Guardati, devi essere proprio esausta», dice Cate affondandole le labbra tra i capelli. Poi afferra Grace per le braccia e la scruta.

E Grace vede che sua sorella ha gli occhi lucidi. Vede che ha gli occhi lucidi e registra il suo stupore, non tanto come un'emozione che sua sorella sta provando, quanto come un fatto intellettuale. Perché Cate non piange. È fatta così. Eppure adesso eccola qui, con gli occhi gonfi di lacrime di chi si sta sforzando più che può di trattenersi.

«Non ti costringerò a parlare se non ti va», dice Cate.

Poi sbatte le palpebre, e Grace osserva una singola lacrima sbocciare e scorrere lungo la guancia di sua sorella. Lei non se la asciuga, come se non ci fosse, anche se è impossibile che non la senta scivolarle sulla pelle.

«E puoi restare tutto il tempo che vuoi, okay? Ti voglio bene.» Dal modo in cui Cate pronuncia le ultime tre parole sembra quasi che si stia sfregando le mani, che stia dicendo: *Forza, andiamo.* Poi prende la valigia di Grace e si incammina risoluta verso la porta.

Dietro di lei, Grace teme che possano cederle le gambe. Non desidera altro che dormire.

Grace è davanti alla bobina di Tesla all'Osservatorio Griffith e non ha idea di come ci sia arrivata. Scariche accecanti di luce bianca si diffondono a zig-zag attraverso l'alta cupola di vetro con una violenza che non ha nulla da invidiare al tumulto dentro la sua testa. Ogni nuovo lampo le scatena un dolore agli occhi e lei resiste, resiste, resiste sino a non poterne più.

Sa che hanno visto la scritta di Hollywood lungo il tragitto e il ricordo le dà le vertigini perché sente di non essere davvero qui. Sente di essere davanti a un film, se non dentro, ed ecco, questa è la dimostrazione: le nove, famosissime lettere che, viste da vicino, sembrano giusto una sagoma di cartone inconsistente. Per farle capire che è tutta una farsa.

E adesso sta uscendo di corsa dall'edificio, attraversando

giardini impeccabili che sembrano costruiti sulla vetta del mondo, e non si ferma finché non arriva a un angolo da cui può ammirare tutta Los Angeles. È vagamente consapevole che Sara l'ha raggiunta e le sta posando una mano sulla schiena, ma non si volta. Sotto di sé vede colline brune punteggiate di ciuffi verdi sparsi, lo skyline del centro, una distesa di costruzioni basse, palme, il contorno di una montagna in lontananza. Stringendo le dita potrebbe schiacciare tutto. E barcolla.

Cate si è presa un congedo a tempo indeterminato. Ha portato Grace a Santa Monica e adesso sono sedute sulla spiaggia scoscesa con lo sguardo rivolto verso l'acqua. L'oceano è grande, grigio e impetuoso. È un elemento molto diverso rispetto al mare di Brighton, dove sono cresciute. Un altro mondo rispetto a quella striscia da cartolina che sembrava contenuta, racchiusa tra due estremità ben definite, come incorniciata. Accanto a lei, Cate sta leggendo il libro di Stieg Larsson che Grace ha visto in giro per casa, aperto a pancia in giù, e ha preso in mano più volte. Grace però non riesce più a leggere. Ci ha provato, ma le parole saltellano in giro per la pagina. Ha le scarpe piene di sabbia, ma non ha nessuna intenzione di togliersele: deve sapere di potersi alzare e andarsene in qualsiasi momento.

Dopo un po' non sopporta più la vista del mare. È troppo indefinito, troppo infinito. Grace si preme le mani sugli occhi e vede comparire dei falò. Lingue di fuoco scoppiettante che Grace sa benissimo essere l'impronta delle sue iridi contro l'interno delle palpebre, ma che non riesce a considerare altro che una manifestazione della sua angoscia, della sua rabbia per ciò che è successo.

Il bagno degli ospiti è completamente piastrellato. Tutte le superfici sono coperte di piccoli quadratini arancioni scintillanti. Grace non riesce nemmeno a guardarsi allo specchio. Mentre si lava i denti distoglie lo sguardo. O, meglio, *se* si lava i denti. E non riesce neanche a piangere. Qualcosa di enorme e maligno si è annidato dentro di lei, all'altezza della bocca dello stomaco, e preme per espandersi e uscire. Qualcosa che ha bisogno di rompersi ma non ci riesce. Suo nipote la evita: quando Grace entra in cucina, in soggiorno o nello studio, lui se ne va. Sulle prime non se n'era accorta, ma adesso sì, e non lo biasima. Se potesse, anche lei uscirebbe da qualsiasi stanza in cui si trova.

È da sola in casa per la prima volta da quando è arrivata. Fuori, accanto alla piscina nel grande giardino riarso. Ci sono le colline rosse in lontananza, una lucertola che corre nell'erba. Con le ginocchia contro il petto, Grace sta ascoltando il rumore ipnotico del sistema di filtraggio. Nonostante il caldo e la vicinanza dell'acqua, non ha nessuna intenzione di immergervi le dita. Lo immagina però, il brusco contatto con quel blu ghiacciato. Il dolore le arriverebbe sino alle ossa, dandole sollievo.

Un aereo le passa sopra e, nella sua scia, in caratteri che sembrano anelli di fumo nel cielo celeste, c'è scritto TI AMO. Grace si preme con forza i polpastrelli sulle braccia; si sente sul punto di vomitare. Si domanda chi sia il mittente di quel messaggio, chi il destinatario. Una volta che l'aereo si è allontanato e che le lettere si sono dissolte, si domanda se non sia stato tutto frutto della sua immaginazione. Sdraiandosi con la schiena sull'erba rada, fissa il sole. E anche se sa che è pericoloso, concede a se stessa di ricordare.

Lei e Ben stanno nuotando vicino al bordo della piscina. Si sono spogliati perché è notte e tutti gli altri sono a letto. Il suo abito giallo è appallottolato lì di fianco e le luci della piscina cambiano colore: smeraldo, viola, magenta e turchese. Per tutta la sera Cate e Sara hanno preparato un Negroni dopo l'altro, e di conseguenza Ben è un po' ubriaco. È molto evidente perché, anche se lui non lo sa, Grace è sobria. Si tiene la mano sull'addome, coprendo la pancia che comincia a spuntare, e si sta domandando se Ben abbia intuito qualcosa. Non gliel'ha ancora detto perché è troppo presto e non è sicura di come reagirà. Adesso Ben sta parlando di *Blue Valentine*, il film che hanno visto prima al Chinese Theatre, ma lei è distratta. Le parole che si sta tenendo dentro si scontrano sulla sua lingua, e lei sta per aprire la bocca e rivelare il suo segreto quando Lotte compare davanti alla porta di vetro aperta. Stringe il suo leone bianco per una zampa ed è talmente stanca che fa fatica a tenere gli occhi aperti. « Non riesco a dormire, mami. » Di sicuro è colpa del rumore dell'aria condizionata, del jet lag, del letto che non è il suo, e adesso anche del caldo. E anche se dev'essere l'una del mattino, le dicono di tuffarsi in piscina con loro, così potrà rinfrescarsi e stancarsi abbastanza da crollare.

A turno nuotano con lei sulla schiena, e poco dopo Lotte tira fuori l'enorme delfino gonfiabile dal casotto a bordo piscina e loro cercano di salirvi in groppa senza cadere, fallendo miseramente. Ridono, gridano e si raccomandano a vicenda di abbassare la voce e, quando Grace va sott'acqua e riemerge per riprendere fiato, sperimenta un istante di lucidità assoluta. Prova un senso di pienezza, come se i raggi del sole avessero colmato ogni singolo spazio dentro di lei, e non riesce a smettere di sorridere.

All'altro capo della piscina, Ben incrocia il suo sguardo. Ha Lotte sulle spalle e i capelli appiccicati alla faccia. *Ti amo*, mima con la bocca. E per una frazione di secondo, Grace è certa che questo sia il momento più felice della sua vita.

Oggi

Grace ha deciso di saltare sulla metropolitana. Aveva valutato di farlo ore fa, verso l'inizio della sua impresa, quando sapeva di essere a una ventina di minuti dalla stazione di Archway. Ma in quel momento – e adesso sembra così ridicolo – le era parsa una deviazione irragionevole. Compulsivamente, ossessivamente, assurdamente, non aveva voluto allontanarsi dal percorso diretto che si era prefissata di seguire. Stavolta il cartello rosso e blu era proprio lì, sulla strada, un faro, un balsamo per il suo corpo sofferente, tanto che al posto del nome della stazione avrebbe potuto benissimo esserci scritto GRACE ADAMS. Grace sente il borbottio e lo stridore del treno sui binari, l'odore di sporcizia nera sotterranea, ed è fiera di sé. Come se finalmente – finalmente – stesse facendo qualcosa di giusto, perché quel viaggio le farà risparmiare tempo. Sarà a Swiss Cottage in meno di un minuto, e da lì dovrà giusto svoltare l'angolo: ormai è praticamente arrivata. C'è soltanto quest'uomo che le si è avvicinato un po' più del dovuto; la carrozza è mezza vuota, quindi non ha motivo di starle così attaccato. Lei mantiene un'espressione impassibile, e si sta reggendo forte alla sbarra di metallo vicino alle porte nel tentativo di ignorarlo. Ancora pochi secondi e sarà a destinazione.

Quando qualcosa le sfiora il lato del seno, si volta di scatto. Ma l'uomo sta guardando dall'altra parte lungo la carrozza come se non l'avesse nemmeno notata. È più vecchio di lei, i suoi capelli castani pettinati con la riga di lato sono unti, e lui indossa un abito largo con un paio di scarpe nere a punta. Grace si scosta, allontanandosi più che può senza lasciare il sostegno, cambiando posizione in maniera tale da dargli le spalle. Si sente il cuore in gola e sta trattenendo il respiro in attesa che la metropolitana si fermi alla stazione successiva, perché di sicuro devono essere quasi arrivati, quando d'un tratto lui spinge il corpo contro il suo da dietro. Grace sente la sua erezione premerle con violenza contro il coccige e si ritrova con lo stomaco completamente sottosopra. Per un brevissimo attimo vede la faccia di lui sopra la sua, riflessa nel vetro scuro della porta: i suoi lineamenti sono tesi in un'espressione concentrata e rabbiosa.

Poi lo stridore dei freni elettrici riempie la carrozza, o forse è lei che grida, non ne è sicura, ma sa che si sta girando. Lui è così vicino che Grace sente un odore sgradevole – stantio – un sentore di aglio o di sperma che gli esce dalla bocca o dai pori. In quel momento incarna tutti gli uomini che le hanno fischiato o mostrato le parti basse, che hanno minacciato di violentarla, che l'hanno aggredita, terrorizzata, umiliata, a dodici, ventidue o quarantaquattro anni, e senza nemmeno rendersi conto di ciò che sta facendo, Grace gli ha dato una testata. Si sente un forte schiocco, e la testa di Grace sembra addirittura rimbalzare all'indietro. Il dolore le scava un solco tra gli occhi. L'uomo si porta una mano al naso e un fiotto di sangue scuro gli cola tra le dita, parecchio sangue, che gocciola sul pavimento puntinato del treno. Grace si accorge che gli altri passeggeri si stanno agitando sui sedili. Qualcuno si è anche mezzo alzato.

«Tutto bene?» chiede una voce, ma Grace non sa se la domanda sia rivolta a lei o all'uomo con l'alito da sexy shop che adesso si è allontanato.

«Brutta stronza», sta ripetendo senza togliersi la mano dalla faccia. «Brutta stronza...»

In fondo alla carrozza si è alzato un altro uomo, un anziano, che le punta un dito contro. «Tu hai bisogno di aiuto, tesoro», grida rabbioso.

E poi il treno entra in stazione e le porte si aprono. Con un piede sulla banchina, Grace sposta lo sguardo dall'anziano agli altri passeggeri che la sbirciano di sottecchi. Ha la gola secca, i polmoni sul punto di esplodere.

«Io? Il problema sarei *io*?» dice con voce strozzata.

Due mesi prima

Il Grande Spettacolo della Northmere Park
L'evento più atteso dell'anno!
In programma: band, drink, stuzzichini, chioschi, lotteria.
Cosa desiderare di più?
Serata aperta a TUTTI!

* Venite a sostenere la nostra scuola. Gli eventi organizzati dall'associazione genitori-insegnanti come questo contribuiscono a compensare i tagli ai finanziamenti.

Lotte irrompe in soggiorno e va dritta allo specchio sopra il camino. Indossa il cappotto e si comporta come se stesse per verificarsi una catastrofe; ogni movimento è accompagnato da un sospiro rabbioso, perché è in ritardo e sente il bisogno di esprimere quanto questo sia ingiusto, benché la colpa sia solo ed esclusivamente sua, che del resto è sempre in ritardo – è una ritardataria patologica – quindi non dovrebbe stupirsi. Sul divano, Grace posa il portatile da parte e, anche se sa che sarebbe meglio non dire nulla, le parole le escono di bocca di loro iniziativa.

«Leyla aspetterà. Stai tranquilla.»

«Sono tranquillissima», mormora Lotte a denti stretti. Si sta picchiettando le mani sulla faccia nel tentativo di sfumare il trucco sul mento. Poi sgrana gli occhi come in un grido. «Ho bisogno di altro fondotinta.»

« Cosa? » si lascia sfuggire Grace. Perché sua figlia è bellissima. Splendida, meravigliosa, com'è possibile che non se ne renda conto? « Lotte, sei perfetta. Sul serio, resta così come sei! »

Ma Lotte se n'è già andata e il tonfo dei suoi passi risuona sulle scale.

Grace è accanto alla porta d'ingresso con una banconota da dieci sterline in mano quando lei scende di nuovo dopo parecchi minuti. Lotte prende i soldi, la ringrazia e, mentre infila i piedi nelle scarpe da ginnastica, Grace nota che la peluria sul suo viso è coperta da uno spesso strato di trucco. Adesso la sua faccia è più scura di due tonalità rispetto al collo.

« Così è troppo », dice senza nemmeno rendersene conto. E non sa cosa le sia preso, perché sì, sapeva di aver formulato quel pensiero, ma era anche sicura di averlo consapevolmente fermato, e invece le è uscito comunque di bocca. E adesso è fatta, non ha modo di ritirare il commento. Sa che Lotte è nervosa per la serata e agitata per lo spettacolo – è la sua primissima esibizione da sola e dal vivo – e lei non ha fatto che peggiorare le cose.

Lotte alza lo sguardo e sbatte le palpebre con espressione incredula, beffarda. « Non potevi proprio risparmiartelo, eh? » Afferrando la borsa, apre la porta. Non saluta nemmeno, e ha già il telefono in mano mentre percorre il vialetto ed esce dal cancello.

La luce comincia ad affievolirsi, diffondendo un morbido bagliore ambrato, e ci sono lampadine bianche appese tutt'intorno. Nell'aria aleggia un odore di cipolle fritte e gomma da masticare. Grace si è allontanata dal gruppo dei genitori sia perché è venuto anche Ben e la situazione è imbarazzante – avverte distintamente gli sguardi curiosi su di loro – sia perché è tesa per Lotte, e di conseguenza preferisce assistere allo spettacolo per conto proprio. Ha bevuto una sola birra e sta per cominciarne una seconda, ma sente già quel lieve dolore alla base del cranio, quel vago senso di nausea che preannuncia un'emicrania, più tardi o domani, se la berrà. Si rende conto di essere proprio una mezza calzetta ultimamente. Una mezza calzetta, e per giunta anche noiosa. Sa che stasera potrebbe vedere Nate, intento ad armeggiare con il mixer o a collegare chitarre agli amplificatori, a controllare i livelli del suono, a dare indicazioni agli studenti. Le è venuto in mente prima, mentre si metteva un rossetto di un colore neutro in bagno. E allora l'aveva cambiato, optando per un rosso cremisi. Picchiettandoselo sulla bocca, aveva osservato il pigmento acceso insinuarsi nei solchi sopra il labbro superiore e si era sentita istantaneamente svuotata.

Sul palco all'esterno due ragazze stanno suonando l'ukulele e cantando un pezzo che a Grace sembra di conoscere, e sono brave, le loro voci sono dolci. Una folla di studenti si è radunata per assistere all'esibizione e, scrutando negli spazi tra l'uno e l'altro, Grace intravede Lotte di fianco al palco. Sta parlando con l'insegnante di musica, signor Qualcosa. Non ricorda come si chiami. È strano guardarla così, da lontano. È in qualche modo diversa, più grande, come se fosse un'entità a sé stante che non ha nulla a che vedere con Grace. È esattamente la stessa sensazione che Grace ha provato quando l'ha vista in quella strada laterale vicino al centro ricreativo. I suoi capelli rosa, il suo zaino arancione, il suo corpo premuto contro quello di... chi? Lo stesso identico ritardo nel riconoscerla che in seguito l'ha spaventata, che le ha fatto dubitare del suo istinto materno, di se stessa. Verrà anche lui a vedere sua figlia stasera? Grace si volta, serrando istintivamente i denti. Ci sono centinaia di persone: come può sperare di individuarlo?

Sentendo acclamare, Grace gira la testa e stringe la presa sulla bottiglia di birra, perché adesso Lotte sta salendo sul palco con un balzo. Ha un microfono in mano e sta guardando il pubblico con un largo sorriso sulle labbra. Indossa un paio di pantaloni della tuta con il cavallo basso e un top bianco che segue il profilo delle sue clavicole e si ferma appena sotto le costole. Enormi orecchini a cerchio per poco non le graffiano le spalle.

Risuona un battito e Lotte solleva le dita, contando: *un due tre quattro...* Gli studenti sono accorsi davanti al palco e adesso urlano e agitano le braccia. Dopodiché Lotte comincia a ballare. Movimenti decisi, complessi, perfettamente controllati, che fanno sembrare il suo corpo tutto muscoli e nervi. E Grace lo riconosce. È il balletto che a quanto pare ha trasformato sua figlia in una star di TikTok. Quello del video che Natasha le ha insegnato ad aprire, che hanno guardato insieme chine sul suo telefono nella caffetteria all'angolo per poi leggere le migliaia di commenti. Lotte adesso sta cantando in playback, rivolgendo il microfono verso la folla di tanto in tanto, e tutti ballano, i corpi sincronizzati con quello di sua figlia, gli occhi fissi su di lei, come membri di una setta. Mentre Lotte si sposta da un lato all'altro del palco, le sue gambe e le sue braccia creano sculture invisibili. C'è qualcosa di irresistibile, spontaneo, nel ritmo dei suoi movimenti, come se là sopra la struttura degli elementi – dell'aria sulla sua pelle, della terra sotto i suoi piedi – si fosse modificata per adattarsi a lei. I capelli rosa le ricadono sulle spalle e sulla faccia. Lotte è incandescente, e Grace non riesce a staccarle gli occhi di dosso.

« Vai, Lotte! » grida, e la sua voce è strozzata perché è così follemente orgogliosa che le si è annodato lo stomaco. Ma c'è anche qualcos'altro. Le sta tornando in mente qualcosa che aveva scordato di sapere. È una sensazione fisica, la cui potenza la sconvolge. Quell'euforia vertiginosa, l'impressione di essere fuori di sé scatenata dalla musica, dal ballo, dall'intensità del momento, dal senso di possibilità. Le sembra di avvertirne l'odore, il sapore, e si domanda come abbia fatto a non accorgersi che era svanita. Anche lei ha vissuto momenti del genere: nei bar, nelle discoteche, ai festival, alle feste; li ha vissuti tanto tempo fa e non li rivivrà mai più. Grace si stringe le braccia intorno al corpo. Non è che sia gelosa, non esattamente, perché la rende felice sapere che sua figlia possa provare queste emozioni. Ma c'è anche un senso di dolore in lei per questa perdita di cui non si era nemmeno resa conto.

Adesso Grace si sta allontanando dalla folla quando qualcosa la spinge a voltarsi. Ed è allora che lo vede. La sta guardando. È accanto a uno dei tavoli esterni, a una quindicina di metri da lei, e il suo atteggiamento, la sua pacatezza, le fanno pensare che la stia osservando da un po'. Indossa una maglietta nera e un paio di pantaloni chino, non l'abito dell'altra volta. Grace si ritrova a fissargli il petto, le braccia tese e definite, evidentemente allenate, e si stupisce, perché non se l'aspettava, considerata la sua magrezza. Sta guardando dritto verso di lei, sorridendo, e c'è un che di divertito nella sua fronte aggrottata e nei solchi che sembrano racchiudergli la bocca tra parentesi. E forse quella singola birra le ha dato alla testa perché, quando ricambia il sorriso, sente nei propri occhi, nel modo in cui lo sta guardando, che gli sta rivolgendo una domanda, o che gli sta lanciando una sfida. Della serie: *Che ne dici?* Oppure: *Dai, fatti avanti.*

« Ciao », mima lui con la bocca, e Grace sta per ridere, è più forte di lei, quando qualcuno le tocca la spalla.

« Santo cielo! » esclama portandosi una mano al petto.

Ancheggiando, Nisha le si para davanti e le prende il viso come se fosse sul punto di baciarla. Dal suo alito si spande un odore appiccicaticcio di Pimm's.

« Quella è la *tua* bambina », le dice Nisha all'orecchio per farsi sentire al di sopra della musica. E poi fa un passo indietro e alza i palmi in un gesto da madre a madre che sembra voler dire: *È opera tua, questo è merito tuo.*

Sono l'una accanto all'altra, rivolte verso il palco, e Nisha batte il fianco contro quello di Grace a tempo di musica. Anche se non può ancora concedersi di distogliere lo sguardo, Grace non riesce a pensare ad altro che a lui. Lo immagina lì, alla sua destra, che continua a guardarla, e il pensiero le scatena una fitta allo stomaco.

Quando finalmente si volta, lo fa con la sicurezza di chi si sente osservato. Invece al suo posto adesso c'è un gruppetto di bambini che mangiano lecca lecca e si confrontano le lingue colorate. In Grace monta qualcosa di simile al panico mentre lascia correre lo sguardo intorno a sé e controlla i chioschi, il bar, il lato del palco, il mixer. Ma è troppo tardi. Se n'è andato.

Comincia a fare buio e Grace è stanca di stare lì. Si è scusata e sta cercando Lotte, vuole avvertirla che sta per tornare a casa. Ben se n'è andato da un pezzo, poco dopo l'esibizione, quindi sarebbe inutile chiedere a lui dove sia loro figlia. Grace ha fatto il giro dello spazio esterno già due volte, spingendosi sino al campo da calcio, ai campi da tennis e al teatro per poi tornare indietro. Ha anche provato a telefonarle, a mandarle un messaggio, e adesso è accanto ai cancelli della scuola con la guardia di sicurezza che la osserva. Sta per andarsene. Per quanto non voglia ammetterlo, il pensiero è lì, in qualche angolo recondito di lei, e non le dà pace: il pensiero di aver cercato anche lui, Nate. Sa che è così, e una parte di lei se ne vergogna, eppure avverte anche il peso della delusione per il fatto che sembri essere scomparso.

Vado a casa, digita Grace sul telefono. *Scrivimi. Devo sapere a che ora venire a prenderti okay? O fammi sapere con chi torni. Alle 10 al massimo.*

Ha un fremito di paura, come tutte le volte che Lotte non risponde alle sue chiamate. La stessa ansia che la assale sempre quando sua figlia è fuori dopo il tramonto o dopo le otto e mezzo. Ha già il pollice sospeso sopra il tasto INVIA poi si ferma, aggiunge un cuore giallo e scrive: *Ah, sei stata fantastica.* Perché anche se le fa rabbia che Lotte non risponda – anche se la situazione è così ironica che potrebbe gridare, considerato che sua figlia non le risponde mai benché viva con il cellulare saldato alla mano – c'è ancora l'emozione di prima, un orgoglio incontenibile dentro di lei.

È quasi alla macchina quando decide di attraversare perché il vicoletto che si apre sul suo lato della strada, buio e invaso di vegetazione, la inquieta. Alla veneranda età di quarantacinque anni teme ancora che qualcuno possa trascinarla in un posto come quello. Ha già un piede sulla strada quando lo sente. Un suono che sembra un sussulto o un grido, qualcosa di soffocato, represso. Per un attimo pensa di andare a chiamare la guardia di sicurezza della scuola, ma poi quel suono si ripete e Grace capisce che impiegherebbe troppo ad andare e tornare. Ha appena raggiunto il vicolo quando il suono si leva per la terza volta, e lei scruta attraverso l'oscurità del passaggio come se si trattasse della canna di un fucile. *Sarà una volpe*, pensa, in attesa che i suoi occhi si abituino. E poi con la coda dell'occhio scorge un movimento improvviso, un breve lampo di luce o di colore. E anche se tutto ciò che segue sembra accadere lentamente, in realtà dura giusto una manciata di secondi.

In fondo al vicolo ci sono una chioma scompigliata di capelli rosa e la schiena nuda di Lotte, lunga e pallida nel chiarore della luna. E Grace sta per lanciare un grido quando capisce che sua figlia non è affatto in pericolo. Poi qualcos'altro, *qualcun altro* si staglia dietro Lotte. Ha la bocca aperta, come se stesse mangiando qualcosa di delizioso, e la maglietta scura arrotolata intorno al busto scolpito. E la mente di Grace sta galoppando, perché c'è qualcosa di molto sbagliato, ma non riesce ad attivare i neuroni, non riesce a unire i puntini per comprendere cosa stia vedendo.

Sono l'uno di fronte all'altra – lui e Grace – e sopra la testa di sua figlia i loro occhi si incontrano. Per un attimo Grace rimane colpita dalla limpidezza di quegli occhi, che sembrano addirittura trasparenti. Pensa che forse, se li fissasse abbastanza intensamente e abbastanza a lungo, potrebbe riuscire a vedere dentro la sua testa e a capire cosa stia pensando. Sono gli stessi occhi limpidi che l'hanno osservata mentre guardava sua figlia meno di due ore fa.

2012

Grace è davanti a casa sua, che conosce intimamente e le è estranea al tempo stesso. C'è il vaso crepato di terracotta a sinistra della porta, nel quale crescono disordinatamente i fiori di aquilegia che ha piantato lei stessa. E gli scoiattoli di gesso accovacciati in cima ai due pilastri piatti, coperti da uno spesso strato di vernice che si è ingrigita nel corso dei decenni. È ancora presto, e le tende dietro la finestra a golfo sono ancora tirate. Grace osserva la macchia con la forma dell'Italia sul bordo di quella centrale. Quella che si è ripromessa mille volte di pulire con il Vanish. Inclina la testa all'indietro e chiude gli occhi nella luce del mattino.

È come se molti mesi, anzi no, molti anni della sua vita fossero svaniti nel nulla. Non sa di preciso quanto tempo sia passato. Non ne ha nemmeno una vaga idea, perché il tempo le sta giocando brutti scherzi. Avverte soltanto il ronzio costante di sottofondo della paura; la sensazione che le sia caduto qualcosa di importante da qualche parte sul ciglio della strada, qualcosa che non riesce più a trovare. Proprio come le chiavi: non le trova. Non ha le chiavi di casa sua e si sta domandando se sia troppo presto per suonare il campanello. Non vuole svegliare Lotte, caso mai stesse ancora dormendo. Non sarebbe giusto nei confronti di sua figlia, e del resto nulla le impedisce di stare qui un altro po', anche se dopo il viaggio si sente sporca, esausta, infreddolita. Eppure, senza nemmeno rendersene conto, lo fa, preme il piccolo pulsante di plastica come se non esercitasse alcun controllo su se stessa. In casa si diffonde un suono, una piccola scarica elettrica.

Quando vede la sagoma di Ben attraverso il vetro, il suo cuore smette di battere. Serra i pugni. Fa fatica a respirare. Lui apre la porta e restano lì. Ben indossa una maglietta stropicciata con un paio di pantaloncini da corsa lucidi; la sua faccia è assonnata. Qualcosa in Grace crolla. Adesso che è qui – adesso che *lui* è qui – una parte di lei vorrebbe voltarsi e fuggire di nuovo. Non sa se riuscirà a entrare. Non ha idea di come fare.

«Grace.» Ben ha la voce roca di chi si è appena svegliato e tossisce per schiarirsela. C'è stupore nel solco tra le sue sopracciglia, insieme a qualcos'altro che Grace non riesce a decifrare.

Lei si sente una specie di patina sulla gola. Non ha praticamente rivolto la parola a nessun essere umano nelle ultime diciotto ore, se non allo steward che le ha portato da mangiare per ringraziarlo e al tassista all'aeroporto di Heathrow per dargli il suo indirizzo. E sta per aprire la bocca quando, attraverso la porta socchiusa, vede comparire Lotte in cima alle scale. Indossa il pigiama verde menta che le va un po' troppo corto e ha i capelli arruffati, come se nessuno glieli pettinasse da settimane. E c'è una chiazza rosa acceso nel punto al centro della sua guancia che deve avere appoggiato sul cuscino. Di colpo Grace rivede la sua bambina con gli occhi gonfi di sonno, accoccolata sotto il piumone all'ora della nanna. Grace è in piedi dall'altra parte della stanza con una mano sull'interruttore e soffia baci nello spazio ora buio. *Prendi i miei baci*, sta dicendo a sua figlia, che ridacchia mentre tira fuori una mano da sotto le coperte e afferra una piccola manciata d'aria.

Grace cade in un agguato del suo stesso corpo. Non desidera altro che correre da Lotte, ma una forza le blocca le braccia e le gambe, impedendole di muoversi. La sua lingua è un pesce spiaggiato nella sua bocca. E ce la mette tutta per dire qualcosa, per chiamare la sua bambina, perché non deve comportarsi così, non può, non ora, non è giusto nei suoi confronti. Eppure è come se fosse intrappolata in un sogno nel quale cerca di fuggire da un pericolo, con le gambe che però non vogliono saperne di collaborare.

« Mami, sei tornata! »

Lotte si porta le braccine ossute sopra la testa e un attimo dopo si sta precipitando giù per le scale come se avesse appena vinto il premio più grosso alle giostre. L'orsacchiotto morbido e gigante che non vince mai nessuno ma che in ogni caso – e i bambini questo non lo sanno – è di qualità scarsa, facilmente infiammabile, e comincerà a scucirsi nel giro di pochi giorni.

Grace inizia a tremare. I tremori partono da un recesso profondo di lei, dal sangue o dal cuore. Senza nemmeno rendersene conto, ha varcato la soglia e sta abbracciando la sua bambina, trovandola leggerissima, fragilissima, come se sotto la pelle fosse fatta di gusci di conchiglie. Emana il suo solito profumo, di shampoo e biscotti, e Grace si riempie i polmoni come per trarne forza vitale. Appoggia il viso sulla testa di sua figlia, con la pelle che brucia e prude per via delle lacrime.

« Ti voglio bene, cucciola », mormora, ma la sua voce è strozzata e le esce giusto un biascichio, come se fosse ubriaca.

Passa parecchio prima che si decida a lasciare la presa, ma appena prima di farlo sente Lotte agitarsi tra le sue braccia. I capelli di sua figlia sono umidi e schiacciati nel punto in cui lei vi ha premuto il viso, così allunga una mano per cercare di asciugarli. Sa che sta ancora piangendo, non riesce a smettere, è completamente fuori controllo.

« Scusa, mami », dice Lotte, come se fosse colpa sua se Grace è in lacrime. E anche se Grace vede che si sta sforzando di sorridere, i suoi occhi sono un po' troppo larghi, troppo lucidi. È così che capisce che sua figlia non sta bene. *I bambini sono resilienti*, dice la voce di qualcuno nella sua testa. Di sua madre, forse? Ma, per quanto voglia convincersi che sia così, in realtà sa benissimo che Lotte sta portando sulle spalle un fardello che non dovrebbe, benché cerchi di nasconderlo.

« Oh, per carità, no. » Grace scuote vigorosamente la testa e afferra le spalle magre di sua figlia. «Non hai fatto nulla di sbagliato. Nulla, tesoro, chiaro? Hai capito?» Si asciuga alla meglio le lacrime dagli occhi. «Mamma è solo molto stanca e si sta comportando da sciocchina, okay? *Okay?*» Stringendo le spalle di Lotte, vi affonda piano le dita, solleticandola finché la bambina non comincia a ridere e infine a divincolarsi.

Ben la sta osservando dalla penombra del corridoio. Ha le mani tra i capelli e sembra più vecchio, Grace se ne accorge soltanto adesso. Sulle sue tempie sono comparsi sprazzi di grigio, oltre a solchi profondi tra il naso e la bocca. È come se fosse invecchiato di cinque anni da quando lei se n'è andata. Per la prima volta si domanda come abbia fatto a cavarsela in sua assenza. Come abbia fatto a destreggiarsi tra il lavoro, Lotte da accompagnare e recuperare, le attività extrascolastiche. Si domanda se qualcuno gli abbia dato una mano. È stata via più o meno cinque settimane. Lo sa perché gliel'ha detto Cate. *È ora che torni a casa*, l'ha esortata sua sorella in tono dolce e gentile mentre, sotto gli alberi del Trail's Café, al Griffith Park, bevevano caffè freddo da cannucce di bambù.

«Vieni a vedere la mia cameretta, mami.» Adesso Lotte l'ha presa per mano, mettendosi a ballare sul posto. «Ho cambiato le tende perché le altre sono cadute. Le abbiamo prese da John Lewis e sopra ci sono tanti piccoli bradipi. Vieni!»

Grace mette i pensieri in stand-by e si lascia condurre da Lotte su per le scale. Sua figlia sta già parlando a raffica come se lei non se ne fosse mai andata.

Grace è sul pianerottolo di sopra, fuori dalla porta della camera da letto, quando lo sente rientrare. Prima c'è il tintinnio delle chiavi sul piatto di porcellana, poi il soffio vuoto di un lungo sospiro stanco che si diffonde in tutta la casa. Grace sa che devono essere le nove e un quarto o giù di lì, perché sa quanto ci vuole ad accompagnare Lotte a scuola e tornare indietro. Resta immobile perché ha paura a entrare in camera e, adesso che Ben è tornato, una parte di lei ha anche paura a muoversi. D'istinto, per assurdo che sia, non vuole che Ben scopra che è lì. Poi però lo sente salire le scale, con quel passo molleggiato e controtempo talmente familiare che sembra scolpito nelle sue ossa.

Ben si ferma fuori del bagno come se non volesse avvicinarsi più di così.

«Quindi sei tornata?» La sua faccia è una maschera.

Grace annuisce, sposta il peso da un piede all'altro.

Il silenzio si propaga sul pianerottolo, lungo le pareti color tortora che hanno dipinto insieme quando si sono trasferiti qui. Non sanno più come comportarsi in presenza l'uno dell'altra: qualcosa si è spezzato.

Ben sospira, lo stesso soffio sonoro che Gracc ha sentito provenire dall'ingresso. Poi lui si intreccia le dita dietro la nuca. I suoi gomiti sono parentesi a ciascun lato della faccia. C'è la linea delle sue spalle, la maglietta che si solleva, il velo scuro di peli tra l'ombelico e l'elastico dei pantaloncini da corsa. Grace afferra la maniglia della porta dietro di sé per non cadere. Avverte una palpitazione, un vuoto nella trama delle cose.

E poi Ben sta andando verso di lei con quell'espressione in faccia. Grace la conosce. Ne sente il sapore. Il sangue le pulsa contro le tempie, tra le gambe.

«Mi sei mancata», dice Ben, e la sua voce è dolce. Liquida.

Grace sussulta quando lui allunga una mano per toccarla e scostarle i capelli dal collo.

«Toglimi le mani di dosso.» Le parole escono di loro spontanea volontà.

Prima che Ben si ritragga, Grace vede un'ombra di confusione sul suo viso.

Non riuscendo a guardarlo, fissa la foto appesa al muro dall'altra parte del pianerottolo. Quella che hanno comprato a Capo Lizard. Ritrae una fila di persone – magre, grasse, vecchie, giovani – che fanno il bagno in un fiume verde giada sotto un ampio rettangolo di cielo blu cobalto. Grace vorrebbe tanto essere lì in questo momento. Se fosse possibile sparire e ricomparire altrove con uno schiocco di dita, lo farebbe.

Ben è ancora troppo vicino. Grace sente il rumore dell'aria che entra ed esce dalla sua bocca, avverte il suo sguardo su di sé. «Scusa, credevo...» comincia a dire Ben. «Io non... Senti», prosegue afferrandole il braccio. «Dobbiamo parlarne.»

Grace scuote la testa, *no*. Potrebbe quasi scoppiare a ridere, una risata irrefrenabile, perché... possibile che Ben non capisca? Grace *non può* parlarne.

«CAZZO GRACE, DOBBIAMO FARLO!»

Per un momento, una frazione di secondo, Grace teme che possa colpirla. Perché è la prima volta che le grida contro in questo modo. Deve chiamare a raccolta tutte le sue forze per non tapparsi le orecchie con le mani. Sente le assi del pavimento alzarsi e abbassarsi quando Ben fa un passo indietro.

«Dobbiamo parlarne», mormora di nuovo allontanandosi lungo il pianerottolo.

Grace si stringe le braccia intorno al busto, poi inspira ed espira.

«In tal caso sarò costretta ad andarmene.» Lo dice in tono calmo, così che Ben non possa fraintenderla. «Sarò costretta ad andarmene.»

Oggi

Mami, sei tornata! Grace sente risuonare la voce di sua figlia di tanti anni fa, tanto che una volta arrivata all'incrocio per poco non si gira, come se Lotte potesse essere dietro di lei. È un segno, pensa, un segno che sua figlia ha bisogno di lei. Grace guarda la scatola della torta che ha in mano. Il sangue schizzato sul cartone bianco la fa assomigliare a un quadro di Jackson Pollock. Si sta anche afflosciando, bagnata di acqua del laghetto o di sudore, Grace non saprebbe dirlo. E si rende conto che lì da qualche parte deve celarsi una metafora: la scatola malandata, il suo corpo floscio, svuotato di estrogeno. *Bisognerà parlarne*, dice a se stessa rabbiosamente. Quando arriverà a destinazione.

All'incrocio, Grace si ferma un momento. C'è una macchina a una discreta distanza, e lei comincia ad attraversare perché ritiene che il guidatore abbia tutto il tempo per vederla. L'auto comincia ad accelerare. Ne è sicura, non è soltanto la sua immaginazione, e si ritrova a pensare che forse a mano a mano che camminava si è poco per volta cancellata sino a diventare invisibile. Il suo battito acquista velocità mentre alza una mano per fare segno all'auto di fermarsi. Ma questa continua a venire verso di lei. Grace ormai è troppo vicina al centro della strada per tornare sui suoi passi, e tutto sta accelerando e rallentando al tempo stesso, mentre la macchina punta dritto verso di lei. È rossa, dello stesso colore degli autobus di Londra. È questo dettaglio, più di tutto il resto, a farla bloccare in mezzo all'incrocio. Non riesce a muoversi. *Non di nuovo*, sta pensando. *Non di nuo-*

vo. Poi all'improvviso l'aria si riempie dello stridore dell'ultimo minuto dei freni e la macchina si arresta, slittando, con le ruote anteriori a tanto così dalle strisce pedonali.

Grace si è portata una mano al petto. Teme che il cuore possa uscirle dalla cassa toracica, schizzando sangue e ossa sull'asfalto e sul paraurti della macchina rossa. E impiega un momento a rendersi conto che il guidatore sta ridendo. Mentre lo guarda attraverso il parabrezza, Grace non riesce a parlare. Più che semplicemente abbronzata, la pelle dell'uomo sembra danneggiata dal troppo sole, i suoi capelli sono argentati e porta un vestito dall'aria costosa. Il sedile del passeggero è occupato da una donna troppo giovane per essere sua moglie.

Dopo un momento l'uomo comincia a sgasare. Grace sente le folate aggressive di gas di scarico, vede la macchina smaniosa di avanzare, ma lei sta ancora tremando, non riesce a schiodarsi. Posa lo sguardo sulla donna, e i loro occhi si incontrano per un secondo, poi la donna volta la testa. Dopodiché Grace sente il ronzio elettrico del finestrino che si abbassa e l'uomo si sporge in fuori. Adesso non sta più ridendo.

« Ti decidi a spostare quel culone? » grida con un accento che le ricorda sua suocera.

In Grace esplode qualcosa. Con calma, troppa calma, si avvicina alla macchina e – insieme al *suo culone* – si appoggia contro il cofano. Si sistema la scatola della torta sotto il braccio e stringe l'impugnatura della mazza da golf.

« Forza, levati », dice l'uomo, ma il suo tono è meno sicuro adesso, venato d'incertezza.

Grace arriccia il naso. « Oh, accidenti. »

La sua voce è melensa, dolce come il profumo delle violette, ma i suoi occhi irradiano rabbia come laser. Quasi la spaventa, la forza di quella collera. Potrebbe bastare a far saltare in aria quella macchina. Indicando con la testa il faro anteriore, schiocca la lingua. « Pare proprio che questo faro sia difettoso », osserva.

« Cosa? » Il guidatore storce la bocca in un ghigno che sembra voler dire: *E tu cosa vuoi saperne?*

Grace si porta la mazza da golf sopra la testa come se volesse lanciare una pallina dall'altra parte di un fairway immaginario. Poi la cala con violenza contro il faro. Si sente una specie di esplosione sorda, seguita da un gran fragore di vetri infranti.

« Cazzo! » grida l'uomo.

« Oh sì », dice Grace appoggiandosi alla mazza. « È proprio il caso che qualcuno gli dia un'occhiata. » È ancora davanti alla macchina come se avesse tutto il tempo del mondo, come se fosse un meccanico, un'esperta del settore. Quando punta gli occhi addosso all'uomo alla guida, la faccia di Grace è piatta, priva di espressione. « Oops », dice.

Appena si allontana inizia a tremare. Le sue mani sono piccoli terremoti e la scatola della torta sussulta tra le sue dita. Con la coda dell'occhio vede che la donna sul sedile del passeggero sta tenendo il telefono fuori del finestrino. Segue Grace con il dispositivo come se la stesse filmando. Grace si gira e fissa con decisione lo schermo perché sia chiaro che si sta rivolgendo alla telecamera. La sua voce si infiamma quando comincia a parlare.

« Oggi mia figlia compie sedici anni e ha bisogno di una cazzo di torta. Niente e nessuno mi impedirà di portargliela, non mi sembra così difficile da capire, no? »

Arrivata al punto in cui le case rosse si diramano, Grace svolta a sinistra, e ne ha superate a malapena cinque quando le sue gambe cedono come se qualcosa le avesse colpito bruscamente il fragile osso sotto le rotule. La nausea le arriva alle ghiandole salivari e Grace capisce che non riuscirà a fare un solo passo di più. Si lascia scivolare su un muretto che circonda un giardino. Le foglie appuntite della siepe le si conficcano nella schiena mentre tira fuori il telefono e apre iCloud. Sapeva che l'avrebbe fatto – da qualche parte nel caos grigio della sua corteccia cerebrale, lo sapeva – sin dall'attimo in cui si è allontanata dalla macchina.

Ecco il molo e gli alberi delle barche che sbatacchiano, i riccioli scompigliati di sua figlia come una matassa di raggi di sole. Quelle gambe cicciottelle e le scarpe rosso ciliegia appena più grandi dei suoi pugni. « È quella lì? » sta domandando sua figlia indicando l'acqua. « Quella lì...? Quella lì? » Poi sbatte le palpebre mentre spalanca la bocca. « Mamma! Una farfalla... La adoro, mamma!... e adoro anche te, mamma. »

Grace si morde il labbro mentre la telecamera si avvicina al viso perfetto e delicato di sua figlia, e poi, troppo in fretta, si allontana di nuovo. Adesso si vedono paludi salmastre, sinuosi canali di marea, e poi piccole barche dai colori accesi arenate su distese di fango increspato, sino alla rimessa per le barche bianca e nera dalla quale stanno uscendo due figure. Una alta e castana, l'altra bassa e bionda, dirette verso la telecamera. La bambina è proprio davanti all'adulto e sta camminando con prudenza, stando bene attenta perché ha un gelato in equilibrio precario in ciascuna mano. La telecamera le segue mentre avanzano, avvicinandosi sempre di più. Poi, mentre comincia a percorrere la discesa erbosa, la bambina inciampa e l'inquadratura si abbassa e sbanda leggermente. « Ooops, tutto bene, Lotte? » Grace sente la propria voce e la bambina annuisce, sollevando entrambi i gelati come preziosi trofei, come se non avesse intenzione di farli cadere per nessuna ragione al mondo.

« Bea! » esclama Lotte, e la sua voce è così dolce e acuta che sembra un cartone animato. « Ti ho portato il gelato. È alla fragola, okay? Oh, no, sta gocciolando... » E comincia a ridacchiare, leccandosi il polso. Il gelato si inclina pericolosamente.

« Stai attenta, tesoro », sta dicendo adesso Grace. Il vento soffia dentro il microfono mentre la telecamera si sposta e inquadra di nuovo la piccola, Bea.

Si è girata sulla panchina e nei suoi occhi scuri c'è un'espressione seria. Le mani tese davanti a lei sono due stelle paffute. « Yotty! » esclama mentre Lotte entra nell'inquadratura.

« Bea, non farlo cadere », dice Lotte a sua sorella con le sopracciglia inarcate mentre le porge il gelato. E resta lì, un piccolo angelo custode, per assicurarsi che ce l'abbia ben saldo in mano.

« Bea, cucciola, cosa dici a tua sorella? » Ecco di nuovo la voce di Grace. « Sei capace di dire grazie, Bea? "Grazie, Lotte." »

Sta parlando con il suo tipico tono cantilenante e, anche se non vede se stessa, capisce che sta sorridendo – è felice – perché la scena d'amore che si sta svolgendo davanti a lei la colma di gioia. La telecamera si avvicina mentre Lotte si sporge in avanti per dare un bacio sulla fronte a sua sorella. Si scontrano goffamente, le sue due figlie, le sue due splendide bambine, e quando Lotte arretra, Bea lancia un gridolino entusiasta, agitando freneticamente i piedi nelle scarpine color ciliegia.

Seduta lì sul muretto nel caldo stagnante, Grace sente il soffio del vento sulla pelle, l'acqua di mare che le fa prudere la testa, il sapore del fango salato in bocca. Le lacrime le stanno scorrendo sul viso e soltanto allora si accorge che sta piangendo, con singhiozzi che le rimbombano in fondo alla gola e che non riesce a trattenere. È di nuovo sopraffatta da quel bisogno insopportabile e preme le dita sullo schermo. Come se così potesse infilare la mano nel video e toccare la sua bambina perduta. La sua splendida, piccola Bea. Soltanto un'ultima volta, niente di più. Sarebbe abbastanza, si accontenterebbe. «Per favore...» cerca di negoziare con non sa chi. E si rende conto che potrebbe averlo detto ad alta voce. «Soltanto una volta, per favore», ripete. Perché darebbe qualsiasi cosa al mondo per poter stringere le sue due bambine. Per baciare i loro volti e riempirsi il cuore, soltanto un'ultima volta.

Due mesi prima

Grace non riesce a sedersi. Il divano, la sedia, persino i cuscini da pavimento sembrano respingerla. Ogni volta che cerca di sedersi, di calmarsi e di dare un'impressione di tranquillità, è come se dai mobili fuoriuscissero degli spuntoni che la allontanano. Qualcosa – adrenalina, una forza superiore – la costringe a camminare avanti e indietro sul pavimento di legno per provare a liberarsi di questa sensazione. E mentre lo fa non può sfuggire al proprio riflesso nello specchio sopra il camino. Vede il suo viso cadente. Rughe che non può ignorare, scolpite sulla sua fronte, tra le sue sopracciglia e intorno alla sua bocca come crepe su uno strato di intonaco secco.

Nell'angolo più buio della stanza, Lotte è rannicchiata contro un bracciolo del divano verde. Si è portata le braccia, le ginocchia, i piedi e la testa verso il busto, facendosi più piccola possibile, come se così potesse fingere – con se stessa e con entrambe – di non essere davvero qui. E ha pianto. Sta ancora piangendo. Un pianto sommesso, ininterrotto, disperato.

Il pensiero delle mani di lui su sua figlia. Il pensiero delle mani di lui su di sé. Il pensiero delle mani di lui su sua figlia e poi su di sé. Non riesce a togliersi queste immagini dalla testa e le viene voglia di gridare e di uscire dalla sua pelle.

Cazzo.

Era quello che aveva detto lui nel vederla. Grace non l'aveva sentito ma aveva letto il labiale, tanto che se l'avesse gridato avrebbe fatto lo stesso. C'era stato un momento sospeso. Di shock allo stato puro. Grace aveva visto un che di irruento in lui, i capelli chiari che ricadevano in avanti, le dita aperte sui fianchi di sua figlia, e mentre era lì sull'asfalto duro, pur essendo l'unica dei tre pudicamente e completamente vestita, si era sentita nuda. Il tempo si era dilatato mentre si guardavano negli occhi, ma dove Grace si aspettava di vedere panico, aveva visto qualcos'altro, qualcosa di duro e sfrontato in lui. Poi Lotte si era mezza girata verso di lei, e sulla sua faccia c'era la stessa espressione di quando a sette anni era stata sorpresa a scrivere il suo nome in pennarello indelebile sul muro del bagno. E Grace aveva guardato sua figlia senza riuscire a spiccicare parola.

Grace si china a raccogliere un elastico blu elettrico caduto al centro del tappeto e per abitudine se lo infila intorno al polso, sentendo la pelle tirare. «Perché non me ne hai parlato?» sta dicendo adesso. D'altra parte qualcosa deve pur dire, e allora tanto vale che sia questo.

Lotte alza lo sguardo e la osserva con gli occhi gonfi e arrossati, come se Grace fosse pazza. In effetti è esattamente così che si sente lei, sull'orlo della follia.

In fondo al vicolo c'erano stati movimenti frettolosi, squallidi, di carne, corpi e vestiti che cercavano di ricomporsi. Sentendosi una guardona, Grace si era leggermente scostata. Con il cuore che pulsava in testa, aveva aspettato, cercando di convincersi che non fosse come sembrava. Aveva fatto il ridicolo tentativo di riscrivere quelle immagini già impresse a fuoco nella sua mente, perché per lei era inconcepibile che quell'uomo, quell'uomo fosse... cosa? Cosa stava facendo con sua figlia?

Appena tornata a casa si era lavata le mani al lavandino della cucina. Si era rigirata la saponetta tra i palmi senza sosta, come se così facendo potesse ripulirsi. Lui non aveva cercato di parlarle, si era limitato a filarsela mentre lei era voltata dall'altra parte. «Non qui», aveva mormorato Grace a Lotte mentre in macchina si allacciavano le cinture. «Ne parliamo a casa.»

Grace si intreccia le dita doloranti. Le bruciano le mani, irritate e arrossate dal troppo sfregare, e le tira la pelle. «È un tuo *insegnante.*» Quella parola ha il sapore di un insulto sulla sua lingua. «Hai quindici anni, Lotte. Sei una bambina. Lui sta infrangendo la legge. Te ne rendi conto?»

«Non sono una bambina.»

Grace fa un sorriso cupo. «Be' per la legge...» Si interrompe e si passa le dita tra i capelli. È così spaesata che non sa da che parte cominciare. È il caso di chiamare Ben? La scuola? La polizia?

Si è preso gioco di me, si ritrova a pensare Grace. *Si è preso gioco di entrambe.*

Grace torna con la mente all'incontro a scuola, a quella riunione noiosissima sui metodi di revisione degli esami finali. Lotte si era alzata e se n'era andata dall'aula magna e, quando Grace l'aveva seguita, lui l'aveva intercettata. Ricorda la loro conversazione, l'impressione che stessero flirtando accanto al manichino senza faccia. Quanto le appare diversa oggi quella scena. Eppure la tensione nell'aria tra loro era reale. Così come l'impulso che aveva assalito Grace di appoggiare la bocca sulla sua, di infilare le mani sotto la sua camicia già mezza fuori dai pantaloni. Chissà quanto avrà riso di lei.

«Ha una responsabilità nei tuoi confronti», mormora, rivolgendosi sia a se stessa sia a sua figlia.

Era stato lui per tutto il tempo. Lo sconosciuto, il predatore, l'adescatore in cui Grace temeva che Lotte potesse essere incappata. Le bugie, la fiducia tradita, sempre lui. Era lui l'uomo con cui Grace aveva visto Lotte vicino al centro ricreativo. Era lui il motivo per cui sua figlia aveva cominciato a saltare la scuola, a essere aggressiva, a chiudersi in se stessa. Era lui la persona con cui Nisha l'aveva sentita nel cuore della notte. Era stato lui a scrivere quei messaggi osceni sulla sua pagina Instagram, celando la sua identità, il tutto per un volgare brivido di eccitazione. Pensieri che Grace non vorrebbe nemmeno formulare le urlano in testa. Da quanto tempo va avanti questa storia? Settimane? Mesi? *Un anno?* Di più? La sua bambina è stata a casa di lui? È andata a letto con lui? Grace scuote la testa, ma i pensieri non vogliono saperne di fermarsi. Se è stata a letto con lui, si tratta di abuso sessuale su minore?

Grace ha un conato di vomito e si copre la bocca con la mano. Un tremito le parte dei piedi e le risale lungo le gambe e l'addome sino alla sommità della testa. Prende un cuscino dalla poltrona e se lo stringe addosso perché ha bisogno di qualcosa cui ancorarsi.

«Devo chiamare papà», dice.

Sul divano, Lotte si lascia andare le ginocchia e alza la testa di scatto.

«Ti prego, mamma.» Dalla sua espressione sembra che il mondo le sia appena crollato addosso. «Per favore, non dirlo a nessuno. Lo so che per te è incomprensibile, ma lui mi capisce.» Fa una pausa. «Lui mi ama e io amo lui.»

Adesso che Lotte ha cominciato a parlare, è come se si stesse abbuffando dopo un digiuno: non riesce a smettere. Grace si morde il labbro sino a provare dolore. Vorrebbe essere ovunque fuorché lì ad ascoltare quelle parole. Soltanto adesso si accorge che Lotte ha perso uno degli orecchini a cerchio, quelli che indossava sul palco. Sul suo top c'è una striscia scura che potrebbe essere fango. Anche le sue mani sono sporche.

«... perché c'è stata questa faccenda con Ella, una discussione in classe, e credo sia stato lì che è successo. Lei stava facendo la stronza e il prof l'ha sentita. E l'ha fatta smettere. Poi è venuto a parlare con me. Senza giudicarmi, mi ha soltanto ascoltata, e in quel momento abbiamo capito tutti e due...»

Il prof, pensa Grace. *Il prof.*

«... e non è come pensi. Continua a scrivermi dicendo che non ha mai provato niente del genere, che l'età non conta perché io sono matura, e mi ha detto che può aspettare sino a quando avrò finito la scuola, sino a quando avrò compiuto diciotto anni, e allora potremo stare insieme, ed è complicato perché non possiamo... voglio dire, a scuola, dobbiamo...»

Lotte si è chinata in avanti come se bastasse esprimere il carattere puro e sacro della sua ossessione per fare in modo che

Grace capisca. Grace affonda le unghie nel cuscino che sta stringendo. Vorrebbe farlo a brandelli a mani nude. La sua bambina crede che questo sia amore? Sembra che le abbiano fatto il lavaggio del cervello.

«... e non posso scrivergli o chiamarlo per prima caso mai... insomma, il perché è ovvio, ed è difficile. E in tanti hanno sparlato di me per questa storia», prosegue alzando lo sguardo. «Hai presente tutti i commenti che hai visto su Instagram, tutte quelle cattiverie? È stato perché c'erano in giro delle voci. Mi davano della puttana, ma non sanno niente. Credono di sì, ma si sbagliano. Ed è stata davvero dura per lui, sai, per l'aspetto *etico.*» Pronuncia la parola come tra virgolette. «Perché in teoria è sbagliato che stiamo insieme, il che tra l'altro è davvero stupido. Lui è consapevole di tutto, ne parliamo tanto, davvero tanto, e...»

È una bambina. A ogni singola parola che esce dalla sua bocca, Grace resta sbalordita dall'ingenuità di sua figlia. Perché Grace si è lasciata abbindolare. Si è lasciata abbindolare da frasi come: *Non serve che tu venga a prendermi, torno con un Uber*; *Non preoccuparti, mi prendo qualcosa da mangiare alla Co-op*; *Ti mando un messaggio quando arrivo*; e ogni tanto *Vuoi una tazza di tè? Sto mettendo su l'acqua.*

«Hai quindici anni, per carità, *quindici*, e lui quanti ne ha? Ventisei, ventisette? Ed è un insegnante, un cazzo di insegnante. Voglio dire, cosa ti è saltato in mente?»

La assale un pensiero, e le frasi che non ha ancora pronunciato le si incollano ai denti. Che stia forse sfogando la propria umiliazione su sua figlia? La colpa non è di Lotte, lo sa. La colpa è tutta di lui. Si mette le mani sui fianchi, inspira, espira, recupera il controllo.

«Ascolta», dice alla fine. «Il fatto è che i tuoi ormoni...»

«I *miei* ormoni! Mi prendi in giro?» All'improvviso Lotte si è alzata dal divano. «Perché non parliamo dei *tuoi* ormoni? Sei un disastro.»

Quelle parole sono come uno schiaffo. Grace lascia cadere a

terra il cuscino. Fuori, per strada, si sente un colpo di clacson lungo e insistente. Attraverso la finestra del soggiorno, Grace vede due macchine darsi battaglia, muso contro muso: la strada è stretta, e nessuno dei due guidatori vuole fare retromarcia. La stanza è impregnata di odore di alcol, di sudore, dello stucchevole profumo al mirtillo di Lotte.

Grace apre la bocca e la richiude. Si tiene forte. « Sai, quando avevi quattro anni mi hai detto... » Fa una pausa e getta un'occhiata a Lotte. « Avevi cominciato la scuola da un mese e io ti avevo appena letto la storia della buonanotte. Adesso non ricordo che libro fosse. Probabilmente quella cavolo di *Chiocciolina e la balena*, per *mesi* non hai voluto sentire altro. Te lo ricordi? » Lotte rotea gli occhi. « Mi hai preso la faccia così », dice Grace schiacciandosi i palmi sulle guance. « E hai detto, testuali parole: "Tra poco divento anch'io adulta e la mia bambina la chiamo Grace così mi ricordo tutto di te." »

Lotte abbassa la testa, ma Grace vede l'accenno di un sorriso sulle sue labbra. Uno spiraglio.

« Allora mi adoravi. Cosa ci è successo, Lotte? » Vorrebbe ridere, e invece le si stringe la gola. Avverte una pressione improvvisa dietro gli occhi.

« Promettimelo, mamma. » Lotte solleva il mento. « Promettimi che non lo dirai a nessuno e la chiuderò qui, okay? Smetterò di vederlo. »

Le braccia di Lotte sono troppo dritte lungo i suoi fianchi, i pugni serrati. La voce però è dolce, l'espressione aperta, e Grace sa cosa significa: è in grado di leggere il linguaggio del corpo di sua figlia come se fosse Braille.

« Vieni qui, tesoro. » Le prende la nuca e la attira a sé.

Lotte sussulta, singhiozzandole contro il petto e abbandonandosi contro di lei, e Grace è al tempo stesso sollevata e a pezzi, perché Lotte ha abbassato le difese. Appartiene di nuovo a lei. Grace è utile, ha un ruolo, e si vergogna perché nonostante tutto una parte di lei desidera soltanto questo: è come un ritorno a casa. Restano lì così per parecchi minuti, e quando Grace prende il viso di Lotte tra le mani, scopre che è bagnato di lacrime. Sta ancora piangendo. Grace si copre il palmo con la manica e asciuga le lacrime di sua figlia meglio che può.

« Sei esausta. » Le dà un bacio sulla fronte. « Ti accompagno a letto. Domani mattina andrà meglio. »

« Promettimi che non lo dirai a nessuno. »

Scrutando gli occhi di Lotte, Grace vede Bea. Occhi scuri e seri, quasi neri, ciglia che sembrano intinte nell'inchiostro. Vede tutti i non detti, tutto ciò di cui non hanno mai parlato. Vede anche la paura, un vero e proprio terrore che la colpisce come un pugno.

« Mamma? »

Grace fissa un punto appena sopra l'arcata sopraccigliare di sua figlia. Così da guardarla senza guardarla davvero.

« Te lo prometto. »

Lo dice sottovoce. Ma, già mentre le escono di bocca, quelle parole cominciano a riverberare senza sosta nella sua testa.

2015

Helena Deborah Talbot KERR (nata Campbell) si è spenta serenamente il 18 ottobre 2015 all'età di 89 anni in seguito a una breve malattia.

Helena, settima figlia del dodicesimo baronetto di Argyll e vedova del compianto Patrick Kerr (deceduto nel 1996), lascia quattro figli – Thomas, James, Oliver e Benjamin – e dieci nipoti. Il funerale sarà celebrato a Dalry, presso la chiesa di St Margaret, il 29 ottobre a mezzogiorno. Fiori solo dai familiari.

Donazioni all'Istituto Marie Curie.

È il peso della bara sulle sue spalle a essere diverso. C'è una presenza stavolta, qualcosa di pesante che si sta conficcando nei suoi muscoli e nelle sue ossa, mentre l'ultima volta c'era un'assenza. Qualcosa di più leggero dell'aria che lui non riusciva a sentire, non riusciva a sentire nulla, come se ciò che stava succedendo non fosse reale e lui non stesse davvero percorrendo la navata centrale della chiesa con una bara decisamente troppo piccola, e con sua figlia... con sua figlia dove? Dov'era finita la loro piccola Bea? Quel dolce terremoto che rideva sempre. Era inconcepibile che non fosse da nessuna parte, impossibile che avesse smesso di esistere.

La musica è troppo forte. Persino dal fondo della chiesa le note distorte sono assordanti, come se l'organista stesse cercando di farsi sentire da un gruppo di fedeli a trenta chilometri di distanza. Ben si accorge di puzzare. L'odore di cipolla che si leva dalle sue ascelle si mescola a quello del legno contro la sua guancia, che gli ricorda il catechismo della domenica. Un odore arrivato dritto dall'infanzia che l'ha investito quando hanno sollevato la bara al segnale di Tom, con una prepotenza tale che gli occhi gli si sono inaspettatamente riempiti di lacrime. Gli avevano detto che non doveva farlo per forza se non se la sentiva. Era stato Tom a dirglielo. In quanto maggiore dei quattro fratelli, e nel rispetto delle regole del galateo come avrebbe voluto Helena, il compito di gestire la situazione era ricaduto su di lui. Ben aveva risposto alla telefonata mentre era al lavoro, scusandosi con i suoi studenti e interrompendo la lezione per uscire nel corridoio senza finestre. Erano passati quattro anni, e suo fratello non riusciva ancora a pronunciare il nome di sua nipote. « Non devi farlo se non te la senti per via di... » era riuscito a tirare fuori.

« Oh, intendi per via di Bea », aveva detto Ben con una disinvoltura soltanto di facciata. E, quando suo fratello si era schiarito la gola all'altro capo del telefono, si era sentito in colpa.

La chiesa è gremita e tutti si sono alzati dalle panche, ma Ben sta fissando la luce dalle mille sfaccettature che entra dalla vetrata, quasi inconsapevole delle persone intorno a sé mentre passa. Bea era nata così in fretta che persino l'ostetrica, alla quale l'esperienza certo non mancava, non aveva potuto astenersi dal commentare. *Ehi, Speedy Gonzales!* aveva detto a Grace. *Non ho nemmeno fatto in tempo a lavarmi le mani.* Un'ora e mezzo in tutto dall'inizio alla fine, tanto che in seguito Ben aveva pensato che forse si era trattato di un segno. Che forse era scritto che la sua vita sarebbe trascorsa in un lampo, alla velocità degli anni canini anziché umani. Adesso avrebbe sei anni. Pensa ogni singolo giorno a quanti anni avrebbe, ovvio. Quando apre gli occhi al mattino, c'è un attimo in cui non ricorda, dopodiché rivive tutto da capo, in un istante di dolore straziante. Che aspetto avrebbe avuto a sei anni? Come sarebbe stata? Ben non può fare altro che aggrapparsi ai ricordi di com'era Lotte a quell'età per colmare il vuoto enorme che avrebbe dovuto occupare Bea, e c'è qualcosa di sbagliato in questo. Come quelle macabre immagini della polizia generate al computer che invecchiano artificialmente il viso di bambini scomparsi da molti anni. Il fatto è che Ben non saprà mai come sarebbe stata Bea a dieci, a quindici o a trent'anni. Era poco più di una neonata.

Temendo che la pressione sulla sua spalla e nella sua mente possa paralizzarlo da un momento all'altro, Ben sposta lo sguardo per cercare sua moglie e sua figlia tra le panche. Si domanda se anche nella mente di Grace si stiano agitando gli stessi pensieri. Riguardo a Bea. Sa che si porta dietro una sua foto nella tasca interna della borsa di pelle marrone, l'ha vista, ma non ne parlano ancora. La verità è che ultimamente non parlano praticamente più. Il linguaggio, il suo alleato di sempre, l'ha abbandonato. Ho due figlie oppure *avevo* due figlie? Qual è la risposta giusta? Qualcuno potrebbe dirglielo per cortesia? Perché, anche dopo tutto questo tempo, lui continua a non saperlo.

Il Cristo cereo con i palmi insanguinati sulla croce dietro l'altare cattura il suo sguardo. E poi c'è la domanda che è sulla punta di centinaia di lingue, Ben lo sa, ma cui soltanto Cate ha dato voce. Durante quella lunga notte di confessioni, quando lui era andato in California per una conferenza. Si erano incontrati in un bar in centro e avevano bevuto Martini sino alla chiusura, e lei gli aveva chiesto se avrebbero cercato di avere un altro figlio. Facendogli notare con tatto, con una delicatezza che non era per nulla da lei, che non era troppo tardi. «Dovrebbe essere un'immacolata concezione», aveva risposto lui in tono amaro, pur sapendo che la colpa era di entrambi. Perché il sesso non era mai tornato, come sarebbe potuto succedere *se si fossero impegnati*, stando alla psicologa. Ben rabbrividisce ancora al pensiero. Era successo durante l'ultima delle sei sedute messe a disposizione gratuitamente dal servizio sanitario nazionale, che avevano cominciato dopo un anno e mezzo trascorso in lista d'attesa. A quel punto sì che era troppo tardi. «Credi che sia colpa di Grace?» aveva domandato Cate ripescando un'oliva dal bicchiere. «Secondo me sì.» E quando Ben aveva esitato per una frazione di secondo prima di scuotere la testa, lei si era pulita le dita sulla camicia per poi parlare lentamente, con una schiettezza incoraggiata dall'alcol. «È stato *un incidente*, lo capisci, vero?»

Arrivato al supporto di metallo davanti all'altare, Ben piega le ginocchia tremanti per deporvi la bara di rovere. Qualcuno, uno dei suoi fratelli, gli stringe la spalla da dietro, ma lui non si volta. Nella seconda fila di panche, Grace è in piedi con la testa china. Accanto a lei, Lotte si sta guardando intorno con gli occhi lucidi. È ancora piccola per la sua età, gracile e bionda, e sembra più vicina ai dieci anni che ai dodici, è ancora una bambina, non dovrebbe essere qui. Sua moglie alza lo sguardo quando lui la raggiunge, e Ben vede un vuoto in lei. Grace non gli posa una mano sul braccio, non intreccia le dita alle sue. Anche quel tipo di intimità appartiene al passato.

Gli insegnanti dell'asilo erano andati al crematorio. Avevano tutti un'espressione sconvolta, come se fossero stati presi a schiaffi. Ben non sa perché si ricordi di loro nello specifico, considerato che c'erano centinaia di persone. Per qualche ragione era rimasto stupito, trovandolo incongruo, come se non avessero dovuto essere lì, bensì al sicuro nel loro piccolo mondo di due aule, che odorava di latte andato a male e Play-Doh, ad allacciare cappottini e a costruire castelli con i tubi della carta igienica. Il funerale si era tenuto in uno spazio enorme, una cattedrale moderna. Ben non aveva tenuto nessun discorso perché sapeva che non sarebbe stato in grado, e non aveva sentito una sola parola della celebrazione. Ma c'era stato un momento, subito dopo l'orribile ronzio meccanico della tenda, in cui una porta in fondo si era spalancata. La luce bianca e abbagliante del sole si era riversata all'interno, fendendo lo spazio. Una forza soprannaturale l'aveva accecato, e Ben aveva capito subito che si trattava di lei. L'aveva desiderato con ogni singola cellula del suo corpo.

Adesso il sacerdote, un uomo dai capelli grigi con la riga di lato che ricadono su un occhio, si sta rivolgendo ai fedeli. Sulla panca accanto a Ben, Lotte sta esaminando la foto di sua nonna stampata sul retro del foglietto, una Helena d'altri tempi con un completo da tennis e la stessa acconciatura rigidamente scolpita che non aveva mai aggiornato. Non volevano che Lotte venisse al funerale. Su questo, quantomeno, erano stati d'accordo. Lotte però non era dello stesso avviso, e tra le lacrime aveva detto che se non l'avessero portata ci sarebbe andata da sola perché lei e sua nonna erano molto legate; tra tutti i nipoti Lotte era la sua preferita, non era certo un segreto. Helena del resto non faceva nulla per nasconderlo. *Pappa e ciccia* – ama dire Grace, o meglio *amava* – con gli occhi scuri stretti a fessura. *Helena lo fa solo per dispetto nei miei confronti. È la sua vendetta.*

Si stanno alzando per intonare *Gerusalemme* quando lo sguardo di Ben si posa sulle mani di Grace strette intorno al libro degli inni. Sta tremando, quasi fosse in ipotermia. Poi succede tutto in fretta, come se il tempo avesse fatto uno scatto in avanti senza aspettarlo. Il tonfo del libro degli inni di Grace sul pavimento di pietra, il suo corpo che si accascia di lato prima di cadere a terra. Ha gli occhi chiusi e il suo viso è pallido, assente. Ha l'espressione di una bambina immersa in un sonno profondo. Ben si abbassa all'istante, riesce in qualche modo a raddrizzarla. Quando vede che non si sveglia, si fa prendere dal panico. Non capisce se respiri o meno. Sembra completamente inerte tra le sue braccia. « Grace! » Ben si sforza di mascherare la paura perché sa che c'è Lotte, ma dal momento che Grace non reagisce, la chiama a voce più alta, con più urgenza. La raddrizza di nuovo, la appoggia contro di sé e fa leva contro il peso morto del suo corpo nel tentativo di sollevarla da terra per coricarla sulla panca. « Grace! » Che abbia battuto la testa contro qualcosa mentre cadeva? Oppure sul pavimento di pietra? Che sia svenuta? Ben avvicina il viso alla sua bocca, le mette le dita sotto il naso ma non sente niente, nessun respiro.

È solo vagamente consapevole delle persone che cominciano a radunarsi intorno a lui e del fatto che la musica si è fermata. E poi suo fratello si materializza in fondo alla panca e dice qualcosa, sta chiedendo se sia già capitato. « Grace, parlami! » La mente di Ben è sprofondata in quel posto buio e terrificante, e adesso il suo panico è fuori controllo. *Non di nuovo*, sta pensando, *non di nuovo*. È come se Grace avesse abbandonato del tutto il suo corpo, e adesso sta durando troppo. Decisamente troppo. « Grace! » Ben la solleva di nuovo. Non sa cosa fare perché reagisca in qualche modo. E poi monta su tutte le furie: cosa fanno tutti quanti lì con le mani in mano? « Chiamate un'ambulanza! » grida. E poi, a tutti e a nessuno: « Respira? Non capisco se respira o no ». All'improvviso gli viene in mente che potrebbe essersi strozzata. In macchina c'erano delle caramelle per la tosse che Grace si era messa in borsa per portarsele dietro. Ben la afferra di nuovo, mettendole le braccia sotto le costole per tentare la manovra di Heimlich, ma Grace è troppo pesante e a lui scivolano le mani, e a ogni modo non ha idea di cosa stia facendo. In preda alla disperazione, le infila due dita in bocca e le rovista in gola. Poi si sente una specie di gorgoglio e il corpo di Grace si irrigidisce prima che lei riprenda i sensi tra un colpo di tosse e l'altro. Ha gli occhi sgranati, evidentemente disorientata e spaventata.

« Cos'è successo? » chiede allontanandosi da lui come se le avesse fatto del male.

« Non lo so. » Ben le tiene una mano sul braccio perché non vuole lasciarla andare. « Hai perso conoscenza. Sei svenuta? »

« Non me lo ricordo. » Grace si guarda intorno. Il sacerdote e metà dei presenti sono nella navata. A un certo punto dev'essere comparso Michael, il padre di Grace, perché adesso è in fondo alla panca e alle sue spalle si sono radunati i tre fratelli di Ben.

« Prendetevi tutto il tempo necessario. » Il sacerdote rivolge un cenno in direzione di Ben.

« Hai interrotto lo spettacolo », le sussurra. Si sforza di sorridere, anche se il suo cuore sta andando in frantumi. « Volevi fare un dispetto a Helena, eh? » Dovrebbe essere una battuta, ma in lui c'è ancora un residuo di paura che gli impedisce di metterci l'energia necessaria. Non è divertente, e Grace non ride.

«Ha bisogno d'aria fresca.» Michael le ha preso il gomito. «La accompagno fuori.» Parla come se Grace fosse una bambina.

Ben fa per alzarsi, ma Michael scuote la testa. «Tu resta qui», dice guardando verso l'altare. «Devi rimanere.» La sua voce è ferma, ma la saliva accumulata agli angoli della bocca e il velo lucido di sudore intorno all'attaccatura dei capelli lo tradiscono.

Ben va istintivamente verso Lotte, che si sta mordendo il labbro inferiore; sembra sul punto di esplodere da tanto si sta sforzando di controllarsi e di mostrarsi coraggiosa. L'organista suona le prime note di *Gerusalemme*, e lei si alza in punta di piedi, avvicinandogli le labbra all'orecchio sino a fargli il solletico.

«Credevo che la mamma era morta», sussurra, e fa un mezzo sorriso, a disagio, imbarazzata, come se fosse un pensiero stupido e infantile.

Lui le posa le mani sulle spalle e la fissa. Il suo visino è una maschera di angoscia e la confusione disegna una V tra le sue sopracciglia. Chi sarà il prossimo a morire? È questo il trauma con cui è costretta a convivere. Ben lo sa, anche se Lotte non l'ha mai detto apertamente, perché la psicologa ha spiegato a lui e a Grace che è così che funziona con i bambini che hanno subito un lutto. È questa la terribile eredità di Lotte, la verità cui non può sperare di sfuggire.

«Sì, ci siamo spaventati», le dice Ben sopra il suono dell'organo, sopra le voci distratte, dissonanti. «Ma la mamma sta bene, fidati, non c'è nulla di cui preoccuparsi.» Le prende la mano e con il pollice le sfiora le nocche delicate. Più tardi le chiederà di Bea. Di lei e di Bea. Le chiederà cosa pensa, cosa prova. Deve farlo. Ma sa anche che non lo farà, perché mentre loro guardavano dall'altra parte, erano passati mesi, anni, e alla fine era diventato un argomento tabù. Adesso le voci intorno a loro si stanno alzando e lui si schiarisce la gola, cercando di capire a che punto siano nel libro degli inni. *La mia battaglia mentale non avrà mai fine...* Ma quando comincia a cantare, la musica sembra trasportarlo in un posto al quale lui non vuole nemmeno avvicinarsi... *Finché non avremo edificato Gerusalemme.* La voce di Ben si spezza e il dolore per la sua bambina perduta e per la sua splendida, disperata Grace lo invade come un'ondata di nausea.

Dopo il funerale si radunano tutti a casa, ma Grace non c'è. I soccorritori l'hanno visitata, e Ben si sente stupido perché non è stato niente di che, ma giusto uno svenimento. È questa la diagnosi. Non avrebbe dovuto insistere per raddrizzarla, ecco perché ha impiegato tanto a riprendersi. Dopo aver lasciato Lotte con i cugini, Ben è uscito sull'ampio patio rialzato che si estende per tutta la larghezza della casa, perché non ha la forza di stringere altre mani, di ascoltare altre insulsaggini vuote, di sopportare altri occhi sfuggenti che non riescono a incrociare i suoi.

La pioggia ha inzuppato il giardino e il terreno alle sue spalle. È gocciolata dalla grondaia, raccogliendosi sulle lastre di pietra lungo il perimetro della casa. Dietro di lui, le finestre a tutta parete sono aperte sia per arieggiare la casa sia perché la gente possa uscire. Davanti a lui si estende l'autunno, luminoso, irreale. Color senape e barbabietola, rame e lime. Un po' più in là nel giardino c'è un faggio che sembra un albero di soldi punteggiato di monete da due pence fresche di conio, sotto il quale Isaac sta fumando come uno scolaretto che non vuole farsi scoprire.

Per la prima volta in quella giornata, Ben si ritrova a sorridere. Si rivede insieme a Isaac nel giardino incolto della loro casa con la diga sul retro. Quelle ore preziose trascorse sulle due sedie di plastica incluse nell'affitto, a bere birra scadente sotto il sole.

« Ehi, uomo d'affari! » esclama. Isaac adesso è un pezzo grosso di una società di venture capital e, considerato che ultimamente riescono a vedersi soltanto ad anni alterni o giù di lì, per quanto riguarda Ben quella battuta funziona ancora, è sempre attuale.

Isaac gli va incontro. «Bella merda, studentello», dice, e Ben ride. Potrebbe addirittura baciarlo.

«Già.» Annuisce. «Di sicuro ricordo feste migliori. Grazie di essere venuto.»

Isaac lo stringe forte, brevemente, poi lo lascia andare. «Mi dispiace, amico. Becca ti manda i suoi saluti. Avrebbe voluto venire, ma sai, i ragazzi...» Mima uno sbadiglio. Poi dà un ultimo tiro alla sigaretta e spegne il mozzicone con il piede sull'erba bagnata. «Passando a un argomento nettamente più interessante, indovina un po' chi ho visto il mese scorso? Un fantasma del passato...»

E Ben capisce che non parleranno né di sua madre né della morte in generale, e sente le sue spalle rilassarsi, grato di quella piccola distrazione. Di questo atto di amicizia discreto nel quale riconosce il modo di Isaac di esprimergli la sua vicinanza. «Chi?» domanda con un'alzata di spalle.

«Lina.» Le sopracciglia di Isaac schizzano in alto come a dire: *Ta-daa*. «Ha chiesto di te.»

«Oh, okay, interessante.» Ben deglutisce. Il suo pomo d'Adamo si sposta, come se di colpo fosse troppo grande per lo spazio così stretto in cui è rinchiuso. «Com'è successo?» chiede evitando il suo sguardo.

Sono passati tre anni ormai. Tre volte. Solo tre volte, dopodiché Ben aveva chiuso. Un tempismo pessimo, o forse ottimo, non saprebbe. C'era stata quell'e-mail il giorno in cui Grace era partita per Los Angeles, la mattina in cui Ben aveva trovato il suo biglietto. Il punto è che era stato troppo facile. Tutte le volte si erano incontrati in quel wine bar nel seminterrato in una traversa di Great Portland Street, quello con le pareti di mattoni a vista e i tavoli in marmo con i sottobicchieri infilati sotto le gambe per farli stare più o meno dritti. Tutte le volte avevano bevuto troppo ed erano finiti nello stesso hotel proprio dietro l'angolo, quello che avrebbe voluto passare per esclusivo anche se le lenzuola avevano un cattivo odore. Lina non sapeva nulla di ciò che era successo. Per questo Ben l'aveva fatto. O, almeno, questo era uno dei motivi. Lina non sapeva di Bea e lui non gliene aveva parlato per non essere compatito. Anche se solo per un momento sospeso, Ben poteva uscire dalla sua vita, e per quella manciata di ore quasi funzionava. Poi però in lui si insinuava sempre un senso di disprezzo verso se stesso. Agli occhi di Lina, Ben non era nient'altro che Ben, l'uomo che era sempre stato. E non (sstt) il povero padre che aveva perso una figlia.

Isaac sta ancora parlando di amici comuni, di un evento alla Tate Modern, del fatto che l'aveva riconosciuta all'istante, con quei capelli alla Mary Quant e gli occhi da fattona. Qualcosa su un matrimonio, un divorzio, nessun figlio, due cavalli. Una cattedra universitaria e un fidanzato part-time titolare di una distilleria di whisky sull'isola di Jura.

C'era stata una telefonata alla quale aveva risposto Grace, a un certo punto di tutta quella storia. Lui era sotto la doccia, quindi non aveva sentito il telefono squillare, e lei era entrata in bagno tenendolo davanti a sé. «Lina?» aveva detto. «È comparso il nome, ma la comunicazione si è interrotta appena ho risposto.»

Il suo tono era neutro e lui non era riuscito a distinguere la sua espressione attraverso il vetro appannato. Il sangue aveva cominciato a pompargli nelle vene, dalla testa ai piedi. «Ah, sì, grazie», aveva detto, rendendosi conto dall'eco della doccia che la sua voce era un po' troppo esuberante. «Tra poco ci sarà questa conferenza e...» Ma lei era già uscita dal bagno, chiudendosi la porta alle spalle. E Ben aveva avuto la sensazione che le sue parole fossero state risucchiate dallo scarico come acqua sporca, e non aveva nemmeno finito la frase.

È stato sul punto di dirglielo più di una volta. Per darle uno scossone, farla reagire, avviare un dialogo, qualsiasi cosa. Ma alla fine non ha avuto il coraggio. O forse la verità è che pensa che darebbe il colpo di grazia tanto a lei quanto a loro. Forse certe cose è meglio che restino non dette.

«Andiamo.» Ben batte le mani interrompendo il suo vecchio coinquilino nel bel mezzo di un discorso. «Dentro si beve gratis. Vedi i vantaggi dei funerali? » Si incammina sul prato. « Andiamo a... non so... Cos'è il meglio che possiamo sperare considerate le circostanze? » Si stringe nelle spalle e alza i palmi. « Stordirci? »

Oggi

Grace sa di doversi alzare dal muro. Sa che è da pazza stare seduta lì a guardare e riguardare il filmato soltanto per poter ascoltare un'altra volta e un'altra ancora le parole che comunque sono già scolpite dentro di lei. *E adoro anche te, mamma, e adoro anche te, mamma, e adoro...*

C'è un prima e un dopo. Grace ricorda se stessa, nel prima, sul marciapiede poco più avanti rispetto all'asilo. Accanto a un albero spogliato dall'inverno che si era aperto un varco attraverso l'asfalto, incrinandolo. Sta parlando con l'altra mamma, una donna che non conosce molto bene, sono diventate amiche soltanto da un mese, dopo che Grace le ha fatto i complimenti per la sua gonna all'uscita dall'asilo. La gonna con le piume color indaco. È passato da poco mezzogiorno e fa freddo, ma si sono fermate perché l'altra mamma, Emma, aveva una scarpa slacciata e adesso sono ferme lì a chiacchierare. Distratte. Le bambine, infagottate in giubbotti imbottiti che limitano i movimenti delle loro braccia, sulle prime gironzolano lì intorno, abbandonando i monopattini e divertendosi a conficcare rametti nel terreno duro ai piedi dell'albero. Grace sta ascoltando la conversazione con un orecchio mentre con un occhio osserva Bea. Vorrebbe dirle di smetterla perché il posto in cui stanno scavando dev'essere senz'altro pieno di pipì di cane, sente l'odore di ammoniaca, dolce e muschiato, sin dove si trova. Ma non vuole fare la figura della bacchettona davanti alla sua nuova amica, quindi si morde il labbro e tiene la bocca chiusa.

L'altra donna ha cominciato a parlare di suo marito, rivelandole dettagli intimi su certe difficoltà al lavoro, sugli antidepressivi che assume. Grace è lusingata dal fatto che si stia confidando con lei, ma trova che stia esagerando. Nemmeno lei si aprirebbe in quel modo dopo così poco tempo. Sono lì da forse cinque minuti e le bambine cominciano a spazientirsi. Quando Bea lascia cadere il rametto e solleva faticosamente il monopattino dal marciapiede con le sue piccole braccia rigonfie che sembrano quelle di un robot, Grace fa per andarsene. Emma però le posa una mano sul polso, sta spiegando un punto importante. Il cappello di Bea è storto, le copre gli occhi, e il pompon è afflosciato, così Grace si sporge in avanti per raddrizzarlo, calcandoglielo bene sulle orecchie arrossate dal freddo.

Le due bambine sono partite sui loro monopattini, adagio, perché stanno confrontando i nastrini luccicanti appesi ai rispettivi manubri. Quelli di Bea sono dorati, quelli di Mia color arcobaleno. Grace vorrebbe dire a Bea di stare attenta, ma Emma sta ancora parlando e a lei non va di interromperla. Soprattutto non vuole passare per nevrotica. È forse iperprotettiva? Non ha idea di cosa stia dicendo l'altra donna, ha smesso di ascoltarla quando ha visto le bambine allontanarsi. Annuisce senza convinzione, scoraggiandola, o almeno spera. Perché Emma non dice a sua figlia di fermarsi?

Adesso le bambine sono a una ventina di metri da loro. Procedono ancora lentamente ma hanno quasi raggiunto il punto in cui il marciapiede comincia a poco a poco la sua discesa verso la strada principale con cui si interseca in fondo. Grace si avvia verso le bambine con Emma al seguito. Vede che Bea sta usando la gamba come freno, strisciandola sul marciapiede. *È importante promuovere l'indipendenza*, pensa Grace, tenendo a bada l'istinto. All'asilo i bambini sono incoraggiati ad allacciarsi i giubbotti da soli e a spalmarsi in autonomia la crema solare sulle braccia nelle giornate calde. Nessuno vuole essere un genitore elicottero, e basta guardarle: è tutto sotto controllo, le loro figlie non stanno correndo. Ma come fa Emma a essere così tranquilla? Le bambine non hanno nemmeno due anni e mezzo.

Mia è un po' più avanti rispetto a Bea quando Grace vede sua figlia appoggiare il piede che stava usando come freno sul retro del monopattino per cercare di raggiungerla. La pendenza del marciapiede le fa acquistare velocità all'istante, e lei finisce per sfrecciare davanti all'amica.

« Bea, FERMA! » grida istintivamente Grace.

Bea non si volta: o non ha sentito o la sta ignorando.

Grace adesso sta correndo perché – al diavolo Emma – sua figlia è troppo vicina alla strada. « FERMATI, BEA! » Fa fatica a parlare perché l'aria fredda le irrita la gola e respirare le riesce difficile. Supera Mia, che la guarda con espressione stupita. « BEA! » Adesso sua figlia è così vicina alla strada che di sicuro si fermerà. Hanno ripetuto centinaia di volte che il posto « sicuro per aspettare » è qualche metro prima del bordo del marciapiede. « FERMATI! » urla Grace. Ha lo sguardo incollato su sua figlia, ma con la coda dell'occhio scorge una macchia rossa alta e indistinta sulla destra. È qualcosa di grosso e massiccio, un autobus, che avanza a velocità sostenuta. « FERMATI SUBITO! »

Sentendo quell'ultimo grido, Bea finalmente si gira e Grace vede il suo piede cercare il freno dietro il monopattino. *Grazie al cielo*, pensa. « RESTA LÌ! » Ma poi – e non capisce esattamente cosa stia succedendo davanti ai suoi occhi – il fagotto blu del piumino di Bea fa una capriola oltre il manubrio del monopattino. Grace sente un grido dietro di sé, una voce adulta, non infantile, e per una frazione di secondo si domanda per quale motivo Emma abbia aspettato sino a ora.

« Ehi, tutto bene? »

Accanto a lei un ragazzo sta spostando il peso da un piede all'altro. Non è più un bambino e non è ancora un uomo, avrà giusto qualche anno in più di Lotte. Grace non sa minimamente da dove sia sbucato: non l'ha visto arrivare. Ha un'acconciatura afro castana tendente al rosso e una costellazione di lentiggini che sembrano asteroidi sul naso, sulle guance e sulla fronte. Per parlare con lei si è scostato una cuffia dall'orecchio.

Grace si passa bruscamente una mano sulla faccia e se la ritrova bagnata.

È colpa mia, pensa. *È tutta colpa mia. La responsabile sono io.*

« Sì, tutto bene », risponde. « Grazie. »

Vede lo sguardo del ragazzo posarsi prima sulla scatola della torta coperta di schizzi di sangue sulle sue ginocchia e poi sulla mazza da golf appoggiata al muro.

« Ho soltanto bisogno di parlare con mia figlia », dice sottovoce tanto a se stessa quanto a lui.

« Ah, okay. » Il ragazzo osserva il telefono di Grace. Poi, infilandosi la mano in tasca, le porge un caricabatterie portatile. « Le serve questo? »

Grace scuote la testa. Si sforza di sorridere, di ringraziarlo, ma non ci riesce. C'è una pausa, un silenzio prolungato. Dietro di lei la siepe spande un odore amaro di vegetazione, che Grace sente sulla lingua come fosse veleno.

Dopo il prima e prima del dopo c'è una zona grigia infernale. Un Ade. In questo posto qualcuno ondeggia avanti e indietro sui talloni di fianco a lei, e c'è sangue, parecchio sangue, e Grace sa che non è un buon segno. Poi il tempo sembra fare un balzo avanti perché lei è a bordo di un'ambulanza e c'è una sirena che sa essere vicina benché nella sua testa suoni lontana. E non riesce a vedere la sua bambina perché quelle persone con la divisa verde le bloccano la visuale, e lei è sul sedile sul retro dell'ambulanza, le hanno detto che deve tenere la cintura allacciata e rimanere lì per ragioni di sicurezza. E si danno da fare in silenzio, queste persone, un uomo e una donna. Si danno troppo da fare, troppo in silenzio. *Mamma è qui, Bea*, ripete Grace in continuazione. *Mamma è proprio qui, non preoccuparti.*

Il tempo si distorce di nuovo e ci sono spazi vuoti, lacune al posto delle informazioni. Grace è nel corridoio di un ospedale, c'è anche Ben, e lei non ha idea di chi l'abbia chiamato, di come abbia fatto a rintracciarle. Non hanno il permesso di entrare nel posto in cui hanno portato la loro figlia per farle qualunque cosa le stiano facendo, e Grace sa che Bea avrà paura senza di lei, non le piace stare con gli sconosciuti, più di tutto è quel pensiero ad angosciarla. Da qualche parte qualcuno sta gridando e a Grace viene il dubbio che quel suono stia uscendo dalla sua stessa bocca.

Adesso sta camminando. Avanti e indietro, avanti e indietro sulle piastrelle viniliche macchiate che puzzano di disinfettante e malattia, come se così facendo potesse fermare i pensieri. Le sue costole sono diventate artigli e il rumore dei suoi denti che battono le rimbomba in testa talmente forte che è come se qualcuno le stesse ballando il tip tap sul cranio. *Andrà tutto bene*, sta dicendo Ben. *Andrà tutto bene, Grace.* Ma fa freddo, freddissimo, Grace non riesce a scaldarsi e le parole di Ben si congelano, si riempiono di crepe e scompaiono. E poi c'è una donna che sta avanzando lungo il corridoio con passo troppo cauto, diretta verso di loro. Ha un cordoncino intorno al collo e sta fissando Grace. E all'improvviso Grace esce da se stessa. Si osserva dall'esterno, osserva la donna, il medico, che continua ad avvicinarsi, e non c'è nulla che possa fare per impedirle di raggiungerli, e sa, ha già capito.

« Be', si riguardi, ecco. »

Grace sbatte le palpebre, sbalordita nel trovarsi di nuovo davanti il giovanotto con l'acconciatura afro rossiccia.

Lui si dà un brusco strattone all'orlo della maglietta e la guarda inarcando le sopracciglia come a dire: *Non sto scherzando, si riguardi.* Dopodiché si allontana.

Grace si guarda le mani e alza di nuovo la testa.

« Grazie! » grida a pieni polmoni senza nemmeno rendersene conto in modo che lui la senta nonostante le cuffie. « Di essere stato così gentile. » La sua voce è un po' roca, sembra proprio una squilibrata.

Quando il ragazzo si volta, nel solco sulla sua fronte c'è un che di divertito, un punto interrogativo. « Si figuri. » Ride. « Lo riferirò a mia madre. »

Dandole di nuovo le spalle, prende un accendino e con un colpo di pollice dà vita a una piccola fiamma. Un ultimo saluto prima di andarsene definitivamente.

Avevano acceso ventinove lanterne di carta. Una per ogni mese della sua vita. Grace era uscita dalle porte della lunga stanza rettangolare con il soffitto alto, facendosi strada in diagonale sul pendio erboso che conduceva a una zona più pianeggiante. Nel buio riusciva a stento a riconoscere le facce delle persone intorno a lei, ma nell'aria c'era un senso di scopo, di affaccendamento, dopo la terribile immobilità che aveva regnato all'interno. I sandwich del buffet ricurvi come bocche tese in un ringhio, la bacheca, simile a quelle comunali, tappezzata di foto di sua figlia che lei non aveva la forza di guardare. La sua incredulità, mentre stava seduta sulla sedia dorata per le cerimonie di matrimonio, per il fatto di essere lì, a fare ciò che stava facendo. Aveva accettato un bicchiere di vino e l'aveva sorseggiato, un gesto assurdo, come se fosse a un evento di lavoro o a un compleanno, come se la vita fosse andata avanti. Non avrebbe dovuto bere con i farmaci che stava assumendo.

Fuori tutti rabbrividivano per il freddo, ma lei non sentiva nulla. Sotto le sue dita, la fragile struttura di bambù dietro la carta della lanterna era la fontanella della sua bambina. Prima si era vomitata sui vestiti ed era consapevole di emanare un odore acido. « Mi sono vomitata addosso », aveva sussurrato a Cate mentre lei le porgeva un accendino di plastica. E sua sorella l'aveva abbracciata, dicendole che non importava. Lì, sull'erba, con i tacchi degli stivali che sprofondavano nel fango, aveva cercato di accendere lo stoppino, che però non aveva nessuna intenzione di collaborare. Aveva provato e riprovato, con un'urgenza sempre maggiore, facendosi male al pollice a furia di sfregarlo contro la rotellina di metallo. Intorno a lei si stava diffondendo un odore di paraffina a mano a mano che le lanterne volavano via, inghiottite dal cielo color onice. E Grace era stata assalita dal panico perché la voce nella sua testa stava diventando sempre più forte, dicendole che doveva riuscirci, che questa era la cosa più importante che avrebbe fatto in vita sua. « Accenditi, brutta stronza », aveva borbottato. *È per Bea. Devo farlo per Bea.*

Poi dietro di lei era comparso Ben. Le aveva tolto l'accendino di mano, facendo guizzare la fiamma più di una volta, ma lo stoppino continuava a non accendersi. Grace aveva sentito la giacca di Ben frusciare mentre lei si teneva l'inutile lanterna contro il petto, sopra il cuore così dolorante che era come se qualcuno le avesse dato un pizzicotto proprio lì, torcendoglielo. Il cielo sopra di loro era di un arancione vivido. Le lanterne di carta si innalzavano l'una dopo l'altra, dandole il capogiro, le vertigini. « Io non ci sono riuscita », continuava a ripetere. « Non funzionava. » Poi, alla fine, Ben aveva cercato di prendere la lanterna che non voleva accendersi. Lei però aveva serrato i denti, stringendola con forza. Non l'avrebbe lasciata per nessuna ragione al mondo.

Il giovanotto se n'è andato e il sole sta cominciando a tramontare su Swiss Cottage quando Grace si issa a fatica dal muro. Da una finestra aperta giunge una musica, un ritmo rapido, elettronico, e un cane guaisce in un giardino sul retro di qualche casa. L'aria è ancora viscosa, e Grace sente che la pelle tra le sue gambe e sotto l'elastico del reggiseno è bagnata di sudore. Le sue scarpe strette sono sporche di terra e schizzate di una sostanza appiccicosa color ambra. Avverte un dolore profondo alla spalla e le brucia il fianco. Le fanno male le piante dei piedi e ha un crampo al polpaccio. A ogni passo, la vescica sanguinante sulla sua caviglia grida: è come se si fosse squarciata la carne con un coltello. La testa comincia a vorticarle e lei si ferma per recuperare l'equilibrio perché teme che potrebbe svenire da un momento all'altro. Ma adesso ha svoltato l'angolo, è quasi arrivata. È così vicina che fa male.

Due mesi prima

Grace Adams 03.48 **GA**
Richiesta di incontro URGENTE
A: John Power

Gentile signor Power,
ho necessità di discutere urgentemente con lei di una questione relativa alla tutela di un minore ai sensi della Legge per la protezione dell'infanzia del 1989/2004. Mi creda, si tratta di una vicenda molto seria, che vede il coinvolgimento di uno dei collaboratori della scuola. Nello specifico, l'accaduto rientra nell'ambito di applicazione della Legge sui reati sessuali del 2003, secondo la quale, come di certo saprà, un adulto che intrattenga rapporti sessuali con qualsiasi soggetto nei confronti del quale ricopre una posizione di responsabilità, a prescindere dal fatto che tale soggetto sia consenziente o meno, è considerato colpevole di reato.

La prego di contattarmi per fissare un appuntamento. Oggi sono disponibile tutto il giorno e ritengo che la questione debba essere affrontata al più presto.

Grazie,
Grace Adams

Lotte si rifiuta di parlare. È seduta sulla sedia con le gambe piegate e la fronte appoggiata alle ginocchia, e Grace sta reprimendo l'impulso di ordinarle di togliere i piedi da lì. Di fronte a loro, John Power fa partire il suo giocattolo da ufficio, uno di quegli affari con cinque palline d'acciaio che, una volta iniziato, sbattono in eterno l'una contro l'altra. È un gesto strano da parte sua. Nel silenzio della stanza, quel sonoro ticchettio sembra un orologio che fa il conto alla rovescia o che scandisce lo scorrere del tempo. Grace si domanda se sia un metodo cui ricorre abitualmente per far crollare i suoi studenti.

« Lotte, se non parli la situazione non migliorerà », sta dicendo il preside.

La donna dai lineamenti affilati alza lo sguardo. Seduta a sinistra di John Power, sta prendendo alacremente appunti, su cosa Grace non ne ha idea, considerato che Lotte non ha ancora aperto bocca. È possibilissimo che continuerà a non parlare. Non ha nemmeno reagito quando ha visto entrare Grace. L'ha soltanto guardata in faccia per poi distogliere gli occhi con espressione vacua, come se sua madre non esistesse.

« Non sei nei guai. » Il preside appoggia i gomiti sulla scrivania e si sporge in avanti. « Ma naturalmente non c'è bisogno che te lo dica io, Lotte, sei una studentessa molto brillante. Il fatto è che se dovessimo indagare e scoprire che... » Si interrompe. « Voglio dire, è chiaro che è una questione molto seria. »

Premendo INVIA in piena notte, Grace si era sentita come se stesse lanciando una granata nel fragile cuore della sua vita. Come previsto, erano passate da poco le sette del mattino quando aveva ricevuto la telefonata con l'invito a scegliere l'orario a lei più consono. Lotte non lo sa, ma John Power non ha ancora parlato con il professore. Con Nate. Questo sarà il passo successivo. La possibilità di un faccia a faccia non è nemmeno stata contemplata, e Grace sente già che le file si stanno serrando, che è una vicenda su cui la scuola vuole mantenere il massimo riserbo. Nonostante la gravità delle accuse – che non sono accuse, bensì dati di fatto, come Grace ha già sottolineato più volte –

in campo c'è il consueto atteggiamento difensivo tipico degli incontri tra genitori e insegnanti. Grace sta cercando di spegnere il fuoco che le brucia dentro da molto prima che convocassero Lotte. «Li ho visti con i miei occhi», aveva detto al preside e alla sua spalla due minuti dopo l'inizio del colloquio, con i palmi alzati in segno di protesta e la voce di chi ha passato una lunga notte insonne. «Qui non c'è nulla di ambiguo o opinabile. Non c'è dubbio.» *Promettimi che non lo dirai a nessuno, mamma. Promettimelo.* Si è ripetuta mentalmente le parole di Lotte un'infinità di volte. Ha sentito l'eco bugiarda della sua risposta, la meschinità delle sue parole. *Te lo prometto.* Era stato stupido da parte sua, ma in quel momento le era parso di non avere scelta, benché sapesse che quella bugia le si sarebbe ritorta contro.

Dall'altra parte della scrivania, John Power afferra le palline d'acciaio e poi le lascia delicatamente. Sebbene si siano fermate, il ticchettio continua a risuonare nelle orecchie di Grace.

Lotte non si è mossa di un millimetro. Non ha nessuna intenzione di rispondere. Sta dando prova di una determinazione notevole – Grace quasi la ammira – e loro non possono costringerla a parlare. Lo sanno tutti.

«Lotte?» ritenta il preside.

All'improvviso Grace vorrebbe che Ben fosse lì. Non è sicura di potercela fare da sola. Non l'ha ancora chiamato perché non vuole affrontare il pensiero di aver fallito per l'ennesima volta.

John Power si raddrizza sulla sedia. «Credo che a questo punto dovremo valutare di fissare un nuovo incontro.» Inarca le sopracciglia e rivolge uno sguardo a Grace. «Per ora abbiamo tutto il necessario, e ovviamente parleremo anche con...» esita. «Con le altre parti coinvolte.»

Con la coda dell'occhio, Grace vede Lotte sussultare. Le altre parti. L'uomo che sua figlia crede di amare. L'uomo dal quale Grace per un momento – per più di un momento – è stata stupidamente e irragionevolmente attratta. Mette subito a tacere quel pensiero.

«Okay.» Il preside unisce le dita e si posa i pollici sulle labbra. « Dovremo chiederti di rimanere a casa per qualche giorno, Lotte, mentre risolviamo la questione. » Inclina la testa, rivolgendo un segnale alla donna con il viso aguzzo di cui Grace non ricorda né il nome né il titolo. « C'è una procedura alla quale dobbiamo attenerci. » Si gira verso Grace. « E avremo bisogno di tutta la sua collaborazione. »

Com'è che Grace ha l'impressione di essere lei quella sotto accusa? Lei insieme a sua figlia.

« Rimango in attesa di aggiornamenti allora », dice in tono secco.

La frase non fa in tempo a uscirle di bocca che Lotte è già in piedi. Grace si alza in fretta. Arrivano alla porta insieme. Lotte si ferma e si gira a guardarla. Non è lo sguardo di una bambina: è uno sguardo da donna a donna, e a Grace si spezza il cuore perché negli occhi di sua figlia vede dolore, sofferenza, ma anche qualcos'altro. Disgusto, odio persino.

Dietro di loro il preside si schiarisce la gola. « Mi farò vivo. »

Lo vede all'istante, appena mettono piede fuori dell'ufficio. Per un attimo pensa di averlo sognato, perché è impossibile, davvero impossibile che siano così stupidi da permettere che succeda una cosa del genere. Non hanno nemmeno avuto il buon senso di aspettare che loro due se ne fossero andate per convocarlo. È all'altro capo del corridoio e si sta dirigendo verso di loro. I capelli chiari gli ricadono sulla faccia e la sua andatura è come al solito quella di una persona rilassata e al tempo stesso convinta che niente e nessuno possa intralciarla. È scortato da una donna. La segretaria con gli occhiali rossi e l'hijab.

Grace lo fissa intensamente, ma se lui le ha notate in fondo al corridoio, fa finta di niente. La rabbia si impadronisce di lei. *Guardami*, pensa. *Guardami, brutto bastardo*. Vorrebbe prenderlo per i capelli e sbattergli quella stupida faccia scolpita contro la parete verde menta zeppa di ditate di bambini.

Di punto in bianco Grace ha la sensazione che qualcosa si stia staccando dal suo fianco. Per un momento non capisce, poi vede Lotte precipitarsi verso di lui.

«Nate!» Quel nome è dolore allo stato puro nella bocca di sua figlia.

Grace osserva Nate posare lo sguardo sulla segretaria e poi distoglierlo. Nello spazio tra le sue sopracciglia si forma un solco sottile che gli conferisce un'aria perplessa. E sta quasi sorridendo, con gli angoli della bocca leggermente increspati, come a dire: *E questa chi è? Cosa sta succedendo qui?* Come se, qualunque cosa fosse, non avesse nulla a che vedere con lui.

«Nate, ho il plettro che mi hai regalato, proprio qui.» La voce di sua figlia squarcia il silenzio del corridoio. «Lo porto sempre con me perché ti ho fatto una promessa.»

Inorridita, Grace osserva Lotte fermarsi e infilarsi una mano nella camicetta della divisa scolastica per poi tirare fuori il plettro dal reggiseno. Lo solleva, un trofeo di plastica da due soldi.

«E imparerò a suonare da autodidatta, così quando potremo stare insieme...»

«Lotte!» interviene Grace, non sopportando quello scambio.

Lui tira dritto: non ha intenzione di guardare né l'una né l'altra. Le sta ignorando entrambe, fingendo che non esistano. È quasi biblico il suo incedere lungo quel corridoio fatiscente illuminato dalle luci al neon. È san Pietro apostolo. È Giuda senza il bacio. *O, meglio, il bacio ci sarà stato ieri sera*, pensa Grace con un conato di vomito, furibonda.

«So che non hai scelta, Nate.» La voce di sua figlia adesso è più urgente. «Lo capisco.»

«Lotte!» Stavolta Grace grida.

Sua figlia arriva all'altezza di Nate davanti a una delle aule di arte. A separarli c'è soltanto la segretaria, e Lotte si circonda la vita con le braccia, come se solo così potesse trattenersi dal toccarlo. Come se d'istinto sapesse che farlo sarebbe troppo, che significherebbe superare un limite.

«So che devi per forza snobbarmi.» Adesso sta camminando all'indietro, incespicando per tenere il passo con loro. «Ti amo. E aspetterò... proprio come ci siamo detti, okay?»

Sentendo queste parole, la donna accanto a lui ritrae la testa in maniera esagerata. Sta fissando Lotte senza celare minimamente il suo disprezzo, disgustata. Nate continua imperterrito a guardare altrove, con espressione impassibile, come se non fosse nemmeno lì.

E Grace rimane sgomenta davanti a questa scena. Qualcosa di simile a ghiaccio le scorre lungo la spina dorsale. Perché sua figlia sembra una ragazzina disperata, ingenua, pazza. Una mitomane. Una bugiarda.

Grace irrompe in camera di Lotte prima di poter cambiare idea. Mentre tornavano a casa in macchina non hanno spiccicato parola. Sul sedile del passeggero, Lotte ha tenuto la testa girata a un'angolazione così innaturale che di sicuro doveva farle male il collo. Grace è esausta e spaventata. Vorrebbe correre a nascondersi da tutto. Non ha nessuna voglia di parlare con sua figlia, è l'ultima cosa che desidera fare in questo momento, ma è lei l'adulta, spetta a lei. Sa di non poter lasciare le cose come stanno.

In camera regna il solito caos, ed entrando Grace scavalca un ferro per i ricci ancora collegato alla presa, con il cavo teso come uno di quei fili che fanno scattare una trappola. Lotte non alza nemmeno la testa. I cassetti sono tutti aperti come se stesse cercando qualcosa e ai suoi piedi c'è un groviglio di vestiti. Si è allentata la cravatta della divisa e si è raccolta i capelli in uno chignon alto. In camera c'è l'odore di chiuso di quando non si cambia l'aria da troppo.

«Lotte...» attacca Grace, ma non riesce ad andare avanti. Sua figlia è una sconosciuta con un viso familiare, qualcuno di distante, inaccessibile.

Di colpo quindici anni svaniscono nel nulla. Grace è di nuovo sul letto dello University College Hospital, sfinita e debole, eppure eccitata come se fosse ancora sotto l'effetto delle scariche trasmesse dall'elettrostimolatore TENS che Ben le ha collegato alla schiena. Dopo nove lunghi mesi, per la prima volta sta stringendo tra le braccia la sua bambina. Questa creatura misteriosa che si è mossa e spostata dentro di lei, sussultando e disegnando forme simili ad alieni paffuti, spingendo i minuscoli pugni e i piedi contro la pelle di Grace. Una creaturina paonazza ben avvolta in un telo da ospedale, i capelli bagnati di sangue e muco. Occhi scuri e indagatori che penetrano sin nell'anima di Grace mentre si guardano a vicenda in faccia, l'una più esausta dell'altra. *Quindi questa sei tu.*

«Lotte...» ritenta. *Ciao, bellissima*, le aveva ripetuto in continuazione dal letto d'ospedale, creando un linguaggio per loro due. *Ciao, bellissima bambina.*

«Lotte, non ho potuto...»

Lotte le volta le spalle e comincia a cacciare i vestiti che ha tirato fuori dai cassetti in una borsa messa sul letto. È la borsa da spiaggia verde acceso che regalavano da Brent Cross, un omaggio di un brand di cosmetici.

Grace sposta lo sguardo dalla borsa a sua figlia. «Cosa stai facendo?»

Lotte serra le labbra sino a farle sparire. Per un momento Grace pensa che non risponderà. Dagli occhi gonfi di sua figlia capisce di averle spezzato il cuore.

«Mi trasferisco da papà.»

Sulle prime Grace non è sicura di aver sentito bene. «Cosa?» domanda facendo un altro passo in camera.

«Hai fatto la tua scelta.» Lotte ha infilato la mano nel cassetto e tira fuori una felpa, quella blu con i caratteri giapponesi gialli.

Grace sente un battito d'ali pesanti contro lo sterno. «No, non è stata una scelta.» Scuote la testa e fa una risata che in realtà è tutt'altro. «Sono *tua madre*, Lotte. Non potevo fare altrimenti. Quello che lui...»

«Mi fidavo di te.» La voce di Lotte sovrasta la sua. «Mi fidavo di te e tu hai infranto la tua promessa. Ma la sai una cosa? Non mi stupisce nemmeno. Credo proprio che non si stupirebbe nessuno, perché è così che sei. Nessuno può contare su di te.»

«Come? Di cosa stai parlando? Sei ingiusta.»

Sua figlia scoppia in un riso sprezzante. Senza smettere di tirare fuori roba dai cassetti. A casaccio, così come capita, lasciando cadere tutto dentro la borsa sul letto.

«Fermati, Lotte! Guardami.»

Lotte scaraventa i jeans che ha in mano sopra la borsa e in camera risuona uno schiocco che sembra quello di una frusta. Dopodiché Lotte si piazza le mani sui fianchi. Trema dalla testa ai piedi mentre prende un respiro. «Per caso Bea ha potuto contare su di te?» La sua voce è una scala ascendente. «Eh?»

Grace è senza parole. Non riesce nemmeno a ricordare l'ultima volta che Lotte ha pronunciato il nome di sua sorella. Dev'essere stato quando aveva dieci anni, fosse undici.

Dopo essersi guardata freneticamente intorno, Lotte afferra la matrioska impolverata dalla libreria e la scaglia a terra. Il legno dai colori vividi esplode come una granata, disseminando schegge in tutta la stanza. Grace prova un dolore fisico. Questi sono frammenti del suo passato. Per un attimo rivede la sala da tè a Primrose Hill, le bamboline russe allineate dietro il bancone con le bambine segrete racchiuse al centro.

Lotte strizza gli occhi, che diventano due fessure lampeggianti. Quando parla, nella sua voce vibra una collera trattenuta. «Sappiamo tutti cos'hai fatto.»

Nel cervello di Grace scatta qualcosa. Senza nemmeno rendersi conto di cosa sta facendo, dà uno schiaffo a Lotte. Sente il peso di tutto il braccio e della spalla nel palmo della mano, vede la testa di sua figlia schizzare indietro e poi di nuovo avanti.

Lotte si porta una mano alla guancia. L'espressione sulla sua faccia è sconvolta.

Di sotto, in cucina, Grace apre l'acqua calda e tiene le mani tremanti sotto il getto bollente finché il lavandino non si è riempito. Il cuore le martella nel petto come se si fosse appena presa un grosso spavento. Ha le mani in fiamme. «Come osa?» sta dicendo sottovoce. «Come osa?» Nella sua testa risuona una cacofonia di voci troppo caute. *È stato un incidente... Non puoi incolpare te stessa... Non è colpa tua... Un incidente...*

Grace afferra una pentola e la scaraventa nel lavandino. Non ha mai picchiato sua figlia. Mai. Prende la paglietta dallo scolapiatti e comincia a sfregare un cerchio nero di porridge bruciato. L'acqua trabocca dal bordo della pentola, esce dal lavandino e le inzuppa la camicia. Grace sfrega più forte. «Sono una persona anch'io», mormora. «Sono *un essere umano.*» Sbattendo di nuovo la pentola sullo scolapiatti, prende una ciotola della colazione e la butta nel lavandino, come se volesse annegarla. Il latte tinge l'acqua di bianco, diffondendosi come una lenta nuvola di fumo.

Passano due minuti, forse tre, prima che dalle scale giunga un rumore di passi. Grace ferma le mani, tende l'orecchio. All'ingresso sente Lotte infilare bruscamente i piedi nelle scarpe. Grace pensa al retro di quelle sneakers costate un occhio della testa, quelle con la suola alta, che adesso sono consumate e rovinate intorno al tallone sebbene lei abbia ripetuto migliaia di volte a sua figlia di slacciare le stringhe prima di indossarle. Tira fuori una tazza dal lavandino, stringe il bordo, osserva la punta delle sue dita diventare bianca. Tra un attimo Lotte se ne sarà andata.

Va' a fermarla, dice una voce nella sua testa. *Cresci. Fa' il tuo lavoro. Comportati da madre*. Ma la rabbia in lei non si è ancora spenta. Ne ha abbastanza di mordersi il labbro, di stare zitta per quieto vivere, di rannicchiarsi in uno spazio sempre più angusto che determina cosa sia accettabile dire, fare, essere e cosa no. Che Lotte se ne vada pure, se è quello che vuole. Che se la veda Ben con lei. Che ci provi. Che faccia la sua parte. Che scoprano da soli tutte le piccole cose che Grace fa senza che loro se ne rendano nemmeno conto.

Sente lo schiocco della serratura, dopodiché una corrente d'aria investe la cucina, segno che la porta d'ingresso si è aperta. Grace trattiene il respiro come se così facendo potesse evitare l'inevitabile. L'aria fredda le lambisce le caviglie. Poi la porta si richiude.

Grace appoggia i gomiti al lavandino e china la testa. Il silenzio della casa la aggredisce.

Quanto tempo lascia passare? Sposta piatti, tazze e ciotole, fingendosi indaffarata. Un minuto? Cinque? Dieci? Non lo sa. Poi quelle parole le affiorano di nuovo alla mente. *Sappiamo tutti cos'hai fatto...* E la verità la lascia di sasso. Lotte non ha detto nulla che Grace non sappia già. La sua unica colpa è di aver dato voce alla vergogna di sua madre. Ha portato alla luce il segreto terribile, oscuro e insopportabile che Grace si porta dentro: è lei la responsabile della morte di Bea.

Grace tira fuori le mani gocciolanti dal lavandino, attraversa di corsa il soggiorno sino all'ingresso ed esce di casa. Non si ferma nemmeno a mettersi le scarpe. Mentre corre lungo il vialetto, i sassolini le si conficcano sotto i piedi, pugnalando la carne attraverso i calzini sottili. Arrivata al cancello, controlla a destra e a sinistra senza vedere nessuno. Sceglie una direzione e si mette a correre, poi cambia idea, si gira e va dall'altra parte. Ha percorso una ventina di metri quando stabilisce di essersi sbagliata. Lotte non avrebbe mai preso questa strada. Si ferma di colpo e comincia a correre nella direzione opposta. Quando svolta l'angolo per imboccare la strada successiva, qualcosa di simile all'allarme di una macchina comincia a risuonarle nelle orecchie. La strada davanti a lei è deserta: per quanto la scruti, non vede anima viva. Eppure arriva a metà della via prima di fermarsi. È troppo tardi. I suoi polmoni sono sul punto di esplodere e lei si china in avanti. È come se non avesse imparato nulla.

Quando si raddrizza lo vede. Il lungo e ampio arco disegnato da un arcobaleno in fondo alla strada. È splendido, fuori luogo. Le strisce sono grosse, luminose, e attraverso gli spazi vuoti tra le case e gli alberi Grace riesce quasi – *quasi* – a vedere il punto in cui tocca terra da un lato. Il suo viso è bagnato di pioggia, o forse di lacrime, e sopra di lei una luce bianca si sta aprendo un varco nel cielo scuro. Mentre Grace resta lì, immobile, compare un altro arcobaleno, un'eco del primo. Un doppio arcobaleno. Grace non ne aveva mai visto uno in vita sua e non riesce a distogliere lo sguardo. Vorrebbe risucchiare quelle splendide curve, morderle, inghiottirle.

Ma mentre ammira lo spettacolo, l'arcobaleno comincia a sbiadire sino a dissolversi. Prima c'è e poi non c'è più. Grace intreccia le dita e si porta le mani allo sterno, nel punto in cui sente bruciare.

2018

Grace non se l'aspettava minimamente. Per strano che possa sembrare, vivono in questo stato di animazione sospesa da così tanto tempo che non ha notato nulla di insolito.

È inginocchiata in bagno a pulire la vasca quando lui entra. Con la manica arrotolata sino all'ascella e lo spray anticalcare in mano, Grace alza brevemente lo sguardo. Ben indossa i vestiti da lavoro, la camicia azzurra con il colletto slacciato, i pantaloni chino grigi e una sottile cravatta di lana allentata. Cosa ci fa lì? La sua presenza, persino il suo odore, la irritano. Aspetta che prenda quello che gli serve e se ne vada.

Invece Ben avanza verso di lei con uno sguardo che la mette in allarme. «Credevo avessi una consegna», le dice.

Grace si stupisce che lo sappia: non le chiede nulla del lavoro da non ricorda nemmeno quanto. Ma dalla sua espressione, dal modo in cui si sta tormentando il polsino della camicia senza riuscire a guardarla negli occhi, Grace capisce che è lì per un altro motivo. «Sì», risponde. Per la precisione avrebbe dovuto consegnare il lavoro più di due settimane fa. Altrimenti perché mai si sarebbe messa a fare le pulizie di primavera?

Ben emette un suono senza muovere le labbra e va dall'altra parte del bagno a raccogliere un asciugamano caduto. Lo ripiega alla bell'e meglio e lo rimette sul portasciugamani. *Cosa vuole?* Girandosi di nuovo verso la vasca, Grace punta l'anticalcare verso lo scarico e spruzza.

Dietro di lei, Ben si schiarisce la gola. «Non c'è un modo facile per dirlo...»

Non serve altro. Una singola frase fatta. E all'improvviso Grace ha l'impressione di essere caduta fuori dalla sua vita per ritrovarsi su un palcoscenico. Con eccessiva cautela posa l'anticalcare sul tappetino. Tiene il panno stretto in mano come se potesse fungere da appiglio.

Ben è davanti al lavabo, imbarazzato. Grace vede la sua schiena riflessa nello specchio, le sue spalle incurvate verso l'interno, una piega stirata male che gli disegna una linea a zig-zag lungo tutta la camicia.

«Non posso più continuare così», dice.

«In che senso?» domanda Grace come una stupida. Avverte una strana pressione contro le tempie.

«Ormai sono troppo oltre per poter tornare indietro, Grace. Capisci cosa intendo?» Si aggrappa al lavabo dietro di sé. «È troppo tardi per ricominciare.»

Grace vede le nocche di Ben sbiancare mentre lui parla. Capisce le parole, ma è come se celassero un altro significato.

«Ho trovato un appartamento a Swiss Cottage. Ho stipulato un contratto di affitto a breve termine mentre cerco qualcosa di più stabile. La prossima settimana avrò le chiavi e mi trasferirò martedì, quindi tu sarai al lavoro quando io... me ne andrò. Prenderò giusto i miei vestiti e qualcosa di essenziale per il momento, non ho nessuna intenzione di fare lo stronzo, ovvio, quindi spero che l'impatto sarà minimo, e...»

Ben sta muovendo la bocca ma lei non sente più nulla. Quello davanti a lei è un uomo che evita, che vede a malapena se non la sera a cena, quando si siedono a tavola tutti e tre insieme. E spesso c'è un buon motivo per saltare anche quella. Grace si sforza di ricordare l'ultima volta che hanno fatto sesso. O che hanno intrattenuto una conversazione più profonda di: *Riesci a fermarti a prendere il pane sulla via del ritorno?* Nessuna carineria, nessuna banalità. Se Ben entra in una stanza, lei tende a uscirne poco dopo. Lo stesso vale per lui. Quindi adesso Grace non si spiega perché abbia la sensazione di essere stata colpita alla testa con un oggetto contundente.

Quando Ben ha finito di parlare, lei si limita ad annuire. Come se non avesse detto nulla di straordinario.

« C'è un'altra? » Il suo tono è neutro, transazionale, lo stesso che userebbe per chiedergli se si sia ricordato di pagare la bolletta del gas. Ma il lato del suo occhio sinistro la tradisce: avverte un tremolio che non riesce a controllare.

Lui scuote la testa e si mette a giocherellare con il primo bottone della camicia. Quel fastidioso vizio che un tempo la affascinava tanto. Dal collo di Ben si spande un rossore che arriva sino al mento.

All'improvviso Grace vede davanti a sé l'uomo che ha conosciuto al raduno dei poliglotti, proteso verso di lei sopra le sedie della sala, il maglione nero con i polsini bucati, i capelli che sparavano in tutte le direzioni. Dita splendide, lunghe, con le unghie squadrate tagliate corte, che prendevano una penna dalla sua mano. Quel sorriso di fronte al quale aveva temuto che stesse ridendo di lei, con il suo schieramento di cancelleria da prima della classe. La sua certezza quasi immediata che Ben fosse l'unica persona normale lì dentro. E poi, nel bar del circolo studentesco, il suo invito avventato, ubriaco. *Ti va di venire con me?*

Dal momento che non si è sciacquata i residui chimici di detergente, comincia a bruciarle il dorso delle mani. È ancora in ginocchio di fianco alla vasca, e teme che non riuscirebbe ad alzarsi nemmeno se lo volesse.

« C'è *stata* un'altra, Ben? » Il suo viso è aperto, lo guarda come se non stesse mascherando nulla, ma in realtà sta torcendo il panno sino a trasformarlo in una corda blu. « C'è stato qualcosa tra te e Lina? »

Lui china la testa e si preme i pugni sugli occhi. Un velo di barba sta cominciando a disegnargli un'ombra sul mento, come se non si radesse da qualche giorno. Quando alza lo sguardo, è pallido come un cencio.

« Grace », dice facendo un passo verso di lei. « Io... »

Ma lei alza una mano per fermarlo. C'era stato quel messaggio a Natale, anni prima, scribacchiato sul retro del programma della conferenza. E poi la telefonata cui aveva risposto Grace, quando il nome della sua ex fidanzata era comparso sullo schermo prima che la comunicazione si interrompesse. E tuttavia Ben avrebbe potuto mentirle, e lei gli avrebbe creduto: non vuole che sia vero.

Grace chiude gli occhi e li riapre lentamente. Il dolore è lancinante.

« La sai una cosa? » dice alla fine, e la sua voce è dolce. « Io non te l'avrei mai fatto. Nemmeno dopo tutto quello che è successo... » Esita, non riesce a guardarlo. « Neanche per sogno. »

Lui si passa le mani tra i capelli e fa un lungo sospiro. « Lo so », mormora.

L'odore di anticalcare le fa pulsare la testa, un dolore accompagnato da un senso di nausea che le parte dalla base del cranio. Si preme il pollice sul muscolo e, a fatica, si alza. Se aveva immaginato questo momento, non era così che l'aveva fatto. Non è neanche lontanamente un dramma. Non nel senso che Lotte e i suoi amici attribuirebbero al termine. È soltanto qualcosa di cupo, grigio, pacato, triste.

« E Lotte? » Grace non è sicura di averlo detto ad alta voce. Ha il dubbio che le parole possano essere intrappolate dietro la gabbia dei suoi denti.

« Glielo dico io », risponde Ben. « Tu puoi essere presente oppure no, scegli tu. »

Grace si copre la faccia con le mani. Il sangue le pulsa sulla punta delle dita. Glielo dirà lui. Perché è sempre lui a parlare. L'ha fatto anche in passato, benché fosse compito di Grace. Era stato lui a parlare con Lotte quando lei non ci riusciva. Grace non sopportava nemmeno il pensiero di vedere il cuoricino di otto anni di sua figlia andare in frantumi.

Non farlo, lo sta implorando in silenzio, in preda alla disperazione. Nessuna bambina dovrebbe passare quello che ha passato Lotte. Ha già perduto così tanto.

Da fuori giunge il ronzio elettronico delle tosasiepi, cui risponde il grido rabbioso della gazza che sorveglia il giardino sul retro. Sei anni di lutto. È questo il tempo che hanno impiegato ad arrivare sin qui. Sei anni tanto brevi quanto infiniti.

«Credi che ce l'avremmo fatta se...» Grace si interrompe. «Se Bea non...» Non riesce a dirlo.

Ben inclina la testa all'indietro. La luce alogena è forte, e Grace vede che ha gli occhi lucidi.

«Però è morta», dice alla fine Ben aprendo i palmi come a dimostrare che non ha senso chiederselo.

Per un momento restano l'uno di fronte all'altra. Soltanto loro due, come all'inizio. Grace si ritrova catapultata a quindici anni prima, su una spiaggia in Cornovaglia. Il suo corpo è coperto da macchie di sale, ha la pelle d'oca e sta posando la bocca fredda su quella di lui. *Si può sapere chi caspita sei, Superwoman?* La voce di Ben le risuona ancora nelle orecchie.

In quel momento tra loro scatta qualcosa, lì, nel bagno bianco scintillante che prometteva una vita perfetta quando l'avevano scelto dalla brochure. C'è la terribile verità che conoscono soltanto loro due. E per un attimo, per un istante sospeso, Grace pensa che Ben stia per coprire la distanza che li separa.

Lui invece getta un'occhiata all'orologio alla parete. «Sono in ritardo.» Si dà una pacca sulla tasca della camicia come se stesse controllando di avere tutto prima di uscire. «Non volevo dirtelo con Lotte in casa», spiega. «Ma se vuoi che continuiamo a discuterne più tardi, naturalmente...» Si stringe nelle spalle. E Grace capisce di non avere speranza che Ben cambi idea.

Prende fiato come se fosse sul punto di dire qualcosa. Vorrebbe chiedergli di restare. Lo farà, ragioneranno insieme, perché in fin dei conti è stato un fulmine a ciel sereno. L'ha colta alla sprovvista, e potrebbero almeno parlarne, no? Ma lei è davvero troppo stanca; è completamente stremata.

Abbassa lo sguardo. «Abbiamo finito il latte. Puoi fermarti a comprarlo dopo il lavoro?» dice con un filo di voce. E poi si china per riprendere lo spruzzino, liberando Ben.

Dopo che se n'è andato, prima di fare quello che ha in mente, si costringe a finire di pulire la vasca, sfregando i rubinetti cromati, le fughe tra le piastrelle e il bordo del box doccia di vetro, dove ci sono le cerniere. Dopo aver strizzato il panno, lo appoggia ad asciugare sul calorifero. Rimette l'anticalcare nell'armadietto, poi sale le scale della soffitta.

La porta è rigida, e Grace tira la maniglia in alto e verso sinistra, perché così funziona sempre, poi accende la luce. Cerca a tastoni la scatola in fondo all'ultimo ripiano e la tira giù. Inginocchiata a terra, solleva il coperchio, scosta la carta velina ingiallita dagli anni e tira fuori le scarpine color ciliegia. Sfiora con i pollici la pelle morbida, infila le dita sotto i cinturini facendo sbatacchiare le fibbie argentate, così da poter accarezzare la suola consumata dai piedi della sua bambina. Sente l'odore di marzapane della vernice e ricorda Bea seduta sul cubo azzurro al negozio sulla collina, con la faccia che sembrava di marmo da tanto era concentrata mentre la commessa le infilava le scarpine. Bea si era fissata i piedi come se fossero un'entità a sé stante, flettendoli da una parte e dall'altra. «Sono rosse, mamma», aveva detto. «Guarda! Sono super lucide.»

Grace posa con delicatezza le scarpe a terra, mette la mano nella scatola e tira fuori il cardigan a righe rosa confetto. Poi affonda il viso nella lana cercando di ritrovare un profumo che sa benissimo essere svanito da tempo. E resta seduta a terra, vagamente consapevole che la luce in casa sta cambiando, sino a quando il rumore della chiave nella toppa le dice che Lotte è tornata da scuola.

Oggi

Adesso che finalmente è qui, dall'altro lato della strada rispetto a casa di Ben, non riesce a entrare. A un certo punto, non sa bene quando, il cielo ha cominciato a oscurarsi. Una luna opalina illumina l'edificio bianco squadrato, facendolo brillare tra le case vittoriane di mattoni rossi che lo fiancheggiano. In giardino la musica è accesa a tutto volume, un ritmo rapido, martellante, che fa accelerare il cuore di Grace. La festa è nel vivo.

Guardandosi – la scatola della torta malconcia e schizzata di sangue, la mazza da golf, la vescica che spurga sulla caviglia, i graffi arrossati sulle braccia, un livido brunastro sul polso – per la prima volta prende coscienza di quanto sia assurda tutta quella situazione. Di quanto sia folle l'impresa in cui si è imbarcata. È scoraggiata.

Non puoi venire qui, Grace. La voce di Ben le risuona in testa. Sa sin dall'inizio di non essere stata invitata, quindi perché soltanto adesso – adesso che finalmente è arrivata – ha capito che Lotte non la vuole, che qui non è la benvenuta?

Da dietro la casa giunge un grido seguito da alcune risate. Grace sposta il peso da una gamba all'altra. I suoi piedi sono cuori pulsanti, rossi e gonfi. Un ridicolo passo dopo l'altro, quel lungo viaggio ha fatto riaffiorare in tutta la sua potenza il passato che per anni Grace ha cercato di seppellire. Ciò che ha fatto, anzi, ciò che *non* ha fatto: una stupida, pericolosa non decisione che ha distrutto le loro vite, spargendone i resti in giro come cenere.

« Lotte! » Qualcuno sta chiamando il nome di sua figlia. Quel nome tanto prezioso. Grace lo sente riecheggiare lungo la strada, poi qualcuno qua e là si mette a cantare e a poco a poco prende vita un caotico *Tanti auguri a te.*

Un ricordo investe Grace in pieno. Sta salendo le scale con una pila di biancheria pulita e vede Lotte sbirciare attraverso la porta socchiusa della cameretta di Bea. Quando Lotte la sente, si volta e si porta un dito alle labbra.

« Cosa stai facendo? » sussurra Grace.

« Sto guardando Bea », risponde Lotte. « Sta giocando al Discorso della Regina. Oggi è il suo compleanno, uno di quelli importanti. »

Grace si avvicina e sporge la testa verso la porta. Vede Bea con la sua vestaglia rossa indossata come un mantello, accovacciata al centro del tappeto. Ha disposto davanti a sé una fila ordinata di venti o trenta giocattoli – il coniglietto blu, la bambola indiana con il sari, un piccolo Stormtrooper Lego, Iggle Piggle, la zebra fatta all'uncinetto, il dinosauro arancione, il gufo temperamatite di Lotte – tutti rivolti verso una piccola regina delle fate di plastica seduta su un trono fatto con un rotolino di carta igienica. Bea sta parlando a ruota libera, animandoli a turno e facendo cantare a ciascuno un pezzo di *Tanti auguri a te.* Lotte appoggia una mano sul braccio di Grace. « Mi piace perché pensa di essere da sola », dice a bassa voce. « E mi piace sapere cosa fa quando è da sola. »

Un secondo ricordo scalza il primo. Grace è in giardino a potare le rose appassite e Lotte la sta osservando, seduta a gambe incrociate sull'erba a mangiare una mela. « A scuola stiamo facendo gli indù », dice con la sua vocina dolce. « La maestra ha spiegato la reincarnazione e che dopo essere morti si torna indietro sotto forma di animali, e allora ho pensato alle persone che muoiono. » Addenta la mela e mastica per un momento. « Anche se non ce ne accorgiamo, con il cuore le sentiamo. » Grace chiude le cesoie troppo in fretta, tagliuzzandosi il dito con cui sta tenendo il gambo. Se lo porta alla bocca e succhia il sangue. «Tu no, mami?» Lotte le si è avvicinata.

Grace si passa il dito sulla maglietta, lasciandovi una striscia di sangue. «Sì, penso di sì», dice bruscamente. «Non sono esperta di induismo. Ascolta, tieni queste, cucciola, stai attenta con la lama.» Le passa le cesoie e raccoglie le rose avvizzite con mani tremanti. Tiene la schiena china come se fosse pronta a essere attaccata. Perché sa, ne è certa, che Lotte sta alludendo a sua sorella. Sta cercando di parlare di Bea. Quando Grace si raddrizza, con le braccia cariche di fiori marci e spine aguzze, Lotte la sta ancora guardando. Ma Grace non riesce a rispondere. «Okay, devo sbarazzarmi di queste e preparare il tè», dice in fretta dirigendosi verso casa. «Vuoi guardare un po' di tele?»

Dall'altra parte della strada, in una stanza al piano di sopra si accende una luce. Grace vede un'ombra passare davanti alla finestra. Quando Lotte l'aveva guardata in giardino chiedendole aiuto, lei aveva tradito le sue aspettative. Per quanto le riuscisse insopportabile, avrebbe dovuto parlarle di Bea in quel momento. Avrebbe dovuto costringersi ad aprire la bocca e a pronunciare le parole intrappolate nella sua gola. *Sì*, avrebbe dovuto dire. *Sentiamo la tua sorellina nel cuore, nella mente, nella carne, nei muscoli e nelle ossa. È nei nostri pensieri ogni singolo giorno, ogni singolo attimo, certo. Non c'è un solo momento in cui non pensiamo a questa cosa triste che ci è capitata*. Ha sbagliato a permettere al silenzio di sbocciare, attecchire e avvolgere tutti loro. Avrebbe potuto portare alla luce quelle parole e quel lessico devastante, per quanto ben nascosto. Avrebbe potuto ricostruire la sua famiglia, una dolorosa frase dopo l'altra, avrebbe potuto illuminare con significati scelti con cura l'oscurità muta che li aveva inghiottiti. Avrebbe potuto salvare tutti loro, e invece aveva lasciato che andassero a pezzi. Grace è ben consapevole dell'ironia della situazione. Parla cinque lingue, e tuttavia non è riuscita a trovare le parole per esprimere il dolore che alberga dentro di lei, per affrontare la loro sofferenza condivisa.

Senza nemmeno rendersi conto di cosa stia facendo, Grace è

scesa dal marciapiede e sta attraversando la strada. Sente una sirena in lontananza, e il tonfo deciso dei bassi le rimbomba nelle tempie mentre avanza lungo il vialetto e sale l'unico gradino per poi premere il pulsante del citofono. *Ho perso una figlia*, pensa mentre suona di nuovo, stavolta tenendo il dito sul campanello, pigiando con forza. *Non ne perderò un'altra.*

Quando Ben apre la porta, la musica proveniente dal giardino aumenta di volume e si riversa fuori come se una diga avesse appena ceduto. È a piedi scalzi, in jeans e maglietta, e ha un'aria stanca. « Santo cielo, Grace. » La squadra dalla testa ai piedi. Non con interesse sessuale, ma con un'espressione che rivela sconcerto, allarme, preoccupazione addirittura.

« Anch'io sono contenta di vederti, Ben. » Grace alza la voce per sovrastare la musica e fa un piccolo inchino. « Cazzo », borbotta subito dopo raddrizzandosi, dal momento che le è ceduto il ginocchio e una fitta di dolore le risale lungo la coscia.

Ben la sta ancora fissando con la fronte aggrottata. « Cos'è successo? »

« Arrivare qui è stata un po' un'avventura. » Grace inarca le sopracciglia. « Ma adesso ce l'ho fatta e ho bisogno di vederla. »

« No. » Ben fa un passo verso la porta per bloccarla sebbene lei non abbia nemmeno accennato a passargli davanti. « Voglio dire, guardati, Grace. Non ti permetterò di rovinarle la giornata. »

« Non essere ridicolo. » Grace fa una risata e si rende conto di aver parlato un po' come una squilibrata. « Non voglio entrare, voglio soltanto darle la torta, poi c'è qualcosa che ho bisogno di dirle, una cosa veloce, va bene? E poi *puf*, sparirò nel nulla. » Grace cerca di schioccare le dita, ma con la scatola della torta in una mano e la mazza da golf nell'altra, per poco non le fa cadere entrambe. È costretta a rinunciare.

« Papà! Chi è? »

« Lotte... » Grace vorrebbe chiamarla ad alta voce, ma il suono le si strozza in gola e le si capovolge lo stomaco. Teme che potrebbe accasciarsi lì, sulla porta.

Ben comincia a parlare ma il suono della sirena torna, più forte stavolta, all'incirca a una strada di distanza, quindi serra le labbra. Per un lungo momento restano a fissarsi, vecchi amanti, vecchi avversari.

« Deve sapere che sono venuta. »

Ben ha un attimo di esitazione, poi fa un passo indietro e apre la porta un po' di più mentre Lotte compare in cima alle scale dietro di lui.

È uguale identica e al tempo stesso completamente diversa, la sua bella, bellissima figlia. Porta tra i capelli il foulard di seta del matrimonio, quello con gli svolazzi rosa, ambra e neri che Grace indossava quando lei e Ben si sono sposati. *Si è messa il suo foulard.* Indossa un vestito argentato molto corto da cui spuntano gambe lunghissime che persino adesso che ha sedici anni – *sedici anni* – sembrano sul punto di spezzarsi da un momento all'altro. E poi gli occhi. Quegli occhi scuri e indagatori, familiari e al contempo estranei. Mentre la osserva, Grace ha l'impressione di guardare il sole.

Il cuore le batte all'impazzata ed è difficile dire se sia il solito effetto della perimenopausa – un'accelerazione terrificante, come se stesse puntando a tutta velocità verso l'orlo di un precipizio – o se si tratti di panico, paura o amore. Quanto tempo è passato dall'ultima volta che l'ha vista? Otto settimane, due mesi. Sessanta giorni. Troppo. Cerca di calmarsi ricorrendo allo stupido metodo della terapia cognitivo-comportamentale. È sua madre: avrebbe dovuto sforzarsi di più per vederla, avrebbe dovuto insistere e insistere, non avrebbe mai dovuto accettare un no come risposta.

Grace si copre la bocca con una mano mentre le lacrime scorrono, fredde e silenziose, sulle sue guance bollenti e arrossate. Non riesce a fermarle.

Nel buio della tromba delle scale, Lotte guarda prima Ben e poi lei. « Santo cielo », commenta, e l'espressione sulla sua faccia è disgustata. « Si può sapere qual è il tuo problema? » E si volta, pronta ad andarsene.

«Ti ho portato una torta!» grida Grace come una pazza. Con tutto quello che ha da dire a sua figlia, *proprio questo*? Eppure non le viene altro.

«Non la voglio la tua cazzo di torta.»

«Lotte, aspetta!» Grace fa un passo verso la porta, sentendo già il sapore del sale sulla lingua. «Dammi solo cinque minuti. Non chiedo altro. Poi me ne andrò.»

Sulla porta, Ben si gira verso loro figlia. «È venuta apposta per vederti», dice. «*A piedi*», specifica poi.

La schiena di Lotte è uno scudo che respinge entrambi. «Ma i miei amici...» Indica la casa, il giardino.

«Per favore, Lotte», insiste Ben.

La sirena ricomincia a ululare, più forte adesso, sovrapponendosi al ritmo della musica. Quel gemito scatena un'ondata di dolore dietro gli occhi di Grace. E c'è anche un altro suono, un tintinnio assordante dentro la sua testa che Grace sa non avere nulla a che fare né con la musica né con la sirena.

Entra subito in azione. Questa è la sua opportunità! Comincia a tirare il nastro della scatola. Il nodo è stretto e, pur tirando e tirando, Grace riesce a sciogliere soltanto metà. Le torna in mente la donna con la faccia pastosa della pasticceria. *L'ha fatto di proposito*, pensa.

Lotte adesso è dietro a Ben e la stanno guardando entrambi. La scatola è ammaccata, floscia, sporca di terra e ammollata dall'acqua, e tutto questo le sta complicando le cose. A rendere l'impresa ancora più ardua c'è il fatto che sta cercando di aprire la scatola con una mano sola, nella quale stringe già la mazza da golf. Non le passa nemmeno per la testa di posarla; l'istinto le dice che potrebbe averne ancora bisogno, è diventata una specie di talismano perverso.

«Un attimo di pazienza.» Grace sfodera un sorriso tirato perché teme che Lotte possa stufarsi da un momento all'altro e andarsene.

«Cos'è quella roba rossa?» domanda Ben indicando il coperchio della scatola.

«Marmellata», risponde secca Grace per poi affrettarsi a rivolgere un altro sorriso a Lotte.

Strattona di nuovo il nastro. Più forte.

«Bingo!» esclama come se fosse una parola che usa abitualmente. «Okay.» Si sporge verso di loro e nota che le tremano le dita mentre apre la scatola con il gesto più teatrale che le riesce. «*Ta-daa*», gracchia.

La torta è una poltiglia. Grace sente crollare qualcosa dentro di sé. Sapeva che non sarebbe stata messa bene, ma non si aspettava un disastro del genere. Non si aspettava questa torta ridotta in macerie come una zona bombardata in cui non è rimasto un solo superstite.

«Credo...» dice indicando l'interno della scatola. «Credo che questa sia Dani Dyer...»

Grace non riesce ad alzare lo sguardo. Non vuole vedere le loro facce. «Be', ha preso qualche botta, ma qui si vede ancora... sono piuttosto certa che questa sia la L di Lotte, e queste» – indica con il dito – «... queste sono sicuramente un paio di infradito...» Fa una pausa e deglutisce. «Era una torta a due piani, e adesso non si vede bene, ma era fantastica. C'erano guarnizioni fluo, la glassatura dorata, una piscina, bikini, olio abbronzante...»

Lotte non dice nulla.

«È a tema *Love Island*», spiega Grace casomai Lotte non l'avesse capito. «Super kitsch, certo, ma molto...» Lascia la frase in sospeso, consapevole di essere ridicola. Ridicola come questa torta distrutta che ha trasportato sin qui dall'altro capo di Londra.

«Il fatto è... ecco... è artigianale», conclude.

Lotte rotea gli occhi e mette un piede sull'ultimo gradino. «Non ti voglio qui.»

«Avrei dovuto parlarti!» Le parole le escono di bocca di loro iniziativa.

Sua figlia si ferma e si gira sui tacchi.

«Sì, puoi dirlo forte, avresti dovuto parlarmi.» La sua voce è bassa e roca come se si stesse sforzando di non piangere. «Avresti dovuto parlare con me, non con loro.»

Grace è perplessa. « Cosa? Con chi? »

« Non avevi nessun diritto di agire alle mie spalle. E me l'avevi promesso. Eri lì davanti a me e me l'hai promesso. Hai *mentito.* »

Nate. Si riferisce a Nate. Nonostante tutto ciò che hanno scoperto nel frattempo, Lotte non è ancora riuscita a passare oltre.

« Oh, Lotte », dice dolcemente prima di gettare un'occhiata a Ben. « Non sei stata la prima, lo sai, vero? Papà te l'ha detto, no? » Guarda Ben in cerca di una conferma e lui le rivolge un rapido cenno del capo.

Dal momento che Lotte non risponde, Grace continua. « L'aveva già fatto, in diverse scuole. Ci sono state almeno altre tre ragazze come te. Forse di più, le indagini sono ancora in corso. » Appoggia la torta sul gradino davanti alla porta e si alza lentamente perché ha l'impressione che qualcosa nella sua zona lombare stia per spezzarsi. Non desidera altro che tendere la mano libera verso sua figlia. Il viso di Lotte è di pietra. Ma sua figlia è ancora lì, pensa Grace. Non si è ancora mossa. Non se n'è ancora andata, non è ancora tornata alla sua festa.

« Ascolta, tesoro, lasciami... »

« Che succede qui? » grida qualcuno, dopodiché compaiono tre amiche di Lotte, schierate sulle scale alle sue spalle. Sudano sotto maschere di trucco, sembrano essersi fatte il bagno nel profumo e hanno lo sguardo intontito di chi ha bevuto, ma appena vedono Grace si fermano e la scrutano con circospezione, come se sapessero che sta succedendo qualcosa di grosso, del resto sono al corrente di tutto. Grace riconosce Leyla e Paris, mentre la terza ragazza non sa chi sia. I capelli biondi le arrivano ai fianchi, e porta un anello al naso. Leyla mette una mano sulla spalla di Lotte come per proteggerla.

Grace si passa la lingua sulle labbra secche, screpolate e doloranti per inumidirsele. « Avrei dovuto essere sincera con te », dice a Lotte. Si sta sforzando di ignorare il terzetto sulle scale perché il lusso di non umiliarsi in pubblico è qualcosa che non può concedersi. Deve risolvere questa faccenda prima che sua figlia cambi idea e se ne vada. « Avrei dovuto essere sincera con me stessa. »

Lotte si sistema il foulard tra i capelli e si gira verso le sue amiche.

No, pensa Grace. *Ti prego.*

« Tornate fuori, ragazze », sta dicendo sua figlia. « Io arrivo tra un minuto, okay? »

Lotte osserva le sue amiche allontanarsi prima di voltarsi di nuovo verso Grace. Quando parla, fissa un punto appena dietro le sue spalle, come se non sopportasse il contatto visivo con lei. « Mi hai fatto fare la figura della stupida. Con tutta la scuola. Con tutti. »

« Lo capisco. » Grace sta scegliendo le parole come se fossero granate. « Sono consapevole di quanto sia stato difficile per te. Sul serio. »

Sua figlia abbassa lo sguardo. Da uno dei giardini del quartiere giunge l'odore di un falò.

« Non sai quanto mi vergogno... » sussurra Lotte. « Credevo che lui... credevo che noi... Mi sento davvero un'idiota. »

Grace vorrebbe abbracciare sua figlia con ogni fibra del suo corpo. E invece resta dov'è. Non si azzarda a muoversi. « Non sei un'idiota. » In realtà quello che vorrebbe dire è: *Quell'uomo è un maniaco sessuale, e tu sei una bambina.*

Dal giardino si leva un suono di applausi seguito da grida entusiaste. Poi qualcuno alza la musica.

« Ho combinato un casino. » Grace sente il riverbero dei bassi nel petto. « Ho infranto una promessa e mi dispiace, ma ho l'impressione che qui non si tratti di... » Fa una pausa e si sforza di non sputare quella parola come fosse veleno « ... di *lui*, tesoro. Non più. » Si avvicina alla porta, giusto un pochino. « Ti ho delusa. È tutto il giorno che ci penso senza riuscire a darmi pace. Ti ho delusa profondamente nel momento in cui avevi più bisogno di me... » Grace si interrompe. Nei suoi polmoni è divampato un incendio. « Questa cosa che è successa a noi, alla nostra famiglia, a te... Non vedevo ciò che avevo proprio sotto il naso. Non ho mai parlato con te di Bea.»

Per la prima volta da quando Grace è arrivata, Lotte la guarda, la guarda sul serio, nell'intimo, poi rivolge gli occhi verso l'alto. Grace vede che sono lucidi.

«Non ci riuscivo.» Grace si asciuga la faccia con la mano libera. «E avrei dovuto, certo che avrei dovuto. Ti ho delusa», ripete. «Eri così piccola. Voglio dire, avevi otto anni, per l'amor del cielo.» Sta cercando di dare voce ai suoi pensieri, di portare alla luce le parole sepolte, ma quella sirena è sempre più forte.

Grace getta un'occhiata verso la strada. Una luce blu gira in tondo all'altro capo della via. È una volante che avanza a tutta velocità.

«Dicevo a me stessa che stavi bene, ma so – *sapevo* – che non era vero...» grida per sovrastare l'ululato della sirena, perché deve dirlo a qualsiasi costo.

Adesso il suono è assordante e la luce blu si sta avvicinando.

«Per la miseria.» Ben fa una smorfia e allunga il collo per guardare. Dietro di lui, Lotte si preme le mani sulle orecchie.

Nella bocca di Grace c'è un groviglio di parole, di frasi che vorrebbe far uscire. Ma sa che non la sentirebbe nessuno. La volante è quasi all'altezza della casa, Grace decide di aspettare che passi oltre. Alza un dito per fare segno a Lotte di non andarsene.

Ma l'autopattuglia non passa oltre. Accosta davanti a casa di Ben, parcheggiando metà sul marciapiede e metà giù. Finalmente la sirena smette di ululare, ma la luce blu continua a girare mentre due poliziotti – un uomo e una donna – smontano dal veicolo. La donna è alta, senza forme, con un viso sottile e un naso largo. L'uomo, più basso, sembra davvero troppo giovane per fare quel lavoro, come se stesse giocando a travestirsi.

«Merda, i vicini», borbotta Ben uscendo sul gradino davanti alla porta. «È per via del rumore? La musica è troppo alta?» Ha alzato le mani come a dire che non ha nessuna intenzione di protestare. «Non c'è problema, abbassiamo il volume.»

«Signora Adams?» dice la poliziotta, e Grace si volta, confusa. Come fa questa donna a sapere il suo nome? Si scosta dalla porta e fa qualche passo lungo il vialetto. Non è certa di cosa stia succedendo e non riesce a concentrarsi, ma l'istinto la spinge ad allontanarsi leggermente da sua figlia, come se così potesse proteggerla.

« Devo chiederle di non muoversi, signora Adams », risponde l'agente.

« Cosa sta succedendo, Grace? » Ben è completamente sbiancato. « Cos'hai fatto? »

Grace scuote la testa, ignorandolo, poi fissa di nuovo Lotte. « Mi dicevo che stavi bene perché in effetti così sembrava », dice a sua figlia. « Vivevi la tua vita piuttosto normalmente, e anche se... »

« Tutto a posto, Ben? » Grace è consapevole della presenza di un uomo nel giardino accanto. Indossa dei pantaloni corti e un paio di mocassini e ha le braccia arrossate dal sole. Dall'altra parte della strada, una donna con un vestito a scacchi è uscita di casa e li sta osservando.

L'agente basso si schiarisce rumorosamente la gola. « Abbiamo ricevuto numerose segnalazioni nel corso della giornata, signora Adams. Un veicolo abbandonato, un furto, un'aggressione violenta e atti vandalici », elenca contando sulle dita. « Per fare un paio di esempi specifici, è stata denunciata un'aggressione ai danni di un veicolo qui, intorno a Finchley Road. E a parte, benché riteniamo che tra i due incidenti ci sia un nesso, è stato anche denunciato il furto di una mazza da golf numero nove nella zona di Hampstead. » E osserva la mazza stretta tra le dita di Grace. « Secondo alcuni testimoni, tutti questi reati sono stati commessi da una donna che corrisponde alla sua descrizione, signora Adams. Dopo l'ultimo alterco abbiamo cominciato a pattugliare la zona... » Fa una pausa. « E adesso l'abbiamo trovata. »

Grace alza una mano per fargli segno di aspettare e si gira di nuovo verso sua figlia. Questa è la sua occasione e non se la lascerà sfuggire. Registra un gruppo di adolescenti che scendono le scale e si fermano a fissare la polizia e il lampeggiante, sbalorditi. « Lotte, anche se sapevo che non poteva essere vero – me l'aveva detto anche la psicologa, per carità divina – mi sono convinta che toccare l'argomento e trascinarti in quell'incubo sarebbe stato peggio. Pensavo che per te sarebbe stato più facile andare avanti con la tua vita. Mi sono voluta illudere... »

« Signora, posso chiederle di appoggiare la mazza da golf a terra? » La poliziotta ha alzato la voce per sovrastare quella di Grace.

« Perché ero io a non riuscire ad affrontare la situazione. Non sapevo come parlartene. Non sapevo come parlarne in generale. Mi dispiace davvero, Lotte... »

« Signora Adams, glielo chiedo di nuovo », sta dicendo la donna. « Appoggi la mazza da golf a terra. »

Grace scopre i denti e inspira dal naso. « Stammi a sentire, sbirro dei miei stivali », esclama da sopra la spalla. « Ho soltanto bisogno di un attimo con mia figlia, chiaro? »

Quando si volta di nuovo verso la porta, l'espressione di Lotte è intrisa di dolore. « Ho paura di dimenticarla, mamma. » Serra i pugni e si piega in avanti come se fosse in preda a una sofferenza acuta. « Non mi ricordo più come parlava, non riesco più a sentire la sua voce. Non riesco più a visualizzare i dettagli della sua faccia. »

« Signora Adams, me ne frego del vostro dramma familiare », grida la poliziotta. « Glielo chiedo *per l'ultima volta.* »

« E mi dispiace da matti, mamma. Non avrei mai dovuto dire quello che ti ho detto. Che Bea non ha potuto contare su di te... » La voce di sua figlia si incrina quando pronuncia il nome di sua sorella. « Non è stata colpa tua. » Il mascara le è sbavato sulle guance e sul dorso del naso. « Ma come si fa ad amare qualcuno che non si ricorda, mamma? »

La luce blu dell'autopattuglia continua a lampeggiare inesorabilmente davanti agli occhi di Grace, e lei non resiste più. Non può stare lì con le mani in mano mentre Lotte crolla in quel modo. Fa per andare verso di lei.

« Resti dov'è. Non si muova. »

La voce della donna è la goccia che fa traboccare il vaso. In Grace esplode qualcosa. Si volta di scatto e si porta la mazza da golf sopra la testa con tutta la forza che ha. «Le spiacerebbe chiudere il becco?» grida, e sa – lo sente in ogni muscolo, ogni globulo, ogni atomo del suo corpo – di aver perso completamente l'uso della ragione.

«ARMA!» grida una voce maschile.

Prima che Grace possa capire cosa sta succedendo, l'agente donna ha estratto una pistola dalla cintura.

«Cazzo», si lascia sfuggire Ben.

«Ho qui un taser, signora Adams», dice a gran voce la donna, e il suo tono è cambiato. «Non voglio usarlo, chiaro?»

Ma Grace non sta ascoltando. Qualcosa di freddo e bagnato le sta impregnando i vestiti, bagnandole la pelle. Che le abbiano sparato? Eppure non ha sentito nessuna esplosione. E nemmeno l'impatto del proiettile. È possibile essere colpiti da una pallottola senza accorgersene?

Quella cosa fredda e bagnata adesso le sta scorrendo lungo la gamba e Grace allunga una mano per capire cosa sia, da dove venga, e dentro la tasca sente la forma della pistola ad acqua che ha preso al parco. Per un momento è frastornata. Poi capisce: la pistola di plastica perde. Si caccia la mano in tasca e tira fuori il giocattolo.

«ARMA DA FUOCO!» grida qualcuno.

Un colpo violento le manda a sbattere il cervello contro il cranio e le fa cedere le gambe. In testa le rimbomba il tonfo della sua stessa mascella che atterra sul cemento mentre qualcosa la tiene bloccata dov'è. Non riesce a muoversi e avverte sopra di sé un ronzio come di api, che le pungono la pelle, il cuoio capelluto, i legamenti, le ossa, facendola sussultare a più riprese. I suoi occhi si sono girati talmente all'indietro che adesso sta cercando di vedere attraverso le sclere e le sembra di digrignare i denti, ma non ne è sicura perché non esercita più alcun controllo né sul suo corpo né sulla sua mente. Il dolore che la sta attraversando è atroce. Come se qualcuno le stesse passando un coltello lungo la spina dorsale. E Grace sussulta, sussulta e sussulta come una scimmia appollaiata su un bastone che qualcuno scuote di qua e di là, e la sua bocca si riempie di bile. Sta per vomitare.

« NO! Basta! » Grace capisce che Lotte è uscita di casa e sta correndo verso di lei. « No! » grida di nuovo.

« NON LA TOCCHI! » esclama l'agente. « Rischia di prendere la scossa. »

« Cosa le avete fatto? » Lotte sta urlando, girandosi freneticamente in tutte le direzioni. « Santo cielo, santo cielo. » Si circonda il busto con le braccia. « Morirà? Papà, morirà? »

E poi arriva Ben, stringe Lotte e parla con la polizia, e Grace sente che sta cercando di mantenere la calma, ma la sua voce è venata di paura, di rabbia. « Smettetela », sta dicendo. « Non è necessario. Non è una minaccia. Né per voi né per nessun altro. »

Grace sta lottando con la lingua afflosciata nella sua bocca nel vano tentativo di coordinare i muscoli che le permettano di parlare. *Lotte, ascoltami. Sto bene*, vorrebbe dire. *Non morirò.*

Non vogliono proprio saperne di placarsi, questi spasmi lancinanti. La sua testa si sta trasformando in una poltiglia rosso sangue, è una tortura infinita. Ci sono ancora le api, il coltello lungo la spina dorsale, la sua lingua, i suoi occhi rivoltati privi di qualsiasi utilità. Poi, proprio mentre pensa che non riuscirà a resistere un solo attimo di più, all'improvviso il poliziotto basso le compare accanto, la ammanetta e la strattona in piedi. E Grace si rende conto che le convulsioni si stanno attenuando, che il cuore non le batte più contro le tonsille.

L'uomo la tiene per il gomito mentre lei guarda Lotte. Quando Grace parla, la sua voce è un biascichio, come fosse un po' ubriaca. « Non devi... » prova a dire. Scrolla la testa e ricomincia. « Non devi... » Flette le dita dietro la schiena e sente le manette conficcarsi nei polsi. Poi parte al galoppo, come se così facendo potesse lasciarsi dietro tutti gli effetti delle scariche elettriche. « Non devi preoccuparti, te lo prometto, tesoro. » Con il mento indica il proprio corpo malconcio, le manette, l'autopattuglia. « Sistemerò tutto e domani potremo parlare. So che l'impressione non è delle migliori, ma sul serio, non è nulla che non si possa risolvere. »

Dopodiché Lotte le sta gettando le braccia intorno al collo e il poliziotto volta la testa, concedendo loro quel momento. Lei sente il peso di sua figlia contro il cuore e darebbe qualsiasi cosa – *qualsiasi* – pur di potersi liberare i polsi per stringerla a sé. Invece si limita a premere la guancia contro quella della sua amata bambina, e le dà un bacio, due, tre sulla faccia, cercando di asciugarle le lacrime con la pelle.

« Ti sta bene quel foulard », mormora Grace, e sfiora il naso di Lotte con il suo per darle a intendere che c'è un altro significato dietro le sue parole. Sua figlia le preme forte le dita sulla schiena. Nonostante il trucco pesante, i capelli raccolti, l'abito argentato che più corto non si può, sebbene oggi compia sedici anni, una parte di lei – un'ombra di lei – è anche la stessa bambina che stava in braccio a Grace, quella con le guance rosa e paffute, aggrappata a lei come un koala.

« Mi manchi, mamma », sussurra Lotte. « Voglio tornare a casa. »

Grace prova un dolore fisico mentre gli agenti staccano delicatamente Lotte da lei, ma non le importa. Se anche le sparassero di nuovo con il taser, lei continuerebbe a fare capriole di felicità perché sua figlia le ha detto che sente la sua mancanza.

La luce blu sta ancora girando, illuminandole la faccia a intervalli regolari mentre gli agenti la scortano verso l'autopattuglia. Grace si volta per guardare suo marito e sua figlia che la osservano, l'uno accanto all'altra al centro del vialetto. « Vi voglio bene, okay? » dice istintivamente sia a Ben che a Lotte.

« Forza, Grace! » grida Ben di punto in bianco, sollevando un pugno e scuotendo il braccio. È così inaspettato, così poco da lui, così assurdo, considerata la situazione – come se stesse facendo il tifo per lei negli ultimi metri di una maratona o mentre sale sul ring per un incontro di boxe – che nonostante le manette ai polsi e i due agenti di polizia che la stanno scortando, nonostante tutto, Grace butta la testa all'indietro e scoppia a ridere.

Mentre le mettono una mano sulla nuca per farla salire in macchina, Grace si rende conto di essersi scordata l'unica cosa davvero importante in tutto quel trambusto. Così si volta di scatto, e la poliziotta impreca sottovoce.

« Buon compleanno, Lotte! » esclama. « Mi dispiace per la torta orrenda... e per essermi fatta arrestare. » Sta storcendo la faccia in una maniera che le ricorda l'emoji con i denti a rettangolo. Non c'è nulla che desideri di più di veder sorridere sua figlia, di farla ridere di nuovo. « Goditi la festa, okay? È un ordine! »

Lotte è appoggiata a suo padre e sta sorridendo tra le lacrime mentre Grace viene portata via. Quando si guarda indietro, quando i lineamenti di sua figlia cominciano a svanire, tutto in lei sembra sciogliersi. Ha ritrovato sua figlia, ma la sta anche perdendo. La sta perdendo perché ormai è quasi adulta, e qualcuno per favore potrebbe dirle che fine hanno fatto gli ultimi dieci anni? La lascia attonita, come se avesse appena avuto un'epifania, il pensiero che non sarà mai più la madre di una neonata o di una bambina piccola o di una scolaretta delle elementari brillante e aperta. Tutto questo l'ha già avuto, appartiene al passato. È un capitolo chiuso. È come se la sua vita avesse fatto un balzo in avanti mentre lei era distratta, e il dolore scatenato da questa consapevolezza le stritola l'anima.

Dalla radio sul cruscotto dell'autopattuglia giungono voci gracchianti. La donna accanto a lei sospira. Emana odore di fumo vecchio. Girata goffamente sul suo sedile, Grace continua a guardare fuori finché Lotte è quasi scomparsa. Adesso è sul marciapiede davanti al vialetto e si sta asciugando il viso con le mani. Grace però capisce che sta bene. Che se la caverà. Se la caveranno tutti. *Quindi questa sei tu*, pensa, ripetendolo sottovoce, senza sosta, mentre l'autopattuglia svolta l'angolo.

Sei mesi dopo

Modulo 94C

Decreto di condanna ai lavori socialmente utili

Esaminato il rapporto preliminare, questa corte ha stabilito che l'imputata è idonea a svolgere lavori di pubblica utilità. La corte ha illustrato all'imputata, con un linguaggio chiaro e accessibile, lo scopo e la finalità della presente ordinanza, in particolare le eventuali conseguenze del mancato rispetto delle condizioni previste ai sensi dell'Appendice 2 della Legge sulla Giustizia Penale del 1991.

Ordinanza: per un periodo di dodici mesi con decorrenza dalla data della presente ordinanza, l'imputata dovrà prestare cento ore complessive di servizi non retribuiti. L'imputata dovrà rimanere in contatto con il funzionario competente nel rispetto delle istruzioni fornitele di volta in volta e comunicare eventuali variazioni di indirizzo.

Sono seduti su una panchina sul limitare del bosco in attesa di Grace. Al Cherry Tree Woods. Non suona come un posto in cui svolgere lavori socialmente utili, ma più che come l'ambientazione di un libro per ragazzi di Enid Blyton. Eppure è qui che Grace sta scontando la sua pena, che consiste nel tracciare un sentiero. Quella di venire qui in segno di solidarietà ed essere presenti al suo primo giorno di servizio è stata un'idea di Lotte. Si è occupata del pranzo personalmente, il che è di per sé un piccolo miracolo se si considera che in circostanze normali è già tanto se è in grado di accendere il forno o pelare una carota. Ha preparato sandwich al burro di arachidi e comprato salatini, mele Pink Lady e una confezione di Oreo.

Il cespuglio di agrifoglio alle loro spalle è punteggiato di bacche rosse che gli uccelli non hanno ancora beccato. Le foglie sono di un verde brillante, giovani, con i margini quasi morbidi, che poi si induriranno e pungeranno. Il respiro di Ben disegna nuvole nell'aria.

« Sono nervosa per lei », sta dicendo Lotte. « Che ore sono? »

E benché Lotte stia soltanto dando voce a ciò che sente anche lui, Ben scuote la testa. « Stai tranquilla. Stiamo parlando di tua madre. Dopo che si è fatta sparare con il taser dalla polizia, questa per lei sarà una passeggiata. » Le dà un colpetto con il gomito alle costole, e lei alza gli occhi al cielo.

Sono lì da non più di cinque minuti quando la vedono dirigersi verso di loro con un gilet fluorescente. Ha diversi rametti tra i capelli e una striscia di terra sulla faccia.

« Allora, siamo io e un gruppetto di soggetti loschi sulla ventina », dice a gran voce appena Ben e Lotte sono a portata d'orecchio. « Il che, come potrete immaginare, è un toccasana per la mia autostima. » Bacia Lotte sulla testa e si lascia cadere sulla panchina, facendo sussultare le assi. « Sono sfinita. »

« Ti dona », commenta Ben indicando il gilet.

« Cosa... questo? » Grace sfiora con delicatezza il gilet di plastica come se in realtà fosse di raffinatissima seta. « Speriamo che alla fine ci concedano di tenerlo. »

Pranzano fianco a fianco, osservando gli alberi scuri che, essendo inverno, sembrano strane creature scheletriche che ricambiano il loro sguardo, origliando la loro conversazione. Ben e Grace prendono in giro Lotte per il suo nuovo ragazzo, che frequenta la sua stessa scuola e ha un anno in più di lei, anche se è evidente che lei non vuole parlarne. Nemmeno Ben vuole parlarne, se deve essere sincero.

Quando hanno finito di mangiare, Lotte si alza, raccoglie i rifiuti di tutti e li appallottola.

«Si può sapere chi sei?» sussurra Grace, e Lotte sporge le labbra in fuori in una posa da Instagram che la fa sembrare almeno una venticinquenne.

La osservano dirigersi dall'altra parte dell'avvallamento fangoso in cerca di un cestino. Una madre e un padre, tra cui arde dolcemente il fuoco dell'amore per una figlia. Quante volte sono andati nel bosco nel corso della sua vita così breve e al tempo stesso lunga? Centinaia? Migliaia? La mente di Ben torna indietro nel tempo come in time-lapse. Avvolta in una fascia contro il suo petto, Lotte sbatte le palpebre, addormentandosi e svegliandosi con il cinguettio degli uccellini in sottofondo; poi è appollaiata sulle sue spalle, a indicare i nidi sulle cime verdi degli alberi; poi è accovacciata su un tronco a raccogliere foglie secche color autunno. La rivede mentre sfrega le radici con il suo berretto di lana per costruire uno scivolo per le fate; mentre cammina su un albero caduto e scivoloso con le braccia allargate per restare in equilibrio e mentre corre e corre in lontananza con le guance arrossate dal vento.

Ben aspetta che sia abbastanza distante prima di parlare. «Ieri ho ricevuto un'e-mail. È stata fissata l'udienza.»

Accanto a lui, Grace annuisce ma non risponde.

«Ci sono altre tre ragazze disposte a testimoniare. Tutte della scuola in cui insegnava prima. Quindi starà a Lotte decidere cosa fare. Non dovrà presentarsi in tribunale per forza.»

Adesso Grace alza lo sguardo. «Bene», dice sottovoce. «Meglio così.»

Grace ha le mani appoggiate sulla panca e per un momento Ben è tentato di intrecciare le dita alle sue, ma ormai è un gesto che appartiene a un passato lontano. Le regole tra loro sono state riscritte tempo fa.

«Come sta?» le chiede invece. «Sembra in forma.»

Sbirciandola con la coda dell'occhio, Ben la vede scostarsi i capelli dal viso. Sembra quasi brillare, con i suoi occhi limpidi e l'inverno sulla pelle.

«Sì, sta bene. Vuole continuare con la terapia di gruppo, e questo è molto positivo. Ci sono sempre biscotti gratis, di solito i Bourbon, quindi ne vale davvero la pena.» Grace abbassa la testa come se stesse facendo un inchino. «No, sul serio, è utile, sono bravi. Sai, ti senti quasi normale quando sei lì. Hai l'impressione di non essere l'unico a provare quello che provi, e io e lei parliamo di più. Di Bea intendo. Non tanto, ma quanto basta, forse, almeno per il momento.» Si sporge in avanti sulla panca. «Il fatto è... cosa succederà poi? A volte mi domando se non sto stringendo troppo le redini. Forse dovrei soltanto mollare la presa e aspettare che si sistemi tutto da sé?»

«È impossibile», risponde lui con un finto accento americano. «Non puoi mollare la presa per via di *questo.*» Si batte il pugno sul cuore. «È così che funziona.»

Lotte si è fermata un po' in disparte. Ha tirato fuori il cellulare e sta scrivendo.

Ben tiene lo sguardo incollato su sua figlia mentre parla. «Ma potresti cominciare con il perdonare te stessa.»

C'è una pausa, un momento sospeso. Due piccioni si scontrano sopra la loro testa, lottando per il controllo di un ramo.

Grace strizza gli occhi verso gli alberi. «E tu, mi perdoni?» chiede con un filo di voce.

E di punto in bianco è tutto lì, nello spazio che li separa. La loro bambina, la loro Bea. L'incidente. Tutto ciò che è successo. Dall'inizio alla fine.

Certo che ti perdono, vorrebbe dire Ben, ma forse proprio perché in cuor suo sa che questo è un momento cruciale – sa che le cose devono cambiare, che lei e Grace devono cominciare a voltare pagina, sul serio – prima di rispondere aspetta. Si ferma. Riflette. Perché c'è qualcosa che non gli dà pace, un senso di colpa tossico, oscuro. Qualcosa che in qualche recesso di sé sa da sempre.

«Cazzo, Grace», dice lentamente. E poi si prende la testa tra le mani perché non riesce a guardarla. «Temo di aver incolpato te.»

Grace cambia posizione e la panca sotto di loro si muove. «Lo immaginavo», risponde in tono dolce.

Alla fine, con espressione profondamente addolorata, Ben alza la testa e la guarda.

Gli occhi di Grace sono troppo luminosi mentre lei gli sorride, ma è un sorriso vero, Ben lo sa.

«Grazie. Di averlo ammesso. Altrimenti...» Si stringe nelle spalle, e Ben capisce che sta cercando di scherzare su questa cosa che è quanto di più lontano esista da uno scherzo. «Altrimenti avrebbe significato che sono soltanto paranoica.»

Poi gli dà una spallata e lui rimane basito di fronte alla sua gentilezza.

«Adesso non più però», la rassicura istintivamente. Sino a quel momento non sapeva che l'avrebbe detto. Ma, mentre le parole gli escono di bocca di loro iniziativa, si rende conto che questo fardello nero che si portava inconsapevolmente dietro non c'è più. Non alberga più dentro di lui.

Per un attimo Ben sente la forma familiare della mano di Grace sopra la sua, come un'ombra del passato che attraversa il cielo, dopodiché lei si alza. E intorno a loro si diffonde un senso di leggerezza, per quanto lieve.

Ben inclina il mento verso il cielo. «Persino le scimmie cadono dagli alberi, Grace.» Sa che è la sua espressione giapponese preferita.

Grace osserva le cime degli alberi. «Nessuno è perfetto», concorda.

«Nostra figlia però ci va vicinissima.» Inspira a fondo dalla bocca.

«Sì, questo è vero.»

Ben sta per aggiungere qualcosa, un pensiero poco elaborato e banale sulla vita, il fallimento, il fatto di non avere rimpianti. Ma quando si guardano, un'occhiata rapida e intima, capisce che Grace sa già tutto.

«Okay, il dovere mi chiama.» Si toglie le briciole di dosso, facendole cadere sul terreno argilloso del bosco. «Lotte!» esclama. «Il pranzo era ottimo. Ci vediamo dopo, okay?» Le manda un bacio e Lotte alza lo sguardo dal telefono, allunga una mano e afferra l'aria, stringendo il pugno come se avesse preso qualcosa. E in quell'istante Ben rivede sua figlia, piccola e insonnolita, con il piumone tirato sino al mento. Una manina spunta da sotto le coperte per prendere al volo i baci di Grace appena prima che la luce si spenga per la nanna.

«Grazie di essere venuti oggi.» Grace si volta verso di lui. In quel momento, con il gilet e i capelli che ricordano un nido d'uccello, è al tempo stesso ridicola e splendida. «Magari la prossima volta potrei venire con i tacchi a spillo, in versione Naomi Campbell.» Sporge il fianco in fuori in una posa da passerella, e Ben sa che l'ha detto per smorzare la tensione.

Guardandola allontanarsi, Ben solleva il braccio in un mezzo cenno di saluto. «A presto!» esclama.

Il freddo gli è penetrato nelle cosce e Ben sente i muscoli delle gambe irrigidirsi mentre si alza. Lotte si dirige ancheggiando verso di lui, il telefono ancora in mano. Ben la circonda con un braccio, attirandola a sé, e lei lo lascia fare.

«Tua madre è proprio una forza.»

Lotte ride. «Tu dici?»

Il cielo si squarcia all'improvviso mentre loro se ne vanno. Chicchi di grandine che sembrano piccoli sassi li colpiscono in testa, in faccia, depositandosi per un momento a terra prima di svanire e lasciarsi dietro soltanto chiazze scure. Lotte comincia a correre verso la macchina, ma Ben si volta giusto per controllare.

Grace è una pennellata arancione oltre la radura. Armata di vanga, sta prendendo palate di sabbia da un sacco appoggiato a un albero. Poi la rovescia a terra e la appiattisce per bene, dando forma al nuovo sentiero. Mentre Ben osserva la scena, lei fa un passettino avanti, ripete tutto dall'inizio, rinforzando i bordi quando la terra scivola di lato. Poi lo fa di nuovo e di nuovo. Con costanza, metodo, determinazione.

Ringraziamenti

A darmi l'ispirazione per scrivere questo libro è stato il film del 1993 *Un giorno di ordinaria follia* scritto da Ebbe Roe Smith. Oltre allo straordinario gruppo di donne che fa parte della mia vita.

Non ultima Hellie Ogden, agente, guru, campionessa e donna brillante sotto tutti gli aspetti. Grazie per il tuo sostegno sconfinato, ho imparato moltissimo da te. Alle mie incredibili editor, Jess Leeke nel Regno Unito, che mi ha conquistata all'istante e che ha messo tutta se stessa in queste pagine, e Amy Einhorn negli Stati Uniti, la dea dei libri. Grazie a entrambe per la passione, la generosità, l'umorismo e l'acume, e per aver condiviso con me la vostra grande esperienza. Grace è stata davvero fortunata a trovare voi due. Grazie anche a tutta la squadra della Penguin Michael Joseph, soprattutto a Louise Moore, che ha fatto il tifo per Grace sin dall'inizio, a Maddy Woodfield, Clare Parker, Ella Watkins, Jen Harlow, Jen Breslin, Eloise Austin, Kate Elliott, Nick Lowndes, Hazel Orme per i ritocchi legali, e a Lee Motlet e Kate Dehler per aver realizzato una copertina fantastica. Un enorme grazie anche a Chantal Noel, Jane Kirby e alla favolosa squadra che si occupa dei diritti esteri. E a tutta la Henry Holt, in particolare a Julia Ortiz, e alla Janklow & Nesbit, in particolare a Ma'suma Amiri e Emily Randle.

Grazie ai miei amici – siete tutti dei tesori – per aver ascoltato, letto, consigliato ed esultato, soprattutto a Sarah Morell, Vardit Shalet, Sarah Minchin, Hilary Tailor, Lou Wheatley,

Roz Hutchinson, Andy Baker, Hannah Newman, Tim Minchin, Fi Gold. Grazie a Dai Fujikura, Didier De Raeck, Cristian Vogel, Fedor Stepanenko, Carla Santana Hernandez, Mathias Schaffhäuser e Walter Morel per la vostra bravura a imprecare in altre lingue.

Grazie, mamma, madre di tutte le madri, per aver sempre portato amore. Grazie a Cath e Jules per la cieca fedeltà e il supporto, siete le migliori sorelle in assoluto. Abbiamo scalato insieme ogni montagna, seguito ogni arcobaleno (oh, sì, questo è un super riferimento a *Tutti insieme appassionatamente*, non c'è di che). Grazie a papà – che se non altro sapeva che sarebbe comparso nei ringraziamenti – per avermi letto così tante volte quel cavolo di *Travelling to Tripiti*. Mi dispiace che non sia riuscito a finire *Paradiso Perduto*. E grazie a Jennie, per avermi raccontato storie perfette. Gratitudine eterna alla mia enorme famiglia, la mia ancora di salvezza: i Dodwell, i Baines, i Donaldson, i Morel, i Warren, gli Ursell, i Begg, i Flower. Grazie, siete davvero persone meravigliose.

Grazie a Cassia, Ione e Lucia, le mie bellissime e fortissime figlie. Senza che lo volessi questo libro è diventato una lettera d'amore per voi. E grazie a Si, la mia metà dell'arancia. Perché vivi e respiri *parecchie* migliaia di parole, e per la tua pazienza eccezionale dall'inizio alla fine. Non c'è nessun altro che preferirei avere al mio fianco in questo viaggio.

Fotocomposizione Editype S.r.l.
Agrate Brianza (MB)

Questo libro è stampato col sole

GRAFICA VENETA

Azienda carbon-free

Finito di stampare
nel mese di agosto 2024
per conto della TEA S.r.l.
da Grafica Veneta S.p.A. di Trebaseleghe (PD)
Printed in Italy

PEFC
PEFC/18-31-226
Certificato PEFC
Questo prodotto è realizzato con materia prima da foreste gestite in maniera sostenibile e da fonti controllate
www.pefc.it